10|18

12, avenue d'Italie — Paris XIIIe

Sur l'auteur

Barbara Hambly est née à San Diego, mais a fait une partie de ses études en Australie et à Bordeaux. Spécialisée en histoire médiévale, elle a enseigné et travaillé dans l'édition avant de se consacrer à l'écriture. Auteur de romans d'heroïc-fantasy (*Ishmaël, Fendragon* et *Promenade avec les morts*, parus aux éditions Pocket), les critiques la comparent à Lovecraft et Tolkien pour sa trilogie *Le Cycle de Darwath*. En 1997, elle débute la saga de Benjamin Janvier — homme noir et libre de La Nouvelle-Orléans du XIXe —, qui compte déjà six titres. Barbara Hambly partage aujourd'hui sa vie entre La Nouvelle-Orléans et Los Angeles.

L'INNOCENCE DE JANVIER

PAR

BARBARA HAMBLY

Traduit de l'américain
par Corinne Bourbeillon

10|18

« Grands Détectives »
dirigé par Jean-Claude Zylberstein

ÉDITIONS DU MASQUE

Du même auteur
aux Éditions 10/18

▶ L'innocence de Janvier, n° 3426
Une saison de fièvres, n° 3427

Titre original :
The Bilbao Looking-Class

© Barbara Hambly, 1997
© Éditions du Masque-Hachette, 1998
ISBN 2-264-03569-2

À frère Ed

Avertissement de l'auteur

Dans toute œuvre de fiction ayant pour cadre le Vieux Sud américain, l'écrivain rencontre des difficultés liées au discours et à l'attitude de ses personnages — ce n'est pas tant le choix des mots ou des expressions qui pose problème que les valeurs, mentalités et préjugés implicites qu'ils véhiculent, et qui, bien que fort répandus et considérés comme normaux autrefois, sont choquants de nos jours.

Le début de la décennie 1830 fut une époque de grand changement en Amérique. Le président Andrew Jackson avait une conception de la démocratie différente de celle des pères fondateurs de la nation au XVIIIe siècle. La guerre civile et la Reconstruction surviendraient près d'une génération plus tard, mais déjà l'on commençait à considérer les Noirs — et tant les Blancs que les Noirs eux-mêmes — d'un autre œil.

À la Nouvelle-Orléans, pendant presque tout le XIXe siècle, il était insultant de désigner une personne de couleur — c'est-à-dire issue d'un métissage — comme un homme ou une femme « noirs », tout comme peut l'être de nos jours l'expression « de couleur » pour désigner une personne noire. Les deux termes avaient alors des connotations qui ne sont pas les mêmes que celles d'aujourd'hui ; ils sont à présent porteurs de significations historiques, de sous-entendus et d'implications inimaginables à l'époque.

Je me suis efforcée de dépeindre l'attitude des personnes libres de couleur à l'égard des Noirs (c'est-à-dire, pour l'époque, de lignée africaine pure ou presque pure, libres ou esclaves) et des créoles (le terme désignait en ce temps-

là les descendants blancs des colons français et espagnols),
telle que mes travaux de recherche me l'ont révélée. Il y a
environ vingt ans, à la Nouvelle-Orléans, les mères d'adoles-
cents métis interdisaient encore à leurs enfants de
fréquenter un garçon ou une fille « plus foncé qu'un sac de
papier kraft ». Au XIXe siècle, on appréciait les peaux claires
et on méprisait les peaux sombres, tout en s'escrimant à
établir une foule de distinctions qui, de nos jours, paraî-
traient absurdes. Il existait ainsi une terminologie compli-
quée pour hiérarchiser les métis : un enfant né d'un parent
noir et d'un parent blanc était un « mulâtre » ; l'enfant d'un
mulâtre et d'un Noir était un « sambo » ; celui d'un mulâtre
et d'un Blanc, un « quarteron » ; celui d'un quarteron et d'un
Blanc, un « octavon » ; enfin, par « musterfino » ou « mame-
loque », l'on désignait l'enfant d'un octavon et d'un Blanc.
(J'ai néanmoins rencontré plusieurs significations pour les
termes de « sambo » et « musterfino », si bien qu'il est permis
de douter de la précision des archives et de se demander
aussi si les gens de l'époque employaient bien tous les
mêmes termes.) Les créoles, de race blanche, usaient quant
à eux d'une hiérarchie complexe de termes pour se désigner
les uns les autres, selon leur situation sociale et l'ancienneté
de leur famille dans la haute société de la Nouvelle-Orléans ;
manifestement, ils aimaient mettre des étiquettes sur tout un
chacun. Bien entendu, les Américains n'entraient même pas
en ligne de compte.

Bref, je n'ai pas cherché à établir un parallèle entre des
événements passés et une situation présente. J'ai voulu bâtir
une fiction à partir d'un contexte historique, en en restituant
les comportements et les mentalités — et, quand cela était
nécessaire, en employant les termes de l'époque et de l'endroit. J'ai tâché d'éviter, du mieux que j'ai pu, d'embellir ou
de dissimuler les choses. Le sujet est sensible pour ceux qui
ont souffert ou dont les familles ont souffert des préjugés et
de la discrimination qui, autrefois — et dans une certaine
mesure encore aujourd'hui —, étaient banals. Je m'excuse
envers ces personnes si je les ai offensées sans le vouloir. Je
n'avais d'autre but, comme d'habitude, que de divertir mes
lecteurs.

1

Si le cardinal de Richelieu ne s'était pas jeté sur la princesse mohican, s'il ne l'avait pas plaquée contre le mur de brique longeant la chaussée ni cherché à l'embrasser de force, Benjamin Janvier aurait probablement passé son chemin sans s'inquiéter de rien.

Fichtre ! quelle histoire pour les journaux. Janvier contempla la peau de daim enfouie sous les plis du satin, la robe cramoisie du prélat presque noire sous ce porche obscur, sauf à l'endroit où le reflet de la lampe à pétrole qui brûlait au-dessus du portail l'éclaboussait d'un rouge sanguinolent, et la main de l'homme refermée sur la croupe de l'Indienne, dont les tresses noires ruisselaient par-dessus le bras qui la serrait comme un étau. Ça ferait en tout cas certainement les gros titres des journaux américains : *« Le cardinal de Richelieu surpris avec la sœur trappeur. »*

En cette saison de mardi gras où la nuit de février tombe tôt, c'était une scène qui n'avait rien de surprenant dans les rues boueuses de la vieille ville française, envahies depuis 5 heures par une foule en liesse — Blancs, Noirs et sang-mêlé, esclaves et hommes libres, Français et Américains, arborant costumes et déguisements les plus divers. Dieu sait combien de femmes aguichaient les hommes du haut des perrons de brique, sous les porches des cours ou à l'entrée des maisons de tolérance des rues Royale et Bourbon, comme d'ailleurs dans toutes les rues du vieux quartier cette nuit. Janvier se demanda ce que pareil spectacle aurait inspiré à Titien ou à Rembrandt ; il se détourna poliment et s'apprêtait à s'éloigner quand soudain la femme poussa un cri perçant.

Un cri de terreur. Janvier fit volte-face et s'avança sous l'arcade du porche. La lampe à pétrole dut l'éclairer en plein visage, car lorsqu'elle se remit à crier, ce fut son nom qu'elle prononça :

— Monsieur Janvier !

Il franchit d'un bond la distance qui le séparait des deux silhouettes qui se débattaient. Il empoigna Son Éminence par l'épaule et l'envoya rouler dans la fange boueuse de la rue Sainte-Anne en le projetant, d'un seul geste, par-dessus le trottoir de brique et le ruisseau noirâtre du caniveau — Janvier était un homme grand et robuste — et, de son ton le plus jovial, s'écria :

— Eh bien, Rufus, vieille canaille ! Est-ce qu'on ne t'a jamais dit qu'il ne fallait pas…

Tout était dans la synchronisation. C'était chose qu'il avait apprise étant enfant.

Voyant sa victime se relever et s'éloigner en chancelant parmi le flot des attelages, il se lança à ses trousses, attrapa l'homme par le bras d'une main ferme et, d'une voix haletante, s'exclama :

— Oh, mon Dieu, monsieur, je suis vraiment désolé !

Il parvint à tirer l'ecclésiastique furieux hors de la chaussée avant que tous deux ne se fassent écraser par une carriole remplie d'Indiens tout droit sortis des romans de Fenimore Cooper.

— Je vous ai pris pour un de mes amis ! Excusez-moi, tout est ma faute !

Richelieu était cramoisi de rage et gigotait comme un poisson au bout de son hameçon pour se dégager, mais il faisait aussi une bonne tête de moins que Janvier qui le dominait du haut de son mètre quatre-vingts, et il n'avait pas comme ce dernier passé neuf ans à transporter des cadavres — et des pianos à queue à l'occasion — pour une paye journalière.

— Je vous en prie, excusez-moi !

Mais Janvier savait que l'homme le frapperait dès qu'il l'aurait lâché, et qu'il n'avait pas intérêt à lui retourner le coup.

Il avait raison. Oh, Richelieu ne cogna pas bien fort, et heureusement, il n'avait pas de canne, mais lorsque le rustre masqué de rouge bondit de nouveau par-dessus le caniveau pour disparaître dans la gueule obscure du porche, Janvier fut surpris de sa propre colère. La rage monta en lui comme une fièvre quand il sentit le goût du sang sur ses lèvres, une rage plus brûlante que la douleur du coup en elle-même, et pendant un moment, il demeura incapable de bouger, planté dans la rue boueuse, bousculé de part et d'autre par les passants en goguette.

Je suis resté trop longtemps à Paris, songea-t-il.

Ou pas assez longtemps.

Il ramassa son haut-de-forme en poil de castor, le brossa du revers de main — il était heureusement tombé sur le trottoir et pas dans le caniveau — et le remit sur sa tête.

La dernière fois qu'il avait laissé un Blanc le frapper, il avait 24 ans. Un marin américain sur les docks l'avait giflé sans raison particulière alors qu'il embarquait sur le bateau qui allait l'emmener à Paris. Il avait alors pensé : *Jamais plus.*

Il inspira profondément, cherchant à se calmer, s'obligeant à refouler sa rage, comme il le faisait autrefois pour ses colères d'enfant.

Bienvenue au pays.

L'on entendait de la musique provenant du Théâtre d'Orléans, le bâtiment blanc à colonnades immédiatement sur sa droite, et des voix indistinctes résonnaient dans le passage du porche, qui débouchait sur la cour de la Salle d'Orléans.

Les grandes fenêtres des deux bâtisses étaient ouvertes malgré la fraîcheur hivernale du soir — mais il ne faisait guère plus froid en hiver à la Nouvelle-Orléans qu'en Normandie au printemps. Le climat louisianais lui avait manqué, ces seize dernières années.

À l'intérieur du Théâtre, la fête des enfants devait être finie depuis peu, car le bal annuel privé des créoles était sur le point de commencer. Sous l'inépuisable et féerique lumière de l'éclairage au gaz ultra-moderne qui se répandait par les fenêtres et la chaude lueur ambrée des lampes à pétrole suspendues à leurs chaînes au-dessus de l'intersection de la rue Sainte-Anne et de la rue Royale, il vit passer des mamans, fières et prudentes, habillées en déesses du théâtre classique ou en servantes circassiennes, et des papas au regard vigilant dans leurs tenues incongrues de pirates, lions ou clowns ; ils escortaient des petits garçons et des petites filles superbement costumés aux attelages stationnés le long des caniveaux gargouillant, et qui bloquaient la circulation des rues alentour. Par les fenêtres grandes ouvertes du Théâtre, Janvier entendit l'orchestre exécuter une dernière danse folklorique — *Saisis au vol les plaisirs éphémères* — et parvint à en identifier les interprètes : ce devait être Alcée Boisseau au violon, et celui qui jouait aussi mal du cornet ne pouvait être que Philippe Decoudreau.

Janvier grimaça et ramassa sa sacoche de partitions près du mur où il l'avait laissée tomber pour jouer les preux chevaliers, essuya le sang sur ses lèvres et songea : *Évitons ça, à l'avenir*. La princesse mohican s'était enfuie depuis un bon moment, et Janvier espéra, comme il se dirigeait vers les lumières et les voix de la cour à l'arrière des salles de jeu de la Salle d'Orléans, que Richelieu s'était réfugié au rez-de-chaussée, dans les premières, ou à l'étage. L'éclairage coloré de la cour, diffusant dans l'obscurité du passage, lui permit de distinguer à ses pieds deux plumes de coq noires aux reflets verts, tombées de la coiffe indienne de la femme.

Elle l'avait appelé par son nom. Et cet épisode l'avait manifestement terrorisée.

Pourquoi une telle terreur ?

Quand on décide de se rendre au bal du Ruban Bleu à la Salle d'Orléans sans être accompagnée, se faire embrasser par un Blanc contre un mur est en principe le but de la soirée.

Alors pourquoi avait-elle poussé ce cri de terreur pour l'appeler à l'aide ?

Des lampions de couleur ornaient les arbres de la cour et la galerie en surplomb qui ceignait la façade arrière de la Salle. Sous cet éclairage bigarré, Henry VIII et au moins quatre de ses épouses se penchaient sur la balustrade de bois, riant entre eux et interpellant en anglais des amis dans la cour en dessous. Sans même avoir besoin d'entendre la langue qu'il parlait, Janvier se doutait bien que c'était un Américain qui incarnait le monarque Tudor. Aucun créole n'aurait eu le mauvais goût de paraître avec plus d'une femme à son bras. *Singulière hypocrisie*, se dit-il avec une ironie désabusée. Parmi les hommes présents au bal du Ruban Bleu de la Salle d'Orléans, ce soir, combien avaient laissé leur femme à la maison ? Combien d'autres, plus nombreux encore, avaient abandonné leur épouse, leurs sœurs, leur mère et l'habituel régiment créole de cousines au bal privé du Théâtre, juste à côté ?

La Salle d'Orléans comme le Théâtre appartenaient à un seul homme — M. Davis, également propriétaire de deux établissements de jeu un peu plus loin sur la rue Royale — et étaient reliés par un passage discret. La plupart des messieurs du bal privé se faufileraient par ce couloir, dès que possible au cours de la soirée, pour rejoindre dans la Salle d'Orléans leur maîtresse, mulâtresse, quarteronne ou octavonne. C'était toujours pareil lors des bals du Ruban bleu.

Janvier se rappelait qu'Ayasha avait eu peine à le croire quand il lui avait raconté cet aspect de la vie à la Nouvelle-Orléans. Comme toutes les dames de Paris, d'ailleurs.

— Vous voulez dire qu'ils se rendent aux deux bals le même soir, avec leur épouse dans l'un des bâtiments, et leur maîtresse dans l'autre, à quelques mètres de là ?

Et Janvier lui aussi avait ri, conscient de l'absurdité de la chose, fort de la certitude qu'il ne reviendrait jamais plus à la Nouvelle-Orléans. Presque tous ses souvenirs de Paris étaient remplis d'éclats de rire.

— C'est une coutume de notre pays, avait-il expliqué — ce qui, bien sûr, n'*expliquait* rien, mais il se sentait obscurément l'obligation de défendre la ville où il était né. C'est comme ça.

Accepter qu'un Blanc vous frappe, sans même esquisser un geste de défense, était une autre coutume du pays, mais de celle-là, il ne parla jamais.

Pourquoi se débattait-elle ? Et qui était-ce donc, pour qu'elle connaisse ainsi mon nom ?

Il s'arrêta sous la galerie, la main sur la poignée de la discrète petite porte à l'arrière du bâtiment, qui donnait accès aux bureaux, aux cuisines et à l'escalier de service, scrutant la cour derrière lui dans l'espoir d'apercevoir la robe de daim, cette ridicule coiffe emplumée qui ressemblait davantage à un croupion de coq hérissé qu'à ce qu'il avait vraiment vu sur la tête des Indiens Choctaw ou Natchay qui descendaient le fleuve pour venir troquer du filé[1] ou des pots de terre au marché.

La plupart des femmes de couleur qui se rendaient aux bals du Ruban Bleu venaient avec des amies, les jeunes filles étant chaperonnées par leurs mères. Certaines arrivaient seules, provoquant d'indécentes avances, mais elles connaissaient les règles du jeu et n'ignoraient pas ce qui les attendait.

Au-dessus de lui, l'une des femmes d'Henry VIII gloussa et envoya une rose à un Pierrot qui mâchait une chique de tabac en bas dans la cour. Les masques criards des soi-disant épouses rehaussaient le lustre velouté de leurs boucles vaporeuses, soulignaient leur menton, leur gorge et leur décolleté, qui allaient de l'ivoire le plus pâle au café au lait clair. À Londres, Janvier avait vu des portraits de toutes les reines de la monarchie Tudor et, la couleur de peau mise à part, elles se différenciaient de toutes ces répliques de carnaval en ce qu'elles portaient une coiffe. Mais la saison de mardi gras était l'une des rares occasions durant lesquelles, grâce à l'anonymat des masques, une femme de couleur libre pouvait se montrer en public tête nue, et chacune des femmes présentes profitait pleinement et sans vergogne de cette permissivité.

Les portes-fenêtres sous la galerie étaient grandes ouvertes. Les lampes à gaz étaient une nouveauté — quand Janvier était parti, en 1817, tout était éclairé par des chandelles — et, sous cette lumière brutale, il aperçut des couples traverser le vestibule du rez-de-chaussée pour gravir la double volée de marches du grand escalier qui

---

(1) Poudre de feuilles et de fruits de sassafras pilés, servant à aromatiser et épaissir la soupe. (N.d.T.)

menait à la salle de bal à l'étage. Ce festival de masques fascinait Janvier quand il était petit, et les années n'avaient pas érodé le charme troublant qu'exerçait sur lui la foule costumée ; il avait l'impression de se retrouver dans un songe de Shelley ou de Coleridge, quand tout paraît plus intense, plus beau, baigné par un rayonnement cristallin, comme si les barrières du temps et de l'espace, de la réalité et de la fiction, s'étaient soudainement fissurées, livrant passage à des êtres qui n'avaient jamais existé ou qui n'étaient plus.

Marie-Antoinette passa non loin de lui — bonne réplique du portrait de Le Brun que Janvier avait vu au musée du Louvre, bien qu'elle fût autrement plus brune que la rousse Autrichienne originale. Janvier reconnut sa minceur gracile de fée et son rire : c'était Phlosine Seurat, la meilleure amie de sa sœur Dominique. Il ne parvenait pas à se rappeler le nom de son protecteur, bien que Dominique le lui eût cité au milieu de l'habituel flot de ragots qui faisait la matière de sa conversation — il se souvenait seulement que l'homme était planteur de canne à sucre, qu'il avait donné à Phlosine une petite maison rue des Ramparts, mais aussi deux esclaves, et lui versait de surcroît une généreuse pension qui lui permettait de vêtir leur petit garçon comme un prince. L'Indienne était probablement une autre amie de sa sœur.

Il balaya une nouvelle fois la cour du regard.

Il y avait d'autres « Indiens », bien sûr, parmi la vaste cohorte de dieux grecs et de chevaliers, d'Ivanhoé et de Rebbecas, de Césars et de corsaires. *Le Dernier des Mohicans* était aussi populaire ici qu'à Paris. Janvier reconnut Augustus Mayerling, l'un des maîtres d'armes les plus cotés de la ville, entouré par la petite troupe de ses élèves pleins de vénération, et songea qu'il lui faudrait prendre les paris avec sa sœur sur le nombre de duels qui seraient lancés ce soir. Tout au long de ces années durant lesquelles il avait joué du piano dans les soirées et réceptions de la Nouvelle-Orléans, Janvier avait remarqué qu'il y avait en moyenne moins de rixes aux bals des quarterons du Ruban Bleu qu'aux bals privés de la société blanche.

Et même en cette nuit de mascarade, il nota que ceux qui parlaient français ne se mêlaient pas à ceux qui parlaient anglais. Il y avait des choses auxquelles le carnaval ne changeait rien.

À Paris, cela l'avait fait rire aussi, à l'époque où il avait toutes les raisons d'en rire.

Allons, n'y pense plus, se dit-il tout en ouvrant la porte de service. *La soirée sera vite passée. Je me demande si cette pauvre fille… ?*

Elle se trouvait justement dans le couloir de service qui menait au minuscule bureau du directeur, à la cuisine et à l'escalier du personnel.

Entendant la porte s'ouvrir, elle fit volte-face, tournant vers lui la tache de son visage masqué et barbouillé de peintures de guerre. Elle était en train de regarder ce qui se passait au-delà de la petite porte au fond du couloir et, comme elle se hissait sur la pointe des pieds, Janvier crut qu'elle allait se sauver par le grand vestibule de l'autre côté, où il ne pourrait pas la suivre. Il s'aperçut à ce moment-là de l'absurdité de son costume de pacotille en peau de daim : elle portait un corset moderne, un jupon en dessous, et un petit réticule de perles à la ceinture. En revanche, ses deux tresses brunes étaient fidèles à Cooper. Elle portait des gants noirs ordinaires et rapiécés, ainsi que des mules et des bas noirs, crottés par la boue de la rue.

Elle cessa de s'intéresser au vestibule et voulut s'esquiver par l'escalier étroit qui menait à la salle à manger de l'étage et au petit salon attenant où les filles venaient raccommoder avec une épingle leurs volants déchirés.

— N'ayez pas peur, mademoiselle, déclara Janvier. Je voulais juste m'assurer que vous alliez bien.

— Oh, mais bien sûr.

Elle redressa les épaules avec brusquerie, geste qu'il connaissait bien — il l'avait vu des centaines, sinon des milliers de fois, mais celui-ci n'appartenait pas à une femme adulte dans sa mémoire…

— Merci, monsieur Janvier. Cet individu était… importun.

Elle s'efforçait de parler d'une voix calme et un peu arrogante, mais il vit bien au mouvement nerveux du cuir doré

de sa jupe qu'elle en avait encore les genoux qui tremblaient. Elle inclina la tête vers lui, porta la main à son
absurde coiffe, faisant au passage tomber deux nouvelles
plumes de coq, et s'avança vers lui pour s'en retourner dans
la cour. Elle le fit avec un naturel parfait et, ainsi qu'il le
comprit après coup, non sans une certaine audace. Lorsqu'elle passa devant lui, il put mieux scruter son visage, et
c'est alors qu'il se rappela où il avait déjà vu ces épaules
raides, ces lèvres pleines, et entendu cette voix.

— Mademoiselle Madeleine ?

Elle se figea sur place, tandis qu'au même instant la
lumière se faisait dans l'esprit horrifié de Janvier.

— *Mademoiselle Madeleine ?*

Elle croisa son regard, s'efforçant vainement à une moue
surprise et indifférente. C'était une femme, à présent, dont
la taille de guêpe s'évasait jusqu'à une superbe poitrine,
mais les adorables yeux noisette étaient bien ceux de l'enfant dont il se souvenait.

Elle voulut se précipiter au-dehors, mais il se planta
devant la porte, lui barrant le passage. Elle s'arrêta, indé-
cise, l'air de réfléchir aux échappatoires possibles, tout
comme lorsqu'elle était petite et que son père entrait après
la leçon de piano pour lui demander si elle voulait prendre
un citron glacé avant que son professeur de danse arrive.

Janvier se souvenait que la plupart du temps elle répondait :

— Est-ce que nous ne pourrions pas jouer un autre
morceau, papa ? Nous avons encore bien le temps.

Et le vieux René Dubonnet lui donnait en général son
assentiment :

— Si cela ne dérange pas monsieur Janvier, ma chérie,
disait-il avant d'ajouter à l'intention du professeur de piano :
Merci de vous prêter à son caprice. Est-ce que cela vous
dirait de prendre vous aussi un citron glacé quand vous
aurez fini, monsieur ?

Qu'un Français, un Blanc, offrît à un homme de couleur
qui était le professeur de musique de sa fille de prendre un
rafraîchissement, cela n'avait en soi rien d'extraordinaire,
mais son ton trahissait néanmoins davantage que de la
simple politesse. En tout cas, certainement plus de cour-

toisie que même un Français ne lui en témoignerait à présent.

Il s'aperçut qu'il ignorait le nom qu'elle portait maintenant. Elle devait tout au plus avoir 27 ans. N'eût-elle point parlé, il ne l'aurait pas reconnue, alors qu'elle, bien évidemment, l'avait repéré tout de suite : avec les serviteurs vêtus de vestes blanches, ainsi que les croupiers de couleur dans la salle de jeu, il faisait partie des seuls hommes à l'intérieur de l'établissement à ne pas être masqués.

Tout ceci lui traversa l'esprit en un éclair, tandis qu'elle semblait encore se demander si elle allait prétendre ne pas le connaître du tout et nier avoir jamais été cette enfant qui interprétait avec une rage féroce les œuvres modernes pour piano. Avant qu'elle ne se soit décidée, il lui indiqua d'un geste de la main le bureau désert du directeur et maître de cérémonie de la Salle, un certain Léon Froissart, lequel demeurerait encore un bon bout de temps en haut, dans la salle de bal, avant de redescendre. Eût-il été à Paris, Janvier lui aurait offert son bras, car elle tremblait. Mais, même si elle devait sans doute se faire passer pour une octavonne — il était des octavonnes aussi pâles de peau qu'elle —, il ne devait point la toucher, puisqu'il était noir.

Seuls les Blancs avaient le privilège de danser ou de flirter avec les dames de couleur qui se rendaient aux bals du Ruban Bleu, et de pouvoir les embrasser. Eux seuls pouvaient en profiter. Les hommes noirs ou de couleur, qu'ils soient libres de naissance, affranchis ou esclaves, faisaient seulement partie des meubles. S'il n'avait pas perdu l'habitude de garder constamment les yeux baissés, lors de ces seize années passées à Paris, Janvier n'aurait même pas regardé le visage de cette femme.

Elle sema encore quelques plumes de coq noires derrière elle en le précédant dans le bureau. La pièce était à peine plus large qu'un placard, et seulement éclairée par la lumière jaunâtre des lampadaires de la rue et l'éclat intermittent de flambeaux, qui se répandaient par l'imposte au-dessus des volets ; à travers les murs, l'on percevait la cacophonie des orchestres de cuivres et les cris dans la rue, faibles mais distincts.

Cherchant toujours à feindre, elle déclara :

— Monsieur Janvier, en vous remerciant de m'avoir porté secours, je…

Mais il l'interrompit :

— Mademoiselle Dubonnet, dit-il, fermant la porte après avoir jeté un coup d'œil rapide de part et d'autre du couloir, afin de vérifier que nul ne les avait vus. Laissez-moi vous dire deux choses. Primo : si vous tenez à vous faire passer pour l'une de ces dames, c'est-à-dire pour une « placée » ou pour une femme qui voudrait le devenir, commencez donc par ôter votre alliance. Elle fait une bosse sous votre gant, et quiconque vous prendra la main pour danser la sentira à coup sûr.

La main droite de Madeleine Dubonnet alla en un éclair à la gauche, dissimulant la partie rapiécée de son gant. Elle avait de grandes mains pour une femme — et même du temps où elle était petite fille, se rappela-t-il, le côté extérieur de ses gants était toujours reprisé, comme pour ceux-ci. Peut-être était-ce ce détail qui lui avait rafraîchi la mémoire. Comme la femme reprenait tant bien que mal le dessus sur la petite fille d'antan, il poursuivit :

— Deuxio : ce n'est pas un endroit pour vous. Je sais ce que ce conseil a de déplacé de ma part, mais quelle que soit la raison qui vous ait poussée à venir ici — et je présume que cela a quelque chose à voir avec un homme —, rentrez chez vous maintenant. Quoi que vous ayez envisagé, faites-le d'une autre manière.

— Ce n'est pas… commença-t-elle d'une voix hésitante, mais voyant le désarroi coupable dans ses yeux, Janvier lui imposa de nouveau le silence en levant la main.

— Certaines de ces dames sont peut-être aussi légères que vous, poursuivit-il d'une voix douce, mais toutes ont été élevées dans ce milieu et savent comment s'y comporter. Tout le monde se connaît, ici, et elles savent bien ce qu'il faut faire ou éviter de faire — elles savent à qui elles peuvent parler ou non, quelle placée est avec quel gentleman, quels sont les hommes avec qui elles peuvent flirter, ou ceux qu'elles doivent laisser seuls. Même les jeunes filles qui viennent ici pour la première fois accompagnées de leur mère afin de faire des rencontres savent tout cela. *Vous, non.* Rentrez donc chez vous. Rentrez chez vous immédiatement.

Elle détourna la tête. Elle avait toujours eu tendance à rougir facilement, et il pouvait presque voir ses joues s'empourprer sous le bord emplumé de son masque. Il se demanda si elle était toujours aussi belle qu'à l'époque où il lui faisait répéter ses gammes, jouer des passages simples de Mozart, des quadrilles et les adaptations d'arias avec lesquels il sensibilisait ses élèves à la musique. Elle avait une oreille remarquable, se souvint-il ; ces grandes mains qui rompaient la couture de ses gants étaient capables de couvrir de une à deux octaves. Il se rappelait la fureur avec laquelle elle attaquait Beethoven, telle une louve affamée se jetant sur un morceau de viande, la passion distante, presque détachée, qui brillait au fond de ses yeux.

Des cors claironnèrent et des tambours roulèrent dans la rue au passage d'une bande de masques d'humeur bagarreuse. Quelqu'un cria :

— Vive Bonaparte ! À bas les Américains !

Combien de temps cela faisait-il maintenant ? Dix ans ? Douze années que l'homme était mort ? Et il était toujours capable de déclencher des émeutes de rue.

— Salaud !

— Crapaud !

— Athéiste !

— Orléaniste !...

Janvier vit soudain l'éclair argenté des larmes perler aux paupières de Madeleine.

— Je vous dis cela pour votre propre sécurité, mademoiselle Dubonnet, déclara-t-il. Ces filles-là, je les connais bien. Avec leurs commérages, elles vous mettent en pièces une réputation comme des cannibales dépècent un corps. Si l'on vous reconnaît, votre nom sera traîné dans la boue. Vous le savez bien.

Il parlait avec calme, comme si elle était toujours cette fillette aux cheveux bruns assise au piano, qui avait partagé avec lui cette passion complice de l'art. Pendant un moment, elle garda les yeux baissés.

— Je sais tout cela, dit-elle d'une voix étranglée.

Janvier sortit de sa poche un mouchoir propre qu'il avait toujours sur lui. Elle le prit et se sécha les yeux, étalant un peu ses peintures de guerre. Puis elle inspira profondément, soupira et releva les yeux vers lui.

— C'est juste que… je n'ai pas d'autre choix. Et puis, soit dit en passant, je suis devenue Mme Trépagier.

— Madame *Arnaud* Trépagier ?

Cela lui porta un coup au cœur, comme s'il avait raté une marche dans l'obscurité. Il avait entendu les commérages des amies de couleur de sa sœur sur le compte des épouses et des familles de tous ces Blancs qui les entretenaient — ils leurs achetaient une maison, payaient l'éducation de leurs enfants, leur donnaient de l'argent pour leurs pantoufles et leurs robes. Se rendre au bal du Ruban Bleu, même masquée, même en cette période permissive de carnaval, était en soi scandaleux pour n'importe quelle femme blanche. Mais pour la veuve d'Arnaud Trépagier, venir ici, vêtue d'une peau de daim tout droit sortie d'un cauchemar de trappeur, moins de deux mois après que le corps de son époux eut été enseveli dans la crypte familiale des Trépagier au cimetière de Saint-Louis…

On ne la recevrait plus nulle part dans la paroisse, ni même dans tout l'État. La famille de son mari et les siens la répudieraient. L'aristocratie créole était impitoyable. Et Janvier savait que lorsqu'une femme avait été mise au ban de la société, ici ou à Paris, il n'y avait pas grand-chose qu'elle pût faire pour subsister.

— De quoi s'agit-il ? s'enquit-il.

Jamais elle n'avait agi sottement. À moins qu'elle ne fût tombée dans le piège d'une folle et intense passion amoureuse, ce devait être particulièrement grave.

— Qu'est-ce qui ne va pas ? demanda-t-il encore.

— Je dois parler à Angélique Crozat.

Pendant un moment, Janvier ne put que la fixer avec des yeux ronds, incapable de parler, atterré. Enfin, il parvint à dire :

— Êtes-vous *folle* ?

Il n'était de retour à la Nouvelle-Orléans que depuis trois mois, mais il savait déjà tout d'Angélique Crozat. Les gens de couleur libres qui habitaient les villas pastel de la rue des Ramparts et de la rue Claiborne, les Français vivant dans leurs maisons entassées les unes sur les autres en ville, les Américains à l'ombre des chênes de leurs faubourgs où s'étendaient auparavant les plantations de canne à sucre, ainsi que les esclaves dans leurs dépendances et mansardes étriquées, tous savaient à quoi s'en tenir sur Angélique Crozat. Tous savaient qu'elle s'était donnée en spectacle à la cathédrale, en y piquant une colère noire, et qu'elle avait même craché sur un prêtre à la confession du carême, l'année passée ; qu'elle avait déchiré, du col à l'ourlet, une robe de soie rose qui valait au moins 500 dollars lors d'une querelle avec sa modiste, et qu'elle avait jeté par la fenêtre d'une voiture un bracelet de diamants qui avait atterri dans le caniveau lors d'une dispute avec un amant. Tout le monde connaissait sa langue de vipère, dont le venin corrosif laissait des trous fumants et des cicatrices dans la réputation de ceux dont le nom franchissait ses lèvres ; tout le monde savait comment les hommes la regardaient lorsqu'elle passait dans la rue.

— Je dois la voir, répéta Mme Trépagier d'une voix égale mais déterminée. *Il le faut.*

Soudain, la porte s'ouvrit derrière lui. Les yeux de Madeleine s'écarquillèrent de peur et elle recula derrière la table de travail de Froissart, s'éloignant de Janvier autant que le permettait la minuscule pièce. Janvier, croyant qu'il s'agissait du cardinal de Richelieu, se retourna en se demandant ce qu'il allait bien pouvoir faire si ce dernier s'en prenait *de nouveau* à elle — et ce qui se passerait si l'on devinait que Mme Trépagier était blanche, en la voyant seule avec lui dans cette pièce, et pis encore, si l'on découvrait qu'elle cherchait à rencontrer Angélique Crozat.

Mais ce n'était qu'Hannibal Sefton, légèrement ivre, comme à son habitude, une guirlande de fleurs et plusieurs colliers de pacotille en perles de verre irisé autour du cou.

— Le bal commence à 8 heures !

Une moustache grisonnante ombrait son sourire et, avec l'alcool, son intonation d'Anglo-Irlandais de bonne famille était plus accentuée que d'ordinaire.

— Froissart va te botter les fesses, ajouta-t-il.

— Froissart sait qu'il n'a pas intérêt à s'approcher de mes fesses, rétorqua Janvier.

Mais il savait bien qu'il devait y aller. Sa longue expérience de musicien professionnel lui avait appris qu'il valait mieux être à l'heure, dans l'intérêt de sa propre réputation, mais aussi de celle des autres qui jouaient avec lui. Les directeurs et maîtres de cérémonie cherchaient rarement à savoir qui était le fautif si l'orchestre commençait en retard.

Il se retourna vers Mme Trépagier.

— Partez immédiatement, lui dit-il tout en voyant briller dans ses yeux la même détermination inflexible qu'arborait la petite fille d'antan.

— Je ne peux pas, répondit-elle. Je vous en supplie, ne me trahissez pas. Je dois absolument rester.

Il jeta un coup d'œil à Hannibal debout derrière lui dans l'embrasure de la porte, son précieux violon à la main, puis se retourna vers Mme Trépagier.

— Je peux vous laisser, proposa charitablement Hannibal, mais Froissart va descendre ici d'une minute à l'autre.

— Non, répondit Janvier, ça ira.

Les traits toujours figés, Madeleine Trépagier paraissait effrayée mais calme, comme un soldat avant la bataille. *Elle n'y survivra jamais*, se dit-il. *Pas si la Crozat devine sa véritable identité...*

— Écoutez, reprit-il. Je vais aller trouver Angélique et arranger pour vous un rendez-vous avec elle chez ma mère, d'accord ? Je vous enverrai un billet demain.

Elle ferma les yeux, et la raideur de ses épaules et de son cou s'atténua un peu ; elle s'appuya d'une main sur le coin du bureau. Janvier comprit alors qu'elle aussi savait tout ce qu'on racontait sur Angélique Crozat. Suivit un gros soupir, puis un hochement de tête. Une autre plume de coq se détacha et tomba paresseusement comme un gros flocon de neige noire.

— C'est d'accord. Je vous remercie.

Ils sortirent, la laissant dans le bureau. Hannibal regarda à gauche et à droite pour vérifier qu'il n'y avait personne dans le couloir, puis ils se faufilèrent derrière la porte et se dépêchèrent de gravir l'étroit escalier de service qui sentait le moisi. Dans le vestibule de l'étage, Janvier ramassa une autre plume de coq tombée au beau milieu du parquet en bois de cyprès, de peur que Richelieu, s'il passait par là, ne la remarquât lui aussi. Avec un peu de chance, une fois que l'orchestre aurait commencé à jouer, la musique attirerait tout le monde dans la salle de bal et madame Trépagier pourrait s'esquiver sans attirer l'attention. Il ne lui serait guère difficile de trouver un fiacre dans la rue Royale.

Ne m'étais-je pas dit, il y a un quart d'heure : plus jamais ça ? Il redoutait cet entretien avec Angélique Crozat — malveillante, arrogante, et si fière de la pâleur de sa peau qu'elle traitait les hommes de couleur libres avec autant de mépris que les esclaves noirs. Le coup de poing que le cardinal de Richelieu lui avait expédié dans la mâchoire promettait d'être doux en comparaison. Au moins, cela avait été rapide.

— Qui était cette dame ? s'enquit Hannibal, comme ils débouchaient dans le petit couloir qui séparait le petit salon de la salle à manger aux portes closes.

— Une amie de ma sœur.

La porte du petit salon, elle, était entrouverte, laissant voir une pièce de dimension modeste baignée par la lumière jaune des chandelles ; à côté d'une armoire débordant de costumes destinés aux tableaux vivants de minuit, deux filles, vêtues de ce qui devait probablement figurer des toges de la Grèce antique, cousaient frénétiquement un vêtement de velours bleu brodé de perles.

— Au cas où tu l'aurais oublié, ce genre de tête-à-tête risque de t'attirer les foudres de son protecteur, et de lui causer du tort à elle aussi.

Franchissant un passage voûté, ils arrivèrent dans le hall sur lequel débouchait l'escalier principal. Sur le palier, le brouhaha des voix venues d'en bas et d'en haut se mêlait en un flot polyglotte au sein duquel mots et phrases de français, d'espagnol, d'allemand et d'anglais américanisé flottaient, épars et désincarnés, tels des feuilles à la dérive. De lourdes odeurs de pommade, de roses, de femmes et de parfums français épaississaient l'atmosphère comme un roux de soupe, que le maigre courant d'air venu du dehors par les trois portes grandes ouvertes de la salle de bal ne parvenait point à rafraîchir.

Hannibal fit un arrêt à l'entrée, derrière la porte centrale de la salle, pour prendre un verre sur la table du buffet et une bouteille de champagne dans le seau de glace pilée importée de Nouvelle-Angleterre. L'un des serveurs de couleur commença à dire quelque chose, puis, le reconnaissant, lui fit un grand sourire.

— Tu n'as besoin que d'un seul verre, violoneux ?

Hannibal regarda l'homme avec des yeux ronds, noirs comme du charbon, tendit la coupe à Janvier, la lui remplit cérémonieusement et, portant le goulot de la bouteille à ses lèvres, but une longue gorgée de champagne.

« Ô que ne ferais-je pour une coupe pleine du chaud Midi,
Pleine de l'authentique et vermeille Hippocrène,
Au bord perlé de bulles scintillantes,
Qui tachent de pourpre les lèvres [1] *. »*

Il leva solennellement son verre, trinqua avec Janvier et poursuivit sa route vers l'estrade dressée au fond de la salle. Janvier rafla deux autres coupes pour Jacques et tonton Bichet, qui les attendaient derrière la rangée de palmiers nains en pot. Le domestique secoua la tête en riant et s'en retourna servir du champagne aux hommes qui s'agglutinaient dans le hall aux autres entrées de la salle, réclamant à cor et à cri un dernier verre avant le début du bal.

Comme il s'asseyait au piano — un Érard sept octaves, couvert de dorures et importé à grands frais de Paris — et ôtait son chapeau et ses gants, Janvier crut apercevoir la tache beige d'une robe en peau de daim près de l'entrée, à l'autre bout de la salle. Alarmé, il scruta attentivement la foule, mais la mosaïque changeante des convives l'empêchait de distinguer quoi que ce soit.

---

(1) John Keats, *Ode à un rossignol*. L'Hippocrène est la fontaine du mont Hélicon où vivent les Muses, qui a jailli à l'endroit où le sabot de Pégase heurta la terre. (N.d.T.)

Une vive inquiétude s'empara de lui, mêlée de colère. *Bon sang, fillette, j'essaye de t'empêcher de courir à ta perte !* Il fit courir ses mains le long du clavier, pour s'échauffer ; puis il adressa un signe de tête à Hannibal et tonton Bichet qui, tels des acrobates, attaquèrent d'un même élan les fulgurantes envolées du *Marloboro Cotillion.*

Qu'est-ce qui m'a pris ! Je suis trop vieux pour jouer les chevaliers servants. La lèvre lui cuisait, et il frémit intérieurement à l'idée de devoir aborder Angélique Crozat un peu plus tard dans la soirée.

D'ailleurs, à quoi cela servirait-il, si madame Trépagier avait décidé de monter à la salle de bal malgré tout…

Mais pourquoi aurait-elle eu envie de monter ? Il avait bien vu son soulagement à l'idée de ne pas avoir à solliciter cette femme elle-même ; il avait deviné l'angoisse que lui inspirait cette rencontre.

Non, il avait dû mal voir.

Il espéra de toutes ses forces qu'il avait mal vu.

Des hommes arrivaient par les entrées du hall et conduisaient leurs dames sur la piste de danse, formant des carrés. D'autres surgissaient derrière le rideau qui masquait discrètement le passage voûté reliant la Salle d'Orléans à la porte du Théâtre juste à côté, embrassaient leurs maîtresses, échangeaient poignées de main et sourires complices avec leurs amis, tandis que leurs épouses, fiancées et mères, à deux pas de là, devaient sans nul doute s'éventer en se demandant à voix haute où leurs hommes avaient bien pu passer.

Telles étaient les mœurs du pays.

Janvier secoua la tête.

Toute la famille de Madeleine Trépagier et celle de son défunt mari assistaient probablement au bal d'à côté. Il ne connaissait pas de femme créole qui n'eût point de frères ou de cousins. Certes, les membres de la famille de Madeleine devaient ignorer sa présence en ces lieux et ne s'attendaient sûrement pas à la croiser au Théâtre, mais il y avait toujours un risque. Avec un peu de chance, les premières danses — cotillon, valse, pantalonnade — retiendraient toute leur attention, ce qui laisserait à la jeune femme le temps de prendre la poudre d'escampette.

À condition qu'elle en eût envie...

Les rythmes sautillants du cotillon le ramenèrent à la réalité. Il savait que durant l'heure qui allait suivre, la musique serait la seule chose à laquelle il aurait le temps de penser. Quoi qu'elle décidât de faire, il lui faudrait se débrouiller toute seule.

Cette histoire ne regardait qu'elle, bien sûr, mais il gardait un souvenir attendri de la petite fille dont le génie et l'âme passionnée vibraient à l'unisson de la sienne. Il fallait qu'elle se sentît vraiment désespérée pour oser venir à ce bal. Elle était calme, sage et très réfléchie étant enfant ; mais son audace, aujourd'hui, frisait la témérité. Il regretta de tout son cœur de ne pas avoir eu le temps de la raccompagner en personne à la demeure des Trépagier en ville.

Et il le regretta bien plus encore, quand on découvrit le corps dans le petit salon au fond du hall.

2

Benjamin Janvier donna son premier concert de piano en public à un bal de quarterons. Il avait 16 ans, et depuis de nombreuses années déjà, il jouait lors des réceptions et soirées dansantes privées que Saint-Denis Janvier donnait pour les fêtes de Noël et de carnaval. Benjamin était déjà incroyablement grand à l'époque ; c'était un garçon gauche, dégingandé et affreusement timide. Saint-Denis Janvier avait embauché pour lui le meilleur professeur de musique de la Nouvelle-Orléans, le jour même où il avait racheté — et affranchi — sa mère.

Le professeur de musique était un Autrichien qui qualifiait Beethoven de « dément sybaritique » et plaçait l'opéra au même niveau culturel que les chants que Ben avait appris durant ses huit premières années et que les esclaves psalmodiaient en chœur dans les champs de canne à sucre de la plantation de Bellefleur, où s'étendait à présent le faubourg américain de Saint-Mary en pleine expansion. L'Autrichien — Herr Kovald — expliqua au jeune garçon que la plupart des Blancs avaient des protégées, des « placées » comme on disait, et il pensait manifestement que ce n'était que le dû des enfants que leurs pères illégitimes payassent leur éducation tant musicale que littéraire. S'il trouva curieux que Ben semblait ne pas avoir la moindre goutte de sang européen dans les veines, il s'abstint néanmoins de toute remarque.

Ben était le meilleur, disait-il avec simplicité, et à ce titre méritait plus de coups que les autres — tout comme un diamant doit être taillé pour révéler son éclat, tandis que les bijoux de pacotille et autres perles ordinaires n'ont besoin que d'être frottés un peu pour briller.

Herr Kovald jouait du piano dans les bals de quarterons qui, à cette époque, avaient lieu dans une autre salle de la rue Royale. En ce temps-là, comme aujourd'hui, les riches planteurs, marchands et banquiers de la ville y emmenaient leurs maîtresses, mulâtresses ou quarteronnes — leurs « placées » — danser et faire des connaissances, loin des restrictions imposées par leurs épouses ou futures épouses ; ils y emmenaient leurs fils, afin qu'ils pussent eux aussi se choisir une maîtresse. En ce temps-là, comme maintenant, les femmes de couleur libres, placées ou ex-placées, venaient avec leurs filles dès que celles-ci avaient l'âge, afin qu'elles se trouvent un protecteur attitré à leur tour, conformément à l'usage du pays. Le cercle de la bonne société créole était plus restreint, et composé exclusivement de Français et d'Espagnols. À cette époque, les quelques Américains qui avaient établi leurs plantations à l'orée de la ville, depuis le rachat de la Louisiane par les États-Unis, se contentaient quant à eux de faire des plus jolies de leurs esclaves leurs concubines, et les revendaient ou les renvoyaient aux champs quand leur beauté s'était étiolée.

Lors des fêtes de carnaval de l'année 1811, Herr Kovald tomba malade, prémices du mal qui allait le ronger et l'emporter par la suite. Comme si la chose avait été entendue au préalable, il fit simplement parvenir un billet au logis de Livia Janvier, lui demandant d'envoyer son fils Benjamin le remplacer au piano. En dépit de la sévère désapprobation de sa mère (« Jouer pour moi est une chose, petit, mais aller faire l'orgue de Barbarie pour amuser les traînées à trois sous qui fréquentent ces bals… »), il s'était exécuté, sans la moindre hésitation.

Depuis, hormis une parenthèse de cinq ou six années, il n'avait cessé de jouer comme musicien professionnel.

La salle était comble lorsque le cotillon s'acheva. Janvier leva les yeux de son clavier pour scruter la foule du haut de l'estrade, tandis qu'Hannibal partageait le champagne avec les deux autres musiciens et faisait du plat à Phlosine

Seurat, qui venait de découvrir que perruques poudrées et robes à panier convenaient bien mieux aux figures majestueuses du menuet qu'aux cavalcades effrénées du cotillon. Entre divers extraits de Schubert, pour permettre aux danseurs de reprendre leur souffle, Janvier chercha encore du regard Madeleine Trépagier — si toutefois c'était bien elle qu'il avait cru apercevoir à l'entrée de la salle —, puis Angélique Crozat, et enfin, faute de trouver l'une ou l'autre, sa sœur Dominique.

Il savait que Minou serait là, en compagnie de son protecteur Henri Viellard. Dès la naissance de sa sœur, quatre ans avant son départ pour Paris, Janvier avait su que la jolie petite fille était destinée à devenir une « placée » — destinée à devenir la maîtresse d'un Blanc, comme leur mère l'avait été, à jouir d'une maisonnette rue des Ramparts ou rue des Ursulines, sans autre obligation que de veiller au bien-être et au plaisir de son protecteur, quel que soit le moment de la journée où il choisissait de débarquer.

Pragmatique, Janvier comprenait que c'était une existence somme toute agréable pour une femme de couleur, que cela lui permettait d'assurer confort et sécurité matérielle à ses enfants. Néanmoins, il était bien content de s'être trouvé à Paris lorsque sa mère avait commencé à emmener Minou aux bals du Ruban Bleu.

Juste au moment où il attaquait une valse, il aperçut sa sœur dans une envolée de soie rose et de velours brun, au niveau de la grande entrée. Bien qu'elle fût masquée d'un domino bordé de rose, on ne pouvait pas ne pas la reconnaître, à sa façon de serrer les mains, d'échanger embrassades et gloussements de rire, sans cesser d'accorder toute sa vigilance au gros homme blond à lunettes qui se traînait lourdement à ses côtés. Viellard avait manifestement renoncé à relever le défi consistant à porter tout à la fois des bésicles et un masque — il était fort élégamment vêtu d'un habit couleur prune, d'un gilet vert de jade et de pantalons crème et, de loin, ressemblait vraiment à une prune géante. Lorsque la valse s'acheva, Dominique traversa la piste de danse de son pas menu pour se diriger vers l'estrade des musiciens, levant vers eux une main gantée de dentelle. C'était une superbe fille, à la peau dorée et aux yeux de velours, dont les traits évoquaient un chat égyptien.

— Je ne savais pas que la reine Guenièvre faisait confectionner ses toilettes à *La Belle Assemblée*, dit Benjamin en englobant d'un geste de la main sa jupe en forme de cloche à la dernière mode, la congère de volants en dentelle blanche de son col et ses manches bouffantes — résultat, lui avait récemment appris Dominique, d'une armature de baleines dissimulée sous l'étoffe et d'un rembourrage de duvet de cygne.

Comme toutes les femmes de couleur de la Nouvelle-Orléans, elle était censée porter un tignon en public, sorte de foulard noué en turban, mais elle avait profité de la liberté autorisée par le bal masqué pour arborer une extraordinaire coiffe faite de plumes roses et blanches, de mèches de cheveux tressées, torsadées et pommadées, et de tortillons de dentelle amidonnée au bout desquels des glands à pointe rose se balançaient en tous sens — bref, l'ornement le plus éloigné de la gracieuse souveraine de Camelot qui se pût imaginer.

Les femmes, de nos jours, n'aiment rien tant que se parer des pires atours qui soient, conclut Janvier à part lui.

— Je ne m'habillerai en reine Guenièvre qu'au moment des tableaux vivants, idiot ! lança-t-elle. Ah, là, là ! je suis affreusement en retard — pendant le carnaval, il n'y a pas moyen de faire presser l'allure à tous ces serviteurs, même pour un dîner en privé — et je viens à l'instant d'apprendre que le costume d'Iphigénie Picard, qui doit jouer dans notre tableau, n'est même pas terminé ! ajouta-t-elle d'un ton acerbe. D'ailleurs, elle n'est pas la seule dans ce cas. Iphigénie me disait…

— Est-ce qu'Angélique Crozat est là ?

Durant ces trois mois passés à la Nouvelle-Orléans, Janvier avait fini par comprendre que le seul moyen d'en venir au fait, lors d'une conversation avec Dominique, était de l'interrompre sans pitié dès que son discours torrentiel commençait à dévier dans une direction autre que celle que l'on voulait.

Elle ne dit mot pendant un moment, mais il vit ses lèvres pleines frémir imperceptiblement sous le rebord du masque. Sa question venait de jeter un froid glacial entre eux, comme s'il venait de lui brandir sous le nez un pain de glace importé de Nouvelle-Angleterre.

— Mais pourquoi veux-tu parler à Angélique Crozat, au nom du ciel ! s'exclama-t-elle enfin. Je te le déconseille, soit dit en passant. Le vieux Peralta a entrepris des pourparlers avec la maman d'Angélique — pour son fils, tu sais, le petit qui a le menton fuyant, et le pauvre garçon est fou de jalousie dès qu'il voit un autre homme poser les yeux sur elle. Augustus Mayerling a dû l'empêcher de provoquer deux duels déjà, à cause d'elle, qu'il n'était d'ailleurs guère en droit de provoquer — Galen, je veux dire — parce que, bien entendu, les négociations ont à peine commencé et…

— Je dois lui transmettre un message de la part d'une amie, dit Janvier d'une voix douce.

— Tu ferais mieux de l'écrire au dos d'un billet de banque si tu tiens à ce qu'elle le lise, observa Hannibal, venant s'accouder au piano. Et en mots simples d'une seule syllabe : Tu as déjà causé avec cette femme ? Très shakespearien. Beaucoup de bruit pour rien.

Levant la main, il arracha deux plumes de la coiffe de Dominique, enroula ses propres cheveux — qu'il avait longs — sur sa nuque, et les fixa en chignon en y plantant les pennes comme des épingles.

Elle lui assena une tape sur la main, mais le gratifia néanmoins d'une œillade coquette comme jamais elle n'en accordait aux hommes de la même couleur qu'elle. Hannibal dissimula un sourire sous sa moustache et lui retourna un clin d'œil ; avec sa carcasse maigre, sa tenue miteuse et sa mine louche, on eût dit un elfe souffreteux.

— Je n'ai pas eu ce plaisir, répondit Janvier d'un ton sarcastique. Pas récemment, en tout cas ; elle me traitait de nègre et de sale Africain quand elle avait 6 ans. Mais il m'est arrivé d'entendre certaines conversations qu'elle a eues avec d'autres personnes.

— Ouais, moi aussi. On l'entendait dans tout le quartier.

— Elle sera là, déclara Dominique d'une voix encore pleine de ce calme glacial précédant la tempête. Et je crois que vous ne constaterez aucune amélioration dans ses manières. Et surtout pas envers ceux qui n'ont rien à lui offrir. Mais bon, une fille doit se débrouiller d'une manière ou d'une autre pour vivre. Je ne lui reproche pas de s'intéresser aux propositions de M. Peralta, mais...

— Ah bon, il y a un problème avec Peralta ?

Janvier comprit qu'il venait échouer sur l'un de ces innombrables bancs de sable à demi immergés parmi lesquels la société de la Nouvelle-Orléans — créoles, gens de couleur et esclaves — manœuvrait comme entre les écueils et hauts-fonds d'un fleuve. Un jour, il serait à nouveau capable, comme autrefois, de naviguer à l'instinct entre tous ces ragots — ainsi que le faisaient sa mère et Dominique — et de distinguer le parfum de scandale environnant un jardin byzantin de la senteur anodine d'un nom tombé par hasard dans la conversation comme un pétale de rose. Mais cela prendrait du temps. Comme bien d'autres choses, d'ailleurs...

Toujours est-il qu'il ne se rappelait rien de scandaleux à propos du vieux et digne planteur.

— Non, répondit Dominique, un peu surprise de sa question. Seulement, Arnaud Trépagier n'est décédé que depuis deux mois à peine. (Janvier la fixa d'un air accablé, redoutant qu'elle eût reconnu Madeleine.) Or, poursuivit-elle, Arnaud Trépagier était le protecteur d'Angélique. Et je crois que...

— Sale fils de pute ! lança soudain une voix tonitruante.

Toutes les têtes se tournèrent dans la même direction. Un petit homme bien mis, en hauts-de-chausses et pourpoint, était campé à l'entrée du passage voûté conduisant à la salle voisine et à ses réjouissances autrement plus respectables. Janvier trouva extrêmement théâtrale la manière dont l'individu retenait les rideaux à bout de bras, comme s'il cherchait inconsciemment à compenser sa petite stature en les soulevant le plus haut possible.

L'instant d'après, tous les regards convergèrent vers l'objet de son épithète, à croire que l'identité de l'intéressé ne faisait aucun doute dans les esprits. Même Janvier le repéra immédiatement, en voyant la foule s'écarter autour de lui. Il reconnut le grand Pierrot américain qui crachait du tabac dans la cour un peu plus tôt dans la soirée.

Pour un Américain, il parlait très bien le français :

— Mieux vaut être fils de pute que maquereau, monsieur.

Serviteurs et amis arrivèrent d'un peu partout pour voir ce qui se passait, tandis que Hauts-de-Chausses, furieux, s'avançait d'un pas décidé dans la salle de bal, brandissant bien haut ce qui semblait être un journal replié, comme s'il eût voulu frapper sa victime avec. Un pirate vêtu de satin pourpre et un pseudo Turc au costume voyant — pantalons vert pistache et turban orange vif évoquant une citrouille — attrapèrent Hauts-de-Chausses chacun par un bras. Il se débattit comme un beau diable, sans cesser de hurler des invectives, qu'il ne se priva pas de réitérer quand les deux hommes, aidés du maître d'armes Mayerling, le traînèrent de force derrière le rideau pour le ramener au Théâtre d'Orléans. Le Pierrot américain se contenta de les regarder, caressant avec détachement sa mince moustache brune sous le bord de son masque. Un soldat romain — qui, dans son armure dorée en papier mâché, faisait davantage penser à un gros bonbon — émergea du corridor en arc de voûte, s'aplatit contre le mur pour permettre au petit groupe de passer, puis, faisant voler sa cape cramoisie, se dirigea vers le Pierrot. Ce dernier eut un geste qui semblait dire : « Je m'y attendais. »

Hannibal resserra l'une des chevilles de son violon et pinça quelques cordes.

— Je suis prêt à parier un dollar qu'ils se battront sur le coup de minuit.

— Parce que tu crois que ce Granger va rester là à l'attendre ? rétorqua tonton Bichet.

Personne ne savait de qui tonton Bichet était ou avait été l'oncle à l'origine, mais tout le monde l'appelait ainsi depuis toujours. Il était presque aussi grand que Janvier et maigre comme une tige de canne à sucre, prétendait avoir 90 ans et portait d'anciennes cicatrices tribales sur le front, les pommettes et les lèvres.

— Moi, je dis que le temps que Bouille parvienne à se débarrasser de sa petite famille dans l'autre salle, poursuivit tonton Bichet, Granger aura déjà déguerpi. Et dis-moi, monsieur le Blanc, où donc vas-tu trouver un dollar ?

— Pour que tout le monde dise qu'il a préféré filer ? objecta Jacques, dubitatif. Moi, je suis persuadé qu'il va rester, et je leur donne jusqu'à 11 heures pour un défi de duel.

— Ce William Granger ?

Comme tous ceux qui avaient lu ses lettres publiées dans *L'Abeille* de la Nouvelle-Orléans et suivi l'escalade de sa guerre épistolaire avec Bouille, Janvier n'ignorait pas que William Granger était un spéculateur, spécialisé dans les nouvelles compagnies de tramway. Il passait certes son temps à chiquer du tabac, en vrai rustre du Kentucky, mais n'en appartenait pas moins à cette race d'hommes d'affaires américains, fraîchement débarqués à la Nouvelle-Orléans par les vapeurs, avec une réputation douteuse et toutes sortes de combines dans leurs valises pour s'enrichir rapidement. L'altercation de ce soir était peut-être bien la conséquence de sa correspondance avec le rédacteur en chef de *L'Abeille*, et de la rapidité avec laquelle ses accusations à l'encontre du président du conseil municipal avaient dégénéré : non content d'alléguer que le conseiller Bouille touchait des pots-de-vin en se livrant à des confidences non autorisées auprès de spéculateurs intéressés à des projets d'exploitation de lignes de tramway concurrents, Granger s'était bientôt répandu en propos diffamatoires sur son infidélité conjugale, ses origines familiales douteuses et ses mœurs indignes d'un gentleman, pour n'en citer que quelques-uns...

Les démentis du conseiller Bouille n'étaient d'ailleurs guère plus dignes dans leur ton, en particulier après que Granger l'eut accusé de ne même pas savoir parler correctement français.

Janvier secoua la tête et attaqua les brillantes mesures de *Pantalon*. Des remous se produisirent dans la foule qui fusionna, puis se scinda en deux rangées de couples, et une grande ronde se forma tout autour de la piste de danse. Le créole avec la créole, l'Américain avec l'Américaine, le Français expatrié avec la Française expatriée... et le bonapartiste avec la bonapartiste, pour autant qu'il pouvait en juger.

Il vit le jeune maître d'armes prussien émerger du passage conduisant à l'autre salle de bal, l'infamant journal coincé sous le bras, et scruter la foule. Il avait le visage balafré et son nez pointu le faisait ressembler à un héron. Il était vêtu d'un costume de velours brodé de perles comme on en portait à la Renaissance. Le pirate en pourpre franchit le rideau à sa suite, et eut un rapide conciliabule avec lui — un foulard de soie couvrait ses cheveux, mais rien ne pouvait empêcher son bouc cuivré de jurer atrocement avec le rouge de l'étoffe. Puis Mayerling fendit la foule pour aller parler à Granger, qui avait manifestement déjà oublié l'incident et demandait à Agnès Pellicot si l'une de ses filles accepterait de lui accorder la faveur d'une danse.

Agnès le détailla de la tête aux pieds, d'un regard capable de geler toute une récolte de haricots sauteurs dans l'instant, et déclina son offre. Janvier avait entendu sa propre mère dire que son amie allait avoir bien du mal à trouver de bons protecteurs pour Marie-Anne, Marie-Rose, Marie-Thérèse et Marie-Neige ; mais même pour Agnès Pellicot, un yankee restait un yankee.

Son protecteur s'en étant allé rejoindre sa fiancée officielle dans la salle du Théâtre, Phlosine Seurat agita la main en direction de Mayerling qui, traversant la salle, vint se joindre au petit groupe avec qui elle discutait. Il était escorté par un tout jeune homme, aux cheveux blonds et au menton fuyant, portant un habit de velours gris très chic.

Janvier se laissa emporter par le flot de la musique — du « tour des mains » à la « demi-promenade » en passant par la « chaîne anglaise » — et pendant un moment, elle fut, avec la joie des danseurs, la seule chose qui existât pour lui. Plongé au cœur de cette envolée musicale, il oublia le temps et l'espace, la brûlure de sa lèvre fendue et le Blanc qui lui avait infligé cette blessure, ainsi que la loi de ce pays, qui autorisait cet homme à le frapper ; il oublia tout de l'année passée. Aussi loin que remontait sa mémoire, la musique avait toujours été son refuge, quand le chagrin, la pitié, la rage et le dégoût que lui inspirait ce monde absurde le submergeaient : la musique l'apaisait, comme la douce et hypnotique récitation du rosaire. Les yeux rivés sur les touches qui étincelaient sous l'éclairage au gaz, les oreilles emplies du doux frou-frou des jupons, il pouvait presque se croire de retour à Paris, et heureux.

Étudiant en médecine, il jouait dans les soirées dansantes et les orchestres de théâtre pour payer son loyer et sa nourriture et, après avoir cessé d'exercer à l'Hôtel-Dieu, il n'avait plus vécu que par et pour la musique. Il aimait bien observer les gens aux bals. Les chaperons agitaient leurs éventails, assises sur une rangée de chaises de velours vert ; les demoiselles pouffaient de rire ; les hommes causaient affaires près du buffet ou dans le vestibule, les yeux sans cesse braqués sur les filles, qui leur rendaient la pareille. Janvier vit Granger l'Américain se diriger vers les portes d'entrée pour causer avec le Romain cuirassé d'or, tout en jetant des coups d'œil au groupe derrière lui pour s'assurer que nul ne les écoutait. Quelque chose dans leur façon de parler, bien qu'il ne pût entendre un traître mot de ce qu'ils disaient, laissa penser à Janvier que le Romain était américain lui aussi — et lorsque ce dernier cracha une chique de tabac dans le bac de sable à l'angle du mur, il n'en douta plus. Un vague malaise s'empara de lui à les voir ainsi tous les deux. Il n'aimait pas les Américains et n'avait aucune confiance en eux.

Le jeune homme en habit gris s'avança à son tour jusqu'à l'entrée, jeta un coup d'œil inquiet dans le vestibule, puis revint auprès du groupe des maîtres d'armes et de leurs élèves. Mayerling et maître Andreas Verret causaient, avec une camaraderie peu commune entre escrimeurs professionnels plutôt enclins à se chercher querelle à chacune de leurs rencontres ; d'ailleurs, leurs élèves respectifs se jetaient des regards furieux, hérissés comme des chats de gouttière. Habit Gris répéta ses allées et venues entre le groupe et la porte une bonne demi-douzaine de fois, tripotant sa cravate ou réajustant son masque de soie blanche avec nervosité. *Il attend quelqu'un*, se dit Janvier. *Il fait le guet.*

— La peste soit de cette Angélique ! s'exclama Dominique en s'avançant vers l'estrade dans un bruissement de

jupes, un verre de négus à la main. Je parie qu'elle a fait
exprès d'être en retard ! Agnès m'a dit que deux des filles
qui sont avec elle doivent encore apporter la dernière
touche à leurs costumes pour le tableau vivant — elles font
les elfes Phalène et Graine de Moutarde autour de Titania[1],
incarnée par Angélique — et bien entendu, Angélique est
la seule qui puisse le faire. Mais c'est bien d'elle, ça.

— Ah bon ? fit Janvier, levant les yeux de son clavier,
surpris. J'aurais cru qu'elle voudrait que son groupe soit
parfait, afin de paraître à son avantage.

Minou rétrécit ses yeux félins de déesse égyptienne.

— Elle veut paraître parfaite, dit-elle, mais elle s'arrange
toujours pour que les filles autour d'elle ne le soient pas et
jouent les faire-valoir. Tu n'as qu'à voir comment elle traite
son amie Clémence Drouet — laquelle pourrait certainement épouser un brave homme si elle renonçait à l'idée de
se trouver un riche protecteur. Angélique a dessiné les
robes de Clémence... et tu vois ce que ça donne ?

Elle lui désigna de la tête une jeune fille aux épaules
étroites, qui conversait justement avec le garçon en gris, et
Janvier dut convenir que sa toilette, bien que fort belle et
élégamment brodée de dentelle, soulignait ses hanches
larges et sa poitrine plate plutôt qu'elle ne les dissimulait.

— Elle a dessiné les robes de toutes les filles qui doivent
figurer dans son tableau, poursuivit Dominique en baissant
la voix. Je ne les ai pas vues terminées, mais je suis prête
à parier ma garde-robe qu'une fois sur Marie-Anne et Marie-
Rose, le résultat sera aussi atroce que sur Clémence.

— Elle est donc méchante à ce point ? demanda Janvier,
qui connaissait ce genre de ruse vestimentaire.

— Il faut qu'elle soit la plus belle du groupe, petit,
répondit Dominique en haussant les épaules. Et les deux
Marie sont plus jeunes qu'elle.

Elle hocha la tête en direction d'Agnès Pellicot, la mère,
coiffée d'un tignon brodé de rangs de perles, majestueuse
dans sa robe de soie jaune d'œuf, apparemment engagée

---

(1) Titania est la reine des fées dans *Le Songe d'une nuit d'été*, de Shakespeare.
(N.d.T.)

dans des pourparlers concernant ses filles avec un grand gaillard incarnant lui aussi une mauvaise réplique d'Ivanhoé. Les filles minces aux yeux de biche effarouchée qui se tenaient en retrait derrière elle étaient Marie-Anne et Marie-Rose.

Elles devaient avoir 16 et 15 ans, estima Janvier — il se rappelait qu'Agnès avait mis au monde et perdu son premier enfant peu avant son départ pour la France —, âge auquel, probablement, Madeleine Dubonnet avait dû épouser Arnaud Trépagier.

En y réfléchissant, Janvier se dit qu'il n'y avait guère de différence entre cette union et celle qu'Agnès Pellicot s'efforçait de conclure pour ses filles avec Ivanhoé. En théorie, les petites étaient libres, tout comme Madeleine Dubonnet l'avait été, de se marier — ou de nouer des liens de placée à protecteur — avec un homme de leur choix. Mais ce choix reposait sur la nécessité : elles savaient bien que pour avoir du pain sur la table et un toit au-dessus de leurs têtes, le mieux était de se « vendre » à un Blanc aux meilleures conditions possibles. Pourquoi se résigner aux privations et aux économies de bouts de chandelles, pourquoi se condamner à vendre des légumes sur le bas-côté de la route ou à s'esquinter les doigts et les yeux en travaux de couture, quand on pouvait s'habiller de soie, avoir des servantes et passer la journée à apprêter sa coiffure ?

Une fille doit se débrouiller d'une manière ou d'une autre pour vivre.

Angélique Crozat fit alors son entrée dans la salle de bal, et Janvier comprit la raison du ton glacial de sa sœur.

C'était vrai, les femmes de couleur n'avaient pas vraiment le choix. Même la plus belle et la plus blanche des octavonnes ne pouvait aller bien loin sans un riche protecteur. C'était la coutume du pays.

Mais il était vrai aussi que les strictes conventions sociales qui enchaînaient les femmes blanches — condamnées à la timidité et à l'ignorance avant le mariage, à la pruderie pendant, et à douze longs mois de voiles noirs après le décès de l'époux, si toutefois elles n'étaient pas mortes en couches avant lui — ne s'appliquaient pas aux femmes de couleur de la société demi-mondaine, plus sensuelle et plus rationnelle.

Cependant, c'était bien autre chose encore que de paraître à un bal dans une éblouissante toilette à la dernière mode de Paris deux mois après avoir enterré son amant.

La robe d'Angélique en soie gaufrée, était d'un blanc immaculé et d'une coupe simple et exquise. Comme celle de Dominique, elle dévoilait audacieusement la naissance d'une poitrine mûre et épanouie, et était dotée de manches bouffantes qui soulignaient la courbe nette de son corset parfaitement ajusté, par le truchement féerique de couches superposées de dentelle amidonnée.

Son visage était caché jusqu'aux lèvres par un masque tigré de chat souriant, le grand nuage vaporeux de ses cheveux noirs entrelacé à des tortillons de dentelle, des pendentifs bigarrés, des gerbes de fausses mèches rouges et de boucles blondes, et une ensorcelante queue de cheval blanc cendré lui ruisselait dans un désordre chaotique sur les épaules et retombait jusqu'à sa taille menue. Des ailes, constituées d'un fin réseau de fils tendu sur une armature de baleines, couvertes de paillettes étincelantes de verre et de strass, frémissant au moindre de ses mouvements, sertissaient son visage et son corps d'une auréole brillante. On eût dit un être à part, illuminé, n'appartenant pas à ce monde.

Une triple rangée de perles encerclait son cou — de grosses perles baroques, serties dans du très vieil or, alternant avec ce qui semblait être des émeraudes brutes qui rehaussaient la pâleur de son teint crémeux. Elle portait en sautoir le même genre de collier barbare, qui lui retombait dans le creux des seins ; des bracelets assortis ornaient ses poignets, et d'autres bijoux identiques étoilaient l'océan sauvage de sa chevelure.

Tout à la fois hardie, tape-à-l'œil et indécente, ce n'était point là la toilette d'une femme en deuil.

Le petit jeune homme en gris abandonna derechef Clémence, sans même un mot d'excuse, et se hâta en direction des scintillements de cette flamme de glace. Il ne se retrouva pas vraiment seul, car la plupart des hommes

s'étaient agglutinés autour d'Angélique, riant à gorge
déployée à chacune de ses spirituelles reparties.

— Quoi, vous allez vous battre en duel ? lança-t-elle à
l'adresse d'un Ivanhoé cuirassé et d'un Hercule. Vous avez
arraché sa peau de lion à ce monsieur dans le vestibule ?
Dites donc, Votre Majesté ! Vous avez emmené vos six
épouses mais pas votre bourreau ? Quelle imprévoyance !
Vous risquez fort d'avoir besoin de ce bourreau !

Malgré lui, Janvier se sentit traversé d'une onde de désir.

Le jeune homme en gris, la main levée, fraya son chemin
parmi la foule attroupée autour d'elle. Elle l'aperçut, croisa
et soutint son regard et, sous le bord de son masque, ses
lèvres vermeilles s'étirèrent en un sourire accueillant.

Tout est dans la synchronisation... Juste à l'instant où le
garçon s'apprêtait à ouvrir la bouche pour lui parler, Angélique tourna la tête vers quelqu'un d'autre, délibérément,
ayant parfaitement calculé son coup.

— Tiens, mais voici l'homme qui donnerait son royaume
pour un cheval !

Elle fit un grand sourire au Romain bardé de dorures et,
lui prenant la main, le laissa la conduire sur la piste de
danse.

Comme ils s'éloignaient, elle sourit encore une fois au
garçon en gris.

C'était une habile et cruelle manœuvre de séduction,
comme Janvier en avait déjà vu dans bien des bals, tout au
long de sa carrière de musicien ; le jeune homme, bouche
bée et impuissant, resta planté où il était, serrant rageuse-
ment les poings. Léon Froissart, vrai petit dandy parisien
avec son habit bleu et ses bas immaculés, se précipita alors
auprès d'une jeune dame flanquée de sa mère — *Agnès
Pellicot va être folle de rage*, songea Janvier, car ni Marie-
Anne ni Marie-Rose ne se trouvaient dans les parages à ce
moment-là — et entreprit de la présenter au jeune homme,
lui offrant la main gantée de la demoiselle. Mais le garçon
en gris la repoussa et leva un poing menaçant qui fit reculer
Froissart. L'espace d'un instant, Janvier crut bien qu'il allait
frapper le maître de cérémonie.

Au lieu de quoi, il repartit et disparut parmi la foule qui
grouillait dans le hall d'entrée.

Secouant la tête, Janvier attaqua un quadrille.

À la fin de la danse, quand il put de nouveau s'intéresser aux divers petits drames qui se jouaient dans la salle, il constata que les deux filles d'Agnès Pellicot avaient rejoint leur mère, et que les prédictions de Minou à propos des cruels talents de modiste d'Angélique étaient on ne peut plus justes. Marie-Anne et Marie-Rose portaient à présent deux robes manifestement choisies pour offrir le plus grand contraste possible avec les jupes éclatantes et les ailes scintillantes de la reine Titania, et conçues tout exprès pour souligner la disgracieuse grande taille de la plus âgée, ainsi que le teint jaunâtre et les avant-bras potelés de la plus jeune. Les deux filles étaient effondrées et au bord des larmes, conscientes de leur allure, mais sans vraiment en comprendre la raison, et Agnès — qui n'était point sotte et avait autrement plus d'expérience en matière de confection — semblait sur le point de succomber à une crise d'apoplexie.

Langoureuse, rieuse et radieuse derrière son masque de chat, Angélique darda ses yeux noirs sur Marc-Antoine et l'envoya chercher du champagne. Puis elle disparut dans le vestibule de l'entrée, l'extrémité de ses ailes flottant au-dessus des têtes dans la foule.

— Je reviens, lança Janvier en se levant.

Hannibal hocha distraitement la tête et alla se jucher sur le bord du piano, tandis que tonton Bichet et Jacques abandonnaient l'estrade, en quête d'un verre de négus. Janvier se dirigea à contrecœur vers les portes d'entrée en jouant des coudes, et crut entendre une petite musique, une très ancienne mélodie, à peine audible, flotter dans l'air derrière lui, comme un ruban défraîchi.

Mieux vaut le faire maintenant, songea-t-il. Le souvenir de cette petite poupée de 6 ans dans sa robe à volants de dentelle lui revint en mémoire. Dans le salon de la mère de Janvier, la fillette avait attrapé le petit chat de Minou, qui miaulait désespérément, à demi étranglé, et quand Benjamin avait cherché à lui faire lâcher prise, elle lui avait lancé : « C'est pas toi qui vas me dire ce que je dois faire, espèce de sale nègre ! »

Et la mère d'Angélique — cette dame potelée, portant une robe de satin rose et des aigrettes de diamants, qui bavardait en ce moment même avec Henry VIII et ressemblait elle-même à un chat de cette époque — avait ri.

Les créoles avaient un proverbe qui disait : « Mets un mulâtre sur un cheval et il niera que sa mère est une négresse. »

Angélique était dans le hall, près de l'escalier, et échangeait quelques mots avec Clémence qui avait gravi les marches pour la rejoindre, et dont les bons yeux d'épagneul reflétaient la plus vive inquiétude ; mais Angélique ne tarda pas à se désintéresser de sa compagne pour se tourner vers un pirate au costume doré et un Ivanhoé en bleu et jaune venus lui offrir un verre de négus et une part de gâteau. Indécis, Janvier s'immobilisa, sachant qu'il serait mal reçu s'il se risquait à les interrompre maintenant ; c'est alors que le garçon en gris surgit derrière lui et se rua comme un fou furieux sur Angélique dont il empoigna et secoua violemment les fragiles ailes en dentelle.

Faisant voler sa crinière étincelante, elle se retourna brusquement, ce qui contribua à déchirer un peu plus ses ailes.

— Allons bon, il ne vous suffit plus de passer votre temps à arracher les ailes des mouches ? lança-t-elle d'une voix effilée comme une lame de rasoir, faisant reculer le garçon d'un pas.

— Ga... ga... garce ! s'exclama-t-il, pleurant presque de rage. Tr... tr... traînée !

— Ooh ! fit-elle, haussant ses épaules nues d'un geste moqueur. Est-ce là toute l'étendue de votre vo... vo... vocabulaire, Galenette ? demanda-t-elle, imitant à la perfection son bégaiement. Apprenez au moins à appeler les gens par leur nom et à vous exprimer comme un homme.

Rouge de colère, le jeune Galen leva le poing. Angélique avança imperceptiblement, redressant la tête et tournant un peu son visage de côté comme si elle eût attendu un baiser au lieu d'un coup, et le regarda droit dans les yeux, sans se départir de son air amusé.

Mais la mère d'Angélique surgit à son tour et fondit sur eux dans un tourbillon étincelant de bijoux, laissant le jeune homme interdit.

— Monsieur Galen, voyons… Monsieur Galen, reprenez-vous ! Je vous en conjure !…

Angélique eut un petit sourire de triomphe et, accompagnée du bruissement moqueur de ses jupes vif-argent, se hâta de disparaître dans l'ombre du couloir menant au petit salon.

— Angélique a tellement d'esprit ! disait la mère (laquelle s'appelait Dreuze, se souvint Janvier, Euphrasie Dreuze). Ma fille chérie est ainsi, tout feu tout flamme ! Un jeune homme tel que vous n'ignore assurément pas qu'une fille ne se donne autant de mal pour rendre un homme jaloux que si elle en est amoureuse ?

À contrecœur, le garçon quitta des yeux le couloir en arc de voûte où avait disparu Angélique, fixa la femme qui s'agrippait à lui de ses petites mains couvertes de bagues comme s'il la voyait pour la première fois, puis, tournant la tête, contempla le cercle qui s'était formé autour d'eux, visages masqués dépourvus d'expression, à l'exception des yeux où brillait une lueur avide.

— Monsieur Galen, le salua Clémence, tendant une main hésitante.

Galen écarta la jeune fille de son chemin et, poussant un grognement primitif, se précipita au bas du grand escalier.

Clémence fit demi-tour, cachant sa bouche derrière ses mains tremblantes, et s'enfuit par le passage voûté à la suite d'Angélique. Mais Janvier vint lui barrer la route à l'entrée du corridor.

— Je vous prie de bien vouloir m'excuser, dit-il. Mais j'ai un message à transmettre à Mlle Crozat.

— Oh, murmura Clémence, troublée et hésitante. Oh… je suppose…

Elle lui indiqua la porte du petit salon, à quelques pas de là. Il laissa la jeune fille derrière lui et ouvrit résolument la porte.

— Comment *osez-vous* lever la main sur moi ?

Angélique était debout près de la fenêtre. La lueur jaune des chandelles la nimbait d'une auréole de miel empoisonné. Ses mots étaient pleins d'animosité, mais sa voix, enjôleuse, était celle d'une femme qui cherchait querelle à seule fin de conclure la scène par un baiser.

Elle se tut, interdite, en s'apercevant que ce n'était pas Galen qui l'avait suivie dans la pièce.

— Oh, dit-elle. Sortez. Qu'est-ce que vous voulez ?

— Je viens de la part de Mme Trépagier, qui m'a demandé de venir vous parler, répondit Janvier. Elle aimerait vous rencontrer.

— Vous êtes nouveau, dit-elle d'une voix teintée de curiosité, indifférente à ce qu'il venait de dire. En tout cas, Arnaud ne m'a jamais parlé de vous. Elle ne doit pas être aussi pauvre que ses lamentations le laissent accroire si elle a des gaillards comme vous chez elle.

Les yeux d'Angélique le jaugèrent derrière le masque de chat, et la moue de sa bouche lui permit de deviner son dépit — son dépit et son irritation à la pensée que son amant Arnaud Trépagier avait dépensé au moins 1 500 dollars pour un homme tel que lui et qu'elle n'en avait rien su.

— Je ne fais pas partie de la domesticité de Mme Trépagier, mademoiselle, rétorqua Janvier, faisant effort sur lui-même pour ne pas hausser le ton.

Il se rappela le désir fulgurant qu'elle avait fait jaillir en lui un peu plus tôt et lutta pour refouler son dégoût, qui ne faisait qu'alimenter sa colère.

— Elle m'a demandé de venir vous trouver et de convenir avec vous d'un rendez-vous, poursuivit-il.

— Cette truie n'abandonnera donc jamais ?

Elle haussa impatiemment les épaules, et ses mains gantées de dentelle se mirent à tortiller les émeraudes serties d'or et les perles baroques qui reposaient sur la soie blanche de sa robe.

— Je n'ai rien à lui dire, déclara-t-elle. Dites-le-lui. Et dites-lui aussi que si jamais elle se risque à me faire une vilaine petite blague typiquement créole, comme me dénoncer à la police pour outrage aux bonnes mœurs, j'ai moi aussi plus d'un tour dans mon sac. La banque de mon père détient le fric de la moitié des conseillers, le capitaine de la police et le maire inclus. Maintenant, vous pouvez...

Soudain, elle cessa de le regarder et fixa ses yeux sur la porte derrière lui. À l'instar d'une comédienne se glissant dans la peau d'un personnage, sa physionomie changea du

tout au tout. Son corps s'amollit avec une grâce féline sous
la lueur sensuelle des chandelles, et ses yeux se voilèrent
d'un désir langoureux. Comme si Janvier était soudainement devenu invisible, et avec exactement le même ton et
la même inflexion de voix qu'elle avait eus à son entrée
dans la pièce, elle dit :

— Comment *osez-vous* lever la main sur moi ?

Janvier n'eut pas besoin de se retourner pour
comprendre que Galen Peralta se tenait derrière lui dans
l'embrasure de la porte.

Il devait donc partir. Il se sentait la furieuse envie de
rester et de gâcher les beaux plans d'Angélique, mais il
savait que cela n'apporterait rien de bon, ni à lui ni à Madeleine Trépagier. Et Peralta lui ordonnerait de sortir de toute
façon.

Le garçon tremblait, déchiré par la colère, l'humiliation
et le désir. Angélique s'avança vers lui, le menton levé et
la taille cambrée, pleine de lascivité.

— Quel brave petit gars que voilà ! roucoula-t-elle, reje-
tant sa chevelure en arrière.

Chacun de ses gestes était calculé, étudié pour provoquer l'agressivité, la rage et l'émoi désespéré d'un garçon
de 17 ans.

Passant près du jeune homme blême dans l'embrasure de
la porte, Janvier se sentit un pincement de pitié pour lui.

— Vous... vous...

Galen écarta Janvier de son chemin, le poussa dans le
couloir et claqua violemment la porte, qui tonna comme
un coup de canon dont le bruit se répercuta dans tout le
corridor de l'étage.

Ce fut la dernière fois que Janvier vit Angélique Crozat
vivante.

3

Garce, pensa Janvier, le cœur plein d'une rage sourde et froide. *Garce, garce, garce.*

La colère le dévorait, à cause de la manière dont elle l'avait regardé, comme un objet lui appartenant, et parce qu'il comprenait que cette femme s'était immiscée, telle une voleuse, dans la vie de celle qui avait été Madeleine Dubonnet et en avait fait de la charpie. Le fait d'avoir désiré Angélique Crozat, ne serait-ce qu'un instant — comme probablement tout homme qui avait posé les yeux sur elle — le dégoûtait plus qu'il ne pouvait le dire. Son confesseur, le père Eugenius, lui dirait que c'était là le repentir du péché originel, ce en quoi il aurait probablement raison.

Dans la salle de bal, on eût dit qu'une grande guerre venait d'éclater. Janvier entendit les cris avant même d'arriver dans le couloir de l'étage parfaitement désert, hommes et femmes s'étant tous attroupés devant les trois portes d'entrée. La voix perçante de M. Bouille, vociférant des insultes, dominait le tintamarre discordant d'une fanfare qui jouait des marches dans la rue.

— Un voyou et un menteur, une ordure indigne de la bonne société…

Granger, songea Janvier, amusé. Bouille reprenait exactement les mêmes termes qu'il avait employés dans sa dernière missive à *L'Abeille*.

— Vous me traitez de menteur, monsieur ? Oserez-vous nier avoir touché des dessous-de-table à chaque transaction pour ces projets de voie ferrée au rabais ?…

— La corruption est peut-être bien pour vous, les Américains, une façon de régler vos affaires, monsieur, mais sachez que ce n'est pas dans les habitudes d'un gentleman !

— Qui est le menteur, à présent, dites-moi ?

La foule se fit houleuse, grondeuse, et l'on entendit la voix impuissante de M. Froissart s'élever plaintivement :

— Messieurs ! Messieurs !

Janvier se faufila discrètement dans le dos des gens attroupés autour de Bouille et Granger pour rejoindre Hannibal, tonton Bichet et Jacques, qui partageaient une bouteille de champagne derrière le piano. Dans tous les bals exclusivement réservés aux créoles, il n'avait jamais vu de soirée se dérouler sans son lot de coups de canne, de menaces au pistolet ou de bagarres au poing dans la cour ou les salles de jeu — *tout cela en vertu de ce principe du « duel pour l'honneur » dont les créoles se targuent*, songea-t-il. Quand ce n'était pas un bonapartiste qui crachait à la figure d'un orléaniste, c'était un avocat qui s'en prenait à un autre avocat à cause de remarques d'ordre personnel prononcées au tribunal, ou encore un médecin défiant un autre médecin suite à une furieuse querelle par lettres interposées dans la presse.

— C'est le moment de prendre les paris, dit Hannibal en se versant un verre de champagne. Jacques, ici présent, soutient que la chose se réglera à l'épée…

— Bien sûr que ce sera à l'épée, rétorqua le cornettiste. Bouille dépense la moitié de ce qu'il gagne à la salle d'armes de Mayerling et il n'a qu'une envie, c'est d'essayer son épée ! Il n'arrête pas de provoquer en duel tous ceux qu'il rencontre !

Janvier secoua la tête, et but une gorgée pétillante.

— Ça se fera aux pistolets, déclara-t-il.

— Aux pistolets ? Je te croyais plus chevaleresque !

— Les Américains se servent toujours de pistolets.

— Je te l'avais bien dit, lança tonton Bichet à Jacques.

Dans l'ensemble, il y avait bien moins d'incidents aux bals des quarterons qu'aux bals des créoles. Janvier se demandait si c'était parce qu'ils se sentaient obligés de faire bonne impression sur leurs maîtresses, faute d'avoir sur elles la même autorité que sur leurs épouses légitimes, ou s'il fallait mettre cela sur le compte de la pression sociale des familles créoles, qui les incitait tout simplement à boire davantage.

— Pourceaux vivants à trente pas, décréta Hannibal solennellement, brandissant un petit four au crabe. *Arma virumque cano*[1]... As-tu réussi à parler à la Crozat ?

— Monsieur Bouille, vous vous oubliez, et vous oubliez où nous sommes !

Dominant la foule — dans n'importe quelle foule, Janvier dépassait en général tout le monde d'une tête —, il aperçut un vieux gentleman à barbe blanche, vêtu d'un habit de satin bleu foncé comme on en portait cinquante ans plus tôt, s'interposer entre William Granger et Jean Bouille qui, face à face, brandissaient leurs cannes comme des gourdins.

— Je ne m'oublie pas ! hurla Bouille. Pas plus que je n'oublie qui je suis. Je suis un gentleman ! Cette canaille m'a insulté en public et j'obtiendrai réparation !

Granger hocha la tête. Son accent était nasillard et traînant, mais pour le reste, son français était irréprochable :

— À l'heure et à l'endroit qu'il vous plaira, monsieur. Jenkins... (Le soldat romain s'avança d'un pas et inclina la tête, retenant sa couronne de laurier d'une main nerveuse.) Auriez-vous l'amabilité de me servir de témoin ?

— Voyons, réfléchissez ! gémit Froissart. Je vous en conjure, écoutez donc les paroles sensées de M. Peralta ! Ce différend peut sûrement se régler autrement, et être discuté en un autre lieu.

Le conseiller municipal eut un sourire méprisant et leva sa canne comme pour prévenir la fuite de son adversaire ; Granger le toisa d'un œil fixe et glacial, et cracha en direction du bac à sable. Froissart jetait des regards affolés autour de lui, quêtant de l'aide, quand Janvier sentit une main se poser sur son épaule. C'était Romulus Valle, le majordome de la salle de bal.

— Tu ferais peut-être bien de nous jouer un morceau, Ben, lui dit le vieil affranchi en désignant de la main la masse des convives qui tordaient le cou pour ne rien perdre

_____

(1) Début de *L'Énéide* de Virgile : « Je chante les combats et le héros... » (N.d.T.)

de la scène. Histoire de changer les idées à tous ces braves gens.

Janvier hocha la tête. Si quelque chose pouvait détourner l'attention des créoles des prémices d'un duel, c'était bien une danse. Jacques et tonton Bichet retournèrent à leurs places respectives ; les mains d'Hannibal tremblaient certes un peu lorsqu'il reprit son violon et son archet, mais l'orchestre attaqua néanmoins le quadrille écossais le plus populaire de son répertoire sans la moindre fausse note. Déjà des groupes se formaient, alors que Froissart et le vieux Peralta escortaient les deux adversaires dans le hall, pour vraisemblablement les conduire en bas, dans le petit bureau du maître de cérémonie.

Espérons que notre charmant Galen et la belle dame sans merci[1] n'auront pas préféré l'intimité du bureau à celle du petit salon pour leur tête-à-tête galant, maugréa intérieurement Janvier. *Il ne manquerait plus que le père du garçon les surprît vautrés sur la table.*

Figures croisées. Petits pas. Marche avant, marche arrière, et puis grande promenade…

— Je vais *étrangler* cette femme !

Dominique avait changé de costume pour les tableaux et, devenue Guenièvre, avait renoncé aux corsets et jupons des toilettes modernes, contrairement aux quelques autres Rebeccas et Juliettes qu'il avait pu voir dans la foule. Sans eux, elle paraissait étonnamment sensuelle, mince et fragile, et lui rappelait les jeunes filles de son adolescence qui portaient de simples robes droites serrées à la taille. Il n'avait jamais pu s'habituer à la silhouette que les énormes jupons et manches bouffantes des robes modernes donnaient aux femmes.

— Non seulement elle a disparu sans avoir aidé Marie-Anne et Marie-Rose à se préparer — et ce, juste après leur avoir fait enfiler ces *épouvantables* robes qui ont bien failli donner une attaque à Agnès ! —, mais en plus, comme je

---

(1) Allusion à l'un des plus célèbres poèmes de John Keats, *La Belle Dame sans merci*. (N.d.T.)

n'ai pas arrêté de la chercher partout, j'ai raté l'événement le plus excitant de la soirée à cause d'elle !

— Tu la trouveras au petit salon, l'informa Janvier d'une voix douce. Elle doit être en train de rafistoler ses ailes.

— Ben, je suis allée voir dans le petit salon ! C'est le premier endroit que j'ai vérifié. Ensuite, je me suis rendue dans la salle à manger. Et puis c'est bien fait pour cette… cette poule prétentieuse, s'il lui a arraché ces fichues ailes.

Minou ajusta le drapé d'une longue manche jaune comme du beurre qui tombait jusqu'au sol, et remit en place les boucles noires de son chignon.

— L'as-tu entendue discuter avec sa mère, disant qu'il fallait revenir sur le prix et les conditions négociés avec Peralta père ? s'enquit-elle. Si jamais je vois cette…

— J'ai regardé partout !

Marie-Anne Pellicot venait d'arriver en courant. La couleur de son masque, vert-de-gris, était précisément celle qui flattait le moins son teint café au lait, mais elle ne parvenait néanmoins pas à dissimuler la beauté de l'ovale allongé de son visage. Son envie de pleurer avait cédé à une extrême contrariété.

— Il est presque 11 heures ! Elle avait promis de nous coiffer…

Sa sœur était juste derrière elle. Janvier entendait encore les paroles d'Ayasha résonner dans sa tête : « Une modiste qui connaît son métier est capable d'embellir comme d'enlaidir une même femme, rien que par la coupe des manches. » Il savait ce que sa femme aurait pensé — et dit — d'Angélique, à la simple vue de ces robes dont elle avait affublé les deux jeunes filles.

Malgré son cynisme, Ayasha avait bon cœur. Elle n'aurait jamais laissé Angélique approcher les cheveux de ces malheureuses enfants.

— Si le petit salon est le premier endroit où tu es allée, retourne voir, conseilla Janvier à Dominique.

La musique avait dissipé sa colère. Il était maintenant capable de penser calmement à Angélique et de réfléchir à la situation ; il se demandait seulement ce qu'il allait bien pouvoir dire à Mme Trépagier pour qu'elle n'allât pas commettre une autre folie dans le seul but de rencontrer cette femme. Le désespoir farouche qui brillait dans ses yeux lorsqu'elle lui avait déclaré : « Je dois la voir… *Il le faut* », ne lui disait rien qui vaille.

— Elle et Galen sont peut-être allés ailleurs pour se quereller tranquillement, mais si elle veut réparer ses ailes, il lui faudra bien revenir dans un endroit éclairé.

— Galen ? répéta Marie-Anne, l'air surpris. Galen est parti après les propos qu'elle lui a tenus dans le hall. De bien méchantes paroles, d'ailleurs — ce n'est pas sa faute s'il bégaie.

Janvier soupira.

— Galen est revenu ensuite, lui apprit-il.

— Allons bon ! s'exclama Dominique, levant les bras au ciel. Il ne nous manquait plus que celui-là ! Ce… ce…

— Ce n'est donc pas toi qui as claqué cette porte ? s'enquit Marie-Rose tout en tirant sur le bas de son corset, cherchant vainement à lui donner un angle plus flatteur pour ses hanches.

— Avez-vous vérifié les mansardes ? lança Hannibal tout en enduisant d'une main experte son archet d'une fine couche de colophane. L'escalier du fond permet de monter, et pas seulement de descendre.

— Je vous jure que je vais… Ah ! Voilà Henri.

L'expression ennuyée de Minou s'évanouit et son visage s'éclaira d'un sourire espiègle à la vue de son galant, qui émergeait avec une maladresse de pachyderme des rideaux masquant le passage du Théâtre. Elle tira sur une de ses petites frisettes, qu'elle laissa retomber sur son front avec un négligé calculé.

— Je dois y aller, petit. Vouloir figurer dans un tableau pour éblouir son protecteur est une chose, mais mieux vaut éviter de trop le laisser errer dans la salle sans surveillance pendant les préparatifs…

Elle s'en fut, vive et légère, tel un papillon jaune et noir, abandonnant Marie-Anne et Marie-Rose à leur triste sort.

— Clémence sait peut-être où elle est, dit Marie-Anne, pas même émue par cette fuite soudaine.

Ainsi que Janvier l'avait expliqué à Mme Trépagier, toutes ici connaissaient les règles du jeu.

— Elle est encore là ? Je croyais qu'elle était partie juste après Galen.

Hannibal planta le bout de son archet dans le dos de Janvier et, de l'autre main, fit semblant de jouer du piano sur un clavier invisible.

— Elle ne manquera pas d'aller se recoiffer quand elle aura fini, observa le violoniste avec bon sens. Les autres la rejoindront à ce moment-là.

Et il attaqua les premières mesures d'une valse.

Janvier suivit du regard sa sœur et son protecteur qui tournoyaient dans le double cercle des danseurs, sous la lumière vive de l'éclairage au gaz et l'éclat jaunâtre des chandelles. L'attitude de Dominique — à l'instar de celle d'Angélique — lui causait une certaine gêne, mêlée de lassitude ; elle était capable de laisser littéralement tout tomber pour aller danser avec cet homme dont la mère, les sœurs, les cousines et fort probablement la fiancée se trouvaient en ce moment même au Théâtre d'Orléans ; là, raides et guindées, elles devaient bavarder avec d'autres femmes délaissées, feignant ne pas avoir la moindre idée de l'endroit où leurs hommes avaient pu disparaître à l'instant.

Marie-Anne et Marie-Rose méritaient mieux. Minou méritait mieux. Toutes, d'ailleurs, méritaient bien mieux que cela.

La piste de danse était comble, cette valse étant l'une des plus populaires du répertoire. Il y avait plus d'hommes que de femmes, à présent ; ils regardaient les danseurs, causaient entre eux et flirtaient un peu avec les jeunes filles célibataires, sous l'œil circonspect des mamans. Sous le puissant éclairage de la salle, les costumes formaient un arc-en-ciel aux couleurs vives, étincelant et étrange, comme le cortège fantastique d'armées échappées d'un songe. Il identifia les groupes des tableaux vivants, de par la répétition des thèmes et styles de déguisements, dont nombre de nymphes et de coquettes de l'Ancien Régime. Autant de visions de rêve pour les hommes qui possédaient ces filles, ou cherchaient à se les approprier ; l'occasion pour eux de voir leurs maîtresses parées d'une gloire féerique. *Ce n'est pas une sang-mêlé dont tu as marchandé les services auprès de sa mère que tu aimes... Tu aimes Guenièvre*

*sous sa tonnelle de verdure ; tu aimes la Reine des fées à
la veille du solstice d'été.* Pour les toutes jeunes filles,
venues ici à la seule fin d'exhiber leur beauté sous les yeux
de futurs protecteurs, l'enjeu était plus important encore.

Pas étonnant qu'Agnès Pellicot, qui venait de se précipiter dans la salle pour en ressortir en courant aussitôt,
affichât ce visage de pierre. Pas étonnant qu'elle jetât au
passage ce regard meurtrier à Euphrasie Dreuze, qui para-
dait dans l'outrance de son costume rose et de ses bijoux
étincelants. De son siège devant le piano, Janvier avait vue
sur les trois portes d'entrée et le grand vestibule, ce qui lui
permettait d'observer les allées et venues des hommes et
des femmes — lesquelles, vêtues de rêve, n'en portaient
pas moins le poids bien réel de leur existence sur leurs
épaules.

La mère d'Angélique, interceptant Peralta père qui venait
de pénétrer dans la salle, lui dit quelque chose d'un air
anxieux. Les sourcils blancs du vieux planteur se froncè-
rent et son visage s'assombrit. *Elle lui raconte la querelle*,
songea Janvier, *et elle lui demande s'il n'a pas vu Galen
ou Angélique.* Peralta tourna alors brusquement les talons
et repartit vers le hall, s'arrêtant un instant à la porte pour
s'incliner au passage d'un groupe de jeunes filles qui
entraient dans la salle en bavardant, vêtues pour un tableau
figurant les Dames du Harem.

Janvier reposa les yeux sur les touches du piano. Il y avait
certain rêve qu'il préférait ne pas regarder de trop près.

Elles étaient au nombre de six environ, jeunes pour la
plupart — il ne connaissait pas leurs noms. Minou les lui
avait dits, naturellement, mais même au bout de trois mois,
il ne parvenait toujours pas à se repérer dans la grouillante
société demi-mondaine des gens de couleur. Bien qu'il
n'eût jamais vu Ayasha porter autre chose que de simples
calicots ou une tarlatane ivoire qui avait été sa seule et
unique belle robe — robe dans laquelle on l'avait enterrée
au mois d'août dernier —, la vue de ces dames arabes
rouvrit la blessure encore sensible de son cœur.

Après la valse, ils enchaînèrent avec un autre quadrille
des lanciers, marquant à peine la pause entre les deux.
Assourdis, les éclats de voix d'une querelle se faisaient

entendre chaque fois que quelqu'un soulevait les rideaux du passage. La nuit était déjà bien avancée et tous devaient être plus ou moins ivres, tant de ce côté-ci que de l'autre. Malgré tout, il ne releva pas les yeux, préférant laisser la musique se répandre en lui, tel le népenthès des Grecs.

Peut-être parce qu'Ayasha s'était moquée de ce récent engouement pour le Moyen-Orient. « Tout le monde s'imagine qu'il n'y a rien de plus excitant que la vie de harem », disait-elle ; il revoyait le profil de son visage maigre, son nez aquilin, magnifié par les rayons du froid soleil parisien qui se répandaient par les fenêtres de leur petit salon, rue de l'Aube. Les perles de son ouvrage scintillaient entre ses mains brunes. « Pas d'autre occupation que de se faire belle pour un homme… comme toutes vos petites placées. Tout le monde s'imagine que chaque fille est la favorite du harem, et non pas que la plupart sont d'humbles odalisques condamnées à passer leurs journées à polir les ongles des pieds de leurs compagnes ou à laver leurs draps. Et que le harem est forcément celui d'un homme riche, qui a les moyens de leur offrir des jus de fruits glacés, des huiles parfumées et des sarouals de soie, et non pas des frusques de seconde main qui doivent durer au moins trois ans. »

La fille du désert, imparfaitement déguisée en petite femme française, avait alors secoué la tête. Ses immenses yeux noirs riaient, illuminant un visage qui n'aurait pas dû être beau et qui l'était pourtant. « C'est comme celles qui, chez nous, rêvent de vivre dans un de ces châteaux qu'il y a ici, sans jamais en avoir vu un de leur vie, alors qu'ils me paraissent à moi affreusement inconfortables. Et bien entendu, elles ne se voient que dans le rôle de la reine. »

Ayasha était partie d'Alger à l'âge de 14 ans avec un soldat français, préférant s'enfuir que d'aller vivre dans le harem que son père avait choisi pour elle. Elle avait 18 ans quand Janvier l'avait rencontrée ; de simple couturière, elle était devenue modiste, possédait même une boutique bien à elle — minuscule mais impeccable — et n'avait que faire de tous ces mythes orientaux romantiques.

Toujours est-il que la vue d'une femme avec du henné dans les cheveux, l'odeur de l'huile de sésame et le parfum du miel remuaient encore Janvier jusqu'au tréfonds de son âme.

Il n'arrivait pas à croire que jamais plus il ne la reverrait.

Levant les yeux à la fin du quadrille des lanciers, il vit que le maître d'escrime Augustus Mayerling se tenait près de lui, à côté du piano.

— Monsieur Janvier ? fit celui-ci, inclinant la tête.

Ses traits, fins et pâles, étaient alourdis par un nez en bec d'aigle, et des balafres couturaient son visage de la racine des cheveux à l'os de la mâchoire. Ses yeux étaient d'une étrange couleur noisette, presque jaune, semblables à ceux d'un loup.

— On m'a laissé entendre que vous aviez exercé la médecine par le passé.

— Je suis chirurgien, en réalité, répondit Janvier. J'ai fait mon internat à l'Hôtel-Dieu de Paris. J'ai ensuite exercé dans cet hôpital trois années durant.

— C'est encore mieux.

Les cheveux blonds du Prussien étaient coupés ras comme ceux d'un soldat ; avec la collerette de sa fraise élisabéthaine, cela faisait paraître sa tête plus petite et accentuait sa physionomie de rapace. Comme celui d'Hannibal, son accent était à peine perceptible, bien que Janvier devinât qu'il était davantage le fruit d'une bonne éducation que de nombreuses années passées aux États-Unis.

— Le sang et les os, ça c'est du concret. Je préfère avoir affaire à un homme qui les connaît bien plutôt qu'à un individu qui aurait passé six ans à l'université à ergoter sur l'efficacité des purges à faire monter ou descendre les humeurs du corps, ou sur les doses de mercure et de poivre rouge nécessaires pour clarifier l'hypothétique bile de l'homme. Cet imbécile de Bouille a défié Granger en duel, ajouta-t-il, jugeant manifestement qu'un chirurgien parisien accompli jouant du piano dans les bals de la Nouvelle-Orléans n'était pas un sujet qui fût matière à surprise ni à commentaire. Des enfants, tous les deux.

Les rides aux coins de ses yeux révélaient que Mayerling avait bien l'âge qu'il paraissait, mais il était néanmoins probablement plus jeune que ne l'étaient son élève et l'homme que ce dernier avait provoqué en duel. Janvier s'abstint de toute réflexion, mais les rides du maître d'armes se creusèrent légèrement en une expression amusée et ironique.

— Certes, des enfants qui payent bien, reconnut Mayerling devant la remarque informulée de Janvier. Enfin bref… La femme de Bouille est la sœur de deux médecins de la ville — et ces deux-là ont en fait embrassé la profession grâce aux bons offices de leur puissant oncle, voyez-vous ; j'en connais un troisième, mais il a investi de l'argent dans la future compagnie de tramway LaFayette & Pontchartrain de M. Granger. Les autres praticiens qui m'ont été recommandés semblent être des fanatiques de la saignée… Quant à vous, je suppose que vous n'êtes pas du genre à prescrire une application de ventouses quand vous avez affaire à une balle logée dans un poumon, n'est-ce pas ? Comprenez que ma profession m'oblige à m'intéresser à ces questions.

Étant donné que tous les jeunes gentlemen créoles avaient la fâcheuse habitude de prendre la mouche, d'insulter et de provoquer leurs amis pour la plus insignifiante des offenses, il n'était guère surprenant que Mayerling, Verret, Crocquère et les autres maîtres d'armes entretinssent d'étroites relations avec tous les médecins à cinquante miles à la ronde.

Janvier frissonna. Il en connaissait plusieurs qui procéderaient effectivement de cette façon-là, et administreraient au blessé des purges massives et une grosse dose de calomel — des sels de mercure — pour faire bonne mesure.

— Vous croyez qu'ils accepteront un médecin de couleur ?

Le maître d'armes parut sincèrement surpris.

— Je me moque bien qu'ils acceptent ou non. Jean Bouille est mon élève. L'Américain devra accepter vos soins ou mourir de ses blessures. Ce qui m'indiffère totalement. Puis-je compter sur vous, monsieur ?

Janvier hocha la tête, cachant l'amusement que lui causait l'impériale arrogance du Prussien.

— Vous pouvez, monsieur.

Mayerling lui tendit sa carte et accepta celle de Janvier en échange. Sur celle du Prussien il y avait tout simplement écrit : « Augustus Mayerling. Maître d'armes. » Celle de

Janvier disait : « Benjamin Janvier. Leçons de piano, clavecin, harpe et guitare. » En dessous, figurait la même mention en français.

— J'ai cherché partout, elle n'est nulle part, gémit Marie-Rose en rejoignant Minou qui échangeait des propos badins avec Hannibal par-dessus les palmiers qui encadraient l'estrade.

Il était minuit moins vingt. Henri s'en était retourné parmi l'honorable société de l'establishment, avec la promesse de revenir à temps pour voir les tableaux vivants ; même le vieux Peralta, tout pilier de respectabilité qu'il était, s'était montré fort assidu auprès d'Euphrasie Dreuze et avait déjà effectué plusieurs aller et retour entre les deux bals.

En voyant le vieil homme inspecter le vestibule d'entrée, Janvier avait deviné qu'il n'avait pas la moindre idée de l'endroit où son fils se trouvait. Le garçon n'avait que 17 ans. Si son père l'avait renvoyé à la maison ou obligé à rester dans la salle du Théâtre, il ne serait point allé fureter ainsi dans le hall.

Euphrasie Dreuze, visiblement atterrée à l'idée que sa fille eût pu jeter aux orties un avoir conséquent sur la fortune de Peralta, tournait comme un faisan en cage, trottinant du vestibule à la salle et de la salle au vestibule dans un tourbillon de satin et de bijoux. Janvier croyait bien se souvenir que sa mère lui avait dit qu'Étienne Crozat, propriétaire de la Banque Indépendante et actionnaire d'une demi-douzaine d'autres établissements financiers, avait versé un joli petit pécule à Euphrasie Dreuze lorsqu'il s'était marié. La mère d'Angélique s'inquiétait peut-être pour sa fille, craignant qu'il ne lui fût arrivé quelque chose, mais le goût immodéré et bien connu de la dame pour le pharaon[1] et autres jeux d'argent était probablement la véritable cause de ces regards de plus en plus affolés.

Le Romain, Jenkins, remonta après avoir assisté aux négociations des duellistes dans le bureau du bas, et resta lui

---

(1) Du nom du roi de cœur dans certains jeux de cartes : le pharaon est un jeu de hasard et d'argent. (N.d.T.)

aussi à rôder dans le vestibule avec l'air de chercher quelqu'un, mais Janvier regardait ailleurs à ce moment-là, et ne
le vit pas.

— C'est bien d'elle, ça, soupira Minou après la valse,
tandis que Marie-Anne, Marie-Rose et l'une des dames du
harem — semant quelques plumes de paon dans son
sillage — s'en retournaient au petit trot questionner les
gens dans la cour. J'ai demandé à Romulus de vérifier les
salles de jeu, mais même Angélique n'aurait pas osé y
mettre les pieds. Peut-être bien que cela faisait partie de
son plan de se volatiliser ainsi.

— Quand on soigne sa mise comme elle, ce n'est pas
pour disparaître avant les tableaux vivants, observa
Hannibal.

Pris d'une quinte de toux, il se détourna, une main
pressée sur le flanc, tandis que la lueur des chandelles
faisait luire le film de sueur qui ruisselait le long des sillons
de son front dégarni.

— Non, reconnut Minou. Mais si elle n'est pas revenue
dans les cinq minutes qui suivent, Agnès va devoir coiffer
elle-même ses filles, et tout le monde sait qu'il n'y a rien
qu'Agnès fasse plus mal. Et maintenant, on n'arrive pas à
retrouver Clémence non plus ! Si Henri revient et que tu le
vois ne serait-ce que parler à une autre femme, demande à
un serviteur de verser une drogue dans son verre pour l'en-
dormir, d'accord, petit ?

— Il va alors te falloir un traîneau pour le ramener.

— Je suis sûre que M. Froissart remédiera à cela. Pourquoi faut-il donc que tout aille de travers, ce soir ?

Et elle s'enfuit de nouveau, ses manches gonflées par le
vent de sa course légère, telles des voiles blancs et or.

— Je ne comprends pas pourquoi il leur a fallu près
d'une heure et demie pour ça, dit Hannibal tout en pinçant
les cordes de son violon et serrant de nouveau une cheville.
N'importe laquelle des filles du Marais — la Gloutonne,
Tête-de-Clou ou la grosse Mary — est capable de te faire
crier grâce en moins de cinq minutes. Sept, à la limite, si
tu n'es pas très en forme.

— C'est peut-être bien pour ça qu'elles vendent leurs
charmes au Marais, au lieu de se faire entretenir par un

banquier qui leur payerait une petite maison rue des Ursulines.

— Vous vous moquez, monsieur ! lança en souriant le violoniste, avant de vider d'un seul trait le fond de sa deuxième bouteille de champagne. N'empêche que je donnerais bien toute une semaine d'opium pour voir ce que la Gloutonne pourrait porter à l'un de ces bals.

— Moi, je donnerais cher pour savoir où ils ont pu disparaître tous les deux pendant une heure et demie, répondit Janvier tout en compulsant ses partitions et son programme pour vérifier quel était le tableau qui devait passer en premier. Le bâtiment est plein à craquer. Si Peralta père et Phrasie Dreuze sont tellement perplexes, c'est bien parce qu'ils ont dû interroger tout le monde dans la cour comme dans les salles de jeu, et que personne ne les aura vus partir.

Il arracha la bouteille de champagne vide de la main tremblante d'Hannibal.

— Du calme, fit le violoniste. Ils ont très bien pu se faufiler par le passage et aller au Théâtre. Les baignoires au-dessus de la scène sont pourvues de rideaux. Angélique est assez blanche pour faire illusion. Ça ne doit pas être facile de culbuter une femme habillée comme ça dans une baignoire — douze jupons minimum, pour ne pas parler des ailes —, mais c'est toujours possible, si l'on ne craint pas les crampes aux cuisses.

— Peralta l'aurait appris s'ils étaient allés là-bas, observa Janvier.

— Sans compter que la concurrence est rude pour obtenir une baignoire, ajouta tonton Bichet, qui avait suivi toute la conversation avec un vif intérêt.

Revenant du vestibule, Minou se dirigeait vers eux au pas de course, Agnès Pellicot sur les talons, telles deux jonquilles bravant les intempéries. Janvier les vit toutes deux tourner ensemble leur regard en direction d'Euphrasie Dreuze qui, assise avec deux de ses amies parmi la triple rangée de chaises réservées aux corps grêles et couverts d'or des chaperons, s'éventait d'un air absent avec ce qui semblait être des plumes d'autruche tout en surveillant les entrées de la salle.

— J'ai fait ce que j'ai pu, soupira Agnès, dont les yeux bruns et globuleux jetaient des éclairs mauvais. Toute garce et traînée qu'elle est, elle s'y entend, question coiffure. Comment cette fille a-t-elle pu nous… (Elle fit un geste découragé.) C'est pour Marie-Anne et Marie-Rose la chance de leur vie. Elles sont là pour être vues, pour faire admirer leur beauté. Il faut qu'elles paraissent à leur avantage. Si cette petite prétentieuse de Marie-couche-toi-là ne se montre pas…

— Je vais faire passer son tableau en dernier, dit Janvier en glissant les feuillets de l'aria de Rossini — qui était la musique d'Angélique — derrière les danses de Mozart prévues pour l'entrée du harem.

— Certainement pas ! s'écria une femme masquée, vêtue d'un costume de sultane rouge et or tout droit sorti d'un rêve de fumeur de haschisch. C'est nous qui passons à la fin. Tant pis pour elle si elle perd sa place ! conclut-elle en secouant furieusement son incroyable coiffure faite de plumes d'autruche teintes qui, tels des nuages dans un ciel de tempête, laissèrent échapper quelques flocons duveteux.

— Allons, Rachelle, fit Minou d'une voix enjôleuse. Si elle revient alors que vous avez déjà commencé votre tableau, il faudra bien la faire passer après vous. Songe que ce ne serait pas très gentil de punir Émilie, Clémence ou les deux Marie à cause d'elle. Où est passée Clémence, d'ailleurs ?

— Je crois bien qu'elle est allée prendre l'air après le départ de Galen, intervint Marie-Rose. La tante d'Iphigénie a vu quelqu'un qui portait une robe vert-de-gris comme la sienne dans la cour.

— Bon, écoutez, dit Janvier, voyant la bouche couleur bronze de Rachelle la sultane se tordre de façon menaçante. Nous allons jouer une petite mazurka en extra, histoire de donner un peu plus de temps à tout le monde. Minou, es-tu retournée au petit salon, tout à l'heure ? Il faudra bien qu'elle y aille à un moment ou à un autre si elle tient à réparer ses fameuses ailes. C'est la seule pièce où il y a assez de place pour faire ça.

— Quelle sale petite garce ! murmura Agnès Pellicot, le visage blême de colère. Une vraie catin ! Débarquer au bal ainsi, moins de deux mois après la mort d'Arnaud Trépagier, histoire de voir si elle ne pourrait pas en attraper un autre ! Si elle avait un tant soit peu de décence, elle aurait renoncé au tableau et confié son rôle à une autre fille ! On ne me fera pas croire qu'elle a besoin d'argent. Après tout ce qu'il lui a donné... tous les bijoux dont il l'a couverte, les esclaves, cette maison digne d'une reine... et même des chevaux et un attelage ! Vous avez vu les perles et les émeraudes qu'elle portait autour du cou ! Il quittait sa plantation à cheval tous les soirs pour la retrouver ; il l'emmenait même à l'opéra... Fi donc !

La rage au cœur, elle repartit en direction du hall comme une furie.

— Peut-on se risquer à conclure, murmura Hannibal en tournant une page de la mazurka, que maman mûrissait certain projet quant à Peralta fils et la petite Marie-Rose ?

— Ça m'en a tout l'air, acquiesça Janvier avec philosophie. On y va ?

La danse au rythme rapide entrait dans sa troisième variation quand Minou réapparut dans le hall, le visage blême dans le cadre noir de sa chevelure. Janvier, levant les yeux de son piano, vit le frémissement qui agitait ses manches et la chaîne à pomme d'ambre nouée à sa taille, trahissant le tremblement nerveux de ses mains et de ses genoux. Il fit signe à Hannibal de poursuivre la figure en solo — tout en espérant que son camarade n'allait point se lancer dans de périlleux changements de tempo, comme cela lui arrivait parfois à ce stade de la soirée — et, sans quitter son siège, se pencha vers sa sœur.

— Qu'y a-t-il ?

— Je... articula Minou, avant d'avaler péniblement sa salive. Tu ferais mieux de venir.

— Qu'est-ce qui se passe ?

Il ne connaissait sa sœur que depuis peu, mais il savait que son apparente frivolité dissimulait une remarquable force de caractère. C'était la première fois qu'il lui voyait cet air bouleversé.

— Dans le petit salon, dit-elle. Ben, je crois qu'elle est morte.

4

Depuis l'âge de 14 ans, Janvier voulait faire des études de médecine.

Saint-Denis Janvier l'envoya dans l'une des excellentes écoles auxquelles avaient accès les enfants de la bourgeoisie de couleur — où sa taille de grand échalas et sa peau sombre d'Africain, plus que la situation de placée de sa mère, lui valurent les regards obliques de ses camarades comme lors de ses leçons de musique —, établissement qui s'enorgueillissait de compter dans ses rangs un professeur de science formé à Montpellier et revenu enseigner à la Nouvelle-Orléans où il était né.

Monsieur Gomez croyait davantage aux vertus de l'empirisme qu'à celles de la théorie et préféra lui donner une formation de chirurgien plutôt que de médecin. Janvier lui fut infiniment et éternellement reconnaissant de l'avoir orienté dans cette voie, en dépit des froncements de sourcils et reniflements désapprobateurs de sa mère : « *Chirurgien*, petit ? Tu veux te faire arracheur de dents, alors que tu pourrais avoir un cabinet et une riche clientèle ? »

Mais sa lecture des journaux médicaux, les éternelles discussions des uns et des autres sur la théorie des humeurs ou sur la quantité des doses à administrer — ainsi que son apprentissage auprès de praticiens qui prescrivaient systématiquement une saignée pour n'importe quelle maladie et estimaient que les soins étaient insuffisants tant que l'on n'avait pas administré des sels de mercure au patient jusqu'à ce que ses gencives saignent — eurent tôt fait de le convaincre que jamais il ne pourrait embrasser une profession ancrée sur tant d'ignorance, de demi-vérités et de mensonges arrogants.

Il avait donc disséqué des lapins et des opossums capturés dans les bayous, ou bien des bêtes provenant des abattoirs ; fouiné à son gré dans la maigre bibliothèque de M. Gomez et accompagné l'homme dans ses visites à l'Hôpital de la Charité ; il apprit ainsi à poser des attelles, à aider des enfants à naître et à soigner des fistules, sans jamais se soucier de savoir quelle humeur du corps était ascendante ou non. Janvier était plus qu'un simple étudiant pour Gomez, tout comme Madeleine Dubonnet avait été plus qu'une élève pour lui ; tout comme elle, il était le secret complice du maître dans l'accomplissement d'un mystère, un jeune adepte de la même *gnosis* complexe.

Il se battit aux côtés de Gomez dans l'armée de Jackson lors de l'invasion anglaise et soigna ensuite les blessés avec lui. Lorsque la première épidémie de fièvre jaune s'abattit sur la ville pendant l'été précédant son départ pour la France, il travailla encore aux côtés de son mentor dans les hôpitaux sanitaires.

Mais dès le début, Gomez lui avait conseillé de se faire musicien.

— Ce sergent instructeur autrichien est le meilleur ami que tu aies, petit, dit-il à Janvier avec une lueur triste dans ses yeux noirs d'Ibère. Tu as du talent. Si tu étais blanc, ou même clair de peau comme moi, tu pourrais faire un excellent médecin. Mais même en Europe, où les gens ne disent pas : « C'est un esclave », lorsqu'ils voient passer un Noir, on te regardera et on dira : « C'est un Africain ».

Janvier demeura longtemps assis, les yeux rivés sur ses immenses mains d'ébène, avant de répondre avec un calme parfait :

— Mais je ne suis pas africain.

— Non, reconnut Gomez. Si tu l'étais — je veux dire, si tu vivais réellement en Afrique, dans les tribus —, tu serais probablement devenu sorcier. Ce ne sont pas tous des sauvages là-bas, quoi que les Américains en disent. Tu as des mains de guérisseur et la mémoire des herbes et des remèdes ; tu as la délicatesse du geste qui fait le bon chirurgien, et la rapidité et le courage qui sont le seul salut d'un homme sous le scalpel. Et tu possèdes en outre l'humanité d'un vrai chirurgien. Tu aurais fait un médecin exceptionnel, sur l'un ou l'autre continent. Mais tu n'es pas africain non plus.

Janvier demeura coi. Il avait déjà rencontré trop de gens, des amies de sa mère, les parents de ses camarades de classe, qui lui jetaient ce regard-là. Qui disaient — ou ne disaient pas : « Il est... bien *foncé* pour être le fils de M. Janvier, non ? »

Avec un seul grand-parent blanc — qu'il ne connaissait d'ailleurs pas —, il était poliment considéré comme un « sang-mêlé » en ce temps-là. Dans la société des gens de couleur, il savait quel mépris le fait d'avoir un seul grand-parent blanc inspirait à ceux qui en avaient deux ou plus. La chose était déjà vraie à l'époque. Et c'était pire aujourd'hui, maintenant que les hommes de couleur, artistes, artisans ou commerçants possédant leur propre boutique, s'étaient frottés aux Américains fraîchement débarqués, qui avaient envahi la ville et étendu leurs plantations le long de la rivière et des bayous. Ils se faisaient traiter de « nègres » par les mariniers analphabètes du Kentucky ou de l'Indiana, à qui ils n'auraient jamais permis de franchir le seuil de leur atelier ou de leur échoppe. Maintenant, les gens de couleur avaient plus que jamais prétexte à revendiquer leur différence — leur complète différence — avec les Noirs.

Peut-être aurait-il pu exercer la médecine à la Nouvelle-Orléans, s'il avait été aussi clair de peau que M. Gomez, aussi clair que les deux médecins de couleur qui étaient établis ici — ou même aussi clair que sa propre mère.

C'était une mulâtresse. Lui, avec trois grands-parents africains, était noir.

— Je leur ferai changer leur façon de voir les choses, avait-il dit à M. Gomez.

C'était avant la guerre.

Malgré la trahison de Bonaparte, Saint-Denis Janvier, comme la plupart des créoles, se considérait comme français. Quand Janvier lui fit part de son désir d'étudier en Europe, l'un comme l'autre ne songèrent pas à un autre pays que la France. Mais quand il atteignit l'âge d'entre-

prendre le voyage, le conflit venait d'éclater entre la France
et l'Angleterre, et entre l'Angleterre et les États-Unis. Il y
eut peu de combats terrestres en Louisiane, excepté vers
la fin de la guerre, lors de la désastreuse tentative d'invasion
de Pakenham, mais mieux valait attendre des jours meilleurs pour se risquer sur les mers. Ce fut donc à 24 ans,
fort d'une expérience de vétéran, de chirurgien militaire et
de médecin épidémiologiste, que Janvier partit pour Paris,
afin d'y étudier tout à la fois la médecine et la musique,
domaines qui, sans qu'il pût l'expliquer, lui paraissaient à
cette époque être aussi chers à son cœur l'un que l'autre.

Il s'aperçut que monsieur Gomez avait vu juste. Il étudia,
passa ses examens avec succès et obtint un poste d'assistant chirurgien dans l'un des grands hôpitaux de charité de
la ville. Mais nul n'imaginait qu'il puisse un jour exercer à
titre privé. De toute façon, cela était hors de question, car
Saint-Denis Janvier mourut de la fièvre jaune en 1822, peu
après que son fils adoptif eut été admis à la faculté de
chirurgie de Paris. Il lui légua un petit pécule, mais point
suffisant pour lui permettre de racheter une clientèle ou de
monter son propre cabinet.

Deux années après, Janvier travaillait toujours à l'Hôtel-
Dieu, quand une couturière de 18 ans, aux cheveux noirs
et au nez busqué, lui amena une petite prostituée de 15 ans
qui effectuait parfois des travaux d'aiguille pour elle et qui
s'était infligé une hémorragie en tentant d'avorter par ses
propres moyens.

La fille mourut. Ayasha repartit, mais en sortant de l'hôpital un peu plus tard, Janvier la trouva sous un porche en
train de pleurer et la raccompagna chez elle.

Ses maigres revenus de chirurgien ne lui permettaient
pas d'envisager le mariage, et déjà il savait qu'il en serait
toujours ainsi. Mais Paris était une ville de musique, et pour
jouer de la musique, les Blancs semblaient penser qu'il
n'était pas nécessaire d'avoir le sang d'un père blanc dans
les veines.

Angélique Crozat gisait au fond d'une armoire du petit
salon, ensevelie sous les pans d'un amas de pèlerines et de
capes d'opéra.

— J'ai voulu regarder si elle n'avait pas rangé ses ailes là-dedans.

Minou était encore un peu pâle et s'efforçait de contenir les tremblements de sa voix. Quittant son frère des yeux, elle jeta de nouveau un regard à la forme argentée étendue sur le désordre d'une couche de velours et de satin, dont le visage aux traits déformés semblait une perle translucide dans l'écrin multicolore de sa chevelure. L'une de ses extravagantes manches avait été arrachée au niveau de l'épaule, et une traînée de duvet blanc étoilait le satin noir du domino aplati sous son dos. À côté d'elle, ses ailes gisaient telles ces fragiles dépouilles que laissent derrière elles les fourmis volantes qui envahissent par nuées le moindre rebord de fenêtre. Janvier s'agenouilla pour toucher l'aiguille qui pendillait au bout de son fil de soie, au niveau de la couture déchirée de la trame de l'une des ailes.

— Elle était sous les capes. J'ai juste vu un bout de sa robe dépasser et je me suis alors rappelé que personne d'autre qu'elle ne portait du blanc dans la salle.

— C'est toi qui lui as enlevé son masque ?

Minou hocha la tête.

— Elle l'avait encore quand... quand je l'ai trouvée. Je me suis dit qu'elle était peut-être encore en vie... Enfin, je ne sais pas trop à quoi j'ai pensé, à dire vrai.

Cette pièce, comme le bureau de Froissart, n'avait pas bénéficié de l'éclairage au gaz lorsqu'on avait équipé le bâtiment. Tout au long des murs, de coûteuses chandelles de cire brûlaient dans des candélabres fixés à des miroirs. Elles répandaient une lumière jaunâtre qui paraissait bien diffuse comparée au vif éclat du gaz, comme si toute la pièce eût été conservée dans de l'ambre depuis des lustres, et que la femme qui gisait dans les capes n'était qu'une superbe et exotique relique d'un monde antédiluvien. Mais l'on ne pouvait se méprendre sur cette peau bleuâtre, ces yeux exorbités et cette langue enflée que ne cachait plus l'inquiétant masque de chat tigré. Ni avoir le moindre doute quant aux marques qui lui marbraient le cou.

Derrière eux, M. Froissart murmura :

— Mon Dieu, mon Dieu, mais que faut-il que je fasse ? Tous les gentlemen dans la salle de danse...

— Envoyez quelqu'un prévenir la police, dit Janvier. Dieu ait son âme.

Il se signa, prononça une petite prière silencieuse, puis retourna l'une des mains de la morte, gantée d'une mitaine de dentelle, dans la sienne. Il y avait du sang sous chacun de ses ongles ; deux d'entre eux avaient même été arrachés presque jusqu'à la racine dans la lutte, et des traces de doigts ensanglantées maculaient ses jupes et ses manches comme les pétales épars d'une rose flétrie.

Il fit mentalement un tour rapide des issues possibles : il y avait le passage entre la salle de danse et le Théâtre, et puis la cour, grouillante de masques fantasques, ainsi que les deux volées de marches du grand hall, où montaient et descendaient des personnages dignes d'un songe de Coleridge, ou bien encore les doubles portes du rez-de-chaussée, ouvrant sur les salles de jeu d'où l'on pouvait sortir dans la rue.

— Prévenez la police sans attendre, immédiatement, le plus vite possible, lança Janvier. Empêchez quiconque de pénétrer dans le bâtiment ou d'en sortir, et dépêchez quelqu'un au Théâtre pour leur dire de faire de même. Si jamais quelqu'un essaie de partir, dites-lui que nous avons trouvé une importante somme d'argent et que nous devons identifier son propriétaire. Mais surtout, allez demander à Hannibal et aux autres de jouer la contredanse de Beethoven. Cela devrait réussir à distraire tout le monde, conclut-il en se retournant pour voir une expression d'horreur envahir le visage de Froissart.

Il se rappela, mais un peu tard, qu'il n'était plus à Paris, et se hâta de baisser les yeux devant l'homme blanc et de modifier le ton autoritaire de sa voix.

— Vous vous doutez bien que la police voudra interroger tout le monde, ajouta-t-il.

— La police ? répéta Froissart en le fixant d'un air épouvanté. Nous ne pouvons pas appeler la police !

Janvier releva les yeux et Froissart tressaillit en croisant son regard. Froissart était un Français de France, dénué de ce réflexe de mépris qu'avaient les Américains pour les gens de couleur, bien qu'il eût déjà vécu ici un bon bout de temps. Un Américain n'aurait pas rougi ni détourné les yeux avec cet air penaud.

— Il y a… il y a ce soir quelques-uns des notables les plus éminents de la ville ! dit-il d'un ton suppliant.

Les plus éminents notables de la ville *et* leurs maîtresses de couleur, songea Janvier. À qui l'on pouvait ménager sur-le-champ, à la faveur de leurs masques et déguisements, une sortie discrète par la porte de service.

Français ou non, Froissart était blanc. Janvier baissa de nouveau les yeux et prit un ton encore plus conciliant, imitant ces vieux oncles pleins de sagesse comme on en rencontre sur tant de plantations.

— Croyez-moi, monsieur Froissart, si je devais choisir entre ce que vos invités diront à propos de la présence de la police ou ce que la police dira si vous ne l'appelez pas, moi, je n'hésiterais pas : je préviendrais la police.

Froissart ne répondit rien, contemplant avec une horreur fascinée le visage de la morte. Sa superbe peau claire dont elle tirait si grande vanité était maculée de sang noir, et ses traits délicats — que rien ne distinguait de ceux d'une femme blanche — déformés et presque méconnaissables.

— Je pourrais être congédié, murmura-t-il d'une toute petite voix. M'sieur Davis ne veut aucun problème dans cette maison, ni dans les salles de jeu ni au Théâtre… (Il déglutit péniblement.) Et, bien sûr, cette femme n'est qu'une placée…

Janvier voyait où il voulait en venir. *La coutume du pays…* Dominique le comprit elle aussi ; elle roula des yeux en direction de la porte, et Janvier fit exprès de se pencher davantage sur le corps pour monopoliser l'attention de Froissart.

— Vous voyez ces marques sur son cou ?

Il aurait fallu que l'homme fût aveugle pour ne point remarquer la large contusion qui ceignait sa gorge blanche à la manière d'un nœud coulant, mais il s'agenouilla néanmoins à côté de Janvier, fasciné par cette union atroce de la beauté et de la mort. Dominique se faufila hors de la pièce sans même un soyeux bruissement de jupon.

— On l'a étranglée avec un linge ou une écharpe, selon le principe du garrot espagnol. C'eût été aussi facile à faire pour une femme que pour un homme. Elle portait un collier de perles et d'émeraudes tout à l'heure — vous voyez les marques des maillons qui se sont incrustées dans son cou quand on a serré ? dit-il en faisant courir un doigt léger le long du cercle des minuscules blessures. On le lui a enlevé ensuite. Il s'agit donc d'un voleur... Qui pourrait bien frapper encore une fois ce soir.

— Encore une fois ! hoqueta Froissart, épouvanté.

Janvier hocha la tête et demeura à genoux bien qu'il se sentît l'irrésistible envie d'envoyer paître ce perroquet imbécile et d'aller chercher Romulus Valle. Lui saurait discrètement organiser un cordon de sécurité autour de la salle de danse et du Théâtre, ce qui permettrait à Janvier, de son côté, d'examiner tranquillement le corps et de vérifier si Angélique avait été violée avant d'être volée.

Mais jamais on ne lui permettrait de prendre une mesure de ce genre — et encore moins de procéder à un tel examen.

— Tous les gentlemen présents dans la salle sont bien entendu hors de cause — qu'auraient-ils eu besoin de voler cette femme ? Mais il se peut que l'un d'entre eux ait vu quelque chose. Et rien ne les obligera à ôter leurs masques ou à donner leurs vrais noms quand la police les interrogera.

Ben mon gars, si tu gobes ce que je viens de dire, songea-t-il en voyant le directeur désemparé tourner vers lui un regard avide de conseils, *je pourrais même te faire croire que j'ai là dans ma poche tous les bijoux de la couronne de France et que je suis prêt à te les céder pour 2 000 dollars américains...*

— Mais... mais de quoi cela aura-t-il l'air ? bégaya Froissart. Je dépends du bon vouloir de ces messieurs-dames... Bien sûr, il faudra que nous menions notre petite enquête, dans le calme et la discrétion, mais ne pourrait-on pas attendre demain matin ?

Il fouilla dans la poche de son gilet, prit la main de Janvier et pressa quatre pièces de 10 dollars or dans sa paume.

— Tenez, mon garçon. Je vais envoyer chercher Romulus, et vous la transporterez tous les deux dans l'une

des mansardes du grenier. Romulus saura remettre de
l'ordre dans cette pièce en un rien de temps, et il y en aura
quatre autres comme celles-là si vous ne soufflez mot de
cette histoire à personne.

Il se redressa, jetant des regards autour de lui — sans
doute se demandait-il où était Dominique —, mais Janvier
lui toucha le bras, retenant de nouveau son attention.

— Vous savez, monsieur, déclara-t-il avec gravité, je
pense que vous avez peut-être raison de vouloir faire votre
enquête personnelle. Moi-même, je ne ferais pas confiance
à la police, maintenant qu'il y a autant de… Enfin, je ne
devrais peut-être pas dire ça à propos de Blancs, monsieur,
mais je crois que vous savez bien, comme moi, qu'il vaut
mieux se méfier maintenant, avec toute cette racaille du
Kentucky qui débarque chez nous par bateau… et qui va
même jusqu'à se faire embaucher dans nos forces de
police !

— Exactement ! s'exclama Froissart en lui plantant son
index boudiné et orné d'une bague dans le thorax.

Janvier vit à l'expression du directeur que tout souvenir
de la présence de Dominique dans la pièce lui était déjà
sorti de l'esprit. Il s'étonnait lui-même un peu d'avoir
retenu, parmi le flot torrentiel de ragots dont ne cessait de
l'abreuver sa mère, combien Froissart en voulait aux Américains depuis qu'ils avaient construit ce nouvel hôtel rue
Baronne, le *Saint-Louis*, également pourvu d'une salle de
bal.

Ce fut comme si Janvier avait frotté un talisman magique
trouvé dans la rue : Froissart se mit à lui narrer toutes les
insultes et humiliations qu'il avait subies dans un réquisi-
toire féroce visant tout à la fois les Américains des forces
de police, les mariniers du Kentucky, les commerçants
yankees, les planteurs arrivistes et tous les nouveaux venus
qui déferlaient sur la Nouvelle-Orléans depuis que Napoléon avait perfidement trahi la ville en l'abandonnant aux
États-Unis.

Pendant cette litanie de récriminations, Janvier demeura
agenouillé auprès du corps d'Angélique et, veillant à le
toucher le moins possible — il s'agissait tout de même de

la maîtresse d'un Blanc —, il tâcha d'observer un maximum de détails.

Sur sa nuque, la dentelle de son col, chiffonnée et déchirée, s'était emmêlée à la masse extravagante de mèches vraies et postiches de sa chevelure. La faible lueur des chandelles ne permettait pas de vraiment bien voir, mais il n'avait pas l'impression qu'il y eût des brins de fil restés accrochés sur le col, bien qu'il s'en trouvât peut-être dans ses cheveux noirs. Des touffes du duvet de cygne provenant de sa manche déchirée étaient éparpillées sur le superbe tapis turc, et formaient des petits tas plus épais du côté gauche de la chaise basse. Sur la petite table disposée juste à droite de la chaise, plusieurs chandelles de lecture s'affaissaient sous un énorme et irrégulier linceul de suif. Elles étaient déjà là quand il était entré plus tôt dans la pièce. Elle avait dû vouloir réparer ses ailes à leur lumière. En France, on se servait de lampes à pétrole à l'intérieur, mais ici, à la Nouvelle-Orléans, la plupart des gens s'éclairaient aux chandelles. Les gouttes de suif avaient ruisselé en tous sens, suite à de nombreuses manipulations — il y avait eu du passage dans le petit salon, ce soir, entre celles qui venaient vérifier leurs toilettes et les autres qui cherchaient Angélique. Froissart avait de la chance que la table n'eût point été renversée dans la lutte. Le bâtiment tout entier aurait pu être réduit en cendres.

Mais il n'y avait pas que du duvet de cygne sur le tapis. L'œil indigo d'une plume de paon à proximité de la chaise lui apprit que la sultane au costume de lustrine bleue était passée par là. Une douzaine de fausses perles avaient également roulé sur le tapis : il en vit des grosses, semblables à celles qui ornaient le masque et le corset de Marie-Anne, et d'autres en forme de goutte, comme celles qu'il se souvenait avoir vues aux manches de l'Anne Boleyn du Henry VIII américain. Les costumes de mardi gras n'étaient jamais confectionnés avec autant de soin que les vêtements de tous les jours ; rubans, gemmes de pacotille et roses de soie parsemaient le sol jonché de bouts de fils de toutes les couleurs de l'arc-en-ciel. Plantée dans le bras rembourré de la chaise de velours, une aiguille accrochait la lumière comme un éclat de verre.

Des rires gras montaient de la rue Sainte-Anne par l'unique et haute fenêtre qui occupait presque tout le mur du fond de la pièce. La fanfare jouait toujours. L'on entendit des hurlements de joie, puis le cri perçant d'une femme, qui n'était point tout entier celui de la protestation. Des hommes causaient ; des bribes de français et d'allemand se mêlaient à l'anglais argotique des mariniers. Tout à coup, quelqu'un chuta lourdement dans le caniveau plein d'eau, déclenchant une cascade de vivats éméchés.

Janvier jeta un coup d'œil à la fenêtre, mais n'osa pas traverser la pièce pour aller vérifier s'il y avait des marques sur le rebord, de peur d'attirer l'attention de Froissart qui, pour l'instant, ne songeait qu'à s'apitoyer sur lui-même. L'assassin avait pu enjamber l'une des fenêtres de la salle de bal et prendre la fuite par la galerie. Mais avec la chaleur qui régnait à l'intérieur, de nombreux invités étaient allés prendre l'air sur cette même galerie, et il lui eût été difficile de s'échapper par là sans se faire remarquer.

Au-dehors, les rues étroites de la vieille ville française grouillaient de monde. Le carnaval battait son plein, couvrant presque le bruit des réjouissances de la salle de bal elle-même. Dans les faubourgs en pleine expansion en amont du fleuve, à l'abri derrière les murs de brique de leurs petites maisons américaines bordant les rues nouvelles le long des voies du tramway à cheval, les protestants devaient secouer la tête devant pareille débauche populaire. Mais, songea Janvier, peut-être qu'un bon nombre de femmes étaient en fait restées seules au foyer ce soir, à se demander — ou à essayer de ne pas se demander — où leurs maris avaient pu aller.

Tous ces gens qui cette nuit s'amusaient au bal, dans la rue ou ailleurs, avaient l'été dernier enduré les horreurs d'une double épidémie de fièvre jaune et de choléra asiatique, pire que toutes celles que l'on avait connues jusqu'alors. Ils avaient survécu, le plus souvent en fuyant la ville s'ils en avaient les moyens, pour se réfugier dans les hôtels au bord des lacs à Mandeville et à Milneburgh, ou dans les plantations. Réaction typique des créoles : ils célébraient la victoire au lieu de pleurer les morts. On ne pouvait avoir aucune certitude : qui sait si, dans cinq mois, le fléau ne reviendrait pas les frapper ?

Il se souvint d'Ayasha et se signa de nouveau. On ne pouvait avoir aucune certitude sur rien.

— C'est bien simple, ils ne comprennent rien !

La voix de Froissart le ramena à la réalité. L'homme était maintenant bien lancé sur son sujet favori. Janvier conserva une expression attentive, feignant le plus vif intérêt pour son interlocuteur, mais en vérité il entendait à peine ce qu'il disait. Angélique avait été assassinée ici même, à quelques centaines de pieds à peine du Cabildo. D'ordinaire, une femme — même une jolie femme — pouvait circuler seule dans les rues sans aucun risque, à condition qu'elle évitât certains quartiers bien précis : les quais, ou les bars de la rue de la Levée, ou bien encore le Marais ou le Canal des Irlandais.

Mais c'était différent lors du carnaval.

— Les Américains n'ont aucune finesse, aucun savoir-vivre ! s'exclama Froissart, levant les bras au ciel d'un geste désespéré, digne de l'agonie de Macbeth dans le dernier acte.

— Ça, c'est bien vrai, monsieur.

Puisqu'il en demande, je vais lui en donner.

— Les Américains ne savent pas se tenir ! Ils ne savent même pas comment prendre une maîtresse. Ils s'imaginent que c'est juste une question d'argent. Pour eux, l'argent est tout ! Voyez les maisons qu'ils construisent, tout le long de la route de Carrolton, au faubourg Lafayette et à Saint-Mary ! Je me rappelle encore le temps — et c'était il n'y a même pas dix ans de cela ! — où tout le bourg de Jefferson n'existait pas ; il y avait les plantations Avart et Delaplace à cet endroit-là, avec une demi-douzaine d'autres, la meilleure terre à canne à sucre le long du fleuve. Et que font-ils maintenant ? Ils nous construisent une voie de tramway, ils épuisent la terre et, pour finir, on se retrouve cerné de ces affreuses petites maisons américaines avec leurs vilaines clôtures de pieux ! Exactement ce que cette canaille de Granger se propose de faire le long du bayou Saint-John ! Lui, se battre en duel ! Peuh !

Il agita les mains, en proie à une vive indignation — de toute évidence, les défis en duel, volées de cannes ou autres échanges de coups de poing dans la cour du bas revêtaient à ses yeux une gravité bien supérieure à celle d'un meurtre.

— Il faut voir la façon dont lui et ces sinistres individus qui lui tiennent lieu d'amis se sont comportés dans mon propre bureau, ce soir ! Une honte ! Ce ne sont pas des gentlemen ! Ils n'ont aucune éducation ! Ils ne sont même pas capables de faire la différence entre Rossini et *Turkey in the Straw* !

— Là-dessus, vous avez tout à fait raison, monsieur, renchérit Janvier avec gravité.

Disant cela, il se sentit irrité contre lui-même, mécontent de devoir continuer à feindre ce qu'il n'était pas, comme il n'avait cessé de le faire durant son enfance et son adolescence. Il lui déplaisait d'endosser de nouveau ce double personnage qui consistait à se conformer aux préjugés des Blancs sur la nature et les pensées des hommes de couleur, afin de parvenir à ses fins. Malgré tout, il lui fallait maintenant tenir ce vieux rôle dont il connaissait le texte, les intonations et toutes les ficelles, tels une arme ou un outil dont la manipulation lui était familière, bien que chaque fois il se sentît sali à son contact.

— À Paris, les Américains sont exactement pareils. Dans tous les bals où j'ai joué, je peux vous dire que c'était toujours la même chose avec eux.

— Et c'est pourquoi nous ne pouvons pas faire venir la police ici ce soir, conclut Froissart en se retournant à regret vers la superbe créature déchue qui gisait entre eux. Ils ne comprennent pas qu'il faut faire ces choses calmement, discrètement, poursuivit-il. Oh, bien sûr, il faudra la prévenir dans la matinée. Oui, bien sûr… quand j'aurai parlé à M. Davis… Il voudra appeler la police, bien sûr.

Il se mordilla les lèvres, en proie aux affres de l'indécision. Janvier se rappela la mère de l'un de ses amis à Paris, qui mettait toujours ses factures de côté, « quelques jours seulement, en attendant d'avoir l'argent », comme elle disait, et qui, pour finir, les brûlait sans même en avoir pris connaissance.

Le corps d'Angélique était une facture que l'on brûlerait sans l'avoir lue. Non pas parce qu'il s'agissait d'une femme démoniaque, qui avait causé le malheur de tous ceux qu'elle avait approchés, mais bien parce qu'elle n'était qu'une femme de couleur et une placée.

— Eh oui, que voulez-vous ! soupira Froissart, tandis que Janvier revoyait en pensée Mme du Gagny glisser une nouvelle note de frais d'un modiste dans son secrétaire en bois de rose incrusté de nacre. Ce qui est fait est fait... Bonté divine, depuis combien de temps sommes-nous ici ? Les gens vont commencer à se poser des questions... Vous devez retourner sur-le-champ à votre piano, et surtout ne rien dire à personne, pas un mot. Cette histoire sera réglée dans la matinée, soyez tranquille.

Janvier inclina la tête et se leva.

— Je suis désolé, dit-il humblement, cela m'a tellement bouleversé de la voir dans cet état que... qu'il m'a fallu un moment pour reprendre mes esprits. Merci de votre patience à mon égard.

Froissart le gratifia d'un grand sourire condescendant.

— Allons, c'est bien compréhensible, déclara-t-il d'une voix mal assurée, comme si lui-même s'était senti défaillir à la vue du corps.

Janvier devina qu'il devait faire partie de ceux qui se précipitaient à Mandeville dès les premières chaleurs de l'été, et qu'il n'avait jamais vécu une épidémie de sa vie.

— C'est sûr, ça fait un sacré choc, ajouta Froissart. J'espère que vous vous sentez mieux.

— Beaucoup mieux, répondit Janvier qui se demandait s'il n'allait pas feindre un subit étourdissement pour continuer à abuser le maître de cérémonie.

Mais il rejeta bien vite cette idée avec répugnance, mécontent qu'elle lui ait même traversé l'esprit, et préféra jeter des regards alentour, comme s'il avait oublié quelque chose, cherchant encore à gagner un peu de temps.

— Oui, beaucoup mieux, répéta-t-il.

Froissart tourna alors les talons et se dirigea vers la porte, abandonnant les lieux à la macabre occupante de l'armoire. Janvier fut bien obligé de lui emboîter le pas. Il jeta un dernier regard derrière lui au corps recroquevillé de cette femme avide et cupide, qui l'avait pris pour un esclave parce qu'il avait la peau plus foncée que la sienne. Malgré tout, elle ne méritait pas d'être oubliée comme une facture impayée. *J'ai fait de mon mieux*, s'excusa-t-il silencieusement. Bien davantage, en tout cas, qu'il n'en aurait fait pour elle de son vivant.

En partant, il déposa sans bruit les quatre pièces que Froissart lui avait données sur le coin de la table située près de la porte.

— Romulus ! appela Froissart. Romulus, je...

Débouchant du couloir, ils arrivèrent juste à temps dans le grand hall pour voir un petit groupe d'hommes vêtus de l'uniforme bleu de la police municipale surgir en haut de l'escalier.

Froissart se figea sur place avec des yeux ronds, espérant peut-être qu'il ne s'agissait là que d'une nouvelle bande de carnaval, comme la Joyeuse troupe de Robin des Bois ou les Dames du Harem.

Mais aucun d'entre eux ne portait de masque. Et, songea Janvier, Froissart ne connaissait aucun créole qui aurait osé revêtir ces loques de yankee, ce long pardessus de velours côtelé complètement passé de mode, informe et râpé, aux manches trop courtes, qui pendouillait sur les épaules de l'individu dégingandé qui s'avançait vers lui.

Minou passa devant eux comme une ombre invisible, réussissant le tour de force de ne pas se faire remarquer en dépit de sa beauté et de son costume voyant, et alla se mêler à la foule dans la salle de bal, tel un flocon de neige aussitôt bu par la terre aride du désert. Le grand homme s'avança d'un pas et posa une main aux ongles noirs sur le bras du directeur.

— Mr Froissart ? s'enquit-il, prononçant correctement son nom, chose surprenante pour un Américain. Avant que vous et votre gars retourniez dans la salle, j'aimerais vous parler.

Son ton était poli, mais son accent de l'arrière-pays à couper au couteau, si bien que son anglais était à peine compréhensible.

Deux de ses hommes se dirigèrent vers la salle de bal. La musique cessa. Le silence dura quelques instants, puis des clameurs s'élevèrent. Janvier s'aperçut que le brouhaha en provenance des salles de jeu et du rez-de-chaussée s'était lui aussi sensiblement modifié.

— Quoi… bégaya Froissart. Quoi ?…

Le grand homme toucha le bord de son chapeau enfoncé sur son front, et cracha un jet de salive mêlé de tabac en direction du bac de sable. Il était mal rasé, crasseux, et ses longs cheveux roux foncé lui retombaient sur les épaules en petites mèches grasses.

— Abishag Shaw, lieutenant de la police de la Nouvelle-Orléans. À vot' service, sir.

5

— C'est un scandale !

L'Ivanhoé grassouillet qui était en pourparlers avec Agnès Pellicot quelques instants plus tôt était à présent fermement campé au beau milieu de l'entrée centrale de la salle, son épée de mascarade dégainée, comme s'il voulait rejouer la scène de Roncevaux sur le seuil. Jetant un œil aux gens derrière lui, Janvier nota avec intérêt que l'invisible barrière qui séparait les Américains — le Romain, Henry VIII ou Richelieu — des créoles semblait être momentanément tombée.

— Tout le monde ici présent n'a absolument rien à voir avec la mort de cette cocotte, et j'estime que vous nous insultez en prétendant le contraire !

— Allons, sir, allons, je sais fichtre bien que vous avez rien à voir avec ça.

Le lieutenant de police Abishag Shaw, bien qu'il eût répondu en anglais, semblait n'avoir eu aucun mal à comprendre le français d'Ivanhoé. Il croisa ses longs bras, s'avança vers la porte et baissa la voix comme pour exclure de l'aparté les trois gardes municipaux qui se tenaient en retrait derrière lui, indécis et les yeux rivés sur les rideaux masquant le passage donnant accès au Théâtre.

— Mais je sais aussi que des hommes comme vous ont toujours l'œil sur tout ce qui se passe autour d'eux, poursuivit le lieutenant. Quand il y a un truc pas normal — et vous allez pas me dire que ce qui est arrivé est normal —, vous êtes du genre à le remarquer. Voilà tout. J'attends simplement de vous que vous m'aidiez à trouver le meurtrier.

Les créoles se mirent à marmonner entre eux en français, et Janvier entendit un homme commencer une phrase en anglais :

— Quand même, ce n'est qu'une…

Mais il s'abstint de prononcer les mots « négresse » ou « putain », sans doute plus par peur de gâcher toutes ses chances auprès des autres demi-mondaines et congénères de la morte que par respect de la bienséance. Le vieux Xavier Peralta tourna la tête.

— Cette femme était une libre citoyenne de cette ville, monsieur, dit-il avec calme. La justice de la ville est donc habilitée à régler cette affaire.

— J'en conviens, déclara Ivanhoé. Mais il n'est aucunement nécessaire que nous ôtions nos masques pour vous faire part de ce que nous avons vu ce soir.

— Et pourtant si, répondit Shaw de sa voix douce de ténor tout en grattant sa joue mal rasée. Va falloir.

Et il expédia un nouveau jet de salive brunâtre en direction du crachoir le plus proche, qu'il ne manqua que de quelques centimètres — *pas mal, à cette distance*, pensa Janvier.

— Fumisterie ! aboya Henry VIII.

Il n'y avait que des hommes au niveau de l'entrée centrale, mais Janvier apercevait l'essaim de jupes soyeuses des femmes dans l'encadrement des deux autres portes, qui observaient froidement la scène d'un œil inquiet et calculateur, comme les passagers d'un navire en perdition jaugeant le nombre de places disponibles dans les canots de sauvetage.

Émanant du petit salon, un cri plaintif déchira soudain l'air :

— Angélique, mon bébé ! Mon ange ! Oh, mon Dieu, mon bébé !

D'autres voix se firent entendre, murmurant des paroles apaisantes, larmoyantes ou consolatrices.

Janvier ramena son regard sur les visages des hommes. Il était absurde de croire que le meurtrier pût encore se trouver dans la salle de bal, ou même en un autre lieu de la Salle d'Orléans. D'ailleurs, d'autres que lui n'étaient déjà plus là. Henri Viellard s'était empressé de battre en retraite derrière les rideaux du passage pour aller se cacher dans les jupes des mère, sœurs et tantes qui, comme dans tout clan créole, étaient prêtes à se parjurer pour le salut de la famille. William Granger, ainsi que le firent remarquer les Américains, avait lui aussi pris la poudre d'escampette. En fait, il ne restait plus qu'une petite poignée d'hommes dans la salle où la gent masculine en surnombre se bousculait quelques instants plus tôt. Les dames du Théâtre d'Orléans devaient se demander pourquoi tous ces messieurs semblaient soudain si désireux de leur compagnie à présent.

Janvier espéra que Shaw avait eu le bon sens de poster un garde dans le vestibule du Théâtre, ainsi que dans la cour et devant les portes des salles de jeu donnant sur la rue d'Orléans.

Augustus Mayerling faisait partie de ceux qui étaient demeurés dans la salle. Bras croisés, il se tenait à l'arrière du groupe, entouré de ses élèves qui, redoutant sans doute de s'entendre dire ultérieurement qu'ils s'étaient lâchement sauvés, avaient choisi de rester avec leur maître, mais la plupart faisaient grise mine.

— C'est ridicule, déclara Ivanhoé. Vous outrepassez les prérogatives de votre autorité, jeune homme.

— P't-êt'ben qu'oui, reconnut Shaw en se grattant machinalement le torse sous son pardessus. Mais si c'était vous qui aviez été assassiné, Mr Destrehan, je suis sûr que vous seriez drôlement content de savoir que la police retient tous les suspects et les témoins à l'intérieur du bâtiment pour les interroger.

— Pas si c'est pour qu'on aille accuser mes propres amis du crime ! tempêta le Chevalier au Chêne sous le ventail de son heaume, furieux que le policier eût percé à jour son identité avec tant de désinvolture. Pas si cela porte inutilement atteinte à leur réputation, ou leur fait courir le risque de voir les journaux s'emparer de leurs noms et…

— Allons, allons, qui donc vous a parlé de journaux ?

— Ne soyez pas stupide ! lança Bouille qui, avec la grande publicité qui avait été donnée à sa querelle avec Granger, savait parfaitement à quoi s'en tenir sur la presse.

Il était tellement ivre qu'il ne se souciait manifestement plus de sa réputation, ou — ce qui était encore plus probable — il ne se rendait même pas compte qu'il la mettait en péril.

— Bien sûr que les journaux sauront se procurer la première liste que vous ferez, poursuivit-il. Et ils la publieront.

— Froissart, intervint avec autorité un trappeur repoussant, envoyez l'un de vos gens chercher le capitaine Trémouille au commissariat, et finissons-en avec cette comédie.

— Je regrette, mais le cap'taine est pas de service ce soir, dit Shaw.

— Vous le trouverez au bal de La Frennière, déclara tranquillement Peralta dont le col et les poignets de dentelle éclataient de blancheur sous l'éclairage au gaz. Je comprends votre position, lieutenant, ajouta-t-il en se tournant vers Shaw, mais vous devez aussi comprendre la nôtre. Il est ici des hommes qui ne se peuvent permettre de donner leurs noms en pâture aux journaux américains — journaux qui, vous en conviendrez, font souvent preuve d'un total manque de discrétion tant dans le choix de leurs informations que dans leurs commentaires. Si vous ne pouvez recueillir nos témoignages sans nous demander nos noms, je crains que nous ne fassions valoir nos droits d'éminents citoyens de cette ville, et ne vous refusions notre assistance.

Les yeux clairs de Shaw étincelèrent sous la mèche de cheveux malpropres qui lui couvrait le front. Il cracha de nouveau et ne dit mot.

— Lieutenant ? fit Janvier.

Il ne savait trop si Shaw accepterait d'entendre les suggestions d'un homme de couleur, mais chaque seconde qui passait accroissait d'autant le risque que quelqu'un finît par trouver une bonne raison pour enterrer toute l'affaire. En outre, l'homme semblait tout à fait disposé à enquêter sur la mort d'une placée, ce qui en soi était plutôt bon signe.

D'une voix douce, il poursuivit :

— Les femmes ici présentes sauront vous dire qui est qui. Interrogez les hommes chacun leur tour dans une pièce, en prenant note de la couleur et du style de leur costume quand ils déposeront à visage masqué, et vous pourrez ultérieurement demander aux femmes de vous aider à les identifier avec cette description.

Shaw le dévisagea avec attention quelques instants.

— Vous êtes le gars qu'a découvert le corps, dit-il enfin.

Janvier hocha la tête, puis se souvint qu'il devait baisser les yeux.

— Oui, monsieur.

— D'après Froissart, vous lui avez tenu la jambe, et c'est pour ça qu'il a pas pu prendre à temps les mesures nécessaires pour faire bloquer les issues.

Janvier sentit le flot brûlant de la colère lui chauffer le visage à l'idée que le maître de cérémonie s'était tout bonnement déchargé de sa faute sur lui.

— Ce n'est pas tout à fait la manière dont les choses se sont passées, répondit-il, s'efforçant de parler d'une voix calme, mais je ne peux pas le prouver. Il voulait faire monter le corps au grenier, nettoyer la pièce, et ne pas alerter la police avant demain matin. Peut-être même ne pas la prévenir du tout.

Il se demanda un instant si Shaw n'aurait justement pas préféré que tout se passât ainsi… Mais si tel était le cas, il aurait trouvé un prétexte quelconque pour ne pas être obligé de venir tout de suite. Or il était arrivé sans tarder.

— Si je lui ai tenu la jambe, ajouta Janvier, c'était pour laisser à ma sœur le temps de vous ramener ici.

— Ah ! fit le policier en hochant la tête. (Son visage, laid comme une gargouille, était aussi inexpressif qu'une planche.) Ça explique pourquoi c'est une donzelle habillée comme dame Marianne qui est venue nous apporter la nouvelle, et pas un employé de c'te maison.

Eût-il parlé aussi mal l'anglais que cet homme, Janvier se serait vu infliger une raclée mémorable par ses maîtres d'école ou sa mère, mais il supposa que le français de Shaw devrait être pire encore.

— Maintenant que j'y pense, ça explique en fait pourquoi personne d'autre qu'elle est venu m'informer de la situation, poursuivit le lieutenant. Donc miss Janvier est vot' sœur ?

— Ma demi-sœur, monsieur.

— Jolie.

Le compliment, exprimé sans chaleur aucune, aurait tout aussi bien pu concerner un vase Ming qu'un coucher de soleil breton. Le lieutenant de police se tourna vers les planteurs, banquiers et commerçants massés à l'entrée de la salle de bal.

— Gentlemen, leur dit-il, en tant que représentant de l'ordre dans cette ville, je peux pas dire que j'approuve l'idée qu'on s'écarte de la procédure légale, mais je comprends aussi vos raisons. Je les accepte donc, puisque j'ai pas vraiment le choix. (Il passa ses doigts dans ses mèches trop longues, dont ils émergèrent comme les dents d'une cardeuse dans des fibres de coton.) Avec vot' permission, je vais donc prendre vos dépositions anonymement, et je vous remercie de faire vot' devoir de citoyen en m'aidant à reconstituer les circonstances de la mort de cette pauvre fille, et peut-être à identifier son assassin. Je vous demanderai enfin de bien vouloir être patients, parce que tout ça risque de prendre un peu de temps.

Un murmure mécontent s'éleva de la salle. Janvier vit plusieurs hommes — des Américains, pour la plupart — jeter des regards furtifs en direction des rideaux du passage, et devina qu'il se produirait encore un bon nombre de désertions dès que le lieutenant tournerait le dos.

— Mr Froissart, dit Shaw avec amabilité, vous voulez avoir la gentillesse de nous conduire à vot' bureau pour qu'on fasse les dépositions ? Ça nous prendra probablement toute la nuit, vu le nombre de personnes à interroger. Vous pouvez peut-être faire du café pour tous ces gens, si ça vous dérange pas ? (Puis, se tournant vers le plus proche de ses agents :) Bœchter, veillez à ce que personne de l'extérieur n'entre dans ce bâtiment, s'il vous plaît.

Et surtout que personne n'en sorte, songea Janvier, mais il se doutait que l'agent Bœchter ne serait pas un obstacle très dissuasif pour Peralta ou Destrahan, si ceux-ci venaient à s'impatienter et décidaient soudain de quitter les lieux. Shaw lui fit alors signe et lui dit :

— Maestro ? J'ai une faveur à vous demander : ça serait bien que vous vous remettiez au piano en attendant et jouiez quelque chose, histoire de les faire patienter. C'est sûr que ça peut sembler un peu déplacé dans ces circonstances, mais après tout, puisqu'il paraît que la musique adoucit les mœurs...

Janvier hocha la tête. Était-ce un simple hasard, ou bien ce rustre du Nord connaissait-il vraiment bien la mentalité des créoles pour avoir compris qu'en rendant cet ennuyeux intermède agréable au possible avec du café, des friandises et de la musique, il lui serait plus facile de retenir ses témoins dans la pièce ?

— Si cela vous est égal, Dominique et moi pouvons être interrogés en dernier, monsieur. Vous voudrez sans doute vous occuper d'abord de tous ces gens avant qu'ils ne se lassent et commencent à partir.

Le lieutenant sourit pour la première fois, et son visage de pierre s'en trouva complètement transformé.

— Un point pour vous, maestro. Mais je crois bien que je vais commencer par interroger vot' sœur, parce qu'il faut que je me fasse une idée précise des questions que je vais poser aux autres. (Il parlait bas, de façon à ne pas être entendu ni des hommes massés à l'entrée de la salle ni de Froissart ou de ses propres agents.) Je suppose qu'elle a son protecteur qui l'accompagne ?

— Il a dû s'en aller, répondit Janvier. La moitié des hommes s'en sont déjà retournés discrètement au Théâtre ; leurs épouses et leurs mères vous jureront qu'ils ne les ont pas quittées de la soirée. Je crains que vous ne puissiez pas y faire grand-chose.

Shaw cracha de nouveau — il lui fallait encore affiner la précision de son tir —, mais en dehors de cela, garda son opinion pour lui-même.

— Bon, ben on fera ce qu'on pourra. Mais vous risquez d'attendre un bon bout de temps... Comment vous vous appelez ?

— Janvier. Benjamin Janvier.

Il tendit sa carte au policier. Shaw la glissa dans la poche fatiguée de son pardessus vert de velours côtelé.

— Que voulez-vous, c'est la coutume du pays, comme ils disent, lança le lieutenant avant de s'éloigner.

De sa place sur l'estrade, Janvier avait vue sur toute la longueur de la salle, où la rumeur des conversations allait croissant, tandis que les gentlemen masqués, l'un après l'autre, sortaient pour aller déposer. Ceux qui ne tenaient pas à être interrogés s'étaient esquivés dès que Shaw avait disparu, mais l'Américain avait néanmoins fait preuve d'un instinct fort sûr : Romulus Valle avait disposé sur les tables un nouveau buffet d'huîtres fraîches, de tartelettes et de beignets encore chauds, ce qui, combiné au sombre éclat du café, au jeu des lumières et aux apaisantes mélodies de Mozart, Haydn, Schubert et Rossini, contribuait à recréer une atmosphère de fête. Janvier savait que les créoles n'aimaient pas renoncer à une fête, surtout si cela devait les priver de l'occasion de pouvoir en parler plus tard. En sécurité derrière leurs masques, rassurés à l'idée qu'ils ne seraient pas identifiés et que rien ne les impliquait directement dans cette affaire, la plupart restèrent, et l'on en vit même un bon nombre revenir du Théâtre, désireux de ne pas perdre une miette de l'événement.

Augustus Mayerling tenait une banque de pharaon dans un coin et plumait tous ceux qui passaient à sa portée. Une violente querelle éclata entre un Apollon aux jambes de faucheux et l'un des malheureux pigeons, obligeant trois élèves du maître d'armes à les séparer avant que la dispute ne dégénérât en un nouveau duel. Jean Bouille récitait à qui voulait bien l'entendre l'exact contenu des lettres que William Granger avait publiées à son propos dans le *Courrier,* sans oublier de répéter mot pour mot les réponses qu'il lui avait faites dans *L'Abeille.*

Les femmes d'un certain âge, comme Agnès Pellicot, et leurs filles, qu'elles étaient venues exhiber, étaient quant à elles comblées : les messieurs profitaient de l'occasion pour faire la cour aux demoiselles, et les mères pouvaient s'adonner tout leur content à leurs commérages. Janvier songea que sa propre mère allait en être malade d'avoir dédaigné cette soirée et, de ce fait, manqué quelque chose dont ses amies ne cesseraient de parler des semaines durant.

Les pleurs d'Euphrasie Dreuze se faisaient entendre de temps à autre. Suite à l'un de ces gémissements, Hannibal tourna un peu la tête de côté et lança :

— Remarquable !

Mais voyant Janvier froncer les sourcils d'un air perplexe, il se hâta de s'expliquer :

— Il faut des poumons de chanteuse d'opéra pour réussir à faire entendre son chagrin à travers un couloir et deux portes fermées.

— Elle vient de perdre sa fille, rétorqua Janvier.

— Elle a perdu un fils l'été dernier avec le choléra, mais ça ne l'a pas empêchée d'assister à un bal le soir même, alors qu'elle venait d'apprendre la nouvelle. D'accord, elle était habillée comme une pleureuse des pompes funèbres, teintant de noir toutes les chaises de la salle Pontchartrain et racontant à tous ceux qui voulaient l'entendre combien elle était accablée de chagrin, mais elle est quand même restée jusqu'à la dernière valse, et elle est partie se gaver d'huîtres ensuite. J'y étais.

Cette histoire-là n'était à l'évidence pas encore parvenue aux oreilles du vieux Xavier Peralta ; Janvier le vit tranquillement quitter la salle en emportant une tasse de café et se diriger vers le couloir du petit salon. Quels qu'aient été ses sentiments concernant le marché que la mère d'Angélique avait voulu négocier avec lui, il n'était néanmoins pas indifférent à son chagrin.

Il fut d'ailleurs le seul à manifester sa compassion. Les hommes buvaient du whisky au goulot de flasques aux flancs argentés ou de minuscules fioles dissimulées dans le pommeau de leurs cannes, et continuaient à flirter avec les jeunes filles. Craignant probablement que les quatre musiciens n'exigeassent d'être payés si on les obligeait à rester, Froissart congédia Jacques et tonton Bichet. Quant à

Hannibal, après avoir été questionné par les policiers, il revint avec une nouvelle bouteille de champagne et continua d'accompagner les arias et sonates de Janvier avec l'air de bien s'amuser. Janvier soupçonnait les deux autres de ne pas être allés plus loin que les cuisines et d'y avoir rejoint Romulus Valle, en compagnie duquel ils se perdraient en conjectures jusqu'au petit matin.

Tandis que les gens entraient et sortaient de la salle ou traversaient le hall, Janvier continua à observer la foule, cherchant des yeux l'or d'une robe en peau de daim et les plumes noires d'une invraisemblable coiffe indienne. C'eût été folie pour elle de rester, mais il ne parvenait pas à se défaire de la vision fugitive qu'il avait eue après avoir commencé à jouer ; et il ne pouvait oublier son regard désespéré quand elle lui avait dit : « Je dois la voir... *Il le faut.* » Il se demandait bien ce dont elle voulait à tout prix discuter avec la morte, et si le décès d'Angélique allait arranger les choses pour elle, ou les empirer.

Suivant le conseil de Janvier — ou peut-être simplement ce que la logique lui dictait —, Shaw commença par interroger tous les hommes, qu'il fit ensuite reconduire à la sortie, puis les femmes, qui étaient quant à elles ravies de rester, même si après le départ de la gent masculine, la plupart des mets du buffet disparurent à leur tour. M. Froissart ne fut pas dupe, et devina bien l'identité de ceux qui avaient ainsi tout englouti ou chapardé.

Quelques gentlemen attendaient leur placée dans le vestibule du rez-de-chaussée ou dans les salles de jeu. D'autres, n'oubliant pas que leurs épouses, mères et fiancées les attendaient dans l'autre aile du bâtiment, se contentèrent de donner des instructions aux cochers — voire aux employés de la salle — pour qu'on ramenât les dames de couleur chez elles. Peu de placées se plaignirent ; peu exprimèrent leur indignation ou leur ennui. La plupart avaient l'habitude de se prendre en charge toutes seules.

Il était presque 5 heures du matin quand un agent vint chercher Janvier pour le conduire en bas par l'escalier de service — sans se soucier des gens qui se trouvaient encore dans les salles de jeu — dans le bureau de Froissart.

La pièce empestait le suif brûlé et le tabac à chiquer.

— J'ai commencé par les mères, soupira le lieutenant Shaw en cassant un long tortillon brunâtre accroché à l'une des chandelles de cuisine qui dégoulinaient sur le bureau.

Sans son pardessus, il ressemblait plus que jamais à un épouvantail, avec ses bretelles de cuir qui faisaient penser à deux ornières boueuses sur le calicot bon marché de sa chemise et ses manches roulées sur ses longs bras noueux et maigres comme des pattes de chat de gouttière. Des masses de feuillets jaunes s'amoncelaient devant lui, ainsi qu'une pile plus petite sur la table à côté, dotée d'une gracieuse chaise Empire que le greffier qui avait pris les notes avait dû occuper. Janvier se demanda jusqu'où ils avaient poussé la précision dans la description des costumes.

Il fut un peu surpris de voir Shaw lui faire signe de s'asseoir. La plupart des Américains — la plupart des Blancs, en fait — faisaient rester les hommes de couleur debout.

— Vous avez bien fait, monsieur, dit Janvier. S'il y avait un détail à remarquer, vous pouvez être sûr qu'elles l'auront vu.

Dans un coin du bureau, plusieurs tasses à café s'empilaient — vraisemblablement amenées là par les hommes que Shaw avait interrogés. Malgré l'heure matinale, des éclats de voix avinées se faisaient encore entendre dans la rue, des voix rauques et masculines, qui contrastaient avec les clameurs aiguës qui avaient résonné toute la nuit. La fanfare, difficile à localiser, jouait toujours aussi fort la dizaine d'airs de son répertoire, qu'elle reprenait pour la cinquième ou sixième fois. Sur son trajet entre l'escalier et le bureau, Janvier avait également entendu du bruit en provenance des salles de jeu, tout aussi animées qu'elles l'étaient la veille à 7 heures et demie du soir.

— Eh ben, quelle nuit ! soupira Shaw, étirant ses grands bras et faisant craquer de façon bien audible chacune des vertèbres de son dos. Moi, je vous jure que ça ne me dirait rien d'aller marchander avec toutes ces vieilles commères, et franchement, ça m'est bien égal de savoir à quoi ressemblent leurs filles. Y'a plus de charité chrétienne au marché aux esclaves de Maspero que dans les yeux de cette harpie en jaune… Enfin, avec tout ça au moins, leurs filles

ont leur part du gâteau, et pour une fois tout ne profite pas
qu'à ces riches planteurs. Vous la connaissiez, miss Crozat ?

— De réputation, répondit Janvier. Je l'ai rencontrée une
ou deux fois quand elle était petite, mais sa maman ne la
laissait jamais sans surveillance. Elle n'avait que sept ans
lorsque je suis parti à Paris en 1817, et ce n'était pas une
de mes élèves. C'est que je donnais aussi des cours de piano
à l'époque, expliqua-t-il. Depuis mon retour, je m'attendais
à la revoir tôt ou tard. Sa mère et la mienne sont amies.

— Mais vot' sœur m'a dit que vous avez parlé avec cette
fille hier soir.

Janvier hocha la tête.

— Quelqu'un que je connais m'avait demandé de lui
arranger un rendez-vous avec Angélique chez ma mère,
pour demain après-midi… Enfin, cet après-midi. Je n'ai pas
encore eu le temps d'en parler à ma mère. J'habite chez
elle depuis que je suis rentré de Paris, au mois de novembre
dernier. Rue Burgundy.

Shaw prit note.

— Est-ce que par hasard vous savez la raison de ce
rendez-vous ? Et vous pouvez me donner le nom de cette
personne ?

— Je n'ai pas la moindre idée de la raison de cette
rencontre. Et… si cela ne vous dérange pas, monsieur,
ajouta-t-il, se rappelant à temps qu'il valait mieux mettre les
formes, je préférerais taire le nom de la personne. Ce
service m'a été demandé en toute confidence.

Il savait d'expérience que les Blancs attendaient d'un
Noir ou d'un homme de couleur qu'il obéît sans discuter,
alors qu'un Blanc n'eût point toléré d'être traité de la sorte
et y aurait vu motif à duel. Mais Shaw se contenta de hocher
la tête. Ses yeux gris, ternes comme un ciel de pluie et
profondément enfoncés dans leurs orbites, fixèrent pensivement Janvier pendant un moment, la lueur jaunâtre
tombant de l'imposte derrière plongeant son visage dans
l'ombre comme celui de madame Trépagier la veille au soir.

— Bon, ça ira comme ça pour l'instant. Mais peut-être
que je vous redemanderai quand même le nom plus tard,
des fois qu'on s'apercevrait que cette personne pourrait
nous être utile pour identifier le meurtrier. Dites-moi seule-

ment qu'est-ce que vous vous êtes dit avec Angélique Crozat.

— Oh, nous ne nous sommes pas dit grand-chose, répondit Janvier d'une voix douce, tout en s'efforçant de faire le tri dans sa mémoire pour taire les détails pouvant révéler que la personne qui l'avait chargé de cette commission était une femme, blanche, créole et veuve, ou risquant de trahir la nature de ses liens avec Angélique ainsi que sa présence dans le bâtiment.

Avec sa tignasse rousse et crasseuse et ses joues creuses, Abishag Shaw avait tout du péquenot du Nord qui avait lâché depuis peu les bras de sa charrue, mais au fond de ses yeux gris et las, Janvier décela l'étincelle d'une froide intelligence. Cet homme était américain, et c'était lui qui avait le pouvoir en dépit de son ignorance crasse de la syntaxe. Comme disait Froissart, il y avait une foule de choses que les Américains étaient incapables de comprendre, en particulier le fossé qui séparait les gens de couleur des Noirs.

— Elle a refusé de rencontrer la personne qui m'avait chargé du message, poursuivit Janvier. Elle m'a dit qu'elle avait déjà reçu plusieurs billets de... de sa part, et qu'elle n'avait rien à répondre à cette... cette personne. (Il avait bien failli dire « dame » et soupçonnait fortement Shaw d'avoir deviné quand même qu'il s'agissait d'une femme.) Elle a ajouté que son père était un homme important, et que... la personne n'avait pas intérêt à essayer de lui jouer un mauvais tour.

— Quel genre de mauvais tour ? s'enquit Shaw d'un ton léger. Vous voulez dire un peu de poudre de brique sur son seuil pour lui jeter un sort ? Ou bien une accusation « d'insolence » pour la faire jeter en prison ?

— L'un ou l'autre, dit Janvier, se demandant si Shaw allait se contenter de cette réponse.

Le lieutenant hocha de nouveau la tête.

— Et est-ce qu'elle vous a dit quelque chose à vous ? Sur vous ?

— Non, répondit Janvier, pris de court. Pas que je me souvienne.

— Elle ne vous a pas insulté ? Énervé ? Phlosine… (Il consulta ses papiers.) Cette fille qui s'appelle Phlosine Seurat dit qu'elle a entendu la porte claquer.

— C'était Galen Peralta, expliqua Janvier. Il est entré dans le petit salon et…

— Galen Peralta ? Le fils de Xavier Peralta ? Le gars avec qui elle s'était disputée un peu plus tôt ?

Ôtant ses bottes de la table, Shaw se redressa brusquement et expédia un jet de salive en direction du crachoir. Janvier le regarda, aussi surpris que lui.

— Personne ne vous l'a donc dit ?

Le policier secoua la tête.

— Ça s'est passé quand ? s'enquit Shaw. La dernière fois qu'on a vu ce garçon, c'était dans le grand hall, quand il lui a arraché ses ailes de fée et qu'elle est alors partie bouder dans le petit salon. Et c'est d'ailleurs la dernière fois qu'on l'a vue vivante. Cette Seurat — et les deux ou trois autres qui se trouvaient avec elle dans le hall — m'ont raconté que le garçon s'est précipité en bas de l'escalier comme un fou furieux, et d'autres m'ont dit l'avoir vu dans la cour, mais personne ne se souvient si c'était avant ou après leur dispute, ni à quel moment exactement.

— Il y a une porte dans la cour qui donne accès au couloir du petit bureau de Froissart, dit Janvier. Peut-être qu'il a eu ce qu'on appelle l'esprit d'escalier, et subitement changé d'avis…

— Ouais, ça serait pas étonnant, acquiesça Shaw à mi-voix en se renfonçant dans son fauteuil.

Dehors, des voix d'hommes s'élevèrent soudain et une violente altercation éclata ; puis l'on entendit le bruit mat d'un corps qui heurtait le mur, faisant trembler tout le bâtiment.

— Je sais pas combien de cœurs ces filles-là sont capables de briser, observa le lieutenant. Elles savent asserer le coup de grâce au bon moment. Mais continuez.

— S'il est passé par l'escalier de service, c'est normal que personne ne l'ait vu, ni dans le hall du bas ni dans celui du haut. Mais il est bel et bien revenu, et je crois qu'elle savait qu'il ferait demi-tour. Elle a d'abord cru que c'était lui quand j'ai ouvert la porte du petit salon ; elle me tournait le dos et s'est mise à débiter la petite phrase qu'elle avait préparée pour l'accueillir. Le gamin était fou de rage. Et à 17 ans, on n'a pas le bon sens de partir sans demander son reste.

— Dieu sait que j'étais pareil, déclara Shaw en se levant et s'étirant le dos. J'ai bien failli me faire tuer une bonne demi-douzaine de fois par mon père lorsque je venais lui faire des réflexions bien senties quand il était soûl. Et vous êtes parti ensuite ?

Janvier hocha la tête.

— Oui, monsieur. Je n'avais aucune raison de rester là, et ce garçon m'aurait de toute façon ordonné de quitter la pièce. Ma sœur et Marie-Anne Pellicot ont passé le reste de la soirée à chercher Mlle Crozat. Le père de Galen aussi. J'ai d'abord pensé qu'ils étaient tous les deux partis vider leur querelle d'amoureux dans quelque endroit plus intime, mais en fait il a probablement dû quitter les lieux peu après — pendant la gigue et le quadrille écossais que nous avons joués pour faire oublier aux invités l'altercation de Bouille et Granger —, et elle, de son côté, est restée dans le petit salon pour y réparer ses ailes. C'est alors que le meurtrier lui aura réglé son compte.

Les yeux délavés se rétrécirent d'un air intrigué.

— Tiens donc. Et qu'est-ce qui vous fait dire ça ?

— Je vais vous montrer.

Janvier se leva et Shaw lui emboîta le pas. Ils gravirent dans le noir l'escalier de service, tournèrent à droite une fois arrivés en haut et se dirigèrent vers la porte du petit salon, devant laquelle un agent assoupi montait toujours la garde. Une tasse et une pâtisserie à demi grignotée étaient posées par terre, au pied de sa chaise. Il se mit debout et fit le salut réglementaire.

— On a récupéré tout ce qu'il y avait sur le tapis, Mr Shaw. La mère a emporté la dépouille de sa fille, puisque vous avez dit qu'elle pouvait.

— Et aucune trace de ce fichu collier ?

— Non, sir.

Ici aussi, la cire des chandelles gouttait. L'on avait fermé les fenêtres et une atmosphère lugubre régnait dans la pièce, qui sentait le suif brûlé et la mort. La fanfare au-dehors s'était tue et l'on n'entendait plus que les voix sonores des quelques rares passants.

Janvier se dirigea droit sur les ailes de gaze rigides, restées là où Dominique les avait posées, contre l'armoire où l'on avait caché le corps d'Angélique. Il les souleva précautionneusement et effleura l'aiguille suspendue à son fil.

— En général, quand une femme interrompt sa couture, elle plante l'aiguille dans l'étoffe pour éviter de la perdre, déclara-t-il. S'il est une chose qui a le don d'agacer une femme, c'est bien de devoir remettre le fil qui lui a échappé dans le chas de l'aiguille. Il est surprenant qu'elle n'ait pas eu ce réflexe.

Le vilain visage de Shaw se fendit de nouveau d'un sourire.

— Z'avez été marié, vous.

Il regarda autour de lui, puis, ne trouvant pas ce qu'il cherchait, ouvrit la fenêtre et entrebâilla le volet pour cracher par-dessus la rambarde. Janvier se prit à espérer que le cardinal de Richelieu se trouvait juste en dessous.

Tandis que Shaw se penchait par la fenêtre, Janvier jeta un coup d'œil sur la table, où l'on avait rassemblé les chandelles autour d'une boîte à couture. Il souleva doucement cette dernière et l'inclina dans la lumière afin d'en examiner le contenu : des rubans d'une douzaine de couleurs différentes et d'innombrables petits bouts de fils ; deux aiguilles et quatorze épingles ; la plume de paon, les perles et de multiples lambeaux floconneux de plumes d'autruche teintes ou naturelles ; une boule de duvet de cygne grosse comme un estomac de mouton et un morceau de dentelle fine arraché à un jupon ; une demi-douzaine de crochets et d'œillets ; une ficelle de corset. Les domestiques des deux salles de bal passeraient toute la matinée à récupérer des monceaux d'objets du même genre dans les poubelles.

Il saisit une feuille de laurier qui se trouvait au milieu du tas.

— Le romain à l'armure dorée, dit-il. Jenkins. Je crois que c'est ainsi que Granger l'a appelé. Il portait la couronne des vainqueurs.

— Vous alors, on peut dire que vous avez l'œil pour les fanfreluches, lança Shaw en revenant vers lui, les mains enfoncées dans les poches comme pour redresser sa grande carcasse toute de guingois. C'était drôlement malin votre idée pour les costumes.

— Ma femme était couturière.

Janvier tourna les bouts de fil et les rubans entre ses doigts gantés de chevreau. Il y avait deux façons de dire ce que Shaw avait dit, tout comme il y avait deux manières de prononcer ce « jolie » qu'il avait lancé un peu plus tôt à propos de Minou.

— J'étais tout le temps entouré de rubans et de dentelles, et je la regardais les assembler pour confectionner les plus belles toilettes que vous ayez jamais vues, dit Janvier en souriant à l'évocation de ces souvenirs. Il y avait une dame — c'était l'épouse d'un baron — qui la rendait folle à force de lui demander de rajouter ceci, et puis cela à ses robes, et ne daignait jamais débourser le moindre sou en contrepartie. Ayasha a supporté cela jusqu'au jour où la vieille sorcière lui a dit qu'une vraie chrétienne lui aurait spontanément fait cadeau de tous ces petits rajouts. Alors Ayasha a changé la couleur des rubans du corsage — et figurez-vous que cette couleur était justement à la mode cette année-là, si bien que la vieille harpie était ravie du changement, alors que ça ne lui allait pas du tout. Je n'ai jamais vu de femme enlaidir aussi vite !

Il secoua la tête et vit que les yeux de Shaw le fixaient de nouveau, comme s'il avait deviné le chagrin tapi sous la joie que ranimait en lui chaque souvenir d'elle.

— Votre femme était arabe ?

— Marocaine... Berbère, répondit Janvier. Mais chrétienne, bien que je ne sache pas si elle avait vraiment la foi. Elle est décédée l'été dernier.

— Le choléra ?

Il hocha la tête et saisit une rosette de velours qui avait dû appartenir au masque de Dominique et paraissait minuscule dans ses mains immenses.

— Elle aurait été capable de vous nommer chacune des personnes qui sont venues dans cette pièce rien qu'à partir de ces fanfreluches. Mais ma sœur pourra probablement identifier la plupart d'entre elles pour vous.

— Ouais, mais quel qu'il soit, celui qui a fait le coup n'aura pas forcément eu l'obligeance de laisser une perle ou un ruban derrière lui, observa Shaw. Et si ce Peralta était en habit de soirée, à moins qu'elle lui ait arraché un bouton, on pourra rien prouver. Quant à ce Jenkins...

— Il la cherchait, dit Janvier. Il n'a pas cessé d'aller et venir entre la salle et le hall. Il est sans doute venu voir si elle était ici.

— Et vous avez entendu les deux autres se quereller ? Dans le hall ?

— Tout le monde les a entendus. Elle flirtait avec Jenkins. D'ailleurs, je crois bien qu'elle flirtait avec tout le monde, ou du moins avec tous ceux qui ont de l'argent.

— Mais Peralta père a pourtant... Quoi ? Il l'aurait donc déjà achetée pour son fils ?

— Pas *achetée*, le corrigea Janvier, bien qu'il devinât au ton de Shaw que le policier n'ignorait pas que les placées étaient en théorie libres. Il s'agit d'un contrat *négocié*. Ça permet d'éviter que le gamin se fasse dépouiller de tous ses biens, que la jeune placée fasse des scènes à son protecteur, et que la mère le harcèle en permanence en lui disant : « Je veux être sûre et certaine que tu ne laisseras pas ma fille et ton bébé sans le sou quand tu épouseras une créole. » Tout est arrangé à l'avance. Une signature, un cachet de cire pour sceller le tout, et pas de questions.

Shaw médita la chose, tournant la feuille de laurier entre ses doigts.

— C'est pas bête, ce genre de contrat, dit-il. Quel gosse irait s'encombrer d'une fille même à peu près présentable pour son coup d'essai ? Quand je pense à la toute première dont je suis tombé amoureux... Doux Jésus ! (Il secoua la tête.) Vous croyez que miss Crozat flirtait avec ce fier et noble romain pour décrocher la timbale ?

— Probablement, et ça a marché. Le gamin était dans tous ses états en entrant dans la pièce. En tout cas, je doute qu'un Américain puisse proposer un arrangement aussi intéressant qu'un Français.

Shaw le considéra un moment en plissant les yeux, comme s'il méditait cette critique allusive à l'encontre des planteurs américains qui, eux, achetaient tout bonnement une jolie esclave pour en faire leur maîtresse, avec ou sans le consentement de cette dernière. Mais il se contenta de retourner à la fenêtre et de cracher de nouveau.

Janvier le suivit ensuite dans le hall, où Hannibal Sefton, couché en chien de fusil sur un sofa, dormait sous la lumière vacillante des becs de gaz, tandis que des domestiques ramassaient les coupes de champagne éparpillées et balayaient les perles, fleurs de soie, mégots de cigares et autres rubans disséminés sur les tapis de couleur vive. Sur leur droite, la salle de bal béait, sombre et silencieuse. Shaw se coula tel un serpent dans son vieux pardessus vert et râpé tout en descendant l'escalier central avec Janvier. Même derrière les portes closes des salles de jeu, le calme était revenu.

Un agent vint à leur rencontre dans le vestibule du rez-de-chaussée, d'où partait un grand couloir donnant sur la cour plongée dans la pénombre et le silence. L'air sentait la pluie et la boue. Les portes entrebâillées laissaient filtrer les premières lueurs de l'aube.

— Nous avons fouillé tout le bâtiment, ainsi que les greniers, sir, déclara l'homme en le saluant. On n'a rien trouvé.

— Merci bien, Calvert.

Le lieutenant prononça son nom à la française. Quelqu'un — probablement Romulus Valle — avait déposé le chapeau et la sacoche de partitions de Janvier sur une commode du vestibule. Tous deux sortirent dans la cour ensemble. Shaw se retourna, tendant le cou pour contempler la façade jaune pâle et vert olive de la Salle d'Orléans qui les dominait.

En cette saison, les petits matins avaient toujours quelque chose d'un peu misérable, avec ce morne ciel de pluie et ces rues presque désertes, jonchées de détritus. En traversant la cour, Shaw jeta encore quelques regards à la galerie, aux platanes, aux lampions détrempés et éteints. Rue Sainte-Anne, il resta planté à l'entrée du passage de la cour, suivant des yeux les rares fiacres qui ramenaient chez eux les derniers noceurs, tandis que retentissait le sifflet grave des vapeurs sur le fleuve.

Une femme passa devant eux, lançant sa ritournelle en anglais : « Elles sont bonnes, mes huîtres ! Mes bonnes huîtres fraîches ! » Sur le trottoir d'en face, sous une galerie en surplomb, deux gentlemen en tenue de soirée, encore masqués, avançaient en titubant d'un pilier à l'autre. Une femme, masquée elle aussi et vêtue d'un invraisemblable costume de déesse grecque, les accosta avec un sourire radieux.

— Faut pas se demander comment elle gagne sa vie, celle-là, lança Shaw avant de cracher copieusement dans le caniveau.

— Pas vraiment de la même façon que les dames présentes ici cette nuit, déclara tranquillement Janvier, se remémorant le « ce n'est qu'une placée » de Froissart — si désireux d'étouffer l'affaire — et les paroles de Shaw dans la salle de bal.

Il se pencha pour ramasser une plume de coq noire détrempée qui gisait, solitaire, au pied du porche, contre le mur. Shaw se tourna vers lui, surpris.

— Je suis peut-être qu'un vulgaire yankee sans instruction, mais je sais faire la différence entre une courtisane et une prostituée, masquée ou non.

— Ça change quelque chose, monsieur ? s'enquit Janvier.

— Pour moi ? fit Shaw. Non. Pas plus que pour Mr Trémouille, quand je vais retourner au Cabildo et lui raconter ce qui s'est passé.

À d'autres ! faillit lancer Janvier, qui se mordit la langue juste à temps. L'homme était policier, blanc et américain de surcroît. Avec un créole, dans les mêmes circonstances, il aurait pu se permettre ce genre de reparties, mais il valait mieux se méfier de Shaw, qui avait le pouvoir de lui nuire s'il le voulait. Le lieutenant se gratta de nouveau la joue, qu'on eût dit couverte d'une couche de crasse à cause des petits poils brunâtres de sa barbe de plusieurs jours.

— Une femme a été tuée, poursuivit le policier. Une femme libre, résidente de cette ville, ce qui veut dire qu'elle payait des impôts, et ces impôts payent mon salaire.

J'ai donc une sorte d'obligation morale de venger sa mort, non ? Dites-moi, est-ce que je violerais un code de bien-séance quelconque si je rendais visite à vot' sœur cet après-midi ?

Il tapota la liasse de feuillets jaunes qui dépassait de la poche de son manteau fatigué et mit son chapeau miteux.

— Envoyez-lui un mot ce matin pour la prévenir de l'heure de votre visite, lui conseilla Janvier. Comme ça, une de ses amies, ou notre mère probablement, pourra venir jouer les chaperons. Dans l'après-midi, vers 4 heures, ce serait bien. Elle sera levée et habillée, et il ne se passera rien chez les Crozat avant au moins 8 heures. Vous avez son adresse ?

Shaw hocha la tête.

— Merci bien, dit-il. J'étais simple agent l'année dernière au moment du carnaval et, doux Jésus, j'avais tout bonne-ment l'impression d'avoir atterri dans un de ces livres d'images de ma grand-mère ! Y'a fort à parier que les vols à la tire ont été plus nombreux que jamais cette année. Vous savez, si un inconnu tue un autre inconnu, y'a peu de chances qu'il se fasse attraper, à moins qu'il fasse des folies avec son butin. Mais quelque chose me dit que c'est un voleur pas ordinaire que celui-là, qui assassine pour des bijoux dans un bal de ce genre. Y'avait plein de femmes à circuler toute la soirée dans ce couloir, et toutes couvertes de bijoux plus coûteux les uns que les autres. Tuer miss Crozat juste pour lui voler ce collier qu'elle portait, c'est carrément insensé.

Il descendit du trottoir de brique, cracha dans le caniveau et s'éloigna dans l'aube pluvieuse, les pans de son pardessus flottant autour de sa carcasse dégingandée. Janvier, lissant la plume de coq noire entre ses doigts, le suivit du regard jusqu'à ce qu'il ait disparu.

6

Le silence régnait dans la villa de stuc ocre de la rue Burgundy quand Janvier arriva. Elle faisait partie d'une rangée de quatre maisons blotties les unes contre les autres. Il resta un moment à guetter un bruit derrière les volets clos des deux pièces de devant, puis emprunta le sentier boueux et étroit qui séparait le mur de la villa de sa mère de celui de la maison voisine pour gagner la cour à l'arrière. Il dut se tourner de côté et se plier en deux pour se faufiler entre les barres de la clôture. Mais de ce côté-ci aussi, les volets étaient fermés. L'arrière-cour se glorifiait d'une cabane d'aisance et de communs en brique avec cuisine au rez-de-chaussée et garçonnière à l'étage.

Autrefois, sa petite sœur Olympe occupait la chambre à coucher de derrière, sa mère celle de devant, les deux salons — l'un donnant sur le jardin, l'autre sur la rue — servant à recevoir Saint-Denis Janvier. Bien qu'il n'eût que 9 ans à l'époque, Benjamin dormait dans la garçonnière. Il attendait que toutes les lumières de la maison soient éteintes, et descendait alors les marches branlantes de l'escalier extérieur en colimaçon pour courir rejoindre Olympe, Will Pavegeau et Nic Gignac dans leurs aventures nocturnes. Il sourit en se remémorant les grands yeux brillants de sa sœur la fois où elle avait osé les suivre au cimetière, ou quand ils étaient allés voir les danses des esclaves au bayou Saint-John.

Olympe — qui, elle, était vraiment sa sœur, et non sa demi-sœur, comme Dominique — était à l'époque une fillette maigrichonne, qui ressemblait à une araignée noire dans sa jupe bleue et rouge dépenaillée et sa blouse de calicot, dont même une esclave n'aurait pas voulu. Comme sa chambre donnait sur le jardin, il lui était facile de faire des escapades, mais Janvier était convaincu que même enfermée dans un donjon, sa sœur aurait trouvé le moyen de s'évader.

Olympe avait 15 ans quand Dominique vint au monde. Les deux filles ne partagèrent la chambre à coucher de l'arrière qu'une année seulement. Dominique eut ensuite la chambre pour elle seule, luxe suprême pour une jeune enfant. La fillette était chérie comme une princesse par sa mère, et faisait l'orgueil de son père.

Dominique avait vraisemblablement occupé cette chambre jusqu'au jour où Henri Viellard était entré dans sa vie. Elle avait alors 16 ans. Saint-Denis Janvier était déjà décédé, laissant à sa maîtresse un logis confortable, et Livia Janvier avait épousé un ébéniste du nom de Christophe Levesque, qui était mort à son tour, il y avait de cela quelques années. La chambre de derrière, qui avait été celle d'Olympe, puis celle de Dominique, servit aussi pour une courte durée d'atelier à Levesque. À présent, elle n'était plus occupée par personne, bien que Dominique fût quant à elle d'avis que sa mère ferait bien de prendre un amant.

Janvier s'avança jusqu'aux portes-fenêtres et entrebâilla l'un des battants des volets verts, cherchant à entendre par les fentes des jalousies la respiration légère et régulière de sa mère.

Mais il n'entendait rien. Doucement, il souleva le loquet et poussa la jalousie à l'intérieur. La chambre était vide et grise de poussière. Il entra dans la pièce et avança jusqu'à la porte de la chambre de sa mère, qui était entrouverte. Des rais de lumière filtraient par les volets à claire-voie donnant sur la rue. Le couvre-lit aux motifs gais, repoussé de côté, révélait la blancheur immaculée d'un amas de draps propres. Deux chattes jaune beurre — les Madames — sommeillaient, pelotonnées au bout du lit, et ne daignèrent ouvrir leurs yeux dorés que pour lui jeter le même genre de regard que les dames créoles de bonne famille réservent aux ivrognes dormant dans leurs propres vomissures à même le caniveau de la rue Bourbon. Il y avait de l'eau dans la cuvette de toilette, et une robe de chintz reposait sur le dossier de la chaise en rotin. Une odeur de café remontant à quelques heures flottait dans l'air.

Euphrasie Dreuze, ou l'une de ses amies, songea-t-il. Elle avait dû rendre visite à Livia Janvier-Levesque, et sa mère était repartie avec elle.

Janvier traversa la cour en sens inverse, sa sacoche de cuir noire sous le bras. Le feu du poêle de la cuisine, bien que couvert, continuait à diffuser sa chaleur. La grande cafetière en émail posée dessus contenait l'équivalent de plusieurs tasses. Il s'en versa une, puis gravit l'escalier en colimaçon. Tout en se changeant, il but son café et mangea les beignets et pâtisseries qu'il avait chapardés sur les tables du buffet tout au long de la soirée. Il avait laissé près de la moitié de ses larcins dans la minuscule mansarde d'Hannibal, à l'abri des rats sous un pot en fer-blanc retourné, mais il était presque sûr que l'une ou l'autre des filles de joie travaillant dans l'immeuble les avait volés juste après son départ, tout comme elles volaient le médicament d'Hannibal, son laudanum, et jusqu'au moindre *cent* qui traînait dans ses poches.

Avant de manger, il s'agenouilla à côté de son lit, sortit de sa poche le chapelet qu'il possédait depuis l'enfance — avec des grains faits de perles bon marché en verre bleu et un crucifix en fer-blanc — et récita une dizaine pour l'âme d'Angélique Crozat. Elle avait été une femme exécrable — il l'avait appris à ses dépens, comme bien d'autres —, mais seul Dieu était en droit de la juger. Où qu'elle soit allée, elle était morte sans s'être confessée et avait besoin de prières. C'était le moins qu'on pouvait faire.

Il était presque 9 heures du matin lorsqu'il descendit de son cheval — il l'avait loué — à la plantation appelée Les Saules, où, deux mois plus tôt, habitait encore Arnaud Trépagier.

Un majordome à la peau noire comme du charbon et en vêtements de deuil vint l'accueillir au bas des marches donnant sur l'arrière.

— Madame Madeleine est dans le bureau avec son courtier, dit le domestique.

Sur un geste de sa main gantée de noir, un jeune garçon aux pieds nus vint prendre la bride du cheval et alla l'attacher à un pilier réservé à cet effet, sous l'un des saules disséminés tout autour de la maison.

C'était une vieille bâtisse, construite en hauteur comme toutes les habitations des plantations créoles. La galerie qui courait le long des murs sur trois côtés la faisait paraître encore plus grande. Le majordome alla prévenir sa maîtresse.

— Madame vous demande de patienter sur la galerie, monsieur, si vous le voulez bien. Elle sera à vous dans un instant. Puis-je vous proposer une limonade en attendant ?

— Oui, merci.

Janvier constata avec une ironie amusée que les manchettes de l'esclave étaient moins râpées et ses vêtements plus neufs que les siens — lui qui était pourtant un homme libre. Hier soir, il portait un bel habit noir à queue-de-pie et des pantalons crème impeccables, parce qu'il se devait de soigner son apparence de musicien, étant amené à jouer un peu partout au gré des demandes qui lui étaient faites. Mais bien qu'il eût gagné plus d'argent avec le piano qu'en travaillant à l'Hôtel-Dieu — et certainement beaucoup plus qu'il n'en gagnerait jamais en exerçant la médecine à la Nouvelle-Orléans —, il n'avait jamais réussi à économiser grand-chose, les impôts en France étant ce qu'ils étaient. Pour le moment, tant qu'il ne se serait pas refait une réputation qui lui amènerait de nouveau des élèves, il lui faudrait se résigner à être plus mal habillé que les esclaves de certains propriétaires.

Le majordome le conduisit en haut de l'escalier de la galerie arrière et le regarda s'asseoir dans une chaise de rotin avant de redescendre les marches et de traverser l'allée de coquillages broyés pour se diriger vers les cuisines. De la galerie située à près de trois mètres de hauteur, Janvier apercevait à travers l'écran de verdure peu touffu des saules les taches vertes et ocre des étoffes bariolées que portaient les esclaves affectés aux communs. Ils allaient et venaient près du long bâtiment de brique, s'af-

fairant déjà pour le repas de midi ou transportant du linge
à la buanderie. Apparemment, seuls les esclaves que l'on
qualifiait par euphémisme de « domestiques » — autrement
dit les serviteurs qui travaillaient à l'intérieur de la
maison — se sentaient tenus de porter le deuil d'un maître
qu'ils avaient peut-être aimé ou craint, ou bien auquel ils
s'étaient tout bonnement résignés, comme ils se résignaient
à une dure journée de labeur pendant les chaleurs estivales.
Les autres portaient simplement ce qu'ils avaient à se
mettre, toiles marron ou bleu délavé teintes artisanalement
et calicots de coton rouges. Le murmure de leurs voix lui
parvenait faiblement, tandis qu'ils s'activaient à leurs différentes tâches.

Les Saules étaient une plantation de taille moyenne d'environ 400 arpents, un peu loin de la ville pour effectuer le
trajet à pied, mais à une petite demi-heure de cheval seulement. L'habitation était construite en briques tendres d'argile locale, recouvertes d'un enduit de stuc peint en blanc :
trois grandes pièces en enfilade avec deux « cabinets » plus
petits à l'arrière, encadrant ce qui devait faire office de
véranda pendant l'été. Plusieurs carreaux manquaient aux
grandes portes-fenêtres ouvrant sur la galerie, et on les avait
remplacés par du carton. À travers le feuillage clairsemé
des arbres, Janvier pouvait voir que le stuc de la façade de
la cuisine s'était détaché par endroits, laissant apparaître la
brique en dessous. De l'autre côté, au-delà de la garçonnière délabrée et des pigeonniers, les esclaves qui sarclaient
le champ le plus proche, où poussait la deuxième récolte
de canne, paraissaient bien peu nombreux pour le travail à
accomplir.

Il se remémora les lourdes parures de perles anciennes
et d'émeraudes qui ornaient la gorge et les cheveux d'Angélique Crozat. Il se rappela que le vieux René Dubonnet
possédait 15 arpents de terre en bordure du lac Pontchartrain et vivait chaque année sur les avances de la récolte
de l'année suivante. Comme la plupart des planteurs et
nombre de rois bibliques, il était riche en terres et en
esclaves, mais n'avait guère d'argent liquide disponible et
était endetté jusqu'au cou. Il n'y avait pas de raison qu'il
en soit autrement pour Arnaud Trépagier.

Mais on avait toujours de l'argent, dans ces vieilles familles, pour entretenir une maison en ville et une maîtresse, pour envoyer les fils étudier à Paris, ou payer des leçons de piano et le couvent aux filles. On avait toujours assez d'argent pour s'offrir de bons vins, des noces dispendieuses ou les meilleurs chevaux. On trouvait toujours de l'argent pour continuer à vivre comme par le passé, pour maintenir les vieilles traditions, face aux mesquineries de ces arrivistes de yankees.

Bien des années plus tôt, peu avant son départ pour Paris, Janvier avait joué du piano lors d'une réception donnée dans une grande maison de la rue Royale. L'ultime défaite des Anglais à Chalmette remontait à quelques mois à peine, et l'un des invités, jeune associé d'une maison de courtage, était venu avec un ami américain, riche, aux manières polies, manifestement de très bonne famille et, pour autant que Janvier pût en juger, plutôt bel homme.

Il n'y eut qu'une seule demoiselle française à daigner l'approcher, la fille d'un planteur désargenté qui cherchait à la marier depuis quelques années déjà. Mais les frères de cette dernière menacèrent l'Américain d'une rossée si jamais il adressait encore une fois la parole à la jeune fille.

— Monsieur Janvier ?

Il se retourna, brusquement tiré de sa rêverie.

L'ombre de Madeleine Trépagier, en robe de deuil, se découpait dans l'embrasure des portes-fenêtres du grand salon. Un chignon sévère tirait ses cheveux en arrière, à contre-courant de la mode qui était aux boucles, et elle était coiffée d'un petit bonnet de dentelle noire. Sans son masque en daim de princesse mohican et ses ridicules peintures de guerre rouges et bleues, Janvier put constater que la beauté de son visage d'enfant avait tenu ses promesses. Il se leva et s'inclina.

— Madame Trépagier.

Elle prit place dans l'autre chaise de rotin, balayant du regard la terre retournée et les plants de petits pois du potager. Sa robe de deuil, enveloppant des formes généreuses comme celles d'une Vénus romaine, avait autrefois été un calicot à motifs, dont on apercevait encore les dessins sous le noir de la teinture maison comme les taches à peine visibles du pelage d'un chat noir ocellé, conférant à la prosaïque toilette une richesse inédite. Ses doigts étaient tachés d'encre, et ses yeux et sa bouche marqués par la fatigue.

Mais ce qui frappa le plus Janvier, c'était son impassibilité. Malgré son immense lassitude, malgré le secret désespoir qui affleurait sur ses lèvres, elle affichait un calme parfait, issu de quelque inébranlable certitude enracinée au plus profond de son âme. Les pires difficultés pouvaient l'assaillir, elle veillerait à préserver l'essentiel.

Elle était très pâle, et il se demanda à quelle heure elle était rentrée aux Saules, la nuit dernière.

— Merci de votre sollicitude hier soir, murmura-t-elle. Et merci de m'avoir renvoyée chez moi comme vous l'avez fait.

— J'espère que vous êtes rentrée sans encombre, madame ?

Elle hocha la tête et esquissa un sourire piteux.

— Oui, bien que je ne l'aie guère mérité. J'ai trouvé un fiacre quelques rues plus loin, et je suis arrivée chez moi avant 8 heures et demie. Je... je me rends bien compte que j'étais sotte de croire... de croire que je pourrais lui parler là-bas. Je lui avais déjà envoyé plusieurs messages. Et elle ne m'a jamais répondu.

— C'est ce qu'elle m'a dit.

La bouche de Madeleine Trépagier se tordit de colère, et la forme pleine et douce de ses lèvres se mua en un rictus amer et implacable.

Janvier se rappela les menaces d'Angélique relatives aux « vilaines petites blagues typiquement créoles », et les histoires que racontait sa mère à propos des Blanches qui se servaient du Code Noir de la ville pour harceler les maîtresses de leurs maris. Pendant un instant, Madeleine Trépagier lui parut parfaitement capable de faire arrêter et fouetter une autre femme sous le prétexte que celle-ci s'était montrée « insolente » envers elle — et Dieu savait combien Angélique était insolente à l'égard de tous ceux qu'elle rencontrait, qu'ils soient noirs, de couleur ou blancs —, de la faire jeter en prison parce qu'elle possédait un attelage ou ne se couvrait pas la tête en public.

Mais si Angélique s'était répandue en menaces hier soir, cela signifiait que Madeleine Trépagier s'était jusque-là abstenue d'user de ce méprisable pouvoir.

Elle secoua doucement la tête, laissant sa colère refluer.

— Vous n'étiez pas obligé de faire tout ce chemin pour venir me voir, vous savez.

Quelque chose dans son maintien rigide, dans son calme forcé, le poussa à dire :

— Vous avez sans doute appris qu'elle est morte.

Les longues mains de Madeleine Trépagier tressaillirent sur ses genoux, mais ses yeux reflétaient davantage de méfiance que de surprise. Pendant un instant, elle prit l'air hésitant de quelqu'un qui se demande ce qu'il peut se permettre de dire pour rester crédible ; puis elle se signa.

— Oui, je l'ai appris, dit-elle enfin.

Par la femme qui lui avait apporté de l'eau pour sa toilette du matin, songea Janvier. Ou par la cuisinière, venue chercher les provisions de la journée au garde-manger. Les Blancs ne comprenaient pas comment les nouvelles faisaient pour aller si vite, leur bonne éducation leur interdisant de fourrer leur nez dans les affaires des autres. Forts de la puissance quasi divine qu'ils s'étaient eux-mêmes octroyée et définitivement imbus de leur propre importance, ils s'étonnaient toujours que ceux dont les vies dépendaient d'eux puissent leur vouer la même curiosité passionnée qu'ils ne daignaient eux-mêmes accorder qu'aux personnages des romans de Balzac.

— On vous a dit ce qui est arrivé ?

Ses mains, toujours posées sur ses genoux, tremblèrent.

— Seulement que... qu'elle a été étranglée. Au bal. (Elle lui jeta un regard en coin.) La police... Est-ce qu'ils ont arrêté quelqu'un ? Ou dit s'ils savaient qui pouvait avoir fait cela ? À quelle heure est-ce arrivé ?

Le ton anodin de sa voix sonnait faux, et sa curiosité dissimulait un besoin pressant d'informations. *À quelle heure ?* songea Janvier. Mais comme il scrutait son visage, elle se remit brusquement debout et alla s'accouder à la rambarde de la galerie, où elle resta à observer attentivement un vieil homme qui, accroupi dans le potager entre les saules, plongeait la main dans son sac de graines, puis arrosait précautionneusement la terre avec sa gourde — comme si les gestes de son jardinier revêtaient soudain la plus haute importance.

— Ont-ils dit ce qu'ils allaient faire de ses effets personnels ? s'enquit-elle, sans tourner la tête.

Janvier se leva à son tour.

— Je suppose que c'est sa mère qui les récupérera.

À ces mots, elle tressaillit et se retourna vivement vers lui en ouvrant des yeux ronds. Puis elle secoua doucement la tête, riant à demi d'elle-même, bien que sans vraie joie. Lorsqu'elle parla, sa voix avait retrouvé une intonation plus normale.

— Je suis désolée, dit-elle. C'est juste que… Cela fait des années qu'elle n'est à mes yeux qu'une espèce de… de sorcière, de harpie. Il ne m'est jamais venu à l'idée qu'elle pouvait avoir une mère, qu'elle en avait forcément une. C'est juste…

Elle se passa la main sur les cheveux d'un geste machinal, comme elle devait le faire pour repousser les boucles qui lui retombaient habituellement sur le front. Il vit que ses yeux étaient noyés de larmes.

Il avait été son professeur autrefois, et quelque chose de ce lien qui les avait unis persistait encore. Cela l'incita à dire :

— Il lui a donné des choses qui vous appartenaient, n'est-ce pas ?

Elle détourna de nouveau le visage, et hocha la tête. Il sentait presque le feu cuisant de l'humiliation qu'elle éprouvait.

— Des bijoux, essentiellement, reconnut-elle d'une voix étranglée. Des cadeaux qu'il m'avait faits quand nous nous sommes mariés. Des objets pour la maison, du cristal, du linge. Un cheval et un cabriolet, même si elle n'avait légalement pas le droit d'en avoir. Des robes. Cette robe blanche qu'elle portait hier soir était à moi. Je ne sais pas si un homme est capable de comprendre, mais voyez-vous, une toilette que je confectionne de mes propres mains devient presque… une part de moi-même. Ça peut paraître stupide d'avouer ce genre de chose à voix haute, et la vieille mère supérieure de mon couvent me dirait que je

suis trop attachée aux biens matériels de ce monde, mais…
quand je choisis un coupon de soie pour moi, et l'étoffe
pour la doublure… quand je la façonne à mes mesures, que
je la porte, et qu'elle devient *ma* robe… Tout ça pour qu'il
la lui donne, à *elle*… dit-elle, reprenant tant bien que mal
son souffle. Je sais, ça paraît bien mesquin. Et bien frivole,
ajouta-t-elle d'un ton qui trahissait combien il lui en coûtait
de prononcer ces mots. Je ne sais pas si vous pouvez
comprendre.

Elle s'adossa à la rambarde, face à Janvier, et noua ses
grandes mains sur ses jupes ocellées de noir.

Il avait vu bien des femmes défiler dans la boutique
d'Ayasha, lui passer commande de robes et de toilettes,
revenir pour les essayages, et peu à peu leurs requêtes
prendre forme.

— Je comprends, dit-il.

— Je crois que c'est cette robe qui me rend la plus
furieuse. Plus furieuse encore que les bijoux. Mais certains
objets qu'il lui a donnés — des objets qui m'appartenaient — avaient une grande valeur. Les perles baroques et
les émeraudes qu'elle portait étaient très anciennes, et il
n'avait aucun droit de me les prendre… (Elle s'interrompit,
luttant pour contenir un nouvel accès de colère, puis
secoua la tête.) Mais bien entendu, un mari a tous les droits
sur les biens de sa femme.

— Pas légalement, objecta Janvier. La loi stipule que sur
l'ancien territoire espagnol…

— Monsieur Janvier, le coupa Madeleine Trépagier d'une
voix douce, quand un homme et une femme sont seuls
chez eux, dans une maison située à des miles de la ville,
rien n'empêche le premier de prendre à son épouse ce que
bon lui semble. (La douceur de son regard s'enflamma
soudain d'une lueur lointaine et étrange.) Ces émeraudes
ont appartenu à ma grand-mère. C'est pour ainsi dire tout
ce qu'elle ramena avec elle d'Haïti. Je les ai portées à notre
mariage. Je ne les ai jamais aimées — il paraît qu'elles
portent malheur —, mais je voulais quand même les récupérer. J'en ai besoin. Voilà pourquoi je devais parler à cette
femme.

— Votre époux est mort endetté, c'est bien cela ?

La mitraille de ragots de sa mère faisait de nouveau mouche. Madeleine Trépagier hocha la tête et se détourna. C'était une chose qu'elle n'aurait pas avouée à quelqu'un qui n'eût point été son professeur et ami durant son enfance.

— La situation devait vraiment être grave, poursuivit-il d'une voix douce, pour que vous osiez prendre un tel risque afin de récupérer vos bijoux. Est-ce que vous avez des enfants ?

— Non, aucun n'a survécu.

Elle poussa un petit soupir et baissa les yeux vers ses mains posées sur la rambarde en cyprès de la galerie. Il vit qu'elle n'avait pas remis son alliance qu'elle avait ôtée hier soir.

— Si je perds cette plantation, reprit-elle, je ne sais pas ce que je vais devenir.

Janvier savait que, d'une certaine façon, les enfants auraient rendu les choses plus faciles. Aucun créole ne laisserait ses petits-enfants à la rue. Il avait appris à Paris, par une lettre de sa mère, la meurtrière épidémie de l'été dernier, et supposa que c'était la fièvre jaune qui avait emporté les enfants de Madeleine Trépagier. La Louisiane était un pays insalubre pour les Blancs.

— Est-ce que vous avez de la famille de votre côté ?

Il se rappelait vaguement que les Dubonnet étaient arrivés en nombre de Santo Domingo une génération plus tôt, mais il ne savait plus si Madeleine était fille unique ou non.

Elle eut une infime hésitation, puis hocha de nouveau la tête.

Condamnée à devenir la gouvernante de ses nièces et neveux, songea-t-il. *Ou la dame de compagnie d'une vieille tante. A n'être plus que la cousine veuve, recueillie par charité et reléguée à l'arrière de la maison, dans la chambre de l'une des filles dont elle devra partager le lit — elle qui dirige une plantation et a une douzaine de serviteurs sous ses ordres...*

— Pouvez-vous espérer une aide quelconque du côté de la famille de votre époux ?

— Non.

Vu la manière dont le mot avait fusé entre ses dents, Janvier comprit qu'il valait mieux ne pas insister sur ce point. Elle respira profondément et se redressa, puis le regarda droit dans les yeux.

— Vous disiez qu'il y a... des règles... dans ce milieu, des usages que je ne connais pas. Je sais que c'est vrai. Mon éducation ne m'a pas appris toutes ces choses. Et vous avez raison. J'aurais mieux fait de ne pas essayer de la rencontrer à ce bal.

Les traits charbonneux de ses sourcils noirs contrastaient violemment avec la pâleur de son visage, et deux ronds colorés lui enflammaient les joues. Que ne lui avait-il coûté, songea-t-il, d'aller trouver cette femme qu'elle haïssait ! De prendre un tel risque ! Mais pourquoi se souciait-elle de l'heure de la mort d'Angélique ?

— Est-ce qu'il est une règle m'interdisant d'aller parler à sa mère ? s'enquit-elle. On ne va sans doute pas médire sur mon compte si je vais lui présenter mes condoléances ?

— Non, répondit Janvier, un peu étonné. C'est inhabituel, mais si vous y allez discrètement et voilée, il n'y aura pas de ragots.

— Oh, mais bien évidemment ! dit-elle avec un bref froncement de sourcils compatissant. La visite inopinée de l'épouse du... du seigneur du château est bien la dernière chose dont cette pauvre femme a besoin. Moins on en parlera, mieux ce sera.

Elle se dirigea vers les portes du salon dans un bruissement de jupons de mousseline, et s'arrêta net dans l'embrasure. Pour une femme de sa corpulence, elle se mouvait avec la légèreté d'une jeune enfant primesautière.

— Son nom, c'est madame... Crozat ?

— Dreuze, la corrigea Janvier. Euphrasie Dreuze. Mais elle a porté les deux noms. Les placées le font parfois.

Dominique continuait à se faire appeler Janvier. Leur mère, elle, avait porté ce nom en hommage à l'homme qui l'avait rachetée et affranchie.

— Je vois. Je... je ne savais pas si... s'il y avait une règle là aussi. Vous croyez qu'elle me recevra ? Est-ce qu'il ne vaut pas mieux que j'attende quelques jours ? Je m'excuse de vous poser toutes ces questions, mais vous connaissez la famille et les usages, moi pas.

Il se souvint des cris désespérés d'Euphrasie Dreuze dans le petit salon où ses amies l'avaient accompagnée. De Xavier Peralta qui fendait la foule agitée de murmures mécontents, veillant à ne pas renverser sa tasse de café. Et des étincelles que jetait sous l'éclairage au gaz le tignon couvert de bijoux de cette femme, qui s'agrippait à la manche du jeune Galen et bafouillait de panique en essayant de le convaincre de l'amour de sa fille pour lui.

— Je ne sais pas, répondit-il. Je connaissais Mme Dreuze quand Angélique était petite. Elle adorait sa fille à l'époque, et veillait sur elle comme sur une poupée de porcelaine. Mais il arrive parfois que les femmes changent quand leurs filles ont grandi.

Sa propre mère avait changé. Avant, rien n'était trop beau pour Dominique : on faisait quérir le médecin pour la moindre de ses bosses ou égratignures ; chacun de ses vêtements devait être brodé, ourlé, froncé avec le point le plus fin ; et il n'était pas un jouet, pas une nouveauté arrivant au port qu'on ne s'empressât d'acquérir pour faire plaisir à la petite fille. Trois mois plus tôt, juste après son retour de Paris, Janvier avait appris en descendant prendre son petit déjeuner à la cuisine que Dominique avait contracté une bronchite. « Bah ! elle en fait tout le temps, depuis la première qu'elle a attrapée en 1830. » Tel avait été l'unique commentaire de sa mère, qui avait continué à tourner machinalement les pages de *L'Abeille*. Et c'était ensuite lui, et non pas leur mère, qui s'était rendu au chevet de Dominique, afin de s'assurer qu'elle ne manquait de rien.

En tout cas, sa mère n'avait certainement jamais gaspillé de larmes pour lui. Elle avait fait montre d'une compassion polie en apprenant le décès d'Ayasha, mais rien de plus. Parfois, il ne la voyait pas pendant plusieurs jours d'affilée, à moins qu'elle ne passât par le petit salon alors qu'il s'y trouvait avec l'un de ses élèves. Il avait toujours eu l'impression que sa mère ne s'intéressait pas beaucoup à lui ni à ce qu'il faisait.

Parce qu'il avait trois grands-parents noirs et non pas trois grands-parents blancs ?

C'était avec Dominique — qu'il connaissait pourtant peu, car elle n'était qu'une toute petite fille quand il était parti pour la France — qu'il avait pleuré la perte de sa femme.

— Un moment, lança Mme Trépagier avant de disparaître dans les profondeurs de la maison.

Janvier retourna à sa chaise. De la porte de l'une des pièces voisines, surgit alors une fille au visage chafouin, mince comme une liane et noire comme l'ébène, portant elle aussi des vêtements de deuil mal teints, bien que son pas léger et nonchalant n'exprimât pas vraiment l'affliction. Elle détailla la mise de Janvier avec insistance, contempla ses gants d'agneau rapiécés et le cheval attaché sous les saules dans le jardin avec une insolence contenue, puis, avisant qu'il était installé sur une chaise destinée aux invités, secoua la tête et passa devant lui pour emprunter l'escalier, silencieuse comme les esclaves doivent l'être en présence de leurs supérieurs.

Il avait peine à imaginer Angélique Crozat ou la mère de cette dernière, ou même sa propre mère, qui avait pourtant été esclave, adressant la parole à cette fille.

Elle était esclave et noire.

Lui était libre et métis, même si sa peau était aussi foncée que celle de cette jeune femme.

Il suivit du regard sa mince silhouette, tandis qu'elle traversait le jardin en direction des cuisines, tel un corbeau sur le vert de la pelouse, la vit passer près du vieil homme penché sur ses plants sans lui accorder un regard, et nota le haussement dédaigneux de ses hanches et de ses épaules lorsqu'elle échangea quelques mots avec la cuisinière. Puis elle se dirigea vers la buanderie, et la cuisinière se mit alors à discuter avec une autre vieille femme. Connaissant le genre de propos que Bella, la cuisinière de sa mère, échangeait avec celle de la voisine, il était capable de deviner exactement ce qu'elles disaient.

Des choses qu'il n'aimait pas qu'on dise sur lui.

— J'ai écrit un mot pour Mme Dreuze.

Il se mit promptement debout. Mme Trépagier se tenait dans l'embrasure de la porte, une enveloppe cachetée à la main.

— Pouvez-vous avoir la bonté de le lui donner ?

Elle sourit ; sa nervosité, ses défenses fondaient subitement. Pendant un instant, il retrouva le chaud sourire de l'enfant assise au piano dans sa petite robe blanche — le radieux sourire d'excuse d'une enfant dont le jeu débordait d'une passion dévorante, d'une maturité féroce. Il se demandait encore où elle puisait cette rage, à la fois sauvage et magnifique.

— Je suis désolée. Je vous fais toujours jouer les messagers. Vraiment, je m'en excuse.

— Madame Trépagier. (Il prit le billet, qu'il glissa dans sa poche, et s'inclina sur sa main.) Je suis un peu trop âgé pour être aussi rapide que Mercure aux pieds ailés, mais sachez que je suis néanmoins très honoré de vous rendre service.

— Après deux années au service d'Apollon, dit-elle, souriant toujours, cela doit vous changer.

Il saisit l'allusion et sourit à son tour. Apollon était le dieu de la musique, mais aussi celui de la guérison.

— Avez-vous continué la musique ? s'enquit-il en se dirigeant vers l'escalier.

Elle hocha la tête, avec ce même sourire tendre, tout à la fois lumineux et mystérieux.

— Cela ne s'oublie pas, dit-elle. C'est comme savoir nager. J'ai songé à vous bien souvent, quand l'eau était profonde. Vous m'avez vraiment sauvée de la noyade.

Puis elle fit volte-face pour s'en retourner à l'intérieur de la maison, le laissant abasourdi au sommet des marches.

7

Une femme au visage carré, vêtue d'un calicot délavé de servante, vint ouvrir à Janvier la porte de la villa rose vif de la rue des Ursulines. Les jalousies des grandes portes-fenêtres étaient tirées, et l'on entendait le murmure d'une conversation à l'intérieur. Il flottait une odeur de patchouli, mêlée à celle plus forte du café.

— Vous cherchez votre mère, missié Janvier ? demanda la servante. Elle est au fond, avec madame Phrasie.

Elle lui fit une petite révérence, et Janvier la regarda, surpris.

— C'est madame Phrasie que je voulais voir, en fait, dit-il comme la femme s'effaçait pour le laisser entrer.

Elle avait la peau veloutée et les mains lisses d'une servante d'intérieur. Derrière le paravent, dans la pénombre, il lui donna presque la quarantaine, mais lorsque ses yeux se firent à la faible luminosité de la pièce, il s'aperçut qu'elle ne devait pas avoir plus de 25 ans.

— Comment va-t-elle ? s'enquit-il.

La femme hésita, puis finit par lui répondre :

— Elle tient le coup.

Mais son ton était lourd de sous-entendus et d'arrière-pensées.

— Ça, pour tenir le coup ! lança Agnès Pellicot du canapé de brocart vert qu'elle partageait avec deux autres femmes, comme elle élégamment vêtues et encore belles pour leur âge, tenant des éventails en soie peinte à la main.

La plus âgée, Catherine Clisson, avait précédé Janvier de trois ans aux cours de musique de Herr Kovald. C'était alors une jeune fille mince aux pommettes hautes, pour qui il nourrissait à l'époque la flamme romantique d'un amour sans espoir. La plus jeune, tout en rondeurs charmantes et vêtue d'une superbe robe à rayures roses et blanches, était Odile Gignac, la modiste de sa mère.

— Elle tient tellement bien le coup qu'elle est en train de récupérer les boucles d'oreilles et broches de sa fille, et de couper tous les boutons en argent qui ornent les toilettes de la défunte. Voilà comment elle surmonte sa douleur !

— Une femme peut pleurer sa fille et néanmoins se soucier de l'avenir, Agnès, observa gentiment Catherine Clisson. Vous savez bien qu'elle n'a aucune ressource en dehors de ce qu'Angélique lui envoyait tous les mois.

— Et Dieu sait que c'est Angélique qui réglait toutes ses factures, et plus souvent qu'à son tour ! ajouta Odile Gignac en se signant.

Odile était née de parents de couleur libres et respectables, et faisait partie de cette petite minorité de sang-mêlé qui acceptaient sans la moindre réticence d'avoir des placées pour amies ou clientes, étant toutefois entendu qu'elles ne devaient point se parler dans la rue ou en public.

— Et ses dettes de jeu, d'après ce que j'ai compris ! renchérit Catherine. Cette pauvre petite Clémence s'est évanouie quand elle a appris l'affreuse nouvelle de sa mort en arrivant ici ce matin.

Agnès se contenta de renifler. Janvier en déduisit que l'histoire du jeune Peralta lui pesait encore sur le cœur.

— Judith, poursuivit Catherine, veux-tu avoir la gentillesse d'apporter du café à Mr Janvier, s'il te plaît ? Ou devrais-je dire Ben ? ajouta-t-elle en le couvant d'un regard amical, comme jamais elle ne lui en avait accordé quand il était jeune. Je vous ai manqué par deux fois chez votre maman. Je suis bien heureuse de réussir enfin à vous voir.

Janvier lui retourna son sourire. Il avait 14 ans quand, trop imbue de sa petite personne pour prêter la moindre attention à un grand dadais noir comme du charbon, elle était devenue la maîtresse d'un créole quinquagénaire, propriétaire d'une plantation près du lac Pontchartrain.

L'adoration de Janvier avait néanmoins persisté plusieurs années encore. Quand M. Motet passait la soirée en ville, Ben venait rôder sur le trottoir en face de chez elle, rue des Ramparts, tenaillé par des conjectures jalouses, alors qu'ils ne s'étaient jamais plus reparlé depuis qu'elle avait cessé ses leçons avec Herr Kovald.

Comme c'était drôle que le temps pût ainsi changer les choses.

Ce souvenir fit ressurgir en lui tous les autres. Janvier jouait avec elle et son frère quand il était petit, bien que leurs parents le regardassent d'un mauvais œil parce qu'il était le fils d'une placée. Puis ils avaient envoyé Odile, très jeune encore, dans une institution select pour jeunes filles de couleur. Il éprouva soudain une étrange et douloureuse sensation, une sorte de fourmillement à l'intérieur de son cœur, qu'il ne tarda pas à reconnaître : ses sentiments d'antan, qu'il croyait morts et enterrés depuis longtemps, refaisaient surface avec ses souvenirs.

Cette ville était sa patrie. Ces gens aussi.

En tournant le dos aux Froissart et aux Richelieu, aux fièvres des étés moites, il leur avait également tourné le dos.

— J'avais oublié que vous jouiez si bien du piano, poursuivit Catherine Clisson, laissant retomber son coûteux éventail en bois de santal et dentelle française flambant neuf. Je n'y ai point fait attention pendant les danses, mais après, quand vous avez continué à jouer pour distraire les gens… Rossini m'a presque fait monter les larmes aux yeux. J'ai été désolée quand j'ai appris, pour votre femme.

Il lui sourit du haut de sa grande taille.

— Je crois que vous n'y faisiez pas même attention du temps où nous prenions des cours de piano ensemble, dit-il avec une nostalgie amusée, dénuée de toute rancœur. Vous êtes toujours avec M. Motet ?

La ligne incurvée de ses lèvres et la chaleur veloutée de son regard lui dirent tout avant même qu'elle ne hochât la tête, et il sentit son cœur se gonfler de joie pour elle.

— Vous allez recommencer à donner des leçons, maintenant que vous êtes de retour ? demanda-t-elle.

Elle dit cela comme si son retour au pays allait de soi, et n'était que la conclusion logique de toutes ces années

passées à l'étranger. Il se sentait l'envie de lui rétorquer
qu'il avait eu l'intention de ne jamais plus revenir.

— C'est ce que votre maman m'a laissée entendre, poursuivit-elle. Ma fille Isabelle a 8 ans. Je lui ai un peu appris,
mais il est grand temps qu'elle ait un bon professeur.

Janvier ouvrait la bouche pour lui répondre, quand une
voix de femme, dans le fond de la maison, laissa fuser une
brève exclamation qui se mua en cris perçants.

— Le voilà ! Il est là ! Je vous l'avais bien dit ! Oh, mon
Dieu...

Un silence. Un murmure. Janvier, Catherine Clisson et
Odile Gignac bondirent sur leurs pieds et se précipitèrent
à la porte coulissante qui séparait le petit salon plongé dans
la pénombre de la chambre du fond, plus obscure encore.

— Oh, mon enfant ! Oh, ma pauvre petite fille ! Au
meurtre ! Oh, mon Dieu, c'est un meurtre...

— Qu'est-ce qu'elle... commença Janvier.

— Bien sûr que c'est un meurtre, fit Catherine, perplexe.
Personne n'a jamais prétendu le contraire.

La porte de la chambre coulissa, livrant passage à une
Euphrasie Dreuze chancelante qui serrait quelque chose
dans son poing bardé de bagues.

— Mon Dieu, mon Dieu ! Regardez ! s'écria-t-elle en se
vidant de gros sanglots. Ma pauvre petite fille, on lui a jeté
un sort pour la tuer ! Quelqu'un a caché ceci dans son
matelas ; elle a dormi tout contre cette chose pendant tout
ce temps ! Ça a attiré la mort sur elle ! Ça l'a tuée !

— Phrasie, ne sois pas sotte, voyons, lança Livia Janvier-
Levesque qui, sortant de la chambre à la suite de son amie,
tenta vainement de lui arracher la répugnante petite boule
d'os et de peau desséchée sur laquelle sa main se crispait.

Mais Euphrasie Dreuze se libéra d'un geste brusque. De
cinq ans l'aînée de Janvier, elle s'était empâtée depuis le
jour où il l'avait rencontrée pour la première fois ; elle avait
néanmoins conservé cette allure câline et féline qui avait
séduit un jeune et riche courtier quelque trente ans plus
tôt. Son menton débordait de graisse et deux profonds
sillons encadraient sa bouche peinte, mais elle restait belle
femme. Elle avait la peau très claire pour une quarteronne,
et de petites mains potelées. Bien que ce fût la journée, elle

portait un beau tignon de soie orange, paré d'une aigrette de bijoux étincelants.

Dans une explosion de sanglots, elle brandit l'objet qu'elle tenait au creux de sa main. Janvier le prit et le retourna entre ses doigts : une chauve-souris desséchée, à peine plus grosse qu'une feuille de magnolia.

Un gri-gri. Un talisman de mort.

— Madame Dreuze, madame Dreuze, gémit Clémence Drouet. Je vous en prie, non…

Elle se précipita derrière Euphrasie dans un état de grande agitation, tout comme elle avait couru derrière Angélique la veille. Son visage rond était encore livide, conséquence de son récent évanouissement et de ses larmes.

— Jetons cette chose répugnante, dit Livia d'un ton sec en arrachant l'objet des mains de son fils.

Au même moment, Euphrasie se retourna vers Judith, la servante, en poussant un cri hystérique qui pétrifia la malheureuse à côté du buffet où elle était en train de verser du café dans une tasse.

— C'est toi qui as fait ça ! s'écria Euphrasie d'une voix suraiguë, lui renversant la tasse et la soucoupe des mains. Sale petite négresse ! C'est toi qui l'as mis là, tu voulais la mort de mon enfant !

Sa main s'éleva et, tel un crotale fondant sur sa proie, s'abattit violemment sur la tempe de la jeune fille. Judith poussa un petit cri et chercha à s'enfuir, gênée par le lourd mobilier anglais, neuf et richement sculpté, qui encombrait la pièce. Odile et Agnès, debout dans l'embrasure de la porte ouvrant sur l'autre partie du salon, lui bloquaient de toute façon le passage, de même que Clémence et Euphrasie dans l'encadrement de celle de la chambre.

— C'est toi, c'est toi, c'est toi !

Euphrasie la frappa de nouveau, faisant voler le turban blanc qui enserrait la tête de l'esclave.

— Souillon, fainéante, putain ! Sale petite traînée !

Elle attrapa Judith par les cheveux et tira brutalement sur son épaisse masse de boucles crépues, en la secouant comme un prunier jusqu'à la faire hurler.

— Tu voulais sa mort ! Tu voulais retourner chez cette sournoise catin blanche ! Tu détestais Angélique ! Tu es allée voir une sorcière vaudou pour lui demander un gri-gri !

— Phrasie ! lança Catherine en saisissant l'hystérique harpie par le poignet. Comment osez-vous, avec la dépouille d'Angélique dans ce lit à côté ?

— Phrasie, cessez vos sottises, dit Livia, s'immisçant dans la mêlée et souffletant sans ménagement les joues rebondies de Mme Dreuze.

Euphrasie chuta en arrière, la bouche ouverte, prête à crier de plus belle, et Livia empoigna le pichet d'eau posé sur le buffet.

— Si vous criez, je vous le verse sur la tête.

Catherine, Odile et Agnès, redoutant d'être arrosées, reculèrent précipitamment dans l'embrasure de la porte en retroussant leurs montagnes de jupes et jupons. Janvier songea que toutes connaissaient sa mère depuis trente ans.

Euphrasie préféra sagement s'abstenir de crier. Pendant un moment, on n'entendit plus que Judith qui sanglotait dans un coin de la pièce, les cheveux en bataille autour de son visage bouffi. Le café répandu sur le tapis de laine imprégnait l'air de son odeur forte. Dehors, une femme lançait sa ritournelle :

— Callas[1] ! Chauds mes callas, chauds !

Puis Euphrasie éclata subitement en sanglots, et alla se réfugier contre la seule poitrine masculine de la pièce.

— On a assassiné ma petite fille ! brailla-t-elle. Mon Dieu, on lui a jeté un sort, on a attiré le mauvais œil sur elle, pour que quelqu'un la tue !

Livia leva les yeux au ciel. La mère de Janvier était une femme petite et menue, presque frêle, possédant un délicat teint de bronze et la même beauté féline que Dominique. À 57 ans, elle avait des gestes brusques et décidés qui tranchaient avec les manières alanguies que Janvier lui avait connues quand elle était dans la fleur de sa jeunesse, comme si son double veuvage, de Saint-Denis Janvier

_____
(1) Beignets de riz. (N.d.T.)

d'abord, puis de Christophe Levesque, l'avait affranchie de toute obligation de séduction vis-à-vis de la gent masculine.

— Elle la détestait ! gémit Euphrasie dans la chemise de Janvier. Elle n'arrêtait pas de se sauver, pour aller voir cette grosse Blanche prétentieuse qui se prend pour une princesse. Elle détestait mon petit ange, elle voulait sa mort pour pouvoir retourner chez cette...

Livia reposa le pichet, ramassa le turban de Judith ainsi que la soucoupe et la tasse restées intactes, et se tourna vers la servante qui sanglotait toujours.

— Va chercher un chiffon et du vinaigre pour éponger tout ce café avant que la tache ne s'imprègne dans le tapis. (Elle lui fourra son turban dans les mains.) Remets ça avant de revenir. Et va te laver la figure. Tu es à faire peur. Quant à vous, ajouta-t-elle en pointant le doigt vers Clémence qui était appuyée contre le chambranle de la porte, le visage blême et ses deux poings gantés de mitaines de dentelle fourrés dans la bouche, ne vous avisez pas de vous évanouir dans mes bras encore une fois. Je n'ai pas de temps à perdre avec vos simagrées !

Elle jeta des regards autour d'elle, cherchant le gri-gri, mais Janvier l'avait ramassé et glissé dans sa poche.

— C'est à cause de cette femme, pleurnicha Euphrasie en s'agrippant aux revers de la veste de Janvier. Cette grosse vache blanche prétentieuse ! Cette sale négresse, elle s'est enfuie, pour retourner chez l'autre, et cette Trépagier, elle lui a dit que si mon Angélique venait à mourir, elle la reprendrait chez elle. Je le sais bien. C'est cette Trépagier qui l'a poussée à assassiner ma fille, ma seule et unique enfant ! Oh, que vais-je devenir ? On l'a jetée dans les bras de la mort, et me voilà réduite à la misère !

— Phrasie, vous savez aussi bien que moi qu'Étienne Crozat vous a quittée en vous laissant 500 dollars de rente par an, rétorqua Livia d'un ton acerbe. Benjamin, enlève donc ses mains de là, sinon elle va continuer à s'accrocher à toi en pleurnichant jusqu'à la saint-glinglin. On dirait que ce sont *ses* funérailles qui vont avoir lieu demain, pas celles de sa fille !

Dans l'intervalle, Odile Gignac avait aidé Clémence Drouet à s'installer dans l'une des chaises de brocart au rembourrage généreux, où la jeune fille étouffait maintenant ses pleurs en pressant un mouchoir sur sa bouche, à croire qu'on lui avait interdit toute sa vie durant de manifester bruyamment son chagrin ou sa colère.

— Allons, allons, ma chérie, murmura la modiste, cherchant à la consoler. Il ne faut pas pleurer comme ça. Vous allez vous rendre malade.

Janvier, en les regardant, songea que sa sœur avait décidément raison à propos des toilettes de la petite Drouet : de la même façon que le costume de la veille ne lui seyait guère, la robe que portait Clémence aujourd'hui — dessinée également par Angélique, si Dominique avait dit vrai —, bien que coûteuse et très belle, lui donnait l'allure d'une grosse poire jaune et verte.

— C'est cette Trépagier qui lui en a donné l'idée ! C'est elle qui l'a poussée à le faire ! (Il était surprenant de constater que Mme Dreuze réussissait à garder son visage enfoui contre sa manche sans étouffer sa voix ni mettre à mal l'ordonnance de son tignon.) Ce poison la détestait ! Elles ont empoisonné mon enfant, toutes les deux ensemble !

— Angélique a été étranglée, lui rappela Livia d'un ton sec. (Elle alla au buffet et y prit une serviette de table propre, qu'elle tendit à Janvier qui farfouillait en vain dans ses poches à la recherche d'un mouchoir.) Et vous n'allez tout de même pas nous dire que Madeleine Trépagier est venue à la Salle d'Orléans pour commettre son crime. Faites sortir cette petite d'ici, Odile. Elle a été en dessous de tout depuis le début de la matinée…

— Et pourquoi pas ? Elle aurait très bien pu passer par le Théâtre…

— Avec la famille Trépagier au grand complet qui risquait de la reconnaître ? Et cette sorcière de vieille tante à elle qui se trouvait là aussi ?

— C'est cette garce de Judith qui a fait le coup, alors ! Pourquoi pas ? Elle détestait ma fille…

Au geste impatienté de Livia, Catherine Clisson s'avança et força la mégère en pleurs à s'arracher de son port d'attache. Catherine débarrassa Janvier de sa serviette et entreprit de sécher les yeux d'Euphrasie en la conduisant au canapé. Livia prit le bras de son fils et l'entraîna avec brusquerie en direction de la porte. Janvier la suivit de bonne grâce, inquiet de la justesse de vue dont avait fait preuve Mme Dreuze avec ses suppositions hasardeuses.

— C'est pire que la saison des pluies, là-dedans, avec ces deux fontaines de larmes, maugréa Livia comme ils descendaient les deux hautes marches du perron de brique. Donne-moi mon ombrelle, Ben.

Elle enfila ses mitaines de fine dentelle, plia et déplia ses doigts. Janvier tendit à sa mère la fragile ombrelle arachnéenne qu'elle lui avait fourrée dans les mains sur le chemin de la porte.

— Pourquoi dit-elle que Judith détestait Angélique ? Si je comprends bien, Judith appartenait à Madeleine Trépagier.

Comme les bijoux et les robes, songea-t-il. *Quand une femme et un homme sont seuls dans une maison à des miles de la ville...*

Que cela était sinistre !

Malgré le voile de nuages laiteux qui cachait complètement le soleil, sa mère ouvrit son ombrelle, qui émit un craquement de bambou et d'étoffe en se dépliant. Même à cette distance du fleuve, l'air charriait l'odeur de suie des vapeurs.

— Elle se comporte comme si elle avait été flouée, et non pas comme une mère dont la fille a été assassinée, lança Livia avec un reniflement de mépris. Et ce n'est pas son unique enfant, comme elle l'a dit. Elle a encore deux fils en vie. L'un est menuisier journalier pour Roig, et l'autre est clerc au presbytère. Mais évidemment, ce n'étaient pas eux qui lui donnaient l'argent qu'elle jouait aux cartes ni qui lui payaient ses robes de soie. Étienne Crozat lui a laissé une maison et 500 dollars de rente par an quand il a épousé la fille d'André Milaudon, en 1828. Alors, de ce côté-là, elle n'a aucune raison de se plaindre.

Elle marchait à petits pas pressés le long du trottoir de brique, la brise venue du fleuve gonflant ses jupes de chintz vert d'eau en forme de cloche. Comme Catherine Clisson, elle avait revêtu une très élégante et très coûteuse toilette. Son tignon vert pâle à rayures blanches encadrait les traits fins de son visage comme la corolle d'une rose à demi éclose. Un crucifix en or scintillait à son cou, et l'alliance de Christophe Levesque brillait sous le fin réseau de sa mitaine.

— Et Mme Trépagier ?

Elle releva la tête vers lui.

— Arnaud Trépagier était libre de faire ce qu'il voulait avec ses négresses, dit-elle de cette voix grave et suave comme du miel dont ses deux filles avaient hérité. Cette petite, je crois, était la servante attitrée de Madeleine Trépagier, mais je ne vois pas pourquoi il se serait gêné pour la donner aussi à Angélique, vu qu'il lui faisait bien cadeau des robes et des bijoux de sa femme. Sa cuisinière aussi était celle de Madeleine Trépagier — une assez bonne cuisinière, d'ailleurs, pour une Africaine.

Il se rappela la façon dont Angélique l'avait regardé, la petite lueur de regret dans ses yeux quand elle lui avait dit : « Vous êtes nouveau. » Il savait qu'il avait tort d'être encore furieux contre elle, car elle était morte et lui vivant, mais il ne pouvait s'en empêcher.

Sa mère parlait comme si elle n'avait jamais sué sang et eau dans les champs de canne à sucre, ni été achetée et revendue comme une vulgaire jument de selle. Janvier se souvenait des ténèbres moites et bourdonnantes de cette case crasseuse où il se blottissait, terrifié, serrant sa petite sœur contre lui et refoulant ses larmes, en se demandant si le Français qui avait acheté sa mère allait l'acheter lui aussi, et avec qui il allait devoir vivre si on ne le prenait pas avec elle.

Olympe lui avait dit un jour que l'idée de les acheter tous ensemble n'était pas venue de leur mère. Il ne savait pas comment elle avait pu avoir cette information ni si cela était vrai.

— Pendant qu'elle était dans la chambre à chercher ce gri-gri — où elle ne s'est d'ailleurs pas gênée pour tout mettre sens dessus dessous, malgré la dépouille d'Angélique couchée sur le lit dans cette robe blanche, telle la fiancée du Diable —, elle a rempli son réticule de toutes les broches, boucles d'oreilles ou bracelets qu'elle pouvait trouver. (Livia s'arrêta à l'angle de la rue Burgundy, laissant son fils traverser le premier la planche qui enjambait le caniveau bordé de cyprès, et lui tendre la main pour l'aider à passer.) Et cela faisait un joli petit tas de bijoux, crois-moi. Certains étaient français, et très anciens — en vieil or. Pas le genre de bijoux qu'un panier percé comme Arnaud Trépagier serait capable de payer à une femme. Ni qu'une fille comme Angélique aurait le bon goût de choisir. Si cette stupide génisse de Clémence s'imagine qu'elle va pouvoir en garder un ou deux en souvenir, elle se trompe lourdement. Il n'est pas une pierre ou une chaîne qui ne finira chez les joailliers dès demain, tu peux me croire, avant que Mme Trépagier n'ait eu le temps de les réclamer.

— Elle est en droit de le faire ?

— Je ne crois pas que Trépagier a laissé un testament. Ni Angélique. Clémence n'a pas arrêté de pleurnicher, prétendant qu'Angélique avait promis de lui donner ceci ou cela. Mais ça ne l'avancera à rien. Je n'ai jamais vu de fille plus veule ni plus stupide. Un vrai mouton, cette Clémence.

Un attelage passa devant eux, dont les rideaux ouverts leur permirent de voir les visages de porcelaine de deux jeunes filles et une dame d'un certain âge coiffée d'un élégant bonnet et d'une capote en dentelle.

— Eh bien ! Pauline Mazant n'a pas froid aux yeux pour jouer ainsi les chaperons avec ses filles, observa Livia. Toute la ville sait qu'elle a une liaison avec Prosper Livaudais. À son âge ! Il pourrait être son fils, ou son neveu.

Ramenant son attention sur Janvier, elle reprit la conversation là où elle l'avait laissée :

— Trépagier mort, les bijoux ont vraisemblablement dû rester la propriété d'Angélique, et c'est donc à sa mère qu'ils sont censés revenir à présent — ses deux frères ne s'y intéressant point, ce dont on ne va pas les blâmer. Mais Mme Trépagier pourrait néanmoins la poursuivre en justice afin de récupérer les pièces les plus précieuses, comme cette parure de perles et d'émeraudes — si jamais on la retrouve — et les deux esclaves. La cuisinière vaut bien un millier de dollars, même si elle ne sait pas faire la pâtisserie, et la fille presque autant.

Janvier songea avec une ironie amusée qu'il n'y avait que sa mère pour connaître aussi bien les prix respectifs des serviteurs de ses amies.

— À moins que Phrasie décide de se les garder pour elle. Elle n'a plus qu'une seule servante, qui n'est même pas capable de faire de la compote de pommes. Mais elle pourrait aussi les vendre toutes les deux et garder l'argent, histoire d'empêcher la Trépagier de les récupérer. Sans cesse de pleurer sur son sort, bien entendu. Et Dieu seul sait à combien s'élèvent ses dettes de jeu.

Ils marchèrent en silence quelques instants, se frayant un chemin parmi la foule de domestiques, valets et servantes, sortis accomplir leurs différentes tâches et commissions de la journée. Il faisait chaud et lourd et, comme souvent, la moiteur de l'air donnait l'étrange impression d'un temps immobile, suspendu. Même ici, aux confins de la vieille ville, l'on croisait encore les serviteurs bien habillés des riches, allant et venant d'une boutique à l'autre — échoppes de couturières et d'ébénistes, comptoirs de modistes copiant les dernières toilettes de Paris, marchands de livres ou de mouchoirs, de savons ou de corsets. Çà et là, les hautes demeures des nantis se dressaient au-dessus des villas aux façades de stuc peintes de couleurs vives ou des vieilles habitations espagnoles, construites à demi enterrées pour préserver la fraîcheur à l'intérieur. Les cris des enfants retentissaient comme autant de gazouillis d'oiseaux dans les cours et passages pavés. Deux bonnes sœurs marchaient avec lenteur sur le trottoir d'en face, leurs robes noires ondulant légèrement au gré du vent venu du fleuve ; elles s'arrêtèrent pour acheter des pralines à une femme coiffée d'un turban criard, puis reprirent leur route, avec des sourires de petites filles. Dans le lointain, un vapeur siffla sa note grave de contralto, qu'on eût dite sortie de la gorge de quelque énorme monstre d'eau. Livia fit un petit détour pour éviter les flaques à l'entrée ombragée d'une cour pavée qu'un homme était en train de laver, et au fond de laquelle Janvier aperçut au passage des banians, des palmiers et des jasmins.

— Sais-tu par hasard quelles étaient les conditions du marché proposé par Mme Dreuze à M. Peralta ?

— Euphrasie Dreuze n'est même pas capable de marchander un ananas au marché, rétorqua froidement Livia. Cela fait des semaines qu'elle ne cesse de courir entre sa fille et M. Peralta, prétendant « rapporter » leurs négociations à cette harpie d'Angélique, alors qu'en réalité, elle n'a jamais fait que prendre ses instructions auprès d'elle. Et les exigences de sa fille valaient leur pesant d'or. Elle voulait cette belle demeure en plein centre-ville, sur les rues Bourbon et Barracks, avec 675 dollars de rente par an *et* une pension vestimentaire, ainsi qu'un supplément pour les dépenses domestiques et le droit de garder tous les cadeaux que Peralta pourrait lui faire.

Janvier ne se soucia même pas de demander à sa mère comment elle avait appris tous ces détails.

— Cette sorcière d'Angélique ! s'exclama-t-elle. Quelle cupidité ! Personnellement, je vois mal comment Peralta père aurait pu accepter un tel marché, pour risquer de voir son fils dilapider la fortune familiale. Sans compter qu'elle fait les yeux doux à Tom Jenkins depuis le mois de mai. Père et fils, les voilà bien débarrassés d'elle.

Un chat les regarda passer derrière la fente de ses paupières, du haut d'un balcon en fer forgé. Deux gamins surgirent en courant, poursuivant un cerceau.

— Parle-moi de Madeleine Trépagier, dit Janvier.

— Tu la connais, dit Livia en inclinant son ombrelle bien que le soleil, caché derrière les nuages, ne projetât aucune ombre. Tu l'as eue comme élève quand tu donnais des cours de piano. Madeleine Dubonnet.

— Je sais, fit Janvier, sentant qu'il valait mieux être franc plutôt que feindre de ne pas se souvenir d'elle. Elle interprétait Beethoven avec tant de… rage.

Il était surpris que sa mère se rappelât les élèves qu'il avait eus avant son départ. Livia lui jeta un regard pénétrant, puis détourna ses yeux noirs.

— Cette enfant avait des motifs d'être pleine de rage, dit-elle. Avec son ivrogne de père qui n'avait rien trouvé de mieux que d'épouser l'une de ses partenaires de jeu pour effacer ses dettes. Oh, les Trépagier sont une bonne famille, et Arnaud possédait trois plantations, si l'on peut qualifier de plantation le bout de terrain marécageux de La Métairie.

Il n'y a pas grand-chose à en tirer, sauf si on aime la chasse à l'opossum, paraît-il ; elle ne vaut guère plus de 15 dollars l'acre, même aujourd'hui, et elle valait bien moins encore à l'époque où il l'a vendue à cet *Américain*.

Américain, donc chiqueur, rustre et pouilleux, disait l'inflexion de sa voix.

— Je suis passé devant Les Saules, avoua Janvier pour qu'elle ne perdît pas de vue le sujet de la conversation.

— Oh, celle-là périclite depuis pas mal d'années, déclara Livia avec un geste désinvolte de la main. Une plantation de mauvaise canne créole. Qui ne produira jamais plus de 800 livres par acre, si le froid ne tue pas la récolte. Trois hypothèques, et c'est heureux de les avoir obtenues. Arnaud Trépagier était un parfait gentleman, mais un mauvais planteur, et sa femme, dit-on, est une grippe-sou qui fait travailler durement ses esclaves — encore que les esclaves soient toujours prêts à geindre comme des chiots malades pour peu qu'on les oblige, même par temps frais, à avancer un peu plus vite qu'une tortue. Dieu sait ce que cette femme va devenir maintenant, avec toutes les dettes qu'il a laissées derrière lui. Ça m'étonnerait qu'elle parvienne à obtenir 10 dollars de l'acre pour cette terre. Et elle n'a personne vers qui se tourner. Son bon à rien de beau-frère a quitté la ville il y a quelques années, après avoir vendu sa propre plantation, lui aussi à un *Américain* (encore cette même intonation), après quoi il a investi dans un projet de compagnie ferroviaire dans lequel il s'est fait rouler et qui l'a laissé sur la paille. Quant à Alicia Picard — la sœur de Dubonnet —, je préférerais aller vendre du gumbo[1] au marché que de devoir vivre avec elle et son sournois de fils.

Janvier était sur le point de demander à sa mère si elle se sentait d'attaque pour retourner sur le champ de bataille et achever tous ceux qu'elle n'avait fait que blesser lors de cette première salve, quand soudain une voix, accompagnée d'un bruit de pas précipités, s'éleva dans leur dos :

— Madame Levesque ! Madame Livia !

---

(1) Soupe épicée, typique de la Louisiane (N.d.T.)

Janvier se retourna. Judith courait derrière eux dans la rue Burgundy, la main pressée sur un point de côté. Elle avait remis son turban, et sur les tons pastel des façades jaunes, ocres et vertes des villas, le rouge sombre de sa robe de calicot faisait comme une tache de sang.

— Madame Livia, c'est pas vrai ce qu'elle a dit ! haleta Judith quand elle eut enfin rattrapé Janvier et sa mère. C'est pas vrai ! Je suis pas allée voir une sorcière vaudou, j'ai pas fabriqué de gri-gri contre mam'zelle Angélique !

Livia regarda la jeune femme de haut, bien que Judith fît cinq pouces de plus qu'elle, et lui demanda :

— Mais il est vrai que tu t'es sauvée, n'est-ce pas ?

L'esclave, devina Janvier, était issue exactement du même métissage que sa mère — c'était une mulâtresse, une « moitié-moitié » —, ce qui n'empêchait pas Livia d'avoir à son égard le regard et l'intonation que les Français prenaient pour s'adresser à leurs esclaves. Un regard et un ton qui disaient : « Moi, je suis une femme de couleur. Elle, c'est une Noire. »

Peut-être ne se souvenait-elle plus du tout des champs de canne à sucre.

— Ma'ame, juste une nuit, répondit Judith sans oser la regarder en face, comme si Livia Levesque était une Blanche. Une nuit seulement. Elle m'avait fouettée, avec une tige de canne à sucre... Mais je comptais revenir, je vous assure. Madame Madeleine, elle m'a dit qu'il fallait que j'y retourne... Mais aller chez une sorcière vaudou, jamais j'aurais fait ça...

— M. Trépagier t'a enlevée à Mme Trépagier pour te donner à Angélique, n'est-ce pas ? demanda Janvier.

Judith hocha la tête.

— Le papa de madame Madeleine, il m'avait achetée pour elle. Il y a longtemps, quand elle s'est mariée. Je m'oc-cupais d'elle, je la coiffais, je cousais ses vêtements... Elle était gentille et me traitait bien. J'étais furieuse que missié Arnaud il donne à Angélique ses bijoux et ses robes, et son cheval aussi, cette petite jument baie qu'elle montait tous les jours. Elle essayait de pas montrer que ça lui faisait de la peine, tout comme elle essayait de cacher ses larmes quand il la battait à coups de canne, dit-elle en secouant la tête, les yeux pleins de tristesse et de colère. Elle restait parfois toute la nuit à s'accrocher à moi, à pleurer jusqu'au petit matin ou presque, avec son dos sanguinolent ou son visage tuméfié, puis elle se levait et s'en allait repriser les chemises de son mari, faire les comptes ou écrire aux courtiers, jusqu'à ce que je doive ressortir, et alors je me mettais moi aussi à pleurer, de pitié. Ensuite, il m'a donnée à cette Angélique. C'est vrai, je me suis enfuie une ou deux fois pour aller la voir, mais je revenais tout de suite après. Je l'ai fait quand mam'zelle Alexandrine — sa fille — est morte de la fièvre. C'était mon amie, vous comprenez, madame Livia. Mais jamais j'aurais fait du mal à Angélique. Je vais à confesse et je sais que c'est un péché. Je vous en prie, croyez-moi. Il faut me croire. Comme pour ce qu'elle a dit, que madame Madeleine m'aurait incitée à… à… Jamais je ne ferais ça ! Et elle non plus, elle n'aurait jamais pu me demander ça !

Livia renifla.

— Et est-ce que ça ne pourrait pas être la cuisinière ? lui demanda gentiment Janvier. Elle était au service de Mme Trépagier elle aussi, non ?

— Kessie ? fit Judith. Je… je ne pense pas, monsieur, finit-elle par dire après un long moment d'hésitation. Je sais bien qu'elle a dû se séparer de son homme et de ses trois gosses qui sont restés aux Saules, mais je sais aussi qu'elle est avec un autre gars qui est ici, en ville. Et puis elle… elle ne détestait pas Angélique. Enfin, pas comme moi. Kessie volait à la cuisine, expliqua-t-elle avec une moue sarcastique, et pour pouvoir continuer tranquillement ses petits larcins, elle n'avait pas intérêt à ce qu'il arrive un malheur à Angélique. Elle aurait à la limite pu répandre un peu de terre de cimetière dans la chambre, mais jamais elle n'aurait osé y cacher ce genre de *ouanga* pour appeler la mort sur elle.

Levant craintivement ses grands yeux noisette écarquillés, elle jeta un coup d'œil inquiet au visage impassible de Livia, puis à celui de Janvier.

— Je vais à l'église et je prie Notre Seigneur. Je ne vais jamais aux danses vaudou du dimanche. Il faut me croire. Je vous en prie.

Janvier demeura silencieux. Sa mère avait sans doute raison. Euphrasie Dreuze comptait se débarrasser des deux esclaves au plus vite, à n'importe quel prix, afin que Madeleine Trépagier nc pût engager de poursuites pour les récupérer. Il se demandait si Judith savait, ou avait deviné, le sort qui allait probablement lui être réservé.

Mais Livia se contenta d'incliner un peu plus son ombrelle sur son épaule, et posa une nouvelle question à Judith :

— Et pourquoi viens-tu, tout à coup, avec tant de feu, me supplier de te croire ?

— Parce qu'elle va raconter à ce policier que je suis mêlée à l'assassinat d'Angélique, murmura Judith. Elle va nous accuser, madame Madeleine et moi.

— Quel policier ?

— Un grand Américain, aussi grand que vous, missié Janvier. Il est à la maison en ce moment. Et il pose des questions sur vous.

— Sur *moi* ?

8

Madame,
Je n'ai pas réussi à remettre votre billet à Mme Dreuze. Elle s'est mis dans l'idée que l'esclave Judith, à votre instigation, se serait procuré un talisman vaudou qu'elle aurait caché dans la maison d'Angélique, et que c'est cet objet qui aurait conduit le meurtrier jusqu'à Mlle Crozat. Elle a fait part de cette idée à cinq de ses amies (Catherine Clisson, Odile Gignac, Agnès Pellicot, Clémence Drouet et Livia Levesque, toutes libres citoyennes de couleur de cette ville), mais aussi, je crois, à la police. Bien que je doute que la police entreprenne quoi que ce soit sur la seule foi d'une femme manifestement hystérique, le fait qu'elle soit capable d'une telle accusation me laisse à penser que plaider votre cause pourrait m'attirer des ennuis.

Il semble que Mme Dreuze soit en train de réunir tous les bijoux qui se trouvent chez sa défunte fille, dans le dessein de les vendre au plus tôt. En outre, j'ai des raisons de croire qu'elle a aussi l'intention de vendre rapidement les deux esclaves — Judith et la cuisinière Kessie —, afin de devancer vos réclamations à leur sujet. Je vous conseille vivement de vous mettre en rapport avec le lieutenant Abishag Shaw de la police de la Nouvelle-Orléans, et de prendre les mesures que vous pourrez pour

empêcher Mme Dreuze de liquider les biens de sa fille tant
que l'on n'aura pas établi lesquels de ces objets sont en
fait votre propriété légitime.

*Je vous prie de croire que je demeure votre humble et
dévoué serviteur.*

Benjamin Janvier, homme de couleur libre.

Janvier se passa la main sur les yeux, estimant qu'il ne
pouvait guère faire mieux. Une ombre mouchetée sautillait
sur la manche de sa veste marron de tous les jours, telle
l'écharpe d'une coquette flottant au vent, et sur la
banquette du tramway à côté de lui, deux jeunes blanchis-
seuses avec deux gros paniers de linge posés sur leurs
genoux comparaient les billets doux de leurs amants
respectifs avec force gloussements. À les entendre, l'Irlandaise et l'Allemande assises à l'avant de l'omnibus —
bonnes à tout faire ou petites vendeuses, que l'on eût appe-
lées grisettes à Paris — faisaient manifestement de même.
Un attelage les dépassa, le trot rapide de ses deux chevaux
à la robe cuivrée l'emportant sans peine sur le pas tranquille de la haridelle aux paturons velus qui tirait le
tramway.

Peut-être eût-il été plus courtois, en tant qu'ami, d'aller
lui transmettre ce message de vive voix plutôt que de lui
envoyer une lettre. Mais même s'il était retourné louer un
autre cheval à l'écurie Desdunes, et était reparti aux Saules
immédiatement après avoir appris par Judith la visite du
lieutenant Shaw chez les Crozat, il n'aurait certainement
pas pu être de retour en ville avant 2 heures. Et 2 heures,
meurtre ou pas meurtre, était l'heure à laquelle, trois fois
par semaine, les filles de Franklin Culver avaient leur leçon
de musique — à 50 *cents* par fille et par heure, soit un total
de 4 dollars et 50 *cents* chaque vendredi. S'il avait pensé
que Shaw accorderait le moindre crédit aux accusations
d'Euphrasie, il eût peut-être agi différemment, mais vu les
circonstances, il pouvait bien avertir Madeleine Trépagier
par un billet, et il ne doutait pas qu'elle saurait prendre les
mesures qui s'imposaient avec diligence.

Il soupira, et se frotta de nouveau les yeux. De chaque
côté de la rue Naïades, des parcelles en friche occupaient

ce qui était autrefois une étendue vert sombre, brûlante et mystérieuse, de champs de canne à sucre. Une double rangée de gros chênes ombrageaient la route, drapés de longues barbes filandreuses de mousse grisâtre, et sur sa gauche, au loin, il distinguait le remblai vert de la berge du fleuve, derrière lequel les cheminées des vapeurs glissaient en silence. Au-delà des chênes, se dressaient des maisons neuves, bâties dans le style américain, en bois ou en brique importés de Nouvelle-Angleterre, élégantes et pimpantes avec leurs fioritures de façade, leur couche de peinture fraîche et leurs jardins étalés autour d'elles, tels les jupons multicolores des femmes assises dans l'herbe au marché. Après les murs d'enceinte et les encombrants balcons du quartier français, la ville américaine donnait une impression de liberté un peu brute avec ses rues inachevées s'égarant parmi les chênes et les sycomores, ou interrompues par la grossière levée de terre d'un champ de canne à sucre, encore nu ou commençant tout juste à se hérisser des pousses de la deuxième ou troisième plantation de l'année. Derrière la clôture blanche d'un jardin, un Noir fauchait de l'herbe ; sur le chemin qui longeait la chaussée, une servante en robe noire et une Irlandaise au teint pâle promenaient un bébé dans un landau d'osier, suivies par un petit garçon en costume marin et une fillette un peu plus jeune, en robe blanche à volants, qui serrait une poupée dans ses bras.

Les maisons étincelaient de fenêtres, offrant le plus grand contraste qui se pouvait imaginer avec les sordides bicoques du Canal des Irlandais, en amont du quartier français, ou avec la fange du Marais du côté de Girod Street. Mais sa mère — ni aucun planteur français, d'ailleurs — n'admettrait pas qu'il se pût établir une distinction qualitative entre ces gens. « Ce sont des Américains », dirait Livia — ou Xavier Peralta —, sur le ton dont Bouille avait usé pour s'adresser à Granger, et avec le même regard que toutes ces paires d'yeux, derrière leur loup de velours, avaient braqué sur Shaw depuis la porte de la salle de bal.

Janvier avait le sentiment que c'était justement parce que les Américains pouvaient s'offrir de telles maisons — parce qu'ils avaient le monopole des compagnies fluviales et financières, parce qu'ils détenaient d'énormes capitaux qui faisaient défaut aux vieux planteurs français, contraints à vivre de récolte en récolte — que la situation n'avait fait qu'empirer.

— Maman ! V'là le nègre des leçons de musique !

La voix claironnante du petit garçon s'entendait même à travers la porte close de l'entrée de service. Janvier sentit les muscles de sa mâchoire se contracter, et s'obligea à arborer un sourire aimable quand une servante vint lui ouvrir en essuyant ses mains pleines de farine sur son tablier. La pensée que le professeur de dessin — blanc — des fillettes devait lui aussi passer par la cuisine lui était d'un maigre réconfort.

Franklin Curver était le vice-président d'une petite banque située du côté américain de Canal Street. Il possédait quatre esclaves : Ruth la servante, Jim le jardinier, et deux hommes dont il louait les services à une scierie. Janvier ne doutait pas que si l'une des trois fillettes venait à apprendre son prénom, elles se mettraient à l'appeler Benjamin au lieu de lui donner du « Mister Janvier ». Il voyait bien que c'était une chose qui intriguait encore beaucoup Charis, la petite dernière.

— Mais les esclaves n'ont pas de nom de famille, avait-elle objecté, lors de leur première leçon.

— Bien sûr que si, miss Charis, l'avait détrompée Janvier. Mais quoi qu'il en soit, je ne suis pas un esclave.

Une autre fois, elle lui avait fait remarquer que les esclaves ne parlaient pas le français — langue que leur enseignait leur gouvernante et dont l'apprentissage était bien évidemment extrêmement laborieux et frustrant pour des petites filles. Il se rendait bien compte qu'elle avait peine à comprendre qu'un Noir puisse être libre. Et il soupçonnait fort le père d'éprouver la même difficulté. Janvier n'essaya même pas de leur expliquer qu'il n'était pas un Noir, mais un homme de couleur, ce qui était complètement différent.

Néanmoins, les fillettes n'avaient rien d'enfants gâtées ; elles étaient très polies, charmantes, et s'acquittaient manifestement de leurs exercices de piano quotidiens. Et puis cela lui permettait d'empocher 4,5 dollars par semaine. Il prélevait 3 dollars sur cette somme pour Livia, mais il en gagnait encore 2 ou 3 avec les petits groupes d'élèves qu'il recevait dans le salon de sa mère les lundi, mercredi et vendredi après-midi. Ils n'avaient ni la passion ni le don pour la musique que possédait Madeleine Dubonnet, et nulle connivence secrète ne faisait vibrer leur cœur, mais il avait connu pires comme élèves.

Janvier déposait consciencieusement les petites sommes qu'il gagnait sur son compte à la Banque de Louisiane. De temps à autre, il se demandait ce qu'il allait faire de ses économies. S'acheter une maison ?

À la Nouvelle-Orléans, peut-être. À Paris, ce n'était même pas la peine d'y penser. Il avait beau être un chirurgien qualifié, il ne pourrait jamais y ouvrir son propre cabinet — du moins un cabinet rentable — à cause de la couleur de sa peau. Même en tant que musicien, sa grande taille comme sa peau noire faisaient de lui un objet de curiosité. Néanmoins, les Parisiens ne le considéraient pas comme un imbécile ou comme un sauvage potentiellement dangereux. Là-bas, au moins, il n'était pas obligé de modifier ses manières ou son discours pour gagner sa vie ou éviter de transgresser le Code Noir. Là-bas, il pouvait regarder n'importe quel autre homme dans les yeux.

Depuis son retour, il se rendait compte qu'il n'avait pour ainsi dire fréquenté que le quartier français et les créoles qui, eux, n'avaient point été éduqués avec l'idée préconçue que tout individu n'étant pas de souche européenne pure était ou aurait dû être esclave.

Cependant, il ne pouvait envisager l'idée de s'en retourner vivre à Paris sans un serrement de cœur. Pendant les semaines qui avaient suivi la mort d'Ayasha, il avait presque sombré dans la folie, s'attendant à la rencontrer à chaque coin de rue ; quand il gravissait quatre à quatre les escaliers de Montmartre, ou discutait avec les vendeuses du marché portant un panier de pommes ou de pain sur la hanche, il continuait à la chercher du regard, l'oreille toujours à l'affût de sa voix. Un soir, il avait erré des heures durant sous la pluie, au hasard des rues, à demi persuadé qu'elle n'était pas vraiment morte. Il avait fini par s'effondrer en sanglots vers 3 heures du matin sur les marches de Notre-Dame, son chapelet de perles bleues enroulé autour de la main, balbutiant d'incohérentes prières à la Sainte Vierge. Il comprit alors qu'il devait quitter cette ville s'il ne voulait pas devenir complètement fou.

Mais en quel autre endroit pouvait-il aller ?

Il écouta les prudentes simplifications que Charis infligeait à Mozart, les cotillons mécaniques de Penelope et la version mutilée de *Chilgrove* interprétée par Esther, appliquée et emphatique à l'excès ; il leur donna des exercices et de nouveaux morceaux à apprendre ; corrigea les erreurs habituelles. Il se rendait compte qu'il ne poussait pas trop la leçon, qu'il se contentait de prodiguer à ses élèves l'attention et les conseils nécessaires, mais rien de plus. La fatigue prenait le dessus. Sa course matinale aux Saules et le drame dans la maison de la rue des Ursulines l'avaient achevé après cette nuit blanche. Il se sentait curieusement désorienté dans cette pièce au décor surchargé, avec son mobilier allemand à la mode, en bois de noyer noir richement sculpté et garni de cuir lisse, ses abat-jour frangés de perles, ses bibelots tarabiscotés et son papier peint à motifs verts — un intérieur très américain, sans rapport aucun avec le dénuement des Saules ou la modeste villa de sa mère, rue Burgundy. Seize ans plus tôt, quand il était parti, ces terres étaient presque toutes plantées de canne à sucre, et la Nouvelle-Orléans une ville où l'on entendait rarement parler anglais.

Le cerveau embrumé d'une profonde torpeur, Janvier s'assoupit dans l'omnibus qui remontait cahin-caha la rue Naïades. Faire le reste du trajet à pied jusqu'à la maison de sa mère le revigora un peu et, comme il lui restait un peu de temps avant l'arrivée de ses élèves à 4 heures, il alla à la cuisine demander une assiette de haricots et de riz à Bella, la femme qui faisait la cuisine, le ménage et la lessive dans cette maison, quasiment depuis le jour où Livia y avait emménagé. Après avoir mangé, il se rendit au salon, où sa mère lisait le journal, et joua un morceau de Bach pour s'éclaircir l'esprit et s'échauffer les doigts. Les enfants, dont les âges allaient de 7 à 14 ans et la couleur de peau du chocolat au lait à l'ivoire le plus pâle, se présentèrent quelques minutes après. Il s'astreignit à ne plus songer qu'aux impératifs de cette nouvelle leçon de musique, et surveilla la course laborieuse de leurs petites mains sur le clavier, devinant presque d'instinct la manière dont leurs esprits interprétaient le son et le rythme de ce qu'ils jouaient.

L'une de ses élèves était la fille d'une placée et d'un Blanc ; les autres, les rejetons de prospères artisans et commerçants, des notables de la communauté des gens de couleur, désireux d'offrir à leurs enfants plus qu'eux-mêmes n'avaient reçu à cet âge.

Il se demanda quelle serait la réaction de Charis Culver — ou de son père — s'il tentait de leur expliquer cela.

Quand le dernier élève fut parti, il traversa la cour, gravit l'étroit escalier qui conduisait à sa chambre au-dessus de la cuisine et s'endormit, fenêtres ouvertes pour rafraîchir un peu la pièce où montait la chaleur des fourneaux. Mais ses rêves furent agités. Il vit Madeleine Trépagier avec ses plumes de coq et sa ridicule robe en peau de daim, debout sur une estrade du marché aux esclaves. Des hommes masqués, aux riches costumes de satin, lançaient leurs enchères du haut de la rotonde de l'hôtel Saint-Charles. Janvier remarqua une silhouette à l'arrière du groupe, un personnage enveloppé d'un linceul, dont il ne distinguait que le rictus cadavérique. Chaque fois que ce personnage levait la main, les enchères s'interrompaient un instant, dans un silence inquiet, puis reprenaient avec moins de conviction, comme si tous craignaient de surenchérir contre cette terrible ombre verdâtre.

Un bruit sourd et répété, tels les pas d'un géant arpentant le plancher autour de son lit, le tira du sommeil. C'était Bella qui cognait au plafond de la cuisine avec un manche à balai pour le prévenir qu'il était 7 heures. Le grand bal de la Compagnie de réserve, faubourg Tremé, commençait dans deux heures. Il se sentait la tête lourde au sortir de cet incomplet somme diurne, et demeura allongé quelques instants, goûtant la caresse humide d'un souffle d'air venu du dehors, qui agitait les fins rideaux blancs de la fenêtre de frissons silencieux. Une odeur de pain perdu et de café montait jusqu'à lui avec la chaleur de la cuisine, et une vague de lassitude et de mélancolie, gonflée du désir qu'il avait de se réveiller aux côtés d'Ayasha, le submergea soudain avec une force irrésistible, telle une lame déferlant sur un dormeur couché dans le sable, lui laissant sur la peau un goût salé qui persisterait plusieurs heures après le reflux.

Dans les limbes de sa conscience, persistait l'image de l'estrade aux esclaves de l'hôtel Saint-Charles, vide, à l'exception de deux plumes de coq noires, ainsi qu'un aigu sentiment de désespoir — un lambeau de son rêve ?

L'enterrement d'Angélique devait avoir lieu à midi.

Assis à l'une des tables éparpillées sous l'arcade de brique du marché, Janvier buvait une tasse de café noir en espérant que cela le revigorerait un peu. Les cloches de la cathédrale sonnèrent la demie de 4 heures du matin, et il se demanda s'il allait réussir à dérober quelques heures de sommeil dans l'intervalle.

— Peut-être qu'ils sont de très mauvais tireurs tous les deux, dit Hannibal, en épousetant le sucre des beignets qui était tombé sur sa manche. Si ça se trouve, ils vont tout bonnement se rater, et nous n'aurons plus qu'à tous rentrer chez nous.

La Nouvelle-Orléans possédait l'un des meilleurs réseaux d'éclairage public du pays ; même au-delà de l'arcade, de hauts lampadaires en fonte surplombaient les trottoirs, déversant des flots de lumière ambrée dans les ténèbres épaisses qui régnaient encore à cette heure très matinale.

— Si ça se trouve, quelqu'un va tout bonnement découvrir que je suis l'héritier du trône de France, rétorqua Janvier, et je n'aurai plus qu'à arrêter les leçons de piano.

Il jeta des coups d'œil inquiets autour de lui. Le couvre-feu était rarement très strict pendant le carnaval, et les gardes municipaux, pour la plupart, n'ennuyaient jamais que les esclaves ou les pauvres, mais il se sentait néanmoins nerveux, exposé, à l'idée d'être encore dehors à cette heure de la nuit.

— Les créoles eux, interrompent leurs duels à l'épée dès que l'un des deux a infligé une blessure à l'autre — d'autant qu'ils sont tous plus ou moins cousins dans cette ville. Mais avec des pistolets, on ne peut pas savoir. (Il haussa les épaules.) Avec les Américains, on ne sait jamais. En général, quand ils tirent, c'est pour tuer.

De l'autre côté de la rue, les volets du Café de la Levée étaient encore grands ouverts et, malgré la brume du fleuve qui en tamisait la lumière safran, on distinguait les silhouettes des hommes à l'intérieur, des vieux et des jeunes : les anciens, qui avaient fui la révolution à Santo Domingo, et leurs fils. Ils jouaient aux cartes, buvaient de l'absinthe ou du café, dénonçant l'abominable traîtrise des bonapartistes et pleurant l'heureuse époque qu'ils avaient connue avant l'arrivée de l'athéisme, du rationalisme et des Américains. La plupart étaient déguisés, et il en arrivait encore comme s'achevaient un à un les divers bals et réceptions à la périphérie du quartier français. Tout autour de Janvier, aux tables disposées sous l'arcade, des hommes — et quelques femmes — en tenue de soirée ou costume de carnaval étaient assis coude à coude avec les vendeuses du marché et les débardeurs qui commençaient leur journée. Les noctambules terminaient la leur. Pralinières, vendeuses de beignets ou de callas circulaient parmi eux, proposant dans des paniers d'osier leurs produits tout juste sortis du four ; non loin de là, l'étal d'une marchande de café dispersait des tourbillons de vapeur blanche dans la brume nocturne. Quelques gentlemen installés à la table à côté regardaient Hannibal de travers parce qu'il mangeait en compagnie d'un homme de couleur, mais s'abstinrent de toute autre réaction du fait de l'heure tardive et de l'ambiance plus permissive de la saison du carnaval. De toute façon, Hannibal était tellement connu que rares étaient ceux qui faisaient encore des commentaires sur son attitude.

Au-delà des piliers de brique de l'arcade auxquels la lumière donnait une teinte dorée, derrière l'ombre de la Levée, les cheminées noires des bateaux à aubes se dressaient, tels les arbres d'une forêt incendiée, leur brasier intérieur faisant rougeoyer leurs couronnes de piques et briller les cuivres des mâts de pavillon et des cabines de pilotage. Le mince voile de brume avait un goût de cendres, et les plastrons et manchettes de chemise des deux hommes étaient déjà maculés de petites particules de suie.

— Monsieur Janvier.

Augustus Mayerling surgit soudain de l'ombre de l'arcade. Il avait ôté son masque et était vêtu du pourpoint élisabéthain en cuir vert et noir qu'il portait au bal du mardi soir. Malgré ses cheveux ras et les quatre balafres qui lui coupaient la joue gauche — laquelle devait être un cauchemar à raser, songea Janvier —, son élégante fraise et les lumières jaunâtres du café conféraient à ses traits anguleux une sorte de charme équivoque, presque féminin, dans la pénombre.

— Hannibal, mon ami, je ne pensais pas vous trouver ici.

— Comment, vous voudriez que je manque un duel ?

Comme d'habitude à cette heure matinale, le violoniste avait les traits particulièrement tirés, mais une étincelle ironique brillait dans ses yeux noirs.

— La seule et unique chance de ma vie de voir un créole et un Américain se tirer enfin dessus pour de bon ? poursuivit-il. Dieu m'en préserve. (Il porta le revers de sa main à son front à la manière d'une diva prise de vertiges.) Tout est question de synchronisation, déclara-t-il en se penchant de nouveau sur son marc de café. *Voici venir Aurore, fille de l'aube, dont l'éclat de rose empourpre la terre...* L'heure même, mes amis, où les bordels du Marais ferment leurs portes et répandent les mariniers dans... euh, je suppose qu'il me faut appeler cela une rue. Ils seront tous fin soûls, mais point encore assez pour tomber ivres morts, et ils ne retourneront pas au travail avant le lever du soleil. Mieux vaut que je vienne assister au duel : je n'aurai à craindre qu'un seul échange de coups de feu.

— J'aime à voir un homme aussi prévoyant que talentueux, dit Mayerling, qui hocha gravement la tête et tendit une main gantée à Janvier. Je vous remercie d'avoir accepté de nous accompagner. Cela vous cause du dérangement et va amputer votre repos — et le mien aussi, d'ailleurs —, mais ils semblent croire que c'est leur dignité humaine qui sera traînée dans la boue si on les empêche de mettre leurs vies en danger pour prouver la véracité de leurs dires. Vous connaissez la nature de leur différend ?

— Je sais seulement qu'on n'avait pas entendu pareil échange d'insultes et de vociférations depuis la bagarre des rédacteurs en chef de *L'Argus* et du *Courrier* au Café Hewlett lors des dernières élections municipales, déclara joyeusement Hannibal.

— J'ai cru comprendre que c'est Granger qui a commencé par accuser Bouille d'avoir délibérément voté contre le projet de ligne de tramway proposé par sa compagnie La Fayette, afin d'en favoriser un autre qui, selon lui, privilégierait la population française.

Janvier finit les dernières miettes de son beignet et, avec Hannibal, emboîta le pas au Prussien entre les tables et clients disséminés sous les arcades pour rejoindre la rue.

— Bouille est revenu à la charge en disant que Granger était en fait furieux parce que lui, Bouille, avait refusé les pots-de-vin offerts par la compagnie ferroviaire La Fayette & Pontchartrain ; à partir de là, ils se sont mis à se traiter mutuellement de couard, de salaud, à s'accuser de mœurs honteuses… L'un n'étant qu'un débauché qui aurait causé la perte d'innocentes jeunes filles en les incitant à se sauver du couvent ; l'autre un lâche qui aurait reçu un soufflet du maire sans même exiger réparation.

Janvier glissa sa sacoche de partitions sous son bras et, d'un saut léger, franchit le caniveau, lesté du poids singulièrement familier de sa trousse médicale en cuir noir qu'il tenait à la main.

— *Je suis armé de la plus complète des cuirasses*, récita Hannibal avec emphase. *La justice de mon combat.*

— Ma mère dit qu'elle ne croit pas que Bouille ait refusé de se faire graisser la patte par Granger, déclara Janvier, et il paraît que Granger s'est fait pas mal d'argent en volant les vaches de la paroisse de Saint-Charles et en les revendant à leurs propriétaires. C'est à se demander pourquoi il fait tant d'histoires pour cette satanée ligne de tramway ? J'avais oublié, conclut-il d'un ton pensif, combien la politique de la Nouvelle-Orléans pouvait être passionnante.

Le maître d'armes lui fit un petit sourire en coin.

— C'est encore mieux que Balzac, non ? Moi, je suis un pacifique dans l'âme… Enfin, ça dépend, ajouta-t-il, voyant Janvier hausser les sourcils. Vous savez, on se bat soit pour le plaisir, soit pour tuer — quand on défie un ami c'est pour tester ses propres limites, mais face à un ennemi, il s'agit de mettre au plus vite fin à la rencontre pour qu'il ne puisse jamais s'en relever. C'est ainsi, hélas… dit-il, avec un geste découragé, comme ils se faufilaient parmi le flot matinal de charrettes, haquets et voitures à bras, sous l'éclairage tremblant de la rue de la Levée.

Les élèves de Mayerling les attendaient à l'angle de la rue Condé, à côté d'une chaise et d'un barouche. Ils formaient un groupe moins nombreux que la petite cour qui l'entourait au bal des quarterons, mais l'on y retrouvait les mêmes visages. Janvier reconnut celui qui portait un costume élisabéthain rouge, l'Uncas[1] aux manières efféminées, ainsi que l'Ivanhoé jaune et bleu et le corsaire, qui avait l'air de mieux connaître les boutiques des joailliers que les ponts des navires de pirates. Le conseiller municipal Jean Bouille avait troqué ses hauts-de-chausses façon Renaissance pour un habit de soirée et un domino cramoisi. Janvier se demanda si ce n'était pas dans un souci de dignité, pour le cas où ce serait son corps que l'on ramasserait après le duel.

— Ils viennent voir le spectacle ? s'enquit Janvier en prenant place dans la chaise avec Mayerling et Bouille.

Sous ses pieds, il cala sa mallette — laquelle contenait le matériel habituel : ventouses, calomel, opium et poivre rouge. Au moins, il savait ce qui l'attendait : blessure, hémorragie, et peut-être fractures. Les quatre gaillards s'entassèrent dans le barouche et hissèrent Hannibal, à qui ils ne cessèrent de tendre leurs flasques chacun leur tour, ce qui leur valut une récitation exaltée de la *Destruction de Sennacherib* de Byron, tandis que s'ébranlaient les véhicules.

— Ils sont venus pour être témoins du juste châtiment qui doit être réservé à un immonde Américain, menteur et

(1) Héros du *Dernier des Mohicans*, de James Fenimore Cooper.

bon à rien, déclara Bouille d'un ton relativement calme et mesuré pour sa personne. En ce qui me concerne, je me réjouis de leur présence. Cette hyène infâme serait bien capable de venir avec une bande de gars acquis à sa cause pour nous tendre une embuscade, car il sait bien qu'il ne pourra pas l'emporter honnêtement dans un duel d'homme à homme.

Mayerling se contenta de hausser ses sourcils pâles, L'unique banquette de la chaise à deux roues pouvait difficilement accueillir trois personnes, et ce n'était que parce que le maître d'armes était fort mince qu'il restait tout juste assez de place pour un homme de la taille de Janvier qui, serré tout contre lui, lui demanda d'une voix douce :

— Ça doit être dur pour le jeune Peralta, n'est-ce pas ? Je veux dire la mort de Mlle Crozat. (Le maître d'armes lui jeta un regard étrange, puis détourna les yeux.) Il faut vraiment un événement grave pour empêcher un créole de venir soutenir un ami dans une affaire d'honneur.

— Ce garçon est bien sot de la pleurer, rétorqua Mayerling avec froideur. Cette femme était un démon, un succube plein de venin, avec un coffre-fort à la place du cœur. Celle qu'il épousera pourra remercier l'étrangleur.

Janvier jeta un coup d'œil surpris au profil d'ivoire de Mayerling.

— J'ignorais que vous la connaissiez.

Il se remémora l'impatience du Romain qui guettait Angélique dans la salle de bal, la façon dont toutes les conversations masculines s'étaient subitement interrompues quand elle avait fait son entrée, brillant de mille feux telle une idole de diamants, et la précipitation avec laquelle tous les hommes s'étaient alors empressés autour d'elle. Tous, se rappelait-il à présent, sauf Mayerling.

— Tout le monde se connaît dans cette ville, répondit le maître d'armes. Trépagier était l'un de mes élèves. Vous ne le saviez pas ?

Puis il reporta son attention sur la route.

Le duel se déroula comme se déroule d'ordinaire ce genre de choses. Les deux attelages longèrent l'Esplanade jusqu'aux eaux plombées et bordées de cyprès du bayou Saint-John, tandis que le ciel blanchissait lentement. Des lambeaux de brume s'étiraient au-dessus d'une clairière située sur la plantation Allard, près des berges où se dressaient les ombres de chênes aux troncs gros comme un poitrail de cheval.

Granger, qui lui non plus ne tenait manifestement pas à ce que sa dépouille revînt chez les siens dans un blanc et bouffant costume de Pierrot, avait revêtu un habit de soirée pour l'occasion. Son témoin arborait néanmoins encore l'étincelante armure en carton-pâte des légions romaines. Le pirate, dont le costume pourpre et la barbe cuivrée juraient toujours autant, tenait les rênes des chevaux de leur phaéton. Granger comme Bouille, remarqua Janvier, portaient des habits sombres, dont les boutons, extrêmement petits, étaient quasiment invisibles.

Mayerling sortit les pistolets, une paire de Manton lui appartenant, que Jenkins et l'Ivanhoé en bleu et jaune inspectèrent minutieusement. Tandis que le Prussien chargeait les armes, les témoins tentèrent une dernière fois — démarche de pure forme — de dissuader leurs champions de se battre. Janvier entendit Granger déclarer bien haut :

— S'il ne m'avait pas été donné l'occasion de noyer dans le sang la bave bilieuse de cet impudent crapaud, j'eusse été contraint de rejouer les dernières scènes de *Macbeth* avec sa vermineuse petite personne.

Remarque clairement destinée aux oreilles de Bouille, puisque Granger, bien que parlant aux deux autres Américains, s'était exprimé en français.

Bouille répondit — s'adressant lui aussi à son propre témoin, mais d'une voix forte, et en anglais :

— Je n'ai pas peur d'une canaille qui ne peut pas plus se faire passer pour un gentleman que notre chirurgien pour un Blanc. Il est impossible de feindre d'être ce qu'on n'est pas.

Et Janvier, debout à côté de Mayerling, vit le petit sourire ironique de ce dernier. Bouille, ce champion de la culture créole, comme Livia Levesque, avait manifestement oublié qu'il avait abandonné son emploi de typographe en France pour échapper à deux sordides procès et tout un tas de vilaines dettes. Les mulâtres n'étaient pas les seuls à être subitement frappés d'amnésie une fois montés à cheval.

Janvier et Hannibal allèrent prudemment se mettre en retrait sous le couvert des chênes distants de quelque cinquante pieds. Mayerling, avec une confiance dans la précision de tir des deux duellistes que Janvier jugeait bien téméraire, resta où il était.

— Tu vas saigner celui qui sera touché, quel qu'il soit ? s'enquit Hannibal d'un ton espiègle en appuyant son menton sur une branche horizontale.

Janvier hocha la tête.

— Et le purger aussi. Deux ou trois fois.

— Ça leur apprendra.

Il y eut deux fortes détonations. Les aigrettes gloussèrent dans le bayou embrumé.

Janvier jeta un œil par-dessus les grosses branches incurvées des arbres, juste à temps pour voir William Granger, raide et digne, rejoindre son phaéton et grimper dedans. Bouille poussait des exclamations indignées à l'adresse du petit groupe des apprentis escrimeurs.

— Vous avez vu ? s'écria le conseiller municipal d'une voix triomphante. Ce lâche s'est laissé prendre à son propre piège ! Craignant mon adresse au tir, il a choisi une distance impossible — cinquante pieds — à laquelle il raterait même la porte d'une grange ! Mais moi, j'ai bien vu ma balle arracher l'épaule de son habit !

Tandis que Bouille exultait et fêtait sa victoire avec les élèves d'escrime à grand renfort de brandy — qu'Hannibal fut également invité à partager —, Mayerling, avec l'allure d'un botaniste en quête d'une nouvelle espèce de mousse, arpentait, tête baissée, l'endroit où Granger se tenait un peu plus tôt, puis inspecta les arbres alentour jusqu'à ce qu'il eût retrouvé la balle. Même en lui accordant la plus flatteuse des estimations balistiques, elle avait forcément manqué l'Américain de plusieurs yards.

— Il faudrait passer plus de temps au tir, dit-il à Bouille en émergeant en manches de chemise de la nappe de brume qui flottait à hauteur de genoux, tel un fantôme d'un autre siècle sous la lueur blafarde du petit jour. Ou un peu moins de temps à votre bureau.

Puis tous remontèrent dans les voitures.

Toute la société demi-mondaine, passée et présente, était venue au grand complet assister aux funérailles d'Angélique. Euphrasie Dreuze pleurait, vêtue d'une robe de deuil trop serrée et ensevelie sous des voiles qui cachaient son visage et lui tombaient jusqu'aux genoux. De sa place à l'orgue de la chapelle mortuaire de Saint-Antoine, Janvier jaugeait le nombre de personnes : la chapelle était plutôt petite, et la gent féminine, venue en force, ne pouvait pas tout entière s'entasser sur les durs bancs de bois. Sous ce climat propice aux fièvres, et dans cette ville où tout le monde avait plus ou moins des liens de parenté, peu de femmes ne possédaient pas de toilettes de deuil. Janvier se rendait pourtant bien compte que si Angélique avait été un peu plus aimée de son vivant, nombre de celles qui arboraient d'élégantes robes de soie prune ou marron auraient porté du noir, même si cela mettait moins en valeur leur silhouette. Le noir ne flattait guère les femmes de couleur, en général.

Quand les porteurs de cercueil — de beaux et jeunes garçons, plutôt gauches d'allure, qui n'étaient autres que les frères qu'il restait à Angélique et ses deux cousins — inclinèrent la bière en retenant le drap qui la recouvrait pour la faire glisser dans l'ouverture de la tombe érigée en amont du cimetière, Mme Dreuze se jeta de tout son long par terre au pied de la sépulture, en sanglotant bruyamment.

— Oh, madame, murmura Clémence Drouet, tombant à genoux à côté d'elle, ne vous laissez pas aller comme ça ! Vous savez qu'Angélique…

Elle était l'une des rares à porter du noir, ce qui ne faisait que souligner sa pâleur de mort malgré la couleur acajou de sa peau. Elle avait les yeux gonflés, et ses larmes avaient laissé de grandes traînées grises sur le crêpe de son corsage.

— Phrasie, levez-vous, dit calmement Livia Levesque. Vous allez faire tomber le prêtre.

Euphrasie accepta de se faire relever par le plus jeune de ses deux fils.

— Il n'y a pas de justice ! s'écria-t-elle d'une voix retentissante. Cette femme a fait de la magie noire pour assassiner ma petite, et personne ne fera rien pour qu'elle reçoive le châtiment qu'elle mérite !

Elle se retourna vers les gens assemblés derrière elle, les belles dames voilées de la rue des Ramparts, leurs domestiques et une poignée de leurs commerçants attitrés. Ils formaient un groupe compact, cerné de toutes parts par le petit village de marbre des tombes qui s'entassaient les unes contre les autres à l'instar des constructions du quartier français. En regardant Euphrasie Dreuze, Janvier songea qu'il n'y avait pas à aller chercher bien loin l'origine du penchant d'Angélique pour les mises en scène théâtrales.

— J'ai pourtant dit à ce répugnant policier ce qu'il en était ! Je lui ai raconté toutes les injustices que cette femme avait fait subir à mon innocente petite fille, avant de lui porter le coup fatal ! Et tout ce qu'il m'a répondu, c'est qu'ils n'allaient pas faire d'enquête ni engager de poursuite judiciaire... Autrement dit, qu'ils n'allaient pas lever le petit doigt pour venger la mort de mon enfant !

Elle rejeta ses voiles en arrière, découvrant un visage bouffi et trempé de larmes, encadré par l'onyx et le jais de deux grosses boucles d'oreilles, ainsi qu'un énorme crucifix en or reposant sur la soie noire de sa poitrine. Prenant manifestement grand plaisir à jouer les reines de tragédie, elle se tourna vers Janvier, nouant ses mains gantées de mitaines de dentelle dans un geste de prière.

— Ben, pour l'amour de votre très chère mère, aidez-moi à traîner cette femme en justice, cette sorcière qui a jeté un sort à ma fille et appelé la mort sur elle. Je vous en supplie.

— Quoi ? fit Janvier, horrifié.

Il était abruti par le manque de sommeil et sa lenteur de réaction lui fut fatale ; Euphrasie s'avança vers lui, et son lourd parfum l'assaillit quand elle l'étreignit avec force en posant la tête contre sa poitrine. Il jeta autour de lui des regards paniqués, aux amies d'Euphrasie, aux amies de sa mère, qui toutes le fixaient comme si elles attendaient qu'il accédât à l'absurde requête.

Puis la voix de Livia rompit le silence :

— Phrasie, ne demandez pas à mon fils de faire quoi que ce soit pour l'amour de moi. Ce n'est pas parce que quelqu'un a caché un fétiche vaudou dans la chambre de votre fille que cela vous donne le droit de dire qu'elle est morte par la faute de la femme de son amant, et encore moins de mêler ce pauvre Ben à des affaires qui ne sont pas les siennes, pas plus que les vôtres, d'ailleurs.

— Mais ce sont mes affaires ! s'exclama Euphrasie qui tourna brusquement la tête en s'écartant de Janvier, sans pour autant lui lâcher les mains. Il s'agit du meurtre de mon enfant unique ! Ce policier, cet *Américain*, il laisserait cette meurtrière filer quand bien même elle aurait étranglé ma fille de ses propres mains — ce que je ne suis d'ailleurs pas loin de croire !

— Madame Dreuze… fit le prêtre d'une voix chevrotante.

— Dites-lui ! lança la mère d'Angélique en pointant vers Dominique son doigt orné d'un diamant gros comme un œil de pigeon, qui jetait des éclairs dans la grise lumière hivernale. Dites-lui ce que vous avez appris cet après-midi ! Dites-lui ce que disait le mot envoyé par le policier *américain*, cet analphabète, cet usurpateur ! Que la police n'avait plus besoin de votre témoignage, d'aucun témoignage, parce qu'ils n'allaient pas donner suite à l'affaire !

Médusé, Janvier tourna les yeux vers Minou, superbe dans sa robe de soie verte à la coupe exquise, dont les manches pendaient d'au moins douze bons pouces de part et d'autre de ses hanches.

— Est-ce vrai ? s'enquit-il.

Elle hésita un long moment avant de répondre — probablement peu désireuse d'apporter de l'eau au moulin d'Euphrasie Dreuze —, puis finit par hocher la tête.

— Oui. Il ne disait pas de façon aussi explicite que l'enquête allait être abandonnée, mais je sais lire entre les lignes.

— Ça ne se passera pas comme ça ! s'exclama Euphrasie en levant les bras au ciel comme pour supplier le Tout-Puissant, ses yeux exorbités braqués sur Janvier. Je ne le tolérerai pas ! Il faut venger ma fille, et si ce n'est pas vous, Benjamin Janvier, je trouverai quelqu'un d'autre pour le faire !

9

— Oh Ben, ne me dis pas que cela te surprend vraiment !

— Bien sûr que si !

Janvier remplit machinalement l'assiette de Minou de légumes verts et de jambalaya[1] et la posa devant elle sur la table, sans vraiment faire attention à ce qu'il faisait. À dire vrai, il n'était pas tant surpris que troublé.

Derrière les hautes fenêtres de l'exquise salle à manger de Dominique, le peu de lumière qui avait illuminé les façades et rebords des toitures des maisons d'en face déclinait, bien qu'il fût à peine 6 heures. Sachant qu'il allait devoir passer la majeure partie de la nuit à un bal du faubourg Saint-Mary, Janvier était allé se coucher après les funérailles ; il avait dormi quelques heures, mais fait des rêves agités. Quand il était redescendu à la cuisine, il y avait trouvé Dominique qui, un tablier noué sur ses jupes de soie vert épinard et les manches retroussées, aidait Bella et Hannibal à laver le service à thé. « Maman est chez Phrasie, avait-elle annoncé. J'ai dit à Bella que je t'invitais à souper. »

— Tu es resté trop longtemps à Paris, dit Hannibal.

Le violoniste leva son verre de vin en direction de Dominique, respectueux hommage à leur hôtesse, point tout à fait dénué cependant de sous-entendus galants. Elle croisa son regard et lui retourna son plus tendre sourire.

_____

(1) Salade de riz avec des crevettes, du jambon, de la dinde, etc. (N.d.T.)

— Ou pas assez longtemps, déclara Janvier en revenant s'asseoir à la table.

— Tu croyais vraiment que la police enquêterait sur le meurtre d'une femme de couleur alors que tous les principaux suspects sont blancs ?

Janvier demeura silencieux, envahi par une gêne brûlante et un profond dégoût envers lui-même à l'idée qu'il avait cru pouvoir faire confiance à la loi, à la police, à cet officier du Kentucky. Oui, il était bel et bien resté trop longtemps à Paris. Lui qui était pourtant profondément respectueux de la loi, cela lui avait tout de même pris des années avant de faire confiance aux autorités françaises.

— Que disait exactement ce billet ? finit-il par demander. Parce qu'il faut bien l'admettre, l'histoire de Mme Dreuze, disant que Mme Trépagier aurait envoyé un complice glisser un fétiche ensorcelé sous le matelas de sa rivale, ne tiendrait pas debout devant un tribunal.

— Oh, ça… fit sa sœur avec un geste découragé. Tout le monde au cimetière savait parfaitement que Mme Trépagier avait demandé un mandat de saisie sous serment, hier après-midi, pour empêcher la vente des bijoux et des deux esclaves, et que Mme Dreuze a passé toute la matinée d'aujourd'hui chez Heidekker & Stein : elle s'est débarrassée de tout, bijoux, robes et bibelots. Pourquoi crois-tu que Phrasie nous a joué cette comédie à propos du gri-gri ? Il faut qu'elle se couvre. Dieu sait qu'il faut être plus malin que le Malin pour réussir à mettre des bâtons dans les roues d'Euphrasie Dreuze.

— Je crois bien avoir eu une femme comme elle, jadis, déclara Hannibal, le regard rêveur. Peut-être même plus d'une. Je ne me rappelle plus.

— Méchant homme ! lança Minou en lui assenant une tape sur le bras avec sa cuillère. Mais non, Ben, ce n'est pas à cause de cette histoire de fétiche.

Elle se leva et alla au buffet où étaient posés les plats de légumes et de jambalaya à côté du pain et du vin, et prit dans un tiroir un petit morceau de papier jaune plié en quatre. Hannibal se mit debout et lui avança sa chaise lorsqu'elle revint à la table ; elle prit un air surpris, comme si elle eût attendu ce geste de galanterie non pas de lui mais de son frère, puis sourit encore au violoniste avant de s'asseoir dans un doux frou-frou de jupes. Janvier avait suffisamment observé sa sœur aux bals du Ruban Bleu pour savoir que, sans jamais être infidèle à Henri Viellard, que ce soit en pensée, en parole ou en acte, elle aimait plaire aux hommes. Et à en juger par le regard plein de chaleur et de sollicitude de Dominique, Hannibal faisait lui aussi son petit effet habituel sur elle.

Le message avait été laborieusement rédigé par une main qui avait tardivement et incomplètement acquis la discipline de l'orthographe. Au moins, constata Janvier avec dédain, la feuille n'était pas tachée de tabac.

Le 16 février 1833
Mademoiselle Janvier,
À propos des notes que je vous ai demander mardi soir dernier, je vous remercis d'avoir prit la peine et le temps de les faire. Néanmoins il s'avère maintenant qu'elle ne serons pas nécessaire, et je vous demande donc de m'acorder la grande faveur de bien vouloir les mettre de coté en lieu sur, ou on ne risquera pas de les trouver. Mes plus profondes excuses pour vous avoir causer inutilement du dérengement pour leur rédaction.
Votre fidèle serviteur, Abishag Shaw.

Angélique n'était qu'une placée, après tout.

Janvier reposa le papier d'une main tremblante de colère.

— Avec un Américain, dit-il à mi-voix, il fallait s'y attendre.

Minou garda le silence, faisant tourner son grand verre de cristal entre ses doigts. Henri Viellard était un bon fournisseur : toute la villa de la rue Burgundy était meublée avec une simplicité raffinée et coûteuse — ainsi de la table en faïence française ou des verres en cristal allemand. Quand il avait mis les pieds dans la maison pour la première fois en novembre dernier, Janvier avait immédiatement compris que le petit jeune homme bedonnant avait simplement donné carte blanche à sa maîtresse. Si l'on s'en fiait au repas de ce soir, le choix de la cuisinière avait reposé sur ces mêmes critères d'excellence et de simplicité — et, n'en déplût à Viellard, c'était probablement là le principal attrait de ce ménage pour Dominique.

Mais cette maison n'était pas la maison d'une prostituée, d'une femme qui se vendait à un homme. C'était le foyer d'un couple qui eût été marié si le Code Noir ne l'interdisait pas, la demeure d'une femme qui n'avait pas le droit de vivre avec son homme, parce qu'elle appartenait à la curieuse classe un peu à part des placées, femmes de couleur libres...

Que les Américains comme Shaw considéraient ni plus ni moins comme des négresses et des putains.

— Tu as ces notes ? s'enquit Janvier, parvenant tant bien que mal à maîtriser sa voix.

Hannibal bondit de sa chaise et tira celle de Dominique avant même que Janvier n'ait eu le temps de faire un semblant de mouvement dans sa direction. Tandis que Minou sortait une épaisse liasse de feuillets jaunes d'un autre tiroir du buffet, Thérèse, la servante, entra sans bruit et entreprit de débarrasser les assiettes et les plats, puis, tout aussi silencieusement, revint leur apporter le café et un peu de sucre roux dans un bol en porcelaine française.

— Tout ce que je peux vous dire, déclara Dominique en étalant les papiers sur la table tandis que les deux hommes lui faisaient de la place en poussant les tasses, c'est que ces gens étaient soit au bal, soit à côté, au Théâtre d'Orléans. J'ai recoupé les renseignements de toutes mes amies, ainsi que de toutes leurs connaissances, si bien que nous avons même réussi à identifier les Américains, et déduit quelles personnes devaient nécessairement se trouver dans l'autre salle... Nous savions que la famille de Henri était là, par exemple, parce que son horrible mère l'oblige toujours à l'emmener avec lui quand il sort, ainsi que ses sœurs et sa tante Francine. De même, nous savions que Pauline Mazanat et les Pontchartrain-Trépagier y étaient forcément eux aussi, parce que ce sont eux qui président le comité d'organisation du bal... Enfin, ce genre de choses.

Ses doigts longs et minces parcoururent la pile de feuillets couverts du griffonnage malhabile de l'assistant de Shaw. Elle en exhuma ses propres notes, rédigées sur un papier au parfum musqué.

— Les seuls dont nous ne sommes pas sûres, ce sont les hommes qui étaient en bas dans les salles de jeu, mais sans ticket, ils n'avaient de toute façon pas le droit de monter. Avec Agnès Pellicot, en revanche, aucune incertitude à avoir : elle se rappelle parfaitement tous ceux qui sont venus lui parler de ses filles. Et figurez-vous que cet *horrible* Henry VIII avec ses six femmes s'appelle en fait Hubert Granville, et qu'il est venu trouver Françoise Clisson pour lui poser des questions sur sa fille Violette !

— Ces six femmes étaient toutes les siennes ? s'enquit Hannibal, intéressé.

— Oh non ! répondit Dominique en riant. La première, dit-elle en les énumérant sur ses doigts, c'est Bernadette Métoyer. Ils se connaissent parce qu'il est président de l'Union Bank et qu'il lui a fait un prêt pour monter sa boutique de chocolat quand Athanase de Soto l'a congédiée. Il y avait aussi les deux sœurs de Bernadette, qui l'aident à la boutique. La quatrième, c'est Marie-Toussainte Valcour, venue sans son protecteur Philippe Cournand, qui devait assister à la réception donnée par sa grand-mère ce soir-là. La cinquième, c'est Marie-Eulalie Figes, la placée du cousin de Philippe, lui aussi tenu d'aller danser chez grand-maman Cournand. Et pour finir, Babette, la sœur cadette de Marie-Eulalie. Marie-Eulalie est d'ailleurs en train d'essayer d'arranger quelque chose entre sa petite sœur et Jean Dubose.

Avec un tel réseau d'information chez les placées et leurs familles, Janvier ne doutait plus de la précision ni de l'exhaustivité des listes établies par Dominique. La petite écriture fleurie de sa sœur précisait les noms de tous les témoins qui étaient restés déposer, et décrivait en outre une bonne vingtaine de costumes que plusieurs personnes avaient « vus ». Parmi ces « vus », Janvier eut la fâcheuse surprise de découvrir une « princesse indienne ». Trois personnes au moins se souvenaient l'avoir aperçue dans le hall de l'étage après l'ouverture du bal.

Bon sang ! jura intérieurement Janvier. Soupçonner Mme Trépagier du meurtre d'Angélique Crozat était parfaitement ridicule, mais elle s'était néanmoins mise dans une situation périlleuse en restant au bal. Pourquoi était-elle remontée après qu'il lui eut pourtant dit de partir ? Même sans ticket, une femme costumée pouvait sans peine se faufiler entre les portiers, qui étaient surtout là pour repousser les ivrognes et les étrangers débarquant à l'improviste des salles de jeu. C'était un bal du Ruban Bleu.

Avait-elle subitement changé d'avis ? Peut-être avait-elle eu autre chose à lui dire, et en avait été ensuite empêchée ?

Ou bien avait-elle résolu d'aller trouver elle-même Angélique ?

Dans tous les cas, elle lui avait menti vendredi matin en lui racontant qu'elle était immédiatement rentrée aux Saules : « Je suis arrivée chez moi avant 8 heures et demie. » Pourquoi ce mensonge ?

Il parcourut le reste de la liste.

Il n'y avait que trois autres femmes que l'on rapportait avoir été « vues » mais non identifiées : un « domino lavande », une « odalisque en rayures vertes » et une « gitane ».

— Ce sont des créoles venues espionner leurs maris, lui expliqua Dominique d'un ton désinvolte. Ignorais-tu que ces dames mènent parfois en douce leur propre petite enquête pour savoir ce que font réellement leurs chers et tendres ? Nous, on les repère à des miles de distance ! Oh, je comprends pourquoi elles font cela, ajouta-t-elle d'une voix plus douce. Et je... je suis sincèrement désolée pour elles, même pour celles qui vont se plaindre à la police si l'une d'entre nous va au restaurant ou porte de trop belles robes. À quoi bon chercher à voir son mari dans les bras d'une autre femme alors que l'on sait déjà, au fond de son cœur, qu'elle existe ? Cela ne sert à rien, sinon à se faire encore plus de mal. Mais la plupart d'entre elles ne le comprennent qu'après coup.

Janvier se rappela les nuits enfiévrées de sa jeunesse, qu'il passait sur le trottoir en face de la maison de Catherine Clisson et secoua la tête. Oui, cela ne servait à rien, sinon à se faire encore plus de mal. Et il savait que rares étaient les hommes, blancs, noirs ou de couleur, capables de renoncer pour de bon à leurs maîtresses à cause des plaintes et jérémiades continuelles de leurs épouses. La plupart optaient pour une dissimulation accrue, ou laissaient tout simplement passer un peu de temps avant de reprendre leurs habitudes adultérines.

Il feuilleta les listes qu'il tenait à la main, dont les diverses annotations et corrections permettaient de reconstituer une chronologie de la soirée, qui se présentait comme un carnet de bal, ainsi qu'il le nota avec intérêt, car il était chaque fois précisé les danses que l'on jouait. Le carton de bal de Minou pour la soirée était d'ailleurs inclus dans le tas — et il n'était naturellement pas une danse où elle n'eût pas de cavalier —, et même les questions de Shaw faisaient état des différents morceaux interprétés.

C'était Dominique qui avait dû lui donner cette idée. Il écrivait valse « valz ».

Personne n'avait revu Galen Peralta après qu'il se fut rué dans l'escalier suite à sa dispute avec Angélique.

— Est-ce qu'il n'y aurait pas eu quelque chose entre Mayerling et Angélique par le passé ? demanda Janvier.

— Mayerling ? répéta Dominique en gloussant. Grand Dieu, non ! Il détestait Angélique, pour ainsi dire depuis le jour où il l'a rencontrée.

Celle qu'il épousera pourra remercier l'étrangleur.

— À cause de la façon dont elle traitait le jeune Peralta ?

— À mon avis, déclara Hannibal, cela remonte au jour où Angélique a rencontré Galen et s'est mise à lui faire du charme. Comme Trépagier et Peralta étaient tous deux ses élèves, Augustus était aux premières loges. Il la voyait laisser négligemment tomber son mouchoir à l'intention du petit Galen et continuer à dépouiller Arnaud jusqu'au dernier sou. Son… antipathie pour elle… était au moins autant du dégoût que de la haine. Il est très tatillon sur ce genre de choses.

Pas de quoi constituer un mobile de meurtre, même si Mayerling aime bien Galen Peralta, songea Janvier. Mais maintenant qu'il y pensait, il se rappelait que Mayerling s'était absenté bien longtemps de la salle de bal, en tout cas plus de temps qu'il n'en fallait pour conclure les arrangements d'un duel…

Oui, il s'était écoulé quatre danses — soit presque une heure — entre le moment où Bouille avait défié son adversaire et celui où Mayerling était revenu pour demander à

Janvier s'il voulait bien assister au duel en tant que médecin. Pendant ces danses — les plus populaires de la soirée —, tout le monde ou presque avait déserté le hall pour la salle de bal. Aucune amie de Dominique n'avait voulu rater ce grand moment, bien que leurs costumes pour les tableaux vivants ne fussent pas encore terminés. Galen, après s'être rué au-dehors, avait subitement changé d'avis et était revenu par l'escalier de service pour reprendre sa querelle avec Angélique là où il l'avait laissée. Clémence, descendant à son tour par le grand escalier, n'avait donc pas pu le croiser. Et il était vraisemblablement reparti ensuite par le même chemin. Si bien que le meurtrier pouvait fort bien être passé par le grand hall, déserté par tous, sans se faire remarquer.

En supposant, bien entendu, que le meurtrier n'était pas Galen lui-même.

— Ces noms, sur la dernière page ? fit Dominique en se penchant sur son épaule pour examiner les feuillets. Ce sont les gens... Ah, merci Thérèse ! dit-elle en souriant à la servante qui venait d'entrer pour remplir leurs tasses de café vides. Ce sont les gens qui ne figuraient pas sur la liste du lieutenant Shaw, mais dont nous sommes sûres qu'ils étaient là. Ils ont donc dû partir avant ou juste après le meurtre, ou bien ont réussi à s'esquiver discrètement avant que Shaw ait pu leur parler. Catherine Clisson fait partie de ceux qui ont filé à l'anglaise — à moins que ce soit Octave Motet qui ait insisté pour qu'elle parte avec lui, parce qu'il savait bien que si on la reconnaissait, on aurait su qu'il était venu lui aussi. C'est le président de la Banque de Louisiane ; il ne devait pas tenir à voir son nom mêlé à une histoire de ce genre. Tu crois que Galen Peralta aurait pu faire le coup ? Étrangler Angélique, je veux dire.

Janvier feuilleta de nouveau la liasse de papiers, examina les listes — et les annotations précisant qui avait vu qui durant le quadrille écossais, la valse de Rossini, la valse lente ou le quadrille des lanciers. Josette Noyelle — l'Aphrodite du tableau grec — s'était rendue dans le petit salon pendant la valse lente et y avait rencontré Angélique. Après la valse de Rossini, Dominique était partie à la recherche de cette dernière et avait plusieurs fois vérifié le

petit salon, où elle était tombée sur d'autres amies, qui
arrangeaient mutuellement leurs coiffures, recousaient des
ourlets déchirés, se changeaient ou apportaient la dernière
touche aux costumes de leurs tableaux.

Une seule personne — Dominique — avait rapporté la
présence de Clémence Drouet au bal. Clémence était une
jeune fille plutôt discrète. Elle s'était présentée le lendemain matin chez Angélique, ignorant tout et persuadée de
retrouver son amie bien vivante ; ce qui signifiait qu'elle
avait dû quitter la fête peu après avoir échangé ces
quelques mots avec Janvier dans le couloir, suite à la
querelle d'Angélique et Galen, et bien avant la découverte
du corps.

Et, bien entendu, personne n'avait pensé à signaler sa
présence.

L'Américain Tom Jenkins avait lui aussi cherché Angélique dans le petit salon, puisqu'on avait retrouvé l'une de
ses feuilles de laurier par terre, mais, à moins qu'il ne fût
plus malin qu'il n'en avait l'air, il ne serait pas resté à rôder
dans les parages sachant qu'elle gisait sans vie au fond
d'une armoire.

— Je ne sais pas, répondit lentement Janvier. Devant les
faits, je serais tenté de dire oui... Mais vu son très jeune
âge, ça m'étonnerait. Il était complètement fou d'elle,
même avant le décès de Trépagier, à ce qu'il paraît. Je ne
pense pas qu'il aurait eu la présence d'esprit de cacher le
corps et de lui prendre son collier pour faire croire à un
vol. S'il l'avait tuée, on aurait trouvé Galen à côté d'elle, à
mon avis.

— Tu sais, on est parfois surpris de ce dont les gens sont
capables quand ils n'ont pas le choix, observa Hannibal tout
en réchauffant ses petites mains fines, presque féminines,
dans le filet de vapeur odorant qui montait de sa tasse de
café.

Le jour de l'autre côté des fenêtres avait baissé. Thérèse
entra, une petite bougie à la main, et alluma les chandeliers
du buffet, de la table et des murs. La lumière dorée des
flammes redonna quelque couleur au visage hâve du violoniste, effaçant son teint de noctambule et camouflant les

manches râpées et les rapiéçages de son habit noir, lâche sur ses maigres épaules.

— D'habitude, Galen suit Mayerling partout comme un petit chien, observa Hannibal. Or il n'est pas venu au duel ce matin. Et l'on m'a dit qu'il n'a pas assisté non plus au bal des Bringier hier soir. Ce n'est pourtant pas le genre de réception que son père lui permettrait de rater.

— Non, c'est sûr, dit pensivement Janvier tout en parcourant de nouveau les feuillets.

Dans le vestibule d'entrée du rez-de-chaussée et le hall de l'étage, on avait vu passer des Colombines et des Pierrots, des empereurs chinois et des Ivanhoés ; des Uncas et des Natty Bumpos[1] (*Bumpi ?* se demanda Janvier, se rappelant ses cours de latin) ; des sultanes et des dieux grecs ; des hommes en habits de soirée et dominos ; des femmes aux toilettes indescriptibles pour l'assistant de Shaw, qui en avait tant bien que mal consigné les détails d'une main malhabile : « robe en dentelle à col montant, ceinture mauve, manches brodées de perles » — fausses, aurait précisé Livia. À côté, l'écriture plus régulière de Dominique ajoutait : « princesse lilas : Cresside Morisset (avec Denis Saint-Roche, mère/fiancée au Théâtre) ». *Celle qui l'épousera...*

— Est-ce que le fils de Peralta a une fiancée ? s'enquit Janvier, en proie à une soudaine curiosité.

— Rosalie Delaporte, répondit sans hésiter Dominique. Les Delaporte sont cousins avec les Dupage, et le grand-père Dupage avait donné une grande réception dans sa maison de la rue Saint-Louis. Ils y étaient tous.

« Quadrille écossais : Hubert Granville (avec Marie-Eulalie Figes), Yves Valcour (avec Iphigénie Picard), Martin Clos (avec Phlosine Seurat)... Vus par Marie-Toussainte Valcour et Bernadette Métoyer : Ivanhoé rouge et blanc près du buffet, costume élisabéthain vert près des portes... »

Il relut la liste. Au moins six personnes avaient vu le « Romain en cuirasse dorée » dans la salle de bal pendant la

---

(1) Natty Bumpo est un autre personnage de James Fenimore Cooper, dans *Les Pionniers*. (N.d.T.)

valse de Rossini. Il avait assisté au duel comme témoin de William Granger, ce qui signifiait qu'il était présent à la réunion dans le bureau de Froissart, en bas de l'escalier de service. Xavier Peralta, qui les y avait accompagnés, était revenu peu avant la fin de la valse lente, soit une absence d'environ 10 minutes.

Il se rappela le vieil homme dans son costume de satin bleu nuit, conversant longuement et gravement avec Euphrasie Dreuze, surveillant la foule dans le hall et la salle de bal, avec l'air de chercher quelqu'un.

Lui, à défaut de son fils, eût été capable de régler son compte à cette diablesse aux traits félins. Il avait sans doute assisté à la petite scène de séduction destinée à Jenkins ; vu ses œillades, ses déhanchements, au milieu de tous ces hommes qu'elle taquinait en riant ; et vu son fils la suivre, fou de jalousie. N'étant pas stupide, il avait certainement déjà pris ses renseignements sur elle auprès de ses amis.

Par quelques gentilles cajoleries, elle aurait pu tout obtenir d'un gamin de 17 ans éperdu d'amour... un bon petit patrimoine immobilier, une rente mensuelle substantielle, et bien entendu toutes sortes de cadeaux tels que bijoux, robes, chevaux et esclaves.

Celle qui l'épousera...

Un succube plein de venin, avec un coffre-fort à la place du cœur.

Granger et Bouille étaient peut-être restés à discuter dans le bureau de Froissart après le départ de leurs deux témoins.

Janvier replia le tas de feuilles, les yeux perdus dans le vague, et tourna son regard vers la pénombre du dehors. Abstraction faite des divagations d'Euphrasie Dreuze sur la chauve-souris morte, il était tout à fait possible que le lieutenant Shaw, en parcourant les notes, ait lui aussi remarqué à qui la mort d'Angélique Crozat profitait le plus : au fils passionné, ou au puissant et courtois vieil homme à barbe blanche.

Peut-être que ses souvenirs étaient ceux d'un jeune homme idéaliste, mais Janvier se rappelait que, seize ans plus tôt, avant son départ pour la France, un Blanc avait assassiné une femme de couleur libre ; la police avait alors mené une enquête, et le meurtrier avait été pendu. Il est vrai que c'était une ville française à l'époque, où régnait une mentalité française, pour qui la dignité et l'identité des gens de couleur libres avaient un sens : ils faisaient un peu figure de cousins éloignés, ni africains ni européens, mais on les respectait en tant que propriétaires, artisans ou citoyens.

Shaw avait semblé, pendant un moment, comprendre. Mais c'était avant d'avoir lu ces notes.

Ne pas faire une absolue confiance aux Blancs était une chose, mais ce revirement en était une autre. Janvier s'était fait frapper dans la rue, mais, en un sens, c'était moins choquant et bien moins douloureux que de découvrir le vrai visage du régime américain.

— Mets-les de côté, *en lieu sûr où on ne risquera pas de les trouver*, dit-il à Dominique d'un ton sarcastique. Apparemment, cette histoire ne nous concerne plus.

Et l'histoire en resta là, jusqu'au moment où les avides petites mains incrustées de bagues d'Euphrasie Dreuze s'emparèrent de l'affaire.

10

Elles ont toutes été élevées dans ce milieu, avait-il dit à Madeleine Trépagier trois jours plus tôt dans le bureau de Froissart, avec ces rais de lumière jaune qui tombaient de la fenêtre sur son visage peint et masqué. *Et savent comment s'y comporter. Tout le monde se connaît ici, et elles savent bien ce qu'il faut faire ou éviter de faire — à qui elles peuvent parler ou non...*

Janvier secoua ironiquement la tête au souvenir de ses paroles, tout en remontant d'un pas nonchalant la rue du Maine où un roulement feutré de tam-tam africains résonnait, de plus en plus fort au fur et à mesure qu'il approchait de la grille de Congo Square.

Vous, non, avait-il ajouté. *Rentrez donc chez vous. Rentrez chez vous immédiatement.*

Même avec ses papiers en poche — la poche d'un veston élimé en velours côtelé qu'il avait acheté pour une poignée de réaux dans une arrière-boutique miteuse du Canal des Irlandais —, il ne se sentait pas l'esprit tout à fait tranquille en traversant la rue des Ramparts.

La nuit dernière, il avait dit à Dominique : « Cette histoire ne nous concerne plus. »

Fallait-il être bête !

Il glissa la main dans sa poche, tâtant ses papiers avec un dégoût mêlé de colère. Avant son départ pour Paris, seize ans plus tôt, sa condition n'était point sujette à caution. Un homme libre, voilà ce qu'il était — noir, blanc ou jaune, aucune importance, comme disait Andrew Jackson[1] qui l'avait recruté pour combattre les Anglais à Chalmette. Quel choc, à son arrivée, de se faire dévisager bizarrement sur les quais par le fonctionnaire de service et de s'entendre dire :

— Expatrié de retour, hein ? Faudrait peut-être voir à te procurer des papiers, mon gars. Y'a tout un tas de voyous et d'escrocs dans cette ville qui sont prêts à sauter sur les p'tits Noirs dans ton genre, et tu te retrouveras à cueillir le coton à Natchez sans avoir eu le temps de dire ouf. D'ici là, crois-moi, t'as pas intérêt à traîner dans les bars.

Enfant comme adulte, il s'était toujours fait appeler « mon gars » par les Blancs. Il avait presque oublié cela, tout comme sa méfiance vis-à-vis des autorités. Évidemment, un musicien de 24 ans accepte des choses que n'accepte plus un homme de 40 ans, membre de l'Académie de chirurgie de Paris — même n'exerçant plus la médecine depuis dix ans. Il avait pourtant eu tout le temps de méditer ses souvenirs sur le bateau où il avait embarqué au Havre.

Sa mère lui avait confirmé que, désormais, tout homme de couleur déambulant seul dans la rue, même bien habillé et d'honorable réputation, était tenu d'avoir sur lui un document attestant de sa liberté — et tout esclave un justificatif de ses déplacements extérieurs.

« C'est comme ça, maintenant, petit, avait-elle dit à Janvier, qui voyait sa propre négritude se réfléchir dans les yeux de sa mère — dans un regard où l'inquiétude le disputait au mépris. C'est la faute des Américains, qui sont venus de partout pour s'installer chez nous, avec leurs maisons neuves, leurs meubles de mauvais goût et leurs bonnes femmes vulgaires qui n'ont pas un sou d'éducation. Qu'espérer d'autre de ces hommes qui surveillent même leurs propres enfants quand ils les emmènent voir les négresses ? Les notions de culture, de civilisation, leur échappent complètement. Pour eux, nous sommes tout au plus les bâtards des esclaves. S'ils le pouvaient, ils nous feraient tous

---

(1) Héros de la guerre contre l'Angleterre et président (démocrate) des États-Unis de 1829 à 1837. (N.d.T.)

enfermer dans leurs baraquements pour nous vendre et faire de l'argent. Ces porcs ne pensent qu'à ça. »

Il se rendait compte, à présent, qu'elle n'avait jamais eu autant raison.

Elle n'avait pas ménagé ses efforts, les premières semaines, pour le présenter à ses amis les plus influents parmi la société des gens de couleur, non seulement pour qu'ils sachent qu'il était professeur de musique et cherchait des élèves, mais aussi pour leur rappeler qu'il était son fils et un homme libre. Pour sa part, Janvier avait remarqué qu'en son absence, la plupart de ces gens avaient presque cessé de parler anglais. Par la langue, par leur façon de s'habiller et surtout par leur attitude et leurs activités, ils cherchaient à bien se démarquer tant des esclaves noirs que des affranchis noirs américains qui travaillaient comme ouvriers à la ville.

Une autre voix lui revint en mémoire : *Il ne peut pas plus se faire passer pour un gentleman que notre chirurgien pour un Blanc...*

Ni pour un Noir, se dit-il en secouant de nouveau la tête. Il franchit la grille du portail et pénétra dans ce terrain vague herbeux que l'on appelait Congo Square. Il se demanda si la couleur de sa peau et les lointains souvenirs de son enfance suffiraient à le faire passer pour ce que sa mère avait essayé de faire oublier à tous des années durant.

Le rythme des tam-tam s'accélérait, superposant deux roulements distincts, l'un grave, l'autre plus aigu. Il y eut un éclat de rire, qui déclencha une cascade de plaisanteries. Puis les deux joueurs de tam-tam se lancèrent dans un dialogue instrumental — le tambour grave incarnant une voix masculine et l'autre une voix féminine — dont Janvier pouvait presque reconstituer les paroles :

— *Viens faire un tour avec moi derrière ma case, ma jolie !*

— *Holà ! qu'est-ce que ça va m'apporter : des pieds écorchés et un gros ventre rond ?*

— *Allons, viens donc, regarde les jolies perles que j'ai pour toi,* disait le tam-tam grave.

— *C'est ça que tu appelles jolies ?* rétorquait moqueusement l'autre. *Celles que j'ai recrachées l'autre jour en mangeant une pastèque étaient bien plus belles !*

Le rythme restituait les inflexions de voix, suggérait les battements de cils de la femme et le balancement de ses hanches. Aux grommellements du tambour mâle, répondirent d'autres éclats de rire.

De nombreuses plantations — dont celle de Bellefleur — avaient interdit les tams-tams aux esclaves, si bien que lorsque le vieux Joseph jouait de la flûte de roseau après le travail, cuillères ou bâtons tenaient lieu de percussions improvisées. Les rythmes enfiévrés des tam-tam qui se répandaient à des miles à la ronde sur le bayou et le marais, traversant les champs de canne à sucre et le silence de la nuit, mettaient mal à l'aise les propriétaires. Cela leur rappelait combien ils étaient isolés parmi tous ces Africains qu'ils possédaient.

Il est vrai que ces tam-tam-là ne parlaient pas de galipettes dans l'herbe derrière les cases.

Ces souvenirs réveillaient en lui la douleur d'anciennes blessures, et il se hâta de les chasser de son esprit. Il était étranger ici. Le fait de feindre le contraire le troublait, pour des raisons qu'il ne parvenait pas à définir clairement.

Janvier dévisagea tous ces gens qui parlaient ou écoutaient les joueurs de tam-tam, se mêlaient les uns aux autres sous le soleil qui venait juste d'entamer sa course descendante. Dans le lointain, la cloche de la cathédrale égrena trois coups, auxquels répondit le sifflet plaintif d'un vapeur. À la chapelle Saint-Antoine, à quelques pas de là, de petits groupes de fidèles — Blancs, personnes de couleur, Noirs libres, quelques esclaves dévots — devaient sortir de la messe et serrer sur leur cœur livres de prières et chapelets, en traversant la rue des Ramparts afin d'éviter le square.

Autour de lui, la palette des couleurs de peau était aussi étendue qu'aux funérailles d'Angélique, bien que dans l'ensemble plus foncée. Certains, même, étaient presque aussi élégamment habillés. Ceux-ci étaient des esclaves qualifiés — coiffeurs et forgerons, tailleurs et cordonniers, charpentiers et couturières, valets, cuisinières et servantes. Ils étaient néanmoins très inférieurs en nombre à la foule

des ouvriers et débardeurs, palefreniers et jardiniers ou
lavandières, qui, eux, portaient des vêtements de grosse
toile, grise ou marron. Les femmes arboraient des tignons
de mousseline unie ou de calicot criard, bien loin des
précieux turbans de soie dont les dames de couleur de la
ville se coiffaient, au mépris du Code Noir ; mais les
esclaves étaient tout aussi douées que ces dernières pour
entortiller savamment le tissu et réaliser de fantastiques
compositions de nœuds, de plis et de pointes.

Leurs gestes et leur façon de parler contrastaient aussi
avec les manières réservées, circonspectes et discrètes de
la société des gens de couleur. Ici, les rires étaient plus
sonores. Les hommes fumaient le cigare, en dépit de la loi
qui interdisait aux Noirs comme aux gens de couleur de le
faire en public. Nombre de femmes flirtaient avec la gent
masculine d'une façon que les jeunes dames de couleur
catholiques et bien élevées n'eussent jamais osé.

Il se rappela la fois où il était venu à la chapelle pour la
messe du matin, sept ou huit semaines plus tôt. Il était
passé par le square et avait senti une odeur de sang. Traversant l'herbe humide, il avait alors trouvé le corps décapité
d'un coq noir cloué sur le tronc d'un chêne ; son sang
dégouttait sur de petites assiettes de pois chiches et de riz
calées entre les racines de l'arbre, au centre d'un cercle de
piécettes d'argent d'un demi-réal. Et son confesseur lui
racontait encore l'autre jour que lui et d'autres prêtres
continuaient à trouver des bouts de gâteau, des cigares ou
des bonbons au pied de certaines statues de l'église.

Les tam-tam semblaient avoir réussi à s'entendre. Le
rythme devenait frénétique, tels les battements du cœur
s'accélérant avec la montée du désir. Un banjo, qui y super-
posa ses crissements de grillon pareils à ceux dont bruissaient les arbres pendant l'été, fut bientôt rejoint par une
flûte de fortune aux notes liquides d'oiseau de nuit.

— *Calinda, Calinda !* cria quelqu'un. Dansez la calinda !
Badoum, badoum !

Cela ne ressemblait en rien à Rossini ni à Schubert. À
rien de tout ce qu'il avait pu entendre chez Herr Kovald
ou à Paris.

Hommes et femmes commençaient déjà à danser.

Appuyé contre les barreaux de la grille, les mains dans les poches et le cœur étreint par un déplaisant sentiment de honte, Janvier scrutait la foule.

Cela faisait seize ans qu'il n'avait pas revu celle qu'il cherchait.

Sous les tignons colorés, les visages noirs passaient et repassaient, fendus de sourires éclatant de blancheur. Les jupes élimées s'envolaient, tournoyaient, les seins remuaient sous les corsages blancs, les bras battaient l'air. Une odeur de sueur émanait de la foule, faisant ressurgir en lui le souvenir, presque tombé dans l'oubli, de ces nuits passées sur le seuil de la case de sa mère, à regarder les autres esclaves danser dans la fumée rougeoyante des feux de pommes de pin. Avec tout ce qu'ils avaient à faire à Bellefleur — les interminables corvées de sarclage et de coupe dans les champs de canne à sucre, les réparations des granges et bâtiments extérieurs, l'abattage des cyprès, les travaux de terrassement dans la boue pour bâtir routes et remblais —, Janvier se demandait encore où ils trouvaient la force de danser, et comment lui-même avait pu les imiter autrefois, même s'il possédait alors la turbulente énergie de l'enfance.

D'autres encore venaient se joindre aux danseurs, toujours plus nombreux, comme jadis. Les gens se déchaînaient, criaient, chantaient, subjugués par cette musique sauvage et païenne, si différente de celle qu'il avait appris à jouer. Mélopées et bribes de chansons se chevauchaient, montaient et retombaient dans l'air au-dessus de la foule, telle une vertigineuse cascade de feux d'artifice. Une jeune fille au corps mince, coiffée d'un tignon rouge entortillé très haut par un subtil assemblage de nœuds, vint danser près de lui, séductrice et provocatrice, l'invitant à suivre l'étrange musique des bracelets de cuivre qui cliquetaient à ses chevilles. Il sourit et secoua la tête. Elle fit brusquement volte-face, lui offrant la vision fugitive d'une envolée de jupons et d'un mollet nu, et partit danser plus loin. Ayant repéré un visage qui lui semblait vaguement familier au milieu de la foule, Janvier eut soudain le choc de reconnaître Romulus Valle et se hâta de détourner la tête.

Combien d'autres sont là ? se demanda-t-il, en proie à une panique passagère. *Est-ce que Bella… ?* Bella, la cuisinière de sa mère, venait-elle ici le dimanche après-midi ? Il se rendit compte qu'il ne savait même pas si elle était encore esclave ou si elle avait été affranchie. Il ne lui était jamais venu à l'idée de lui poser la question. Elle était au service de sa mère depuis tellement longtemps… Toujours est-il qu'elle n'avait jamais fait la moindre allusion à ce sujet quand il lui était arrivé de la croiser.

Il se demanda aussi si Judith était ici et, s'il la rencontrait, ce qu'il pourrait bien lui dire à propos de l'objet qu'il avait dans sa poche.

> « *Her-on mandé,*
> *Her-on mandé,*
> *Ti-gui li papa !* »

Ténue, gémissante, presque hypnotique, la mélopée montait des profondeurs de la foule. Il y avait de plus en plus de danseurs, et le doux cliquetis métallique des bracelets de cheville se superposait en contrepoint aux rythmes effrénés des tam-tam. Janvier tenta de saisir le sens des paroles, mais il y avait autant de mots africains que français — et un bien mauvais français, qui plus était.

> « *Her-on mandé,*
> *Ti-gui li papa !*
> *Her-on mandé,*
> *Her-on mandé,*
> *Do-sé dan do-go !* »

D'autres voix s'élevèrent, plus distinctes et plus compréhensibles :

> « *Ils veulent me faire peur,*
> *Ces gens doivent être fous !*
> *Ils ne voient pas leur malheur,*
> *C'est qu'ils doivent être soûls !* »

« Moi, la reine vaudou,
Avec mon tignon ravissant,
Je me ris du miaulement des matous,
Et je bois le venin du serpent ! »

Quelqu'un cria : « Marie ! Marie ! » Janvier tourna la tête
et vit une femme juchée sur une sorte d'estrade faite de
caisses empilées au milieu du square. Elle était grande —
même sans ce piédestal, elle eût dépassé d'une tête nombre
de danseurs dans la foule — et plus jolie que belle. Elle
avait des pommettes saillantes et des yeux noirs. Des
boucles d'oreilles en or jetaient des éclairs dans la cascade
de ses cheveux de jais qui ruisselaient sur ses épaules, et
des bijoux — vraies pierres ou morceaux de verre — étincelaient sur son corsage blanc et les vagues tempétueuses
de sa jupe bleue. Sans bouger les pieds, elle se mit à danser,
ondulant de tout son corps à la manière d'un serpent, les
yeux fermés, comme ravie par une mystérieuse extase, bien
que son visage restât parfaitement impassible sous les
rayons cuivrés du soleil.

« Je marche sur des épingles,
Je marche sur des aiguilles,
Je marche sur des pointes dorées,
Je veux voir de quoi elles sont capables... »

« Zombi ! Papa Limba ! » criaient d'autres voix, et Janvier
tourna la tête, balayant rapidement du regard les visages les
plus proches de lui. La femme sur l'estrade tenait un
serpent dans ses bras, le plus grand boa qu'il eût jamais vu,
au moins six pieds de long et gros comme un poignet
d'homme. Il s'enroula autour de son cou et de ses épaules
tandis qu'elle dansait, et le chœur bourdonnant des voix
s'amplifia, emmené par le rythme envoûtant des tam-tam.
Derrière la grille du square, Janvier distinguait les visages
de Blancs qui regardaient ce qui se passait à l'intérieur ; des
femmes modestement vêtues de calicot côtoyaient d'élégantes dames en toilettes de serge et de soie, des hommes
en grosse veste d'ouvriers, des artisans et des commerçants

en redingote. Aux quatre coins du square, des agents de
police surveillaient la scène, impavides.

Comment   peuvent-ils ? songea Janvier.   Comment
pouvaient-ils rester simplement là, à regarder ? Ne ressen-
taient-ils pas ce que tous ces gens éprouvaient, ce que
lui-même éprouvait bien malgré lui ? Cette musique envoû-
tante lui électrisait l'âme et le corps, avec plus de force
encore que dans ses souvenirs d'enfance. Chacune de ses
veines battait au rythme de cet irrésistible appel ; même en
étant un peu en retrait, en bordure du parc, il sentait
s'exercer sur lui le pouvoir de la femme au serpent.

Il s'approcha. Les danseurs ne lui prêtèrent guère attention ; les hommes passaient d'une cavalière à une autre, ou
continuaient à sautiller, s'agiter et se déhancher avec la
leur. Levant les yeux vers la femme au serpent, il se
demanda si elle avait encore conscience de la foule autour
d'elle, et ce qu'elle pouvait bien voir, entendre et ressentir
dans le cas contraire. Le serpent avança la tête, et Janvier
eu un mouvement de recul. Une peur irraisonnée l'envahit ;
qui sait si la reine vaudou, posant ses grands yeux noirs sur
lui, n'allait pas le démasquer et s'écrier : « Toi, tu n'es pas
des nôtres ! Tu es venu nous espionner ! »

Parmi la foule des danseurs, tout près de l'estrade de
caisses — lesquelles portaient l'inscription *Broderick et fils*
sur les flancs —, il vit alors la femme qu'il cherchait, celle
pour laquelle il était venu en ce lieu.

Elle dansait toute seule, comme la reine au serpent. Les
femmes étaient d'ailleurs plus nombreuses que les hommes
autour de l'estrade, et la plupart d'entre elles dansaient les
yeux fermés, en proie à une extase solitaire. Elle était plus
maigre que dans son souvenir, et son visage plat au menton
pointu s'était creusé de rides. Ses vêtements, ainsi que le
tignon orange et noir qui lui couvrait la tête, étaient délavés
et usés. Elle portait un corsage échancré, qui dévoilait ses
clavicules ainsi que la naissance de petites boucles crépues
sur sa nuque, dont la vision lui remua le cœur.

Il n'osa pas la rejoindre ni lui parler. Il doutait qu'elle pût
seulement l'entendre, dans son état présent. Mais les souvenirs gardaient leur goût de vinaigre, de miel et de sel.

« *Oh ça oui ! mam'zelle Marie,
Elle connaît bien le Grand Zombi...* »

La reine vaudou descendit de son estrade. Écarquillant ses yeux noirs comme du charbon, les mains tendues devant elle, elle se mit à frapper dans la paume des danseurs qui passaient près d'elle. De temps à autre elle parlait, d'une voix basse et gutturale, mais Janvier ne parvenait pas à entendre ce qu'elle disait. Les femmes lui faisaient la révérence et les hommes lui embrassaient les mains. Celle pour laquelle Janvier était venu s'avança vers la prêtresse et serra ses mains dans les siennes. Les yeux des deux femmes se croisèrent. Elles se sourirent, expression qui leur conféra un étrange air de ressemblance, puis tombèrent dans les bras l'une de l'autre. Celle que tous appelaient Marie déposa un baiser sur la joue de sa compagne.

Un peu à l'écart, sous les arbres, quelqu'un préparait une marmite de gumbo qui répandait une épaisse fumée odorante dans l'air ; un homme empilait des tranches de pain perdu sur une caisse retournée, et une pralinière se tenait à côté de lui avec sa carriole. Hommes et femmes s'attroupaient autour d'eux, restaient un moment à discuter à mi-voix et à rire, puis s'en retournaient danser. Janvier savait que cela durerait tout l'après-midi. Mais la femme au tignon orange et noir tourna les talons et, faisant bruire ses jupes rapiécées, se dirigea vers le portail du square.

Elle passa entre les agents de police, traversa la rue des Ramparts et disparut derrière un pâté de maisons au coin de la rue Saint-Louis. Janvier lui emboîta le pas et dut se faufiler entre les Blancs massés devant la grille. Il esquiva un attelage et deux fiacres dans la Grand-Rue, sauta par-dessus le caniveau et pressa le pas sur le trottoir où les ombres commençaient déjà à s'allonger.

L'attaque le prit complètement au dépourvu. Il concentrait toute son attention sur la femme au tignon orange et noir, non seulement pour ne pas la perdre de vue — ainsi avait-il dû s'arrêter un instant à l'angle de la rue Burgundy pour la retrouver —, mais aussi parce qu'il réfléchissait à la manière dont il allait l'aborder. Il se demandait si elle le reconnaîtrait. Ou si elle ferait éventuellement semblant de ne pas le reconnaître. Et si, l'ayant reconnu, elle accepterait de lui parler ou préférerait s'en aller. Il n'avait pas réussi à savoir où elle habitait, peu avant de partir pour Paris, si bien qu'ils ne s'étaient pas revus depuis l'embarrassante discussion de leur dernière rencontre, qui s'était soldée par des mots amers et des malédictions de part et d'autre.

Il sentait confusément que quelqu'un marchait derrière lui sur le trottoir. Mais ce ne fut qu'au moment où il entendit ces bruits de semelle et ces bruissements de vêtements à moins d'un pas derrière lui dans la rue déserte qu'il songea à se retourner, et il était déjà trop tard.

Ils étaient de taille moyenne, noirs, mais leur peau n'avait pas de ce lustre d'ébène des purs Africains. L'un portait une chemise à carreaux roses et noirs que Janvier se souvenait avoir vue dans le parc. L'autre, qui avait une grosse chemise de calicot rouge et une veste en velours côtelé semblable à la sienne, avait déjà le bras levé et s'apprêtait à le frapper avec sa matraque. Janvier n'eut que le temps de lever le coude pour parer le coup, qu'il parvint à dévier un peu. Le gourdin vint néanmoins lui heurter violemment la tempe, ce qui l'étourdit suffisamment pour que la lutte qui s'ensuivit ne lui laissât d'autre souvenir que celui d'une mêlée confuse de poings et de genoux, où il n'avait conscience que d'une douleur terrible au ventre et du craquement de ses phalanges quand elles rencontraient l'os dur d'une joue ou d'une arcade sourcilière. Des mains agrippèrent et déchirèrent sa chemise et il entendit la poche de sa veste craquer. L'un de ses deux agresseurs essaya de l'attraper par-derrière et de lui tenir les bras, mais Janvier était très grand et parvint à projeter violemment l'homme à la chemise rose et noire contre la saillie du mur de la maison voisine.

Il se souvenait ensuite d'avoir essayé sans grand succès de se remettre sur pied en prenant appui sur ce même angle de mur, quand deux hommes vinrent le relever en disant : « Okay, sambo, ça suffit comme ça. » Son cerveau identifia lentement l'écho d'une cavalcade qui lui résonnait dans la tête : ses deux agresseurs détalaient à toutes jambes par la rue Burgundy. Il avait la pénible impression d'avoir le crâne fendu, mais il constata qu'il ne voyait pas double.

Les deux Blancs qui se tenaient devant lui portaient l'uniforme bleu de la garde municipale de la Nouvelle-Orléans.

— Pas d'insigne, déclara l'un d'eux. Tu as un permis de sortie, sambo ?

— Je m'appelle Benjamin Janvier, dit-il en se redressant.

Il ne se souvenait pas clairement du coup qu'il avait pris sur la tête, mais il se sentit soudain un terrible vertige et, l'instant d'après, la nausée lui souleva le cœur. Les policiers reculèrent d'un pas, mais sans trop s'éloigner, quand il chancela et tomba à genoux devant le caniveau pour vomir dans l'eau boueuse.

D'autres bruits de pas se firent entendre derrière lui.

— Écartez-vous, dit une voix avec un accent allemand. Qu'est-ce que celui-là a à dire pour sa défense ?

— Il va nous dire : « Oh, revoilà mon manger ! » lança un autre.

Il y eut de gros éclats de rire, et l'on obligea Janvier à se relever. Il tremblait, d'humiliation mais aussi de froid ; le choc l'avait glacé jusqu'aux os.

— Je m'appelle Benjamin Janvier, répéta-t-il en fouillant dans la poche de sa veste, avec l'étrange impression que ses mains appartenaient à quelqu'un d'autre. Voici mes papiers.

— Et c'est pour ça que tu traînais à la fête vaudou, hein ? fit le plus petit de l'escouade.

Il était brun et parlait avec l'accent plat et les mots tronqués d'un natif de la Nouvelle-Orléans. Il prit les papiers et les glissa dans la poche de son uniforme, puis saisit Janvier par le bras.

— Allez, on y va, sambo. Je suppose que tu n'as pas la moindre idée de l'identité de ces gars avec qui tu te battais, hein ?

— Non, répondit Janvier en s'arrêtant pour tenter de se dégager d'un geste irrité de la poigne de l'homme.

Mais la tête se mit à lui tourner d'horrible façon, et ce léger mouvement suffit à lui faire remonter la nausée à la gorge. Un peu de vomi avait aspergé son pantalon, et il n'avait qu'une seule envie : rentrer chez lui et s'allonger.

— L'un d'entre eux était dans le square, poursuivit-il, mais...

Les trois autres hommes étaient venus l'encadrer en le voyant se débattre ; ils l'agrippèrent par les bras et le contraignirent au calme d'une secousse brutale qui lui causa un nouveau haut-le-cœur. Furieux, il se retourna, mais interrompit son geste et se contenta de porter une nouvelle fois la main à sa bouche, s'efforçant de respirer à fond et de refouler sa colère.

Son esprit s'éclaircit un peu et il s'aperçut que deux des agents avaient décroché la matraque à leur ceinture, prêts à s'en servir au prochain mouvement de résistance de sa part.

À l'expression de leurs visages, il comprit que cela ne lui apporterait rien de bon de chercher à expliquer ce qui lui était arrivé.

11

— Trouble de l'ordre public, bagarre en pleine rue et ce, le jour du Seigneur, dit le petit officier de police, en posant brutalement les papiers de Janvier sur le bureau du sergent, dans la salle dallée de la permanence du Cabildo.

L'ancien hôtel de ville espagnol faisait face au fleuve, que l'on apercevait derrière la grille qui entourait la tache verte de la place d'Armes et le talus de la Levée. Les derniers rayons du soleil qui se faufilaient entre les piliers de l'arcade étaient d'un jaune blafard à cause du voile de suie permanent que crachaient les vapeurs.

— Pas d'autorisation de sortie et il prétend être libre, mais je vérifierais ces papiers si j'étais vous, sir.

Le sergent de service l'examina avec froideur, et Janvier vit qu'il jaugeait la couleur de sa peau ainsi que ses vêtements grossiers.

— Est-il possible de mander ma mère, la veuve Levesque de la rue Burgundy, monsieur ? demanda Janvier en français, prenant délibérément un ton et un maintien des plus parisiens. Elle se portera garant de ma personne.

Il se sentait le cerveau en compote, l'estomac dans un état pire encore, et la tache humide de vomi sur sa jambe de pantalon déchirée lui semblait emplir toute la pièce de sa pestilence, mais il vit le regard du sergent changer.

— Ou, si l'on ne parvient pas à la trouver, ma sœur, Mlle Dominique Janvier, rue Burgundy également. Ou bien... (il chercha dans sa mémoire les noms des plus riches et plus influents amis de sa mère) ... ou bien, si l'on ne peut les joindre ni l'une ni l'autre, me serait-il possible d'envoyer un message à... à Batiste Rodriges, grossiste en sucre, ou même au docteur Delange ? Mes papiers sont bien en règle, je vous l'assure. C'est un malentendu, tout à fait compréhensible.

Le sergent relut la description dont faisaient mention les papiers, puis les inclina dans la lumière.

— Il est dit ici que tu es un « sambo », dit-il d'un ton maussade et dubitatif.

Il avait employé l'un des termes par lesquels on caractérisait tout individu dont l'un des parents était mulâtre et l'autre noir. Quand Janvier était enfant, les petits quarterons l'insultaient par ce qualificatif, mais en général quand ils étaient suffisamment loin de lui pour ne pas se faire attraper. Sa mère et ses amis usaient, eux, de toute une terminologie nuancée pour distinguer ceux qui n'avaient qu'un seul aïeul blanc de ceux qui en possédaient deux, trois ou quatre.

— Pour moi, t'as plutôt l'air d'un vrai nègre d'Afrique.

Les papiers disaient aussi : « très foncé ». Janvier le savait, car il avait pris le temps de les lire attentivement, bien qu'à contrecœur, furieux d'être obligé de les avoir toujours sur lui. Derrière lui, deux agents poussèrent les portes du poste de police, traînant un Blanc barbu et pansu qui empestait le whisky et le tabac.

— Z'êtes plus maniérés que ces tapettes de Français, bande de fils de putes ! Moi, quand je baisse mon froc, c'est pour chier comme un homme ! Vous savez pas qui je suis ? Nahum Shagrue, frère de sang de la petite vérole et grand pote des crocos du fleuve ! J'ai baisé et scalpé toutes les squaws du haut Missouri et zigouillé plus d'hommes que le choléra ! J'ai écrabouillé des barges, bouffé du grizzly et même des tessons de bouteille !

L'un des gardes qui traînaient sur les bancs fit un geste en direction du prisonnier et dit quelque chose à son voisin ; Janvier saisit le nom de Shaw. Les deux hommes éclatèrent de rire. Le sergent indiqua de la tête la porte en chêne massif qui ouvrait sur la cour intérieure du Cabildo. Les papiers de Janvier restèrent là où ils étaient sur le bureau.

La cour centrale de l'ancien hôtel de ville espagnol, tout en longueur au point de remonter presque au niveau d'Exchange Alley, était pavée de lourdes dalles de granit qui avaient servi de lest aux navires de haute mer, et bordée des deux côtés par des galeries surélevées donnant accès aux cellules. Les gardes conduisirent Janvier vers l'escalier qui menait à la première de ces galeries. En chemin, ils passèrent devant une sorte de gros pilori en bois gris, couvert d'entailles et de taches, et Janvier sentit son estomac se contracter de nouveau en réalisant que c'était là qu'on fouettait les prisonniers.

Non, pensa-t-il, s'efforçant au calme, refusant d'imaginer son propre cou enserré dans ce cercle poli, ses bras et chevilles dans ces anneaux souillés. *Non. Ils ne gardent pas les gens ici indéfiniment. Quelqu'un va prévenir Livia ou Dominique. De toute façon, ils ne feront rien avant de m'avoir entendu.*

Mais le bloc de glace qui lui pesait sur la poitrine ne fondit pas pour autant.

Les murs de plâtre de la cellule avaient dû être blancs du temps de la Déclaration d'Indépendance, et la paille des grabats changée pour la dernière fois à peu près à la même époque — et encore, il n'aurait pas misé gros s'il avait fallu parier là-dessus. Les deux paillasses étaient déjà occupées, l'une par un énorme Noir, gros et gras, aux mains plus grandes encore que celles de Janvier — qu'il employait certainement à autre chose qu'à couvrir une octave et demie au piano —, et l'autre par un mulâtre au visage balafré, qui détailla Janvier avec froideur, puis détourna ses yeux vert-de-gris avec un haussement d'épaules presque imperceptible. Un autre mulâtre, plus âgé, les cheveux grisonnants, et manifestement ivre, tâtonnait dans un coin, cherchant à attraper à temps le seau pour vomir. Trois autres hommes, deux Noirs et un Blanc, étaient assis par terre. Des cafards longs comme le pouce de Janvier couraient en tous sens sur le corps des dormeurs ; il en sortait de partout, des paillasses, du seau, des fissures des murs.

— T'as intérêt à bien vomir dans le seau, Pop, lança le mulâtre couché sur le lit, sinon je te promets de te faire lécher ce qui sera tombé à côté.

Le vieil homme s'affala contre le mur et se mit à pleurer.

— J'ai pas fait exprès, murmura-t-il. J'ai pas fait exprès. Je croyais qui z'étaient à personne, moi, ces vêtements qu'étaient là, accrochés comme ça sur c'te clôture. Je croyais qu'une dame les avait jetés, moi, je jure que…

— « Insolence », qu'on m'a dit à moi. Bon dieu, qu'est-ce que ça veut dire, ça, « insolence » ?

— Vingt-cinq coups de fouet, voilà ce que ça veut dire. C'est trente pour « ivresse *et* insolence ».

Non, pensa Janvier, refoulant la peur panique qui grossissait en lui comme une tumeur. *Pas sans être passé devant un juge. Ça n'arrivera pas.* Il avait les mains moites et il les essuya sur son pantalon sale et déchiré.

Le Blanc cracha. Le mur et le sol devant lui étaient couverts de crachats et de tortillons noirâtres de jus de tabac. Il en émanait une odeur douceâtre et écœurante, qui couvrait presque la pestilence du seau.

De l'autre côté de la porte bardée de fer, atténués du fait de la longueur de la galerie et des dimensions de la cour, s'élevèrent des cris perçants de femmes qui se querellaient. De plus loin encore, leur parvinrent des hurlements provenant des cellules où l'on enfermait les déments :

— Ils ont tous comploté contre moi ! Le roi, le président Jackson, ils ont soudoyé mes parents, mes maîtres d'école et même le maire pour causer ma perte…

Un gardien poussa un juron.

La lumière dans la cour déclinait. D'autres voix se firent entendre, avec un doux froissement d'étoffe et un cliquetis de chaînes : on ramenait les équipes de forçats à qui l'on faisait nettoyer les caniveaux de la ville et réparer les levées du fleuve. Quelqu'un renversa de l'eau dans la cour en allant se laver à la cuvette de la pompe. Il commençait à faire sombre dans la cellule.

Une demi-heure plus tard, on traîna à son tour Nahum Shagrue sur la galerie, la tête basse et un filet de sang frais dégouttant d'une blessure au crâne qu'il n'avait pas à son arrivée. Heureusement, on l'enferma dans une autre cellule.

De la musique s'éleva de la rue Saint-Pierre, sur laquelle donnaient les meurtrières du mur du fond de la cellule ; peu après, un jeune homme arriva sur la galerie avec des bols de bois contenant des haricots et du riz, graveleux et insipides, et une cruche d'eau. Les gardiens revinrent ensuite avec lui pour récupérer les gamelles. L'homme qui avait été « insolent » écrasa un cafard du plat de la main et proféra des malédictions d'ivrogne à l'encontre d'un individu qu'il appelait « ce salaud de Roarke ». Le Blanc continua à ruminer et à cracher, sans se départir de son mutisme bovin. Dehors, il se mit à pleuvoir.

Les cloches de la cathédrale égrenèrent six coups, puis sept. À 8 heures, il faisait nuit noire, et le canon de Congo Square tonna, signalant le couvre-feu aux quelques esclaves restés dehors — mais Janvier se doutait que la pluie avait probablement interrompu la fête depuis longtemps.

Il songea à la femme au tignon orange et noir qu'il avait suivie depuis le square, se demandant où elle habitait et s'il allait devoir retourner là-bas le dimanche d'après pour le découvrir.

Si, toutefois, il ne s'était déjà embarqué sur un bateau, pensa-t-il avec amertume, en calant ses larges épaules contre le plâtre taché du mur et en remontant ses genoux sous son menton. Son voisin se mit à grommeler :

— Fais gaffe à tes pieds, négro.

— Fais gaffe aux tiens, rétorqua Janvier avec lassitude.

Il y avait quand même des avantages à être une armoire à glace d'un mètre quatre-vingt-dix.

Oui, sur un bateau qui le ramènerait à Paris, où il n'aurait plus à craindre d'être traîné de force à ce maudit échafaud dans la cour, et fouetté parce qu'un gratte-papier qui se prenait pour un petit chef le trouvait trop foncé. *Seigneur !* pensa-t-il en posant son front douloureux contre ses poignets. Même s'il ne pouvait exercer la médecine à Paris, même si le gouvernement français taxait tout, des brosses à dents aux domestiques, il ne serait plus obligé de porter en permanence sur lui des papiers certifiant qu'il ne commettait aucune atteinte à la propriété d'un maître en allant et venant à sa guise.

Et Ayasha ? murmura une voix au fond de son cœur.

Eh bien, il choisirait une autre ville que Paris ! Il y avait bien d'autres endroits où aller en France. Des lieux où chaque rue pavée, chaque gargouille, chaque marronnier ne lui souffleraient pas le nom d'Ayasha au passage. Ou bien en Angleterre. Il y avait foule de villes de par le monde…

Il se demanda qui étaient les hommes qui l'avaient attaqué.

Et pourquoi ils l'avaient agressé.

Refoulant la peur panique qui montait en lui à l'idée que peut-être personne ne se déplacerait pour lui, que nul ne viendrait le tirer de ce mauvais pas, il concentra ses réflexions sur ces hommes. L'un de ses agresseurs au moins se trouvait au parc. Probablement les deux. Il était clair qu'ils l'avaient suivi.

Pourquoi ?

Ils n'étaient pas très bien habillés, mais leurs souliers étaient de meilleure facture que ceux que l'on donnait aux esclaves pour l'hiver. Dans la furie de la lutte, il n'avait pas eu le temps de prêter attention à leurs mains ou à un détail vestimentaire qui lui eût permis de deviner la nature de leurs activités.

*T'as pas intérêt à traîner dans les bar*s, lui avait dit le préposé des quais. *Y'a tout un tas de voyous et d'escrocs dans cette ville… Tu te retrouveras à cueillir du coton à Natchez sans avoir eu le temps de dire ouf…*

Vingt-cinq coups de fouet, voilà ce que ça veut dire, « insolence ».

Non. Ça n'arrivera pas.

Pourquoi Livia n'était-elle pas venue ? Et Minou ?

La cloche de la cathédrale sonna 11 heures.

Et si le sergent ne les avait pas prévenues ? Peut-être recevait-il des pots-de-vin pour envoyer les Noirs qui lui tombaient sous la main directement chez Carmen, Ricardo ou Tallbott, ou n'importe quel autre de ces propriétaires d'enclos, de dépôts et de baraquements le long de Banks' Arcade ou des rues Gravier et Baronne ?

Dans cette obscurité fétide où il était assis, cela lui semblait maintenant affreusement probable.

Janvier ferma les yeux, s'efforçant de calmer les battements précipités de son cœur. Le long de la galerie, des voix féminines s'élevèrent de nouveau, se disputant farouchement, et un homme en dessous beugla :

— Vos gueules, bande de garces ! Y'en a qui veulent dormir !

D'autres jurons retentirent, bientôt suivis du bruit d'une bagarre.

C'était folie de revenir ici. Il se demanda pourquoi les autres ne partaient pas, du moins tous ceux qui en avaient les moyens — tous ceux qui étaient encore libres. *Combien de temps durera cette liberté*, songea-t-il, *avec tous ces Américains qui débarquent ici et ne voient dans tout homme foncé de peau qu'une marchandise destinée comme les autres à l'achat et à la vente ?*

Ça ne m'arrivera pas. Je serai relâché demain. Sainte Marie, mère de Dieu, envoyez-moi quelqu'un qui me sortira d'ici...

Abishag Shaw parut à la porte de la cellule peu avant 8 heures du matin.

Janvier avait l'impression de ne pas avoir dormi du tout. Il gardait une mémoire confuse de ces longues heures passées dans les ténèbres. Il y avait eu la peur, par intermittence ; les souvenirs — délibérés — de Paris, d'Ayasha, de chaque œuvre musicale qu'il avait interprétée ; le tout au milieu du répugnant grouillement des cafards, des cavalcades des rats et d'indicibles odeurs. Tard dans la nuit, il avait égrené son chapelet dans sa poche, se rappelant le sermon et le parfum d'encens de la messe du matin à laquelle il avait assisté avant son expédition malheureuse à Congo Square. Les prières familières, le contact du crucifix de fer lui procurèrent un peu de réconfort. À 7 heures, des voix dans la cour vinrent briser sa méditation. Il entendit un homme lire une sentence : « Matthew Priest, pour insolence, vingt-cinq coups de fouet... », puis la lanière déchirer la chair du malheureux, qui poussait des hurlements rauques.

— Toutes mes excuses, maestro, dit Shaw, le conduisant d'un pas vif au bout de la galerie où ils empruntèrent l'escalier de bois pour redescendre dans la cour.

Comme l'autre soir, le lieutenant avait l'air d'un épouvantail. Lorsqu'ils arrivèrent dans la cour pavée, il jeta des coups d'œil circonspects autour de lui comme s'il redoutait une attaque d'Indiens.

— Je suis sur une autre affaire depuis deux jours, et j'arrête pas de courir après les plaintes concernant tous ces esclaves loués comme main-d'œuvre et qui vont loger ailleurs que chez leur maître. Bien sûr, ils font tous ça — tout le secteur autour du Marais est truffé de mansardes et de dortoirs —, mais le cap'taine, il s'est mis tout à coup dans la tête de régler tout ça, si bien que je passe mes journées à questionner des tenanciers louches qui seraient capables de revendre le cercueil de leur propre mère pour se faire quelques sous. Je serais même pas encore revenu à cette heure si j'avais pas appris que vot' maman vous cherche…

— Elle me cherche ?

Ils s'arrêtèrent à côté de la pompe en cuivre prétendument destinée à satisfaire les besoins d'hygiène et de propreté des détenus du Cabildo. Janvier versa un peu d'eau sur la tache qui avait formé une croûte sur la jambe de son pantalon, et l'essuya avec une poignée d'herbe arrachée à un interstice entre deux dalles. Tout son corps n'était que chair douloureuse, et il avait l'impression d'avoir la tête pleine d'une eau sale qui débordait au moindre de ses mouvements en lui causant d'horribles vertiges. Les muscles de ses bras et de son torse semblaient être devenus de bois pendant la nuit. Il avait vérifié ses vêtements en quittant la cellule, mais il ne parvenait pas à se défaire de la conviction qu'ils grouillaient encore de cafards.

— Vot' mère m'a dit qu'on l'avait prévenue que vous aviez des ennuis avec la police, expliqua le lieutenant, tout en surveillant d'un œil la porte de la salle d'interrogatoire. Elle était drôlement agacée… Non, vous en faites pas, y'a pas besoin de retourner là-dedans, je les ai.

Il sortit les papiers de Janvier de la poche de son pardessus et les lui tendit, puis le conduisit à une poterne qui donnait directement sur la rue Saint-Pierre.

— Elle était drôlement agacée, reprit-il, et elle a dit que ce devait forcément être une erreur.

— Mais elle ne voulait pas se déplacer, dit Janvier d'un ton amer.

Il prit ses papiers et vérifia qu'il s'agissait bien des siens avant de les ranger dans sa poche.

— Eh bien, elle a dit qu'elle allait s'assurer que vot' sœur allait venir, dès que son homme aurait pris son petit déjeuner, noué sa cravate et passé la porte... Mais Dieu seul sait combien de temps ça peut prendre. Apparemment c'est le genre de gars qui n'est pas du genre à se priver de petit déjeuner, observa Shaw, crachant dans le caniveau. Mais moi j'ai dit que j'allais y aller à sa place, vu que de toute façon il fallait que je cause avec vous.

Janvier détourna les yeux, refoulant une vague de colère plus terrible encore que toutes celles qui l'avaient submergé cette nuit dans l'obscurité de la cellule.

Pour sûr, Minou ne risquait pas de venir tant que ce gros plein de soupe qui lui servait de protecteur serait chez elle à lui réclamer cajoleries et baisers. Cela pouvait peut-être se comprendre. Il valait mieux qu'il ne sache rien de cette histoire. Il risquait d'imaginer qu'elle fréquentait des Noirs, ou que son frère fréquentait des Noirs.

Mais Livia n'avait aucune excuse.

Après tout ce temps, l'indifférence de sa mère n'aurait pas dû le faire souffrir autant.

Un billet pour Le Havre coûtait 75 dollars. Moins, s'il renonçait au confort d'une cabine et apportait sa propre nourriture. À quoi il fallait encore ajouter 5 dollars pour le train jusqu'à Paris, et 15 autres pour vivre en attendant de trouver un travail. Mais pas à Montmartre. Il ne devait pas rester trop près de ces paisibles faubourgs du nord. Et il s'écoulerait bien des années avant qu'il se sentît le courage de retourner à Notre-Dame. Et encore...

La buvette de café du marché près de la rivière était fréquentée par tous, sans distinction : gros négociants en sucre créoles, femmes de couleur modestes venues vendre leurs produits, débardeurs à la peau noire et luisante comme de l'obsidienne, pilotes de vapeurs, aristocrates métis exilés d'Haïti, vénérables planteurs à barbe blanche accompagnés de leurs petits-fils qui ouvraient de grands yeux, fascinés par le spectacle des flots bruns et verts couverts d'une forêt de mâts, de coques et de cheminées vomissant de la fumée. Des arrimeurs au moins aussi raffinés et distingués que Nahum Shagrue empilaient du bois de charpente sur des radeaux, et déchargeaient des ballots de fourrure, des sacs de chanvre, de tabac et de maïs ; des manouvriers barbus avec le morne accent du Kentucky de Shaw ou des intonations gaéliques dans la voix suaient côte à côte avec les débardeurs noirs pour débarquer les balles de coton et de laine, les caisses de café, de spiritueux et d'épices, entreposées dans les cales de la demi-douzaine de vapeurs amarrés au port. Des Indiens tockos du delta, à la mine maussade et patibulaire, louvoyaient dans leurs pirogues remplies d'huîtres en direction des quais, en s'interpellant les uns les autres dans leur dialecte étrange.

— C'est le dimanche que c'est le pire, observa Shaw, restant debout à boire son café à côté de Janvier, comme s'il ne faisait que s'arrêter entre deux tables pour discuter avec un ami.

Assis devant son gobelet de café et son beignet à la même table qu'il avait occupée avec Hannibal le matin du duel, Janvier prenait conscience, une fois de plus, de l'ironie inhérente à cet accord tacite qui s'instaurait chaque fois entre Blancs et Noirs pour sauver les apparences.

— Et le dimanche du carnaval est le pire de tous, poursuivit le policier. Y'a eu un combat de coqs derrière le cimetière, et je ne vous parle pas des danses vaudou — je suis pas allé voir, remarquez... Mais, dites-moi, qu'est-ce qui vous a pris d'aller là-bas, vous ?

Shaw se décida enfin à recracher sa chique de tabac. Janvier se demandait vraiment comment la chose pouvait encore avoir du goût.

— Je suis sûr que vot' mère, elle se serait fait du mouron si elle avait su où vous étiez, ajouta-t-il.

— Il me semble qu'elle n'a pas même daigné relever ses jupes pour courir à la prison.

— Eh bien… fit Shaw, équilibrant son gobelet de café dans sa grosse main pour gratter sa joue poilue de l'autre. Y'a des gens qui sont comme ça, qui n'acceptent pas l'idée que leur fils se retrouve en taule.

— Elle, elle n'a jamais accepté l'idée d'avoir un fils, rétorqua Janvier d'une voix étonnamment calme. Un fils noir, tout du moins. Pas plus qu'une fille noire, d'ailleurs.

Il but une gorgée de café et fixa son regard droit devant lui, sur les façades de stuc rose, orange et bleu ciel de l'autre côté de la rue, dont les volets s'ouvraient un à un au passage des servantes qui aéraient les literies et secouaient leurs chiffons à poussière sur les galeries. Il perçut la surprise de Shaw sans même avoir besoin de tourner les yeux vers lui.

— J'avais au contraire l'impression que vot' maman était drôlement fière de miss Janvier.

— Oh, mais oui ! répondit Janvier. Dominique a la peau claire et se fait entretenir par un Blanc. C'est à Olympe Janvier que je faisais allusion. Mon autre sœur. Qui, elle, a le même père que moi. C'est elle que je cherchais à Congo Square.

— Ah !

Une femme passa, un panier de callas sur la tête, et s'arrêta en souriant pour offrir l'une de ses petites boules de riz frit au vieux Romulus Valle qui, vêtu de frais et un cabas d'osier au bras, faisait ses courses du matin comme si de rien n'était après avoir passé l'après-midi de la veille à danser sur les incantations envoûtantes de mam'zelle Marie.

— Et vous l'avez trouvée ? finit par demander Shaw après un silence.

— Je l'ai suivie quand elle a quitté le square, jusqu'à la rue Saint-Louis. Mais les deux hommes qui m'ont agressé me suivaient aussi. Je n'arrive toujours pas à comprendre pourquoi. J'avais peut-être une tête à avoir de l'argent sur moi, ou bien ils se sont aperçus que je n'étais pas des leurs.

Il se détourna, évitant pendant un moment de regarder le grand Blanc toujours debout devant lui. Ce léger mouvement tira sur l'un des plis de son pantalon qu'il écrasa aussitôt du plat de la main, étreint de nouveau par la morbide certitude que des représentants de la petite faune du Cabildo avaient trouvé refuge dans ses vêtements. Puis le simple fait d'être là, assis sous les arcades de brique du marché, à ne plus entendre les jurons de ses compagnons de détention ni les cris des déments, lui fit prendre conscience, avec un peu de retard, qu'il y avait quelque chose qu'il avait oublié de dire.

— Merci de m'avoir sorti de là, déclara-t-il, faisant effort sur lui-même pour ne pas marmonner ses mots comme un enfant et pour soutenir le regard de l'homme. Merci de votre... bonté, monsieur.

Shaw secoua la tête, manifestement embarrassé, et fit signe à une pralinière qui se faufilait entre les tables.

— Je raffole de ces petites choses-là, avoua-t-il en choisissant une praline blanche et en rcfusant d'un geste de la main sa monnaie.

Janvier acheta une praline marron et la marchande lui donna en cadeau l'un des petits bouquets d'immortelles qui ornaient le bord de son panier.

— Vous savez, y'a tout un tas de types louches qui traînent en ville, dit Shaw, lorsqu'elle s'éloigna. Mais les gens de Congo Square, ça ne les dérange pas que les Blancs les regardent danser, alors y'a pas de raison pour qu'ils soient gênés par un Noir qu'ils ne connaissent pas et qui se tient tranquille dans son coin. D'autant que c'était pas une vraie danse vaudou, du moins pas comme celles qu'ils font près du lac. Vous avez peut-être parlé à une femme, là-bas ?

— Non, je n'ai parlé à personne. J'aurais peut-être dû.

— Alors, je ne vois vraiment pas pourquoi. Vous vouliez voir miss Olympe pour une raison particulière ?

Janvier hésita d'abord à lui révéler quoi que ce soit, plein de cette vieille méfiance que lui inspiraient les Blancs, tous les Blancs. Puis il hocha la tête et plongea la main dans l'une des poches de sa veste — pas celle où il gardait son chapelet. Le gri-gri était toujours là, enveloppé dans son mouchoir. Il l'en sortit précautionneusement et le déballa à l'abri de sa main pour que les serveurs ne voient pas l'objet.

— Mme Dreuze m'a demandé l'autre jour à l'enterrement d'Angélique de prouver que Mme Trépagier avait
ordonné à sa servante Judith de cacher ceci sous le matelas
de sa fille. Une théorie que vous connaissez déjà, j'en suis
sûr... (Shaw acquiesça en levant les yeux au ciel.) Même si
tout cela n'a plus grande importance pour vous...

Janvier garda les yeux baissés tout en remballant soigneu-
sement dans son mouchoir la petite carcasse d'os et de
peau, afin de dissimuler au lieutenant son regard furieux.

— Je ne crois pas Mme Trépagier responsable de ce gri-
gri, poursuivit-il en parvenant tant bien que mal à maîtriser
sa voix, pas plus que du trépas d'Angélique. Mais ayant
appris que la police avait décidé d'abandonner l'enquête,
je me suis dit que je pouvais au moins essayer de découvrir
qui avait des raisons de vouloir la mort de Mlle Crozat. Au
fait, savez-vous si Mme Trépagier a pu empêcher Mme
Dreuze de revendre les deux esclaves ? Judith et Kessie. À
l'origine, elles lui appartenaient.

C'était une chose qu'il aurait bien voulu savoir, mais la
seule pensée de devoir aller se renseigner auprès des
marchands d'esclaves de la rue Baronne lui faisait froid dans
le dos.

Il espéra que son visage ne trahissait point trop l'effroi
qui lui soulevait le cœur, mais à voir le regard scrutateur
de Shaw, ce ne devait pas être le cas.

— Moralement, oui, déclara lentement le policier. Mais
un mari peut disposer à sa guise des biens de sa femme. Ni
Arnaud Trépagier ni Angélique Crozat n'ont laissé de testament, mais n'empêche qu'il avait légalement fait don de la
cuisinière et de la servante à sa maîtresse. Mme Trépagier
a bien déposé une plainte afin d'essayer de les récupérer,
mais elles ont toutes les deux été vendues au marché français pas plus tard qu'hier matin. Mme Dreuze les a laissées
pour à peu près la moitié de leur valeur, histoire de s'en
débarrasser au plus vite.

Janvier jura en arabe, mais avec le plus grand calme. Il
resta un moment les yeux rivés sur un groupe d'esclaves
qui se dirigeaient vers la Levée sous bonne garde, enchaînés
les uns aux autres par le cou, les hommes comme les
femmes.

Matthew Priest, pour insolence... Il ne parvenait pas à chasser de sa tête la voix du gardien ni le claquement du fouet sur la peau du malheureux.

Tout citoyen de la ville pouvait demander à faire fouetter l'un de ses esclaves dans la cour du Cabildo par le bourreau, moyennant 25 cents par coup.

À l'autre bout de la place d'Armes, il apercevait le haut échafaud de bois du pilori de la ville. Un homme — de couleur, mais plus clair que lui — y était attaché, poignets et chevilles entravés par les planches sales. Une bande de voyous lui crachaient leurs chiques de tabac à la figure, et lui jetaient du crottin de cheval en poussant des hurlements de joie démoniaque qui parvenaient jusqu'à Janvier malgré le tintamarre des quais et les sifflets des vapeurs. Seize ans plus tôt, le pilori était un châtiment qui pouvait être réservé aux Blancs.

Il lui fallait 150 dollars pour retourner à Paris. Avec ses petites économies régulières, il parviendrait probablement à réunir cette somme en trois mois.

Cette pensée le réconforta. Il inspira profondément et expliqua au policier :

— Peu avant mon départ pour Paris, j'ai appris que ma sœur Olympe — à l'époque, Dominique n'avait que 4 ans — était entrée au service d'une femme du nom de Marie Laveau[1], une prêtresse vaudou, et s'initiait auprès d'elle à la magie. (Il glissa le gri-gri dans sa poche et releva les yeux vers Shaw.) C'est pourquoi j'ai pensé qu'elle allait probablement encore aux fêtes des esclaves et que je pourrais la trouver là-bas. Elle aurait sans doute pu me dire qui avait fabriqué ce fétiche. Une chauve-souris desséchée est censée être un gri-gri mortel. Si on avait seulement voulu effrayer Mlle Crozat, on aurait répandu de la poussière rouge ou dessiné une croix avec du sel chez elle, en un lieu où elle n'aurait pas manqué de le voir. Mais on a caché cette chose sous son matelas pour qu'elle dorme dessus

---

(1) Marie Laveau (1794-1881), grande prêtresse vaudou de la Nouvelle-Orléans, a réellement existé. (N.d.T.)

toutes les nuits sans s'en rendre compte — la personne qui a fait ça lui voulait donc vraiment du mal.

Le grand Américain dégingandé lécha les restes de praline collés sur ses doigts osseux tachés d'encre avant de répondre :

— Et vous veut du mal à vous aussi, maintenant. Y'a tout lieu de croire que les gars qui vous sont tombés dessus ont été envoyés par cette personne... Mais comment ils savaient que c'était vous ?

Janvier renifla.

— Tout le monde à la Nouvelle-Orléans a entendu Mme Dreuze me supplier de retrouver l'assassin de sa fille. Et comme personne, à part moi, ne semblait plus vouloir s'intéresser à cette affaire... conclut-il d'un ton allusif.

— Eh ben, y'a du changement dans l'air, déclara Shaw. Depuis ce matin. C'est pour ça que je suis allé vous chercher chez vot' mère.

— Tiens donc, la police a changé d'avis ? fit Janvier, en proie à un nouvel accès de colère. Une femme n'a donc plus besoin d'être blanche pour mériter la protection de la loi ?

— Disons juste que certains gars du conseil municipal voient maintenant les choses d'un œil différent.

Shaw finit son café et posa le gobelet sur la table voisine. Sous l'arc de ses sourcils, ses yeux clairs se fixèrent gravement et pensivement sur Janvier.

— Le cap'taine Trémouille est venu me parler ce matin à ce sujet, et c'est pour ça que je suis allé chez vot' maman et que j'ai ensuite rappliqué dare-dare à la prison quand elle m'a dit que vous étiez là-bas. Apparemment, ils essayent de prouver que c'est vous l'assassin.

12

— Moi ?

Tout ce à quoi Janvier parvenait à penser, c'était à ces hommes à qui il avait parlé après la bataille de Chalmette et qui disaient que la première fois que l'on recevait une balle de mousquet, tout ce que l'on sentait, c'était une sorte de choc brutal, comme un coup de boutoir. On tombait alors à la renverse. Et la douleur venait après.

— Oui, vous.

Peur et incrédulité. De la peur surtout — comme s'il avait fait un pas de trop dans l'obscurité au bord d'une falaise, avant de s'apercevoir avec horreur qu'il n'y avait plus que le vide sous ses pieds.

— Mais... je ne connaissais même pas cette femme.

— Justement, fit Shaw d'une voix douce, c'est ce que le cap'taine Trémouille m'a demandé de vérifier.

— Mais puisque je vous le dis ! Demandez à qui vous voudrez ! Galen Peralta est....

— Personne n'a vu Galen Peralta entrer dans cette pièce, l'interrompit le lieutenant, à part vous, maestro.

Le sol se dérobait sous ses pieds. Il tombait dans le noir. Et la mort l'attendait au fond du gouffre.

Sa mère n'était pas venue à la prison. Sa sœur non plus. Seulement Shaw.

— Le problème du cap'taine Trémouille, poursuivit le policier en roulant des miettes de praline entre ses doigts collants, c'est qu'il a une morte de couleur sur les bras, une placée, et que l'homme sur qui pèsent toutes les présomptions est le fils de l'un des plus riches planteurs de la circonscription. Le cap'taine croit en la justice — ça oui —, mais il tient aussi à garder son poste. Et sa situation s'annonçait bien compromise avec les Peralta et les Bringier, et la demi-douzaine d'autres grandes familles créoles qui se serrent les coudes : ils ont menacé de faire tout un barouf si on se mettait à arrêter des Blancs à cause d'une fille de couleur qui pour eux ne valait pas mieux qu'une autre. C'est pourquoi j'ai passé les deux derniers jours à pourchasser les esclaves qui logent dans les mansardes de Magazine Street au lieu de m'occuper de cette affaire.

— Continuez, dit Janvier d'un air mécontent.

— Eh bien, poursuivit Shaw, hier, Euphrasie Dreuze a décidé elle aussi de jouer la carte des parents et amis — et le fait de n'avoir récupéré qu'un millier de dollars pour deux esclaves de premier choix y est sans doute pour quelque chose. Elle est allée trouver Étienne Crozat, le père de sa fille. Je sais pas ce qu'ils se sont dit, mais toujours est-il que ce matin le cap'taine Trémouille me fait venir de toute urgence à son bureau et m'annonce : « Va falloir résoudre ce meurtre, et vite. Est-ce qu'il n'y aurait pas un homme de couleur comme elle, qui la haïssait au point de vouloir sa mort ? » C'est un homme puissant, Crozat. Il rachète leurs récoltes à la moitié des planteurs du fleuve, et y'a trois membres du conseil municipal qui seront obligés de vivre de leur riz et de leurs haricots s'il leur réclame ses créances ou leur paye 2 *cents* de moins la livre de sucre l'année prochaine.

— *Je ne la connaissais pas*, répéta Janvier.

Les yeux gris le fixèrent sans ciller.

— Parce que vous croyez que ça change quelque chose ?

Janvier revit en un éclair Shaw qui lui tendait ses papiers dans la cour du Cabildo, le faisait discrètement sortir par la poterne. Qui jetait des regards furtifs à la ronde pendant qu'il se lavait à la pompe, comme s'il eût été en territoire indien.

La révélation subite du sort auquel il avait réchappé grâce à Shaw l'inonda comme une vague d'eau glacée.

Et l'Américain l'avait malgré tout libéré.

— Vous, vous me croyez, dit Janvier.

— Eh bien, répondit Shaw, moi je crois seulement qu'il y a de meilleurs candidats pour ce rôle. Tenez, celui qui a graissé la patte aux deux gars d'hier pour qu'ils vous tabassent, par exemple. Mais y'a quand même les déclarations de cette Clémence Drouet, d'après qui vous étiez tellement pressé de voir miss Crozat que c'est tout juste si vous l'avez pas bousculée en chemin, dans le couloir. En outre, vous êtes la dernière personne à avoir vu la fille vivante.

Des cris s'élevèrent à une table non loin de là : Mayerling et ses élèves. Bien qu'il fît grand jour, ils portaient encore les déguisements qu'ils avaient mis la veille pour un bal costumé. Ceux qui avaient des masques les avaient remontés sur leur front, emprisonnant leurs cheveux qui leur retombaient en couronne autour de la tête. Deux jeunes créoles, bruns, arborant la même petite moustache rabougrie, s'étaient à demi levés de leur siège. L'un d'eux était l'Ivanhoé en jaune et bleu qui avait conduit le barouche sur le lieu du duel.

Mayerling éleva la main et effleura la manche bicolore du jeune homme.

— Je vous en conjure, Anatole, mon fils, dit-il de sa voix rauque de gamin. Réglez plutôt la question des manières de Gaston par la discussion ! Ne me privez pas d'un élève. En tout cas, pas tant que je n'aurai pas fini de payer mon épingle de cravate en diamant !

Une cascade de rires accueillit ces paroles, et le dénommé Anatole se rassit promptement, gagné malgré lui par l'hilarité générale.

— Je suis heureux que vous m'en croyiez capable, déclara-t-il en jetant un regard méprisant au jeune homme brun à l'air hautain qui avait provoqué sa colère.

— Si vous n'améliorez pas votre garde, l'élève dont vous me priverez, ce sera vous. Sauf si Gaston continue à négliger son jeu de jambes.

L'arrogant Gaston se rembrunit, puis consentit à rire en voyant son maître hausser un sourcil.

— Vu la façon dont ces morveux se conduisent, on ne croirait pas que le choléra ou la fièvre jaune menacent de les emporter précocement dans la tombe, murmura Shaw. Quand on pense que leurs paternels dépensent des mille et des cents pour les éduquer, les envoyer en Europe, les loger, et qu'eux ne songent qu'à s'entre-tuer pour des histoires de filles… Et en plus, les papas payent cet Allemand pour qu'il leur apprenne comment faire !

— Je vois que Peralta n'est pas avec eux, dit Janvier. Serais-je la dernière personne à l'avoir vu vivant lui aussi ?

Shaw eut une moue qui creusa un sillon dans sa barbe en friche.

— J'ai cherché à voir Galen Peralta, déclara-t-il, sans quitter des yeux le petit groupe à l'autre table — Mayerling faisait maintenant une démonstration des passes de défense italiennes avec un manche à balai. Son papa m'a dit qu'il était parti dans leur maison de campagne, au bayou du Chien Mort. Il doit normalement revenir mardi prochain, et le cap'taine Trémouille dit qu'on peut bien attendre jusquelà pour lui demander où il est allé et ce qu'il a fait après sa petite querelle avec miss Crozat.

— *Mardi prochain ?* répéta Janvier. Vous voulez dire qu'il ne sera pas là demain pour le mardi gras ?

— Je me suis fait la même réflexion.

Shaw sortit une pelote de tabac de sa poche, en préleva quelques petits brins, puis, avisant deux ecclésiastiques qui bavardaient en français devant leurs cafés et leurs beignets à la table voisine, remisa sa chique.

— Mais il en pinçait pour cette fille, poursuivit le lieutenant. Il était même complètement fou d'elle, à ce qu'il paraît. Peut-être qu'il supportait pas de rester en ville, tout simplement.

Janvier baissa les yeux sur ses mains, se rappelant combien la vue de feuilles mortes à la dérive sur les pavés parisiens luisants de pluie ou le grincement d'un volet battant dans le vent lui pénétraient à l'époque le cœur d'une douleur qu'il ne se croyait pas capable de supporter. Il avait empaqueté toutes les robes d'Ayasha, ses souliers et ses bijoux, dans sa malle de cuir mal tanné, et l'avait jetée dans la Seine du haut d'un pont, ne voulant point vendre ses affaires ni les donner à des pauvresses, de peur de croiser au marché une femme vêtue de l'une de ses robes, ce qui rouvrirait en lui la terrible blessure qu'il s'était appliqué à panser de son mieux.

— Le bayou du Chien Mort ? Mais c'est à 40 miles.

Shaw garda le silence. Janvier laissa passer quelques secondes avant d'ajouter :

— Vous voyez, moi je suis revenu dans cette ville — où je ne peux même pas me promener dans la rue sans la permission d'un Blanc — parce que c'est chez moi, ici. Parce que... parce que je n'avais pas d'autre endroit où aller. C'est curieux que Galen soit allé là-bas. Cette propriété au bayou du Chien Mort n'est que l'une des plantations annexes de Peralta. C'est un régisseur qui s'en occupe.

— Comment vous savez ça ?

— C'est ma mère, répondit Janvier. Ma mère est au courant de tout. Ce que je veux dire, c'est que le véritable foyer de Galen, c'est la plantation d'Alhambra, près du lac.

— Vous êtes sûr ? fit Shaw d'un ton qui n'exprimait ni surprise particulière ni grand intérêt.

Mais Janvier commençait à comprendre que pour un homme qui feignait l'indifférence en toute chose, le lieutenant s'était malgré tout donné bien du mal ce matin pour le faire sortir de sa cellule ; alors que ses supérieurs auraient pu vouloir prolonger la détention du prisonnier, même sans avoir de preuves contre lui.

— Il a peut-être ses raisons, continua Shaw au bout d'un moment. Je ne sais pas quelles relations vous aviez avec vot' papa, mais personnellement, si je venais juste de perdre une bonne amie à qui je tenais — et à cet âge, même les amourettes les plus sottes comptent beaucoup —, je préférerais mettre entre moi et le mien plus que les deux heures de cheval qu'il faut pour aller au bayou Saint-John.

Connaissant Galen et son père, c'était une explication plausible, songea Janvier, même si le jeune homme avait tué sa bien-aimée. Soudain, il se rappela qu'Angélique avait du sang sous les ongles. *Mais oui, elle a dû lui griffer le visage !* se dit-il. Et il sentit les battements de son cœur s'accélérer.

— Et en attendant, déclara Janvier, il faut que vous résolviez ce meurtre le plus vite possible, n'est-ce pas ? Avant mardi prochain, je suppose ?

— J'ai l'impression que c'est ce qu'ils voudraient. Mais bon, ils n'ont aucune preuve contre vous, à part le fait que vous êtes le dernier à avoir vu miss Crozat vivante. Et que vous avez quitté votre piano exprès pour vous entretenir seul avec elle. Une demi-douzaine de gens vous ont vu la chercher.

— J'ai dû m'absenter de la salle de bal pendant environ... quoi ? Cinq minutes ?

— Personne ne vous a vu quitter la salle. J'ai bien veillé à leur poser la question à tous.

Dès leur conversation dans le petit salon, il faisait donc déjà figure de suspect...

— Évidemment que personne ne m'a vu quitter la salle, rétorqua Janvier. Tout le monde regardait Granger et Bouille se ridiculiser l'un l'autre ! Mais Hannibal Sefton, lui, m'a vu partir et m'a même parlé quand je suis revenu. C'est le violoniste.

— Ce Blanc qui tousse tout le temps ?

Janvier hocha la tête.

— Il habite dans une mansarde au-dessus de la place Maggie Dix, rue Perdidio. C'est le meilleur violoniste que j'aie jamais entendu, ici, à Paris ou ailleurs, mais il est tuberculeux et se bourre d'opium, si bien qu'il ne peut pas donner de cours ni vraiment gagner sa vie.

— Il était complètement ivre quand je l'ai interrogé... Moi, je ne dis pas qu'un homme est pas capable de se rendre compte de l'heure quand il est dans cet état-là, mais son témoignage ne tiendra pas devant un tribunal, si toutefois ça doit aller jusque-là.

Des éclats de rire s'élevèrent à la table de Mayerling, où le maître d'armes venait de désarmer l'un de ses belliqueux élèves avec une cuillère. Janvier se rappela qu'Arnaud Trépagier, lui aussi, prenait des cours d'escrime avec Augustus Mayerling.

Il se tourna dans sa chaise, faisant bien face à l'Américain pour la première fois depuis le début de leur entretien.

— Je suis heureux de vous entendre employer le mot « si ».

— Je compte bien l'employer aussi longtemps que je pourrai, répondit gentiment Shaw. Toute cette histoire sent le roussi, et bien plus encore depuis que quelqu'un a essayé de s'en prendre à vous. Y'a quinze ans, je vous aurais dit : vous en faites pas, y'a aucune preuve contre vous, et en plus vous connaissiez même pas cette femme. Quinze ans plus tôt, j'aurais peut-être bien dit : vous inquiétez pas, ils feront pendre personne, libre ou pas libre, à cause de la mort d'une fille de couleur. Mais voilà la vérité, maestro : aujourd'hui, je sais vraiment pas quoi vous dire.

— Eh bien, fit Janvier, moi je sais quoi vous dire. (Il lui tendit la main.) Merci.

Shaw hésita un instant avant de la lui serrer, puis se décida. Sa main était large et calleuse ; on devinait qu'elle avait longtemps tenu un manche de cognée ou des bras de charrue.

— C'est mon boulot, déclara simplement le lieutenant. Et ce sera aussi mon boulot de vous arrêter si je trouve pas quelqu'un d'autre. Cette personne, qui vous a confié un message pour miss Crozat, vous ne voulez pas me dire qui c'est ?

Janvier hésita avant de répondre :

— Non, pas encore.

Mme Trépagier vint l'accueillir. Même à quelques mètres de distance, alors qu'elle émergeait des ombres bleues de la maison, il remarqua tout de suite les cernes de fatigue qui creusaient son visage pâle.

— Je tenais à vous remercier de votre lettre, dit-elle en lui tendant sa main gantée de mitaines noires pour un très bref contact, respectueux des plus strictes convenances. C'était très aimable à vous.

— Mais cela ne vous a pas été d'un grand secours, constata Janvier d'un ton amer.

— Vous n'y êtes pour rien. Au moins, je savais à quoi m'en tenir.

Elle serra de nouveau les lèvres, refoulant sa colère, en jeune dame créole bien élevée à qui l'on avait appris à ne point manifester ouvertement ses émotions.

— Sachant qu'en général les filles ressemblent à leurs mères, je me demande bien pourquoi j'ai été surprise.

— Oui, la ressemblance est frappante, dit Janvier.

Les traits de Mme Trépagier se détendirent un peu et elle laissa fuser un petit rire.

— Et maintenant je suppose qu'il ne me reste plus qu'à endurer... l'humiliation de voir mes bijoux et mes robes, que ma mère et ma grand-mère ont portés avant moi, sur le dos de toutes les petites poules créoles et...

Elle se retint juste à temps de prononcer les mots qui allaient lui jaillir des lèvres, et termina sa phrase par « bonnes femmes américaines ». Mais Janvier savait pertinemment qu'elle avait eu originellement l'intention de dire : « petites poules créoles et traînées de couleur... »

Elle se hâta de poursuivre :

— Et bien évidemment, tante Picard va s'imaginer que c'est moi qui les ai vendus, et elle va vouloir les racheter.

Forcément, pensa Janvier. Elle n'avait jamais parlé à sa famille des cadeaux que son mari faisait à sa maîtresse. Elle avait bien trop de fierté.

Fierté qui ressurgissait maintenant dans sa façon de secouer la tête d'un air agacé, comme si cette histoire était tout au plus ennuyeuse, mais rien d'autre, et dans le sourire chaleureux avec lequel elle détourna la conversation de ses propres soucis :

— En quoi puis-je vous aider, monsieur Janvier ? Mais asseyez-vous, je vous en prie.

Elle s'installa dans l'une des chaises en osier ; Janvier prit l'autre. En contrebas, dans le potager, le vieil esclave était encore là à sarcler le carré de pois, s'activant avec des gestes plus lents que jamais derrière le voile vert pâle et velouté des feuilles.

— J'ai deux choses à vous demander, déclara Janvier. En premier lieu, j'aimerais avoir votre permission de dire à la police que le message que je devais délivrer à Mlle Crozat venait de vous.

La méfiance envahit les grands yeux bruns de Madeleine Trépagier. La méfiance et la peur. Elle ne dit rien, mais la raideur de son dos et le frémissement de ses mains posées sur ses genoux avaient valeur d'un « non » catégorique.

Lentement, il entreprit de s'expliquer :

— Je suis la dernière personne à avoir vu Mlle Crozat vivante, madame. Parce que je l'ai rencontrée en privé, afin de lui transmettre votre message. Et aujourd'hui, j'apprends que certaines personnes cherchent à prouver que c'est moi qui ai commis ce meurtre.

— Oh, mon Dieu ! Je... je suis désolée.

Dans les yeux écarquillés de Madeleine se lisaient le trouble, l'horreur. Son regard traqué illustrait parfaitement le sens de l'expression « se retrouver dos au mur », mais semblait aussi receler des arrière-pensées énigmatiques.

— De toute façon, je n'ai aucune idée de ce que vous comptiez lui dire lors de cette rencontre, et comme Mlle Crozat est décédée et les bijoux envolés, vous pourrez raconter à la police ce qu'il vous plaira, si jamais ils viennent vous interroger à ce sujet. Mais il faut bien que je leur dise quelque chose.

Elle garda le silence pendant un long moment, les lèvres pâles et figées, les yeux perdus dans des abîmes de réflexion, comme un joueur de cartes alignant mentalement ses suites pour le prochain coup. Puis elle releva la tête et, d'une voix un peu étranglée, déclara :

— Oui, oui, bien sûr... Je vous remercie de... d'être d'abord venu me demander la permission.

Et surtout d'être venu vous avertir, pensa Janvier. *Mais de quoi a-t-elle peur ?*

— Votre famille se montrerait-elle vraiment sévère à votre égard si elle apprenait que vous avez essayé de rencontrer Mlle Crozat ? Je sais qu'une femme décente n'adresse pas la parole à une placée, mais étant donné les circonstances...

Elle détourna vivement la tête, mais pas assez vite pour dérober à la vue de Janvier la fureur et le dégoût que trahissaient ses narines frémissantes et ses pommettes enflammées, comme si on l'avait giflée.

— Excusez-moi, dit-il. Cela ne me regarde pas.

Elle secoua la tête.

— Non, ce n'est pas le problème. C'est... c'est juste que pour bénéficier de la protection de votre famille, il est un certain prix à payer quand vous êtes une femme. Et si vous refusez de le payer...

Elle s'interrompit, et le silence qui régnait sur cette plantation si pauvre en main-d'œuvre s'installa de façon pesante. Janvier prit soudain conscience de ce qui manquait ici, de ce que ses oreilles n'avaient cessé de guetter depuis le début : les cris des enfants jouant autour des cases par-delà les arbres, les tintements métalliques en provenance de la forge.

Elle se retourna vers lui, avec ce petit haussement d'épaules raide que possédait déjà l'enfant à qui il enseignait le piano.

— Je n'exagérais pas quand je disais que je devais absolument récupérer mes bijoux auprès d'Angélique Crozat. Il le faut vraiment. Deux de nos champs de canne à sucre en sont à leur quatrième récolte. Il faut absolument les replanter, et je n'ai pas assez d'argent ni pour louer ni pour acheter la main-d'œuvre nécessaire. Arnaud a vendu trois de nos ouvriers agricoles en octobre. Pour payer le bal de Noël, disait-il, mais je crois qu'une partie de cet argent a servi à acheter des cadeaux à cette femme et à sa mère, parce qu'il redoutait que Mlle Crozat allât chercher protection ailleurs. Il a ensuite mis en gage trois autres de nos esclaves afin de pouvoir louer des bras supplémentaires pour la récolte de sucre. Cela, je ne l'ai appris que mardi dernier seulement. J'ai donc écrit à cette femme — comme je l'avais déjà fait auparavant —, mais elle ne m'a pas plus répondu que les autres fois.

Janvier se rappelait cet automne, à Bellefleur, où la pneumonie avait emporté trois hommes. Faute d'argent, le maître n'avait pas pu les remplacer pour la moisson, si bien que tous avaient dû supporter un énorme surcroît de travail. Il n'avait alors que 7 ans, mais on l'avait envoyé aux champs avec les hommes. Il gardait encore, enfoui au plus profond de sa mémoire, le souvenir de cette terrible fatigue physique qui l'avait terrassé au premier soir sur le chemin du retour. Un homme avait dû le porter. Et il était tombé malade — très malade — juste après la fin de la moisson.

— Ne pouvez-vous pas faire patienter votre créditeur encore un peu, le temps de replanter vos champs ?

— Je suis en train de voir ce que je peux faire, dit-elle du ton faussement assuré d'une personne qui prétend pouvoir soulever un fardeau trop lourd pour elle. Mais bien évidemment, tout le monde plante à cette période-ci de l'année. Et pour aggraver les choses, voilà que Sally, ma servante, a disparu. Elle a probablement eu peur que je l'envoie aux champs avec les autres, ce que j'aurais sans doute fait. Oh, mais je m'excuse ! s'exclama-t-elle, toutes ces histoires ne vous concernent pas. Bien entendu, vous pouvez dire à la police que ce message venait de moi, mais je... Ne serait-ce pas trop vous demander que de ne pas leur révéler où et quand je vous ai confié cette commission ? Vous pourriez par exemple leur expliquer que je... que vous étiez mon professeur autrefois... et que je savais que vous iriez au bal du Ruban Bleu...

— Certainement, dit Janvier.

— D'autant que je ne suis pas restée longtemps. Je ne suis même pas montée à la salle de bal, et je n'ai rencontré personne, parlé à personne, débita-t-elle d'un trait. Quelle... quelle sottise de ma part d'avoir voulu aller là-bas, et je vous serai éternellement reconnaissante de m'avoir préservée des... des fâcheuses conséquences que cela aurait pu avoir. Merci. Merci infiniment, répéta-t-elle, sans oser croiser son regard. Vous disiez que vous aviez deux choses à me demander ?

— Madame Madeleine ?

Les hautes portes-fenêtres s'ouvrirent sur Louis, le vieux majordome. Janvier put ainsi apercevoir l'intérieur du salon, une pièce de taille moyenne meublée avec une exquise simplicité, aux murs jaune jonquille, pourvue d'une cheminée au manteau de pin clair. Les portes donnant sur la galerie de l'avant étaient ouvertes, et un homme attendait à l'entrée. Malgré sa mise de gentleman, redingote à basques vert cendré et pantalons gris perle, toute sa personne trahissait l'Américain. Ce visage carré, ces cheveux roux et ces lèvres charnues encadrées par une barbe cuivrée n'étaient pas ceux d'un créole. Ses yeux — ou plutôt la manière dont il les braquait autour de lui, inclinant la tête pour estimer la valeur des modestes rideaux ou de l'antique pianoforte de six octaves — n'étaient pas ceux d'un créole non plus.

Aucun créole, du plus noble aristocrate au plus humble commerçant, n'aurait ainsi tourné le buste dans l'embrasure de la porte pour expédier un crachat noirâtre sur le plancher de la galerie extérieure.

— M. McGinty est arrivé, madame, pour la question des trois hommes en gage.

Mme Trépagier eut une hésitation, l'inquiétude le disputant à son devoir de politesse vis-à-vis de Janvier ; il prit alors son haut-de-forme en poil de castor accroché à la rambarde de la galerie et dit :

— Je vais aller à la cuisine en attendant, si vous le voulez bien, madame. Car il y a en effet autre chose que je désire vous demander, si vous avez encore un peu de temps à m'accorder.

— Merci.

Il songea que s'il lui posait la main sur le bras, il la sentirait trembler de tout son corps. Mais lorsqu'elle se tourna vers la maison et croisa le regard de ce McGinty par la porte ouverte, Janvier constata que le visage de Mme Trépagier ne laissait rien transparaître et arborait cette expression dure et amère qu'il lui avait vue le soir du bal des quarterons.

— Ce McGinty pourrait au moins avoir la décence de ne pas venir l'embêter avec les dettes de missié Arnaud avant la fin des plantations, bougonna Louis tout en le précédant dans l'escalier, puis sur le pavage de brique qui recouvrait le sol sous la galerie à l'arrière de la maison.

Bien qu'on fût en hiver, les briques étaient vertes de mousse. Ce devait être le seul endroit frais pendant la canicule estivale. Derrière eux, les volets de la salle à manger du rez-de-chaussée étaient clos. Le maître de céans étant décédé depuis peu et son épouse contrainte de porter le deuil, les réjouissances et dîners devaient être rares.

— Et surtout en ce moment, poursuivait le majordome. C'est à croire qu'un malheur n'arrive jamais seul. Avec la Sally qui s'est sauvée, nous autres on a encore plus de travail sur les bras, et pourtant c'était pas ce qu'on pouvait trouver de mieux comme servante.

Janvier se rappela le petit minois maussade de l'esclave qui était passée devant lui trois jours plus tôt sur la galerie, son corps mince comme une liane, sa démarche traînante. Cette fille devait être pleine de ressentiment, songea-t-il.

Ressentiment inexprimé, mais essentiellement dû au fait qu'on pouvait la vendre, la louer ou la donner à quelqu'un d'autre, comme cela était arrivé à celle qui l'avait précédée.

Et naturellement, Louis, en tant que majordome, devait être chargé de surveiller les servantes et leur travail.

— C'est elle qui a pris la suite de Judith, n'est-ce pas ? s'enquit Janvier.

— Hum, fit le majordome. On aurait eu trois Sally qu'elles auraient même pas été capables d'abattre le boulot de Judith. Cette Sally, elle était toujours à se plaindre et à faire des tas d'histoires, et le plus souvent, c'était moi qui devais terminer à sa place.

Le majordome parlait bien français, mais quand il n'était plus en présence de Blancs, sa langue avait tendance à adopter une syntaxe plus relâchée et les expressions plus familières du gombo[1].

— Avant, quand elle s'occupait que de coudre ou de laver du linge, elle nous cassait les oreilles avec ses jérémiades : le travail était toujours trop dur, et Ursula essayait soi-disant de lui faire faire plus que sa part... Mais à partir du jour où elle a dû remplacer Judith, voilà qu'elle s'est mise à dire que la couture et la blanchisserie, c'était ce qu'elle savait faire de mieux, et que ce nouveau boulot, c'était vraiment pas son truc ! Elle était voleuse, aussi. Elle chipait des mouchoirs, des bas ou des pendants d'oreilles, comme si ça suffisait déjà pas à madame Madeleine de se faire voler par l'autre garce.

Ils passèrent entre les carrés de terre retournée et les guirlandes de verdure du jardin potager et rejoignirent le bâtiment aux murs de brique chaulés qui abritait les communs. Sous la galerie de l'étage, les volets de la cuisine étaient grands ouverts, répandant dans l'air doux de l'après-midi la chaleur des fourneaux et le fumet pénétrant des haricots rouges en train de cuire, qui supplantait jusqu'à la forte odeur émanant de l'herbe humide. Draps, jupons, bas, nappes et serviettes de table flottaient et ondulaient au vent sur les cordes à linge tendues entre les saules qui ombra-

---

(1) Parler créole de la Louisiane. (N.d.T.)

geaient l'arrière du bâtiment. Deux petites vieilles toutes racornies étaient assises à une table sous la galerie, vaquant à leurs tâches respectives : l'une farcissait un poulet, et l'autre coupait en lamelles un tas de courges, d'oignons et de pommes vertes.

— Claire, va chercher du thé et des beignets pour le Blanc qui est à la maison, et apporte de la limonade à missié Janvier ici présent, dit Louis. Mets-nous aussi un ou deux beignets de côté pendant que tu y es. C'est encore ce fichu McGinty, leur apprit-il, tandis que la plus vieille et la plus courbée des deux femmes se levait avec une surprenante vivacité pour aller à la cuisine mettre la bouilloire à chauffer.

— Albert a emmené madame Madeleine en ville samedi dernier pour voir McGinty, mais ils ont fait la route pour rien, parce qu'il n'était pas là, dit l'autre femme, dont les jupes retroussées étaient pleines de taches humides fleurant bon le savon. Et tu sais que madame Alicia — la tante de madame Madeleine, ajouta-t-elle à l'intention de Janvier — ne veut même pas traiter avec lui pour la tirer d'affaire, parce que c'est un Américain ; s'il y a bien une chose qui me dépasse, c'est que missié Arnaud soit allé trouver un courtier américain au lieu de s'adresser directement à un bon Français.

— C'est parce qu'ils jouaient au poker ensemble, expliqua Claire qui revenait des cuisines les mains chargées d'un plateau en papier mâché joliment peint.

Deux tasses avec leurs soucoupes, une théière, un pot d'eau bouillante et une assiette de petits gâteaux étaient disposés avec le soin d'une composition florale sur la surface rouge sombre et polie du plateau.

— Et aussi parce qu'il lui avançait bien plus d'argent qu'un Français ne l'aurait fait, poursuivit-elle, quand missié Arnaud s'est mis à vendre tout ce qu'il pouvait pour que cette traînée n'aille pas fricoter avec d'autres que lui.

Sur le plateau à thé, il y avait aussi un gobelet de limonade en céramique de couleur vive. La vieille cuisinière le déposa sur la table, puis tendit le plateau à Louis qui repartit avec, traversant de nouveau le pavage de brique

pour gravir la volée de marches qui menait à la galerie de
l'arrière de la maison.

— Je peux peut-être vous aider ? proposa Janvier en désignant du menton les légumes amoncelés au bout de la
table. Je dois encore discuter d'une chose ou deux avec
Mme Trépagier quand elle en aura fini avec ce monsieur
McGinty, et j'ai horreur de rester assis à rien faire quand
vous autres, les dames, travaillez.

Sa mère aurait été scandalisée de sa proposition et l'aurait
entraîné s'asseoir à bonne distance sous les arbres plutôt
que de le laisser bavarder avec des négresses, mais il lui
avait traversé l'esprit que ces deux vieilles femmes devaient
savoir bien plus de choses que Mme Trépagier sur les
diverses amours d'Angélique.

Son offre de les aider agit comme un charme. Littéralement comme un charme, songea Janvier en s'asseyant
devant le bol bleu en porcelaine de Chine que Claire poussa
vers lui pour qu'il écosse les petits pois : s'il était allé se
procurer un gri-gri chez une sorcière vaudou pour délier la
langue de la cuisinière, il n'eût pas obtenu de meilleurs
résultats.

— Dès la minute où elle a rencontré missié Arnaud, elle
s'est mise à lui faire du plat et des caprices, à roucouler et
à minauder. Mais le pauvre homme n'était sans doute pas
le seul qu'elle s'amusait à aguicher comme ça.

Bien que noueuses et déformées par l'arthrite, les mains
de la vieille cuisinière n'avaient rien perdu de leur dexté-
rité : tout en parlant, elle éminçait et hachait le poivre et
les oignons, formant de petits tas bien nets de fines
lamelles.

— Lui-même ne savait jamais à quoi s'en tenir avec elle,
poursuivit-elle, si bien que personne dans l'entourage de
missié Arnaud ne savait non plus si c'était du lard ou du
cochon. Elle aimait bien ce genre de petit jeu.

— Il connaissait Angélique depuis longtemps ?

— Cinq ans, répondit la cuisinière. Avant, il était avec
une autre fille, Fleur qu'elle s'appelait. Une superbe fille
d'ailleurs, une vraie beauté comme Angélique, et qui lui
ressemblait d'ailleurs un peu : elle avait la même taille et
était aussi bien faite qu'elle. Mais quand il a vu Angélique,

c'est comme si la foudre lui était tombée dessus. Pendant toute une année, il l'a suivie partout. Il n'arrêtait pas de discuter avec la mère, ignorant complètement madame Madeleine comme mam'zelle Fleur. Mais cette Angélique jouait avec lui, tout sucre tout miel un jour, harpie le lendemain ; jurant qu'elle allait se jeter dans le fleuve à cause de lui, puis se laissant approcher par d'autres Blancs... pour redevenir toute gentille et toute douce comme un chaton après, à lui demander une paire de boucles d'oreilles ou une broche, comme preuves d'amour. Elle le provoquait en dansant avec d'autres hommes au bal, puis l'incitait à se battre avec eux pour elle. Il lui flanquait bien quelques paires de claques de temps en temps, mais elle savait bien tirer parti de ça aussi.

Janvier se rappela le ton moqueur d'Angélique, et cette façon qu'elle avait eue de se déhancher devant le jeune Peralta tout en lui jetant des insultes à la figure. Cette joue tendue, invitant à la gifle, gifle dont elle savait ensuite user comme d'une arme. Il se rappelait l'œillade insolente, provocante, qu'elle avait lancée à Galen en partant au bras d'un autre cavalier au moment de la valse.

— Et qu'est devenue mademoiselle Fleur ? s'enquit Janvier.

Claire jeta un regard interrogateur à Ursula la blanchisseuse qui, pendant la conversation, était allée et venue en silence. Ayant rapporté l'eau qui bouillait sur le fourneau de la cuisine, elle s'apprêtait à y retourner pour préparer une fournée de biscuits.

— Elle est morte de la fièvre, en 28, je crois, dit Ursula.

— Oui, c'était en 28, confirma la cuisinière. Bref, missié Arnaud a donc écarté mam'zelle Fleur de sa vie, en lui laissant quand même une petite maison, et il a installé Angélique dans une autre. Deux maisons différentes, qu'il a dû acheter. Ça, la maman de mam'zelle Fleur y a veillé. Mais bien sûr, Angélique exigeait que la nouvelle maison soit bien plus belle, bien plus luxueuse que l'autre. Y'en a qui disent que mam'zelle Fleur est en réalité morte de honte ou de chagrin, qu'elle s'est laissée dépérir, comme les dames créoles le font parfois, mais croyez-moi, missié Janvier, la fièvre est toujours là, à guetter sa proie.

Avec un hochement de tête emphatique, elle fit glisser tous les légumes qu'elle avait émincés dans un plat de porcelaine.

Janvier plongea la main dans sa poche et déroula le mouchoir qui enveloppait le gri-gri.

— Est-ce que par hasard tu ne saurais pas qui aurait pu être capable de mettre cet objet sous le matelas d'Angélique pour de l'argent ?

La femme se signa et lui tourna le dos pour finir de coudre la peau du poulet.

— Tout le monde ici en serait capable, déclara-t-elle simplement.

— Sally, peut-être ? suggéra-t-il, songeant depuis tout à l'heure que la fuite de l'esclave n'était peut-être pas qu'une simple coïncidence.

La cuisinière réfléchit quelques instants, puis secoua la tête.

— Trop paresseuse, dit-elle. Trop occupée par son « ami gentleman » pour penser à autre chose qu'à toutes les babioles, boucles d'oreilles et bouts de calicot qu'il allait lui offrir. Moi, ça m'étonne pas vraiment qu'elle se soit sauvée. On n'est pas très loin de la ville ici ; elle aura certainement fait le trajet à pied, du moins jusqu'à ces maisons neuves américaines sur ce qui était autrefois Marigny Land et, de là, elle pouvait prendre le tramway. Non, Judith, ça serait plus probable. Elle détestait Angélique bien avant que missié Arnaud l'envoie auprès d'elle comme servante.

— Cette Angélique, c'était le diable en personne, intervint Ursula qui revenait en s'essuyant les mains. Souvent, Judith se sauvait de chez elle et revenait aux Saules avec des marques de fouet dans le dos, et elle pleurait, la tête sur les genoux de madame Madeleine, ici, aux communs, où missié Arnaud risquait pas de les voir. Une fois, il les a surprises et il les a battues toutes les deux.

La vieille femme s'assit en jetant un regard entendu à son amie encore plus âgée qu'elle. Mêmes visages sillonnés de rides et mêmes tignons blancs élimés. Trop vieilles pour les travaux des champs, même en cette période de pénurie de main-d'œuvre. Un inventaire les eût enregistrées dans la colonne « sans valeur ».

— Ça faisait treize ans qu'ils étaient mariés, poursuivit lentement Ursula. Treize années… Missié Philippe, il avait 10 ans quand il est mort de la grande fièvre jaune, l'été dernier. Sa petite sœur, elle en avait 6. Madame Madeleine, elle s'en est pas remise quand ça a été le tour de mam'zelle Alexandrine. Ils n'avaient que deux enfants. Et puis, à partir du moment où missié Arnaud s'est mis avec Angélique, il n'était plus question pour elle d'en avoir d'autres.

— Ça remonte même à bien plus loin, déclara Claire dont les petits yeux noirs étincelaient de colère. Tu es aussi bien placée que moi pour le savoir, Ursula ! Combien de fois ai-je dû panser ses plaies ? Et toi, combien de draps, de chemises et de jupons tachés de sang as-tu lavés ?

Elle tourna vers Janvier son visage édenté, semblable à l'écorce noire et ravinée d'un chêne.

— C'est seulement allé de mal en pis quand il s'est mis avec Angélique, et ça a été pire encore après la mort des enfants ; il la battait comme plâtre chaque fois qu'il revenait d'une soirée arrosée. Pas étonnant si la pauvre femme avait en permanence ce regard de bête traquée. Pas étonnant qu'elle n'ait pas versé la moindre larme quand le choléra l'a emporté à son tour. Pas étonnant qu'elle ait éconduit les cousins Trépagier qui sont venus la demander en mariage — histoire de garder la propriété au sein de la famille. Ils se sont tous précipités à peine les funérailles terminées. Je les connais, les créoles, quand y'a une terre à prendre !

— Et les Trépagier lui ont pas rendu la vie facile après qu'elle leur a dit non, ajouta Ursula d'un air mécontent. Et elle risque d'avoir encore des problèmes avec eux, ou avec Mme Alicia Picard, si jamais ils apprennent qu'elle essaye de se procurer de l'argent autrement pour continuer à faire tourner la plantation, au lieu d'épouser un gars de leur famille comme eux ils voudraient.

— Autrement, mais comment ? s'enquit Janvier avec curiosité. Et je croyais que le fils de la tante Picard était déjà marié.

— Comment, je ne sais pas, répondit la vieille blanchisseuse en se levant pour se diriger vers le réduit de brique à ciel ouvert qui partageait une cheminée avec les cuisines.

Mais pour s'esquiver en douce comme elle l'a fait mardi dernier en fin de journée, je ne vois pas d'autre raison. Elle a pris la voiture pour aller en ville et s'est fait déposer par Albert place d'Armes au lieu d'aller chez sa tante Picard. Elle est rentrée dans un fiacre de louage, toutes lumières éteintes comme si elle ne voulait réveiller personne. Elle s'est faufilée à l'intérieur de la maison par la seule porte dont les volets n'avaient pas été fermés, à presque 11 heures du soir.

13

— Pourquoi êtes-vous restée au bal ?

— Je…

Les mains de Mme Trépagier tressaillirent et elle se passa la langue sur les lèvres. L'ombre de la galerie accentuait sa mine défaite, son air abattu, et Janvier regretta de lui avoir posé la question, d'être obligé de la lui poser.

Mais si la police citait le nom de Benjamin Janvier en laissant entendre qu'il se balancerait bientôt au bout d'une corde, il n'avait pas vraiment le choix. D'ailleurs, elle reprit bien vite ses esprits :

— Qu'est-ce qui vous fait croire que… que je suis restée là-bas ?

— Trois personnes, selon les notes de la police, disent avoir vu une princesse mohican à la Salle d'Orléans, à l'étage, et tard dans la soirée, en tout cas bien plus tard que l'heure à laquelle vous m'avez affirmé être partie.

Inutile d'attirer des ennuis à Claire et Ursula. En fait, les deux personnes qui l'avaient vue dans le hall du haut ne se souvenaient pas du tout de l'heure, et la troisième l'avait remarquée dans la salle pendant la première valse.

— Vendredi dernier, vous m'avez déclaré être rentrée chez vous vers 8 heures et demie mardi soir, ce qui laissait croire que vous étiez partie juste après notre conversation dans le petit bureau. Mais vous m'avez aussi parlé de la robe blanche que portait Angélique et de son collier de perles et d'émeraudes. Vous êtes donc restée assez longtemps pour la voir.

Pas un muscle du visage de Madeleine Trépagier ne bougea, mais sa respiration se précipita et ses long cils s'abaissèrent, voilant son regard. Elle ne disait mot, et il songea que le silence avait dû être la seule défense qu'elle pouvait opposer à son mari.

— C'était un homme ? s'enquit-il.

Elle tressaillit, le visage tordu d'une grimace écœurée, par trop soudaine et trop vive pour ne pas être sincère.

— Non, murmura-t-elle d'une voix néanmoins glaciale et parfaitement assurée. Ce n'était pas un homme.

Janvier eut honte de lui.

— Donc, vous étiez bien dans le bâtiment ?

Elle prit une grande inspiration, comme pour dominer une nausée soudaine, et releva les yeux vers lui. Il y avait comme un écran opaque dans son regard, une sorte de méfiance. Comme à son habitude, elle choisit avec soin ses mots pour lui répondre.

— La raison pour laquelle je suis restée est sans rapport aucun avec le décès d'Angélique. Sans rapport aucun avec elle.

Tous les hommes riches et influents de la ville avaient assisté à ce bal. Et leurs épouses se trouvaient dans l'autre salle.

Suite à leur discussion dans le petit bureau, Mme Trépagier avait pourtant toutes les raisons d'espérer qu'Angélique accepterait de la rencontrer chez la mère de Janvier, de l'écouter… Espoir tempéré par le fait qu'elle avait déjà envoyé plusieurs billets à Angélique, chaque fois dédaignés.

Un coup de hache retentit, lointain mais distinct. Des hommes coupaient le bois qu'ils avaient engrangé toute l'année durant en prévision de la dure période à traverser à la fin de l'automne. La grande cheminée de la sucrerie, colonne de brique sale et noire de suie, dominait les saules environnant la maison, tel le donjon d'une forteresse dévastée surveillant une terre désolée. Même pas 10 dollars l'acre, lui avait dit sa mère, et il la croyait : la plantation tombait en ruine et avait perdu de sa valeur ; il faudrait des mille et des cents pour tout remettre en état.

Et pourtant, elle s'y accrochait. C'était tout ce qu'elle avait.

— Oui, continua-t-elle après un silence. Je l'ai vue quand elle est montée, quand tous les hommes se sont agglutinés autour d'elle. Comme toujours, chaque fois qu'elle se montre quelque part, me suis-je dit. Je ne… Je ne puis vous dire combien je me suis sentie humiliée, sachant ce qu'il y avait eu entre Arnaud et cette femme. Sachant que tout le monde le savait. Ma colère était telle que j'aurais été capable de lui arracher de mes propres mains les bijoux de ma grand mère et de la battre à mort avec, mais ce n'est pas moi qui l'ai tuée. Je ne lui ai même pas parlé. Pour autant qu'il m'en souvienne, je ne lui ai jamais parlé de ma vie.

Le muscle de sa tempe se contracta brièvement, tant sa mâchoire était crispée. Janvier, en se rapprochant, remarqua qu'elle avait une petite cicatrice sur la lèvre inférieure, juste au-dessus du menton, le genre de cicatrice que l'on se fait avec ses propres dents quand on reçoit un coup violent sur la bouche.

— Je vous jure que je ne l'ai pas tuée, insista Madeleine Trépagier en le regardant droit dans les yeux. Je vous en prie, ne leur dites pas que j'étais là.

Janvier détourna la tête, incapable de soutenir son regard. *Combien de fois ai-je dû panser ses plaies?… Combien de draps, de chemises et de jupons tachés de sang as-tu lavés?*

La maison, comme la plupart des habitations créoles, était petite. Il se demanda si les enfants, Philippe et Alexandrine, entendaient ce qui se passait, mais il comprit dans le même instant qu'ils ne pouvaient pas ne pas entendre.

Elle était brouillée avec les Trépagier ainsi qu'avec la famille de son père. Et il ne fallait guère espérer d'un planteur créole offensé qu'il la protégeât en allant exiger au conseil municipal qu'on trouvât un autre coupable — de préférence de même couleur que la victime, voire un peu plus foncé.

Mais peut-être les créoles interviendraient-ils quand même en sa faveur? Et qui sait si les conseillers municipaux ne fermeraient pas les yeux d'eux-mêmes, simplement parce que le suspect, homme ou femme, était blanc? Les cours de justice étant majoritairement créoles, la parole d'un homme libre de couleur devait normalement peser autant que celle d'un Blanc, mais Janvier ne désirait point tenter l'expérience en l'absence de preuve concrète de son innocence.

Car il n'y avait aucune preuve. Pas la moindre. Hormis le fait qu'il était la dernière personne à avoir vu Angélique Crozat vivante.

Il y avait un bal ce soir, chez Hermann, un riche marchand de vin, rue Saint-Philippe. Janvier se dit qu'il pourrait en profiter pour demander à Hannibal de se renseigner auprès des filles du Marais, afin de savoir s'il n'y avait pas une nouvelle venue, noire, qui logeait quelque part dans l'un de ces meublés, mansardes, arrière-boutiques et autres remises où les esclaves qui « découchaient » avaient leurs quartiers. Il se pouvait aussi que cette Sally soit retournée auprès de son « ami gentleman » tellement vanté, mais Janvier savait, pour avoir accompagné M. Gomez dans ses visites du temps de son apprentissage, et avoir prodigué pendant longtemps ses soins aux couches les plus misérables de la population parisienne, qu'une femme dans sa situation — esclave fugitive et simple servante — finissait souvent par tomber dans la prostitution, malgré toutes les belles promesses de vie nouvelle que cet homme lui avait certainement faites lorsqu'elle s'était affranchie du joug protecteur de sa maîtresse.

Un triste sort parmi tant d'autres, songea Janvier — sort qui ne suscitait en général d'autre réaction qu'un haussement d'épaules suivi d'un : « Que voulez-vous ? »

Lorsqu'il rentra chez sa mère après la leçon de piano des petites Curver, il la trouva en compagnie de Dominique dans le petit salon du fond. Toutes deux, noyées sous des flots de soie orange, tiraient l'aiguille avec application.

— Ma nouvelle robe pour le bal du mardi gras à la Salle d'Orléans, déclara sa sœur avec un sourire tout en désignant du menton l'énorme tas de jupons sous lequel la chaise voisine disparaissait presque. Je serai costumée en bergère et j'ai convaincu Henri de se déguiser en mouton.

— C'est bien la meilleure idée qu'il m'ait été donné d'entendre aujourd'hui, approuva Janvier qui, avisant le café laissé par Bella sur le buffet, alla s'en verser une tasse.

— Évidemment, il ne pourra pas passer beaucoup de temps à la Salle, poursuivit-elle avec allégresse. Il doit assister au grand bal masqué du Théâtre avec son horrible mère et toutes ses sœurs. Mais il m'a dit qu'il s'esquiverait en douce et me rejoindrait pour les valses.

— Ah ! si seulement je pouvais moi aussi m'esquiver et te rejoindre pour les valses ! dit Janvier.

Il se retourna, cherchant à croiser le regard de sa mère par-dessus l'imposant tas de soie et de dentelle et le tignon de batiste fine qui couvrait la tête inclinée de sa sœur.

Mais Livia ne daigna même pas lever les yeux. Elle n'était pas là quand il était revenu du marché après sa discussion avec Shaw — et un détour par la cathédrale, où il avait brûlé un cierge et donné 20 dollars — durement gagnés — pour une messe de grâces. Elle n'était toujours pas rentrée lorsqu'il était parti aux Saules, après avoir pris un bain et s'être changé. Il se demanda si elle n'avait pas tout exprès arrangé la visite de Minou, combiné la présence d'une tierce personne à cette heure-ci — elle savait bien qu'il repasserait forcément par la maison en fin de journée pour avaler un morceau dans la cuisine avant de repartir travailler toute la soirée — pour réduire leur conversation à un simple échange de banalités.

Et le lendemain, les propos ordinaires de ce soir auraient déjà contribué à faire retomber la colère de Janvier.

À quoi bon s'énerver, de toute façon ? pensa-t-il, cédant soudain à l'immense lassitude de cette longue nuit de terreur et de cette éprouvante journée passée à manœuvrer les pions d'un échiquier où les règles du jeu n'étaient pas les mêmes pour les Noirs que pour les Blancs. S'il se mettait en colère contre sa mère, elle se contenterait de lever vers lui d'immenses yeux noirs, comme elle le faisait à l'instant, avec l'air de lui demander de quoi il se plaignait : le lieutenant Shaw l'avait sorti de prison, n'est-ce pas ? Pourquoi aurait-il fallu qu'elle vienne elle aussi ?

Si la police lui avait envoyé un message hier soir, elle nierait l'avoir reçu. Si Janvier lui répétait les paroles de

Shaw, prouvant qu'elle était déjà au courant de son arrestation quand le lieutenant était venu la voir, elle rétorquerait : « Tu sais bien que les Américains disent n'importe quoi, petit. »

Quoi qu'il puisse arriver, elle, Livia Levesque, veuve et brave femme de couleur libre, n'était jamais à blâmer.

Janvier finit donc tranquillement de remplir sa tasse et se dirigea ensuite vers la table.

— Ne t'assois pas là ! glapirent en chœur les deux femmes en empoignant leur tas de soie d'un geste défensif.

Janvier tira une chaise à bonne distance de la table, où il ne risquait pas de renverser son café sur l'étoffe, et s'exclama :

— Maman, m'as-tu déjà vu abîmer quoi que ce soit de toute ma vie ?

C'était vrai. En dépit de sa taille immense, Janvier était un homme qui savait se mouvoir avec précaution et légèreté, chose dont il n'avait jamais pris conscience avant qu'Ayasha lui dise un jour que, si elle l'avait choisi, c'était parce qu'il était le premier homme qu'elle n'avait pas peur de laisser pénétrer à l'intérieur d'une pièce remplie de gaze blanche.

— Il y a toujours une première fois, rétorqua Livia de ce ton sec tellement typique de sa personne que Janvier se sentit malgré lui gagné par une hilarité qu'il eut peine à contenir.

— Minou, est-ce que tu connaissais la première placée d'Arnaud Trépagier ? Fleur quelque chose ?

— Médard, répondit Livia sans même rater son point. Une parfaite hypocrite.

Le regard de Dominique se voila de tristesse, une tristesse teintée de colère.

— Ce n'est pas vrai, dit-elle. Pauvre Fleur.

— Sornettes, répliqua sa mère. Elle était ravie que Trépagier lui rende sa liberté.

— Sa mère était ravie, la corrigea Minou. Parce qu'il battait Fleur quand il était soûl. Mais elle l'aimait. Elle en a eu le cœur brisé de le voir tourner autour d'une autre femme et se mettre avec elle en moins d'une semaine. Sa mère aurait été capable de tuer Angélique. J'ai toujours pensé que finalement ça l'avait bien arrangé, ce Trépagier, de devoir acheter une deuxième maison pour Angélique.

— Connaissant Angélique, sa villa devait être bien plus chère que celle de Fleur. Les maisons rue des Ursulines valent au moins 1000 dollars de plus que celles de la rue des Ramparts... Si tu poses une patte sur cette dentelle, Madame, lança Livia d'une voix sévère à l'intention de la chatte jaune beurre et obèse, tu passeras le reste de la journée dans la cuisine !

Dominique dévida une bobine de soie rose, mesura une longueur de fil, le coupa avec une paire de ciseaux aux anneaux dorés puis, d'un geste précis, le glissa dans le chas d'une nouvelle aiguille et fit un nœud pas plus gros qu'un grain de sel à son extrémité.

— De toute façon, Fleur a fait don de sa maison au couvent des Ursulines quand elle y est entrée comme sœur converse. Et elle a vécu au couvent jusqu'à sa mort.

— Et j'ai entendu dire qu'Euphrasie Dreuze essayerait aussi de récupérer cette maison, ajouta Livia. Arguant notamment du fait que celle-ci serait toujours la propriété de Trépagier. Mais cela n'a rien d'étonnant de la part d'une femme capable de mettre à contribution sa propre fille de 10 ans pour garder son amant...

— *Quoi ?*

— Ne sois pas naïf, dit-elle en levant la tête dans un battement de cils, aussi impassible qu'un chat. Pourquoi crois-tu qu'Étienne Crozat s'intéresse subitement à l'enquête concernant le meurtre d'Angélique ? Sache qu'il les a eues toutes les deux à l'époque, la mère et la petite. Sans compter les autres, à la peau très claire de préférence — et pas seulement des filles. C'est Phrasie qui les lui amenait.

Janvier sentit son estomac se nouer. Il revoyait les visages impassibles des deux jeunes hommes portant la bière de leur sœur — et comprenait maintenant pourquoi les deux garçons avaient pris leurs distances avec leur mère.

— Voilà pourquoi elle peut désormais très bien se passer de *tes* services pour retrouver le meurtrier de sa fille, petit.

Livia passa deux doigts dans les fils et fronça le long ourlet de soie en tirant dessus d'un geste si semblable à celui d'Ayasha que Janvier en eut un pincement au cœur

et détourna la tête. Est-ce que les femmes apprenaient exactement les mêmes gestes pour leurs travaux d'aiguille, les
reproduisaient toutes à l'identique, comme les positions et
déplacements d'un ballet ?

— J'espère bien, poursuivit-elle d'un ton acerbe, qu'elle
ne nous causera plus d'ennuis. Ah, au fait ! ajouta-t-elle
encore comme Janvier ouvrait la bouche pour l'informer
qu'au contraire, leurs ennuis ne faisaient que commencer
si Dominique et elle ne voulaient pas le voir se balancer au
bout d'une corde. Le neveu de tonton Bichet est passé pour
te prévenir qu'on l'a engagé comme violoniste ce soir.
Hannibal est malade.

Les yeux de Minou s'emplirent d'inquiétude.

— L'un d'entre nous devrait peut-être aller chez lui ?
Pour voir comment il va ?

— J'irai demain, dit Janvier.

Il se leva et regarda la pendule du buffet en y reposant
sa tasse. L'ouverture du bal chez Hermann était à 8 heures
et demie et son corps fourbu lui réclamait quelques heures
de sommeil.

— J'ai demandé à Bella de te servir ton souper à la
cuisine, dit sa mère qui, ayant enfilé une autre aiguille,
commença à surfiler le volant froncé sur la jupe. Ta sœur
et moi allons encore travailler quelques heures.

*Même pas « je suis désolée que tu aies passé la nuit en
prison »*, pensa Janvier, partagé entre la colère et la
perplexité, tout en passant les portes ouvertes pour se
rendre dans l'arrière-cour. *Ni « excuse-moi de ne pas être
venue te sortir de là ».* Elle ne s'était même pas donné la
peine de trouver une excuse : *« Je me suis cassé la jambe.
Une de mes amies vient de décéder. J'ai été enlevée par
une tribu berbère alors que je passais rue Saint-Pierre. »*

Pas de *« es-tu encore en danger, petit ? ».*

Ni de *« puis-je t'aider ? ».*

Mais, de sa vie, Janvier ne se rappelait pas l'avoir jamais
entendue prononcer une phrase de ce genre.

La société qui se pressait dans le salon double de la
maison de Hermann, rue Saint-Philippe, était moins
nombreuse que celle du bal du Ruban Bleu, mais autrement

plus distinguée. Janvier vit néanmoins beaucoup de costumes qu'il avait déjà aperçus en divers lieux depuis la fête des Rois et, grâce aux notes de Dominique, il était capable d'attribuer des noms à la plupart d'entre eux : à l'Ivanhoé en jaune et bleu — le fameux Anatole, accompagné ce soir d'une blonde Rowena au lieu d'une brune Rebecca —, au Jupiter à la barbe de fils d'or, ainsi qu'aux divers corsaires, Mohicans, lions et autres rois bibliques. L'aristocratie créole était venue en force et tonton Bichet, qui connaissait plus ou moins tout le monde de vue et de réputation dans le quartier français, mit à profit les pauses entre les valses, les cotillons et l'unique mais inévitable menuet pour combler ses lacunes.

La tante Alicia Picard n'était autre que cette femme aux hanches lourdes, en robe du soir puce sombre. Elle avait le don d'imposer sa compagnie aux autres et n'arrêtait pas de parler — de ses rhumatismes, de ses migraines et de sa digestion, à en juger par ses gestes. Elle se tenait extrêmement près de son interlocutrice, une femme au visage maussade — l'épouse de son fils, d'après tonton Bichet —, et avait la manie de ponctuer son propos en lui tapotant la robe, le gant ou le bras du bout du doigt. Janvier remarqua que chaque fois que la belle-fille engageait la conversation avec un autre invité, la tante Picard trouvait toujours le moyen de se sentir mal ou de lui demander quelque chose qui ne pouvait être fait par personne d'autre.

Je préférerais aller vendre du gumbo au marché que de devoir vivre avec Alicia Picard, lui avait dit sa mère. Il commençait à comprendre pourquoi Madeleine Trépagier était prête à tout, ou presque, pour garder les Saules, dont la perte l'eût contrainte d'aller habiter chez cette femme.

Lorsque la tante Picard se rapprocha de l'estrade des musiciens, Janvier put entendre sa conversation et constata qu'il était presque toujours question soit des maux divers et variés de son importante petite personne, soit des décès tragiques de divers membres de sa famille.

De fait, la plupart des matrones créoles portaient des couleurs sombres, en signe de leur récent deuil. Mme Trépagier était loin d'être la seule à avoir perdu des êtres chers lors de l'épidémie de l'été dernier. Pas une famille de la ville n'avait dû être épargnée.

— Les risques de voir revenir le choléra ?

La voix du Dr Soublet, l'un des médecins les plus réputés de la ville, se fit soudain entendre à la faveur d'un passage musical plus calme.

— Ma chère madame Picard, on a brûlé de la poudre à canon pour combattre la fièvre jaune et détruire les miasmes contagieux, si bien que tous les facteurs propices au développement du choléra asiatique ont été évincés de la ville. En réalité, il y a eu beaucoup moins de cas que ce que prétend la rumeur populaire.

Xavier Peralta, tout aussi majestueux dans son habit de soirée que dans son costume en satin d'Ancien Régime de l'autre soir, fronça les sourcils.

— D'après les journaux, on dénombre plus de six cents décès.

— Mon cher monsieur Peralta ! s'exclama le médecin. Je vous en supplie, je vous en *conjure*, ne croyez pas un traître mot de ce que ces ignares écrivent dans le journal ! Ils entretiennent des chimères en persistant à se représenter la maladie comme une seule et unique entité, comme une sorte d'esprit malin qui s'empare d'un homme et que l'on ne peut chasser qu'au moyen d'une incantation magique. Or la maladie, comme le dit son nom, est un « mal-être », fruit d'une combinaison de causes qu'il faut traiter séparément : ainsi, avec la saignée, on diminue d'abord la quantité de sang impur dans le corps du patient, après quoi l'administration de doses massives de calomel permet d'évacuer les mauvaises humeurs. Ce que l'on désigne populairement comme le choléra asiatique pourrait très bien avoir une tout autre origine. Par exemple, les symptômes que l'on considère comme ceux du choléra morbus sont exactement ceux de l'empoisonnement par l'arsenic.

— Dites donc, intervint l'un des fils Delaporte, hilare, est-ce que cela veut dire que plus de six cents femmes ont empoisonné leur mari à la Nouvelle-Orléans l'été dernier ?

— D'ordinaire, ce sont les esclaves qui empoisonnent leurs maîtres, déclara une grande créole en rouge sombre, remarquablement belle.

Elle tourna le feu de ses yeux noirs vers le compagnon de Peralta, un monsieur assez grand et bien mis, qui portait une redingote à la coupe légèrement démodée et une cravate large nouée très haut autour du cou.

— Vous ne pouvez pas me dire que vous n'avez jamais enquêté sur ce genre de choses, monsieur Trémouille.

Le capitaine des forces de police de la Nouvelle-Orléans prit un air embarrassé.

— Certes, mais en de rares occasions, madame Lalaurie, dit-il. D'ailleurs, comme le disait le Dr Soublet, des causes différentes peuvent produire un même effet. En général, si un serviteur s'estime mal traité…

— Mon Dieu, mais tous les serviteurs s'estiment toujours très mal traités ! s'exclama Mme Lalaurie en riant. Quand on les corrige parce qu'ils ont dérobé de la nourriture, il faut les entendre gémir et supplier, se répandre en lamentations interminables, comme si c'était leur droit le plus strict de voler ceux-là mêmes grâce auxquels ils sont nourris, blanchis et logés. Sans discipline rigoureuse, non seulement ils seraient pitoyablement malheureux, mais ce serait la société tout entière qui finirait par s'écrouler, comme cela est arrivé en France, et plus récemment à Haïti.

— Les serviteurs ont besoin qu'on leur apprenne la discipline, renchérit un grand homme vêtu d'un splendide costume de valet de carreau. Ils en ont un besoin désespéré, vital, même s'ils n'en ont pas conscience. On pourrait d'ailleurs en dire autant des femmes, parfois.

— Voilà un propos qui ouvre la porte à bien des excès, monsieur Trépagier ! Et une opinion que je me garderais bien d'exprimer si j'étais en quête d'une fiancée.

Une énorme femme au visage porcin — la mère d'Henri Viellard, devina Janvier, avant même que tonton Bichet ne lui soufflât son nom — venait de se tourner vers le valet de carreau au prix d'une impressionnante rotation de pachyderme.

— Trépagier ? répéta Janvier en jetant un regard au violoncelliste. Ce n'est tout de même pas le fameux frère qui a coupé les ponts avec la famille depuis si longtemps ?

— Seigneur, non ! répondit tonton Bichet en secouant la tête au-dessus de ses partitions. Claude s'est enfui avec l'une des bonnes de Dubonnet père après le mariage de son frère Arnaud, en emportant pour au moins 500 dollars de bijoux appartenant à la tante Paulina Livaudais. Celui-là, c'est Charles-Louis, de la branche familiale installée à la paroisse de Jefferson. Il était au Théâtre d'Orléans l'autre soir, mais il a passé la majeure partie de la nuit dans une baignoire privée à conter fleurette à Mme Solange Bouille.

Les joues de Charles-Louis Trépagier s'empourprèrent de colère sous le bord de son masque.

— Je vous demande pardon, madame, mais j'ai quant à moi le sentiment que les femmes qui se récrient constamment à ce sujet exagèrent grandement les choses. Les femmes ont besoin de l'autorité d'une main forte, tout comme les serviteurs.

— Croyez bien que je n'ai jamais éprouvé semblable besoin.

Examinant Mme Viellard, Janvier se sentait presque tenté de croire que cette femme n'avait jamais été mariée, et que l'existence d'Henri et de ses cinq sœurs, grosses et myopes, répliques quasi conformes les unes des autres, était le fruit d'une génération spontanée.

— Je suis pour ma part d'accord avec M. Trépagier, déclara Mme Lalaurie de sa belle voix grave. Une femme respecte la force, et a besoin d'autorité pour être heureuse.

Ses yeux s'attardèrent dédaigneusement sur Henri Viellard, vêtu pour l'occasion d'une redingote bleu pâle du plus grand chic et d'un gilet de soie rose brodé de myosotis qui avait dû réclamer plusieurs mètres de tissu pour couvrir son imposante bedaine.

— Un jeune homme qui montre sa force n'a aucune raison d'en avoir honte, poursuivit-elle. Votre jeune Galen, monsieur Peralta, a peut-être poussé la chose un peu à l'extrême il n'y a pas si longtemps, quand il a donné du bâton à cette Irlandaise qui s'était montrée insolente à son égard dans la rue, mais il est plus aisé d'apprendre à contenir sa violence que d'affermir un tempérament velléitaire.

Son mari, petit, blême et silencieux dans l'ombre de ses jupes, croisa ses mains gantées de jaune pâle semblables à de petites fleurs fragiles et s'abstint d'émettre son avis.

— Cet incident remonte à un certain temps déjà, se hâta de répondre Peralta. Ce n'était guère plus qu'un enfant à l'époque et, croyez-moi, quelques corrections appropriées ont su lui faire passer ces accès de rage intempestifs.

Les yeux bleus de Peralta restèrent fixés sur le visage de la dame, mais Janvier voyait bien qu'il guettait derrière lui une éventuelle réaction de Trémouille qui, pour l'heure, ne s'intéressait qu'à son verre de tafia.

— À présent, il ne ferait pas de mal à une mouche, ajouta Peralta.

— Quel dommage pour lui, déclara gravement Mme Lalaurie, et quelle erreur de votre part ! Vous avez eu le tort de corriger chez votre fils un trait de caractère essentiel, qui ferait de lui un excellent régisseur de vos terres.

— Pourtant, commença à dire la bru de Mme Picard, j'ai entendu dire que ce jeune Galen est une véritable terreur au salon d'épée. Il…

— Lisette !

Tante Picard réapparut comme par magie derrière elle, s'éventant et roulant des yeux.

— Lisette, je me sens subitement au plus mal. Je suis sûre que c'est la grippe… Je souffre d'un atroce déséquilibre de mes humeurs vitrées depuis le début de la soirée. Soyez gentille d'aller me chercher un verre de négus… Oh, Dr Soublet ! s'exclama-t-elle, vous pourriez peut-être me recommander…

Et, emboîtant le pas à sa malheureuse belle-fille qui s'éloignait vers les tables du buffet, elle obligea le médecin à l'accompagner et à subir sa conversation.

Je vous en supplie, ne me trahissez pas, lui avait demandé Madeleine Trépagier sur la galerie de cette habitation délabrée. Janvier attaqua les premières notes d'une mélodie de Schubert, entraînant les autres musiciens à sa suite, tandis que les conversations de la salle s'orientaient sur d'autres sujets.

La trahir, songeait-il, reviendrait à la couper définitivement des familles Picard et Trépagier. Étant donné qu'elle avait déjà refusé leur aide, aide qui l'eût de nouveau ravalée au rang de simple objet, il comprenait qu'il suffirait désormais d'un rien pour élargir le fossé entre eux.

Sans les deux familles derrière elle...

Allons donc ! se morigéna-t-il intérieurement. *On la ferait pendre à ma place ?* Non, c'était peu probable. Et de toute manière, il savait bien que ce n'était pas elle qui avait serré cette écharpe ou cette corde ou tout autre objet, quel qu'il soit, autour du cou d'Angélique.

— ...et, bien entendu, disait une femme près de la table du buffet, je savais parfaitement que c'était Caroline qui l'avait cassé, mais je ne pouvais pas l'accuser devant les serviteurs, évidemment. C'est *ma nièce*, vous comprenez. J'ai donc flanqué une bonne paire de gifles à Rose en lui disant que cela n'avait pas intérêt à se reproduire.

Une terreur glacée s'insinua en lui, dense et lourde, comme un bloc de pierre dans sa poitrine.

Peu importait le nombre de jeunes cousins que Madeleine Trépagier avait refusé d'épouser, sa famille la soutiendrait si elle venait à être accusée du meurtre d'une femme de couleur. Et en l'absence de toute preuve concrète, la ville préférerait de beaucoup désigner un coupable sans le moindre pouvoir sur la vie de la cité, et surtout qui ne fût pas blanc.

Janvier avait de nouveau mal à la tête ; cette peur si difficile à bannir revenait le submerger avec le doux flot de la musique. Le pire de tout étant qu'il aimait bien Madeleine et qu'il éprouvait du respect pour elle : pour l'enfant dont il avait été le professeur, qui brûlait d'une féroce passion pour la musique et l'avait gravement accepté tel qu'il était ; pour la femme qui se battait pour défendre sa liberté et qui lui avait accordé sa confiance.

Il ne tenait vraiment pas à ce qu'on choisisse entre elle ou lui.

Mais il se doutait bien du choix que feraient ceux qui détenaient le pouvoir.

14

La demeure des Peralta se trouvait rue de Chartres, pas très loin de la place d'Armes. C'était un imposant immeuble de deux étages de haut et trois fenêtres de large, dont la façade de stuc vert laitue était ornée de balustrades en fer forgé courant le long des galeries du premier et du deuxième étage, une boutique de fin mobilier français occupant le rez-de-chaussée. À cette heure-ci, l'échoppe venait tout juste d'ouvrir ses volets roses. Une femme blanche coiffée d'un fichu protégeant ses boucles brunes de la poussière balayait avec entrain le trottoir devant les portes, tandis qu'un vieil homme noir disposait des planches au-dessus du caniveau à l'entrée du passage pavé qui reliait la rue à la cour.

Janvier resta au coin de la rue Saint-Philippe à les regarder et attendit que la boutiquière retournât à l'intérieur pour longer le trottoir comme un passant ordinaire, jetant moult regards autour de lui comme s'il n'avait jamais vu ces bâtisses roses et jaunes, ces tunnels obscurs qui débouchaient sur des cours intérieures aux pavés luisants. Il s'arrêta à l'entrée du passage de la maison de Peralta.

Il n'était pas tout à fait 8 heures. Les seuls passants étaient des domestiques ou des marchandes ambulantes aux tignons de couleurs vives, et ils étaient peu nombreux. La rue, baignée par une brume jaunâtre, semblait à demi endormie avec ses volets clos et ses caniveaux jonchés de détritus détrempés, vestiges du carnaval.

— Excusez-moi, cher monsieur, fit Janvier dans son français le plus parisien. Dois-je prendre cette rue pour me rendre au marché ? demanda-t-il, le doigt tendu vers le début de la rue de Chartres.

Le vieil esclave s'inclina, fronça les sourcils et répondit :

— Je ne sais pas trop, monsieur.

Janvier comprit que c'était son accent qui lui valait ce « monsieur », car sa mise était loin d'être élégante.

— Je suis nouveau venu dans cette ville, lui expliqua le vieil homme. Yetta ! lança-t-il par-dessus son épaule. Yetta ! Y'a un monsieur ici qui demande son chemin pour aller au marché. Tu sais où c'est ?

Une femme à la mine soucieuse surgit de la cour en s'essuyant les mains sur son tablier.

— Ça doit être quelque part par là, je pense… dit-elle en esquissant un geste vague en direction du fleuve.

Elle baragouinait un français mêlé d'idiomes africains.

— Je suis bien désolée, monsieur, ajouta-t-elle. Tous on est nouveaux dans la ville ici, on est arrivés juste cette semaine, on est encore à demander notre chemin nous aussi. Vous non plus vous n'êtes pas du coin ? s'enquit-elle avec un radieux sourire qui dévoila des gencives édentées.

— J'arrive de Paris, répondit Janvier en secouant la tête. Je suis né ici, mais cela remonte à quelque temps. Je devais vous arriver aux genoux quand j'ai quitté la Louisiane. Je croyais que je me rappellerais bien des lieux, mais je dois avouer que je me sens aussi perdu que si je me trouvais à Moscou.

— Demandez donc à la boutique, lui suggéra Yetta. Helga — Mam'zelle Richter, la propriétaire —, elle connaît la ville comme sa poche. Et elle vous indiquera aussi les meilleurs endroits où faire vos courses.

— Merci.

Il sourit et leur remit à chacun deux réaux, puis se dirigea vers la boutique.

— Mademoiselle Richter ? fit-il en entrant pour être sûr de ne pas se tromper de personne.

C'était bien elle. Il engagea alors la conversation en faisant remarquer que c'était tout de même curieux que son voisin ait renouvelé tout son personnel domestique en plein carnaval.

— Je suis bien de votre avis, répondit franchement la jeune Allemande.

Elle parlait le français avec un accent aussi parfait que les dames créoles qui assistaient au bal de M. Hermann la veille au soir.

— À mon avis, il a dû se déclarer une contagion quelconque chez les serviteurs, poursuivit-elle. M. Peralta les a tous gardés enfermés pendant une journée entière, jusqu'à l'arrivée de deux chariots qui transportaient une nouvelle équipe, provenant de sa plantation d'Alhambra, près du lac. Samedi, au petit matin, tous les anciens serviteurs se sont alors entassés dans les chariots — les palefreniers, la cuisinière, la blanchisseuse, les bonnes — tous, je vous dis, puis ils sont partis. Si je n'habitais pas ici dans cette rue, je n'aurais rien remarqué du tout — et c'est seulement parce que je suis venue tôt pour faire les comptes que j'ai pu les voir passer. Un peu plus tard dans la matinée, les derniers qui restaient sont partis à leur tour dans une voiture que monsieur Galen a dû prendre lui aussi, car je ne l'ai pas revu depuis. (Elle haussa les épaules.) Vous savez, moi j'ai survécu au choléra l'été dernier, et à la fièvre jaune — et aux *prédictions* du mari de ma sœur qui disait qu'il n'y aurait pas de fièvre jaune. Je garde toujours un œil sur les journaux, j'écoute ce que les femmes racontent au marché et, pour l'instant, je n'ai rien entendu d'alarmant. De toute façon, ce n'est pas la saison pour ce genre d'épidémie. J'en déduis donc qu'ils ont simplement dû attraper quelque chose d'ennuyeux, comme la rougeole ou la varicelle, et d'autant plus gênant qu'on est en plein carnaval. En outre, monsieur Xavier est toujours là. Il va et vient comme si de rien n'était.

Rougeole ou varicelle ? se demandait Janvier, de retour dans la rue de Chartres, marchant en direction de Canal Street et des faubourgs américains de Saint-Mary un peu plus loin. *À moins que les domestiques aient vu ou entendu quelque chose qu'on ne voulait pas que l'Allemande, ou quelqu'un d'autre, apprenne ?*

Et de nouveau, il songea au sang sous les ongles d'Angélique.

Demain, c'était le mercredi des Cendres. Carême ou pas carême, il y avait toujours de petites fêtes organisées chez les créoles ce jour-là, auxquelles il était difficile de ne pas assister sans fournir d'explication. Peralta ne pouvait guère y échapper. Janvier songea qu'en prenant ses dispositions avec Desdunes à l'écurie de louage cet après-midi, il pourrait partir cette nuit, après le bal du mardi gras au Théâtre d'Orléans, et faire la route jusqu'au bayou du Chien Mort au clair de lune.

Avec un peu de chance, Xavier Peralta ne quitterait pas la Nouvelle-Orléans avant jeudi.

Ce qui laisserait le temps à Janvier de voir ce qu'il y avait à voir au Chien Mort.

Le Marais commençait au bout de Girod Street, s'étirant en bordure des pimpantes maisons américaines et des larges rues du faubourg Saint-Mary. Il s'agissait littéralement d'un marais, car une bonne partie de la terre au-delà de Canal Street n'était pas drainée, et la plupart des égouts et canalisations des respectables quartiers d'affaires américains situés à l'autre bout de la route, pourtant orientés vers le bassin à proximité où le canal faisait un coude, finissaient par se déverser ici. Les rues sans pavés ne disposaient pas de trottoirs de brique comme on en trouvait dans la vieille ville, ni même de simples levées de terre, et les constructions qui les bordaient — bistrots, tripots, bordels et autres établissements qui réunissaient manifestement les trois — offraient au regard des façades grossières qui n'avaient jamais vu la peinture et d'une sordidité indescriptible. La plupart semblaient avoir été assemblées à la hâte, avec des bouts de planches récupérés parmi les rebuts des scieries ou sur des carcasses de barges démantelées. C'était ici, dans ces baraques répugnantes fréquentées par des clients de passage que la fièvre jaune frappait le plus durement, et que le choléra parvenait à faire une douzaine de victimes en une journée. L'air empestait le brûlé et les égouts.

Gardant à l'esprit la philosophie d'Hannibal selon laquelle rien ne sert de courir, Janvier s'était arrêté au marché le temps d'avaler une tranche de pain d'épice et un café, en pensant arriver à point, c'est-à-dire avant que le

Marais retrouvât son habituelle animation. Mais il avait sous-estimé la vitalité des Américains ainsi que les effets de l'esprit festif du mardi gras, même ici, en plein quartier yankee. La plupart des troquets étaient déjà ouverts ; des mariniers aux cheveux longs, accoudés à des planches posées sur des tonneaux, se faisaient servir du whisky indien à même les barriques par les tenanciers ; des Blancs rassemblés autour de tables de fortune jouaient aux cartes, et de petits groupes de Noirs, agenouillés directement sur la terre ou l'herbe des ruelles transversales, jetaient les dés. Les volets ouverts de certaines bicoques révélaient des chambres miteuses, tout juste assez grandes pour contenir un lit, et sur le pas des portes, des femmes étaient assises, jupes retroussées jusqu'aux genoux, fumant le cigare ou mangeant une orange, interpellant les hommes qui passaient.

— Hé, sambo ! cria une mulâtresse. Un grand comme toi, ça doit tout avoir en proportion, non ?

Janvier souleva son chapeau en souriant — il portait ses vêtements les plus grossiers et une casquette d'ouvrier trop grande — et secoua la tête. Il s'apprêtait à poursuivre son chemin, mais un marinier à la barbe pleine de déjections de tabac vint se planter en travers de sa route, dardant sur lui des yeux porcins encore brillants de l'alcool de la veille.

— Laisse ces putes tranquilles, mon gars.

L'homme s'avança d'un pas, menaçant ; Janvier recula. Comme d'habitude, l'Américain n'était pas seul, à croire qu'ils se déplaçaient toujours à deux ou trois : ses amis surgirent de la porte du bistrot voisin, tels des chiens hargneux prêts à bondir.

— Mais c'est ce que je fais, répliqua vivement Janvier, sous le coup de la surprise.

Fatale erreur, ainsi qu'il le comprit l'instant d'après : il avait oublié de sourire et de s'incliner avec déférence.

L'homme puait comme un urinoir ; sa chemise ouverte dévoilait son torse velu, sur lequel on voyait courir les poux.

— Tu regardais, dit-il en avançant encore d'un pas. Et t'avais des idées.

Avec ces femmes-là ? eut envie de lui répondre Janvier, mais il savait que l'homme — que tous ces hommes, sans exception — cherchait avidement la bagarre. Janvier parvint à s'incliner, mais eut toutes les peines du monde à grimacer un sourire.

— J'avais pas d'idées, m'sieur, non, je vous jure, je pensais à rien du tout, dit-il, gardant les yeux baissés et songeant que s'il finissait encore en prison, il risquait cette fois-ci d'avoir de sérieux ennuis.

Certains, parmi les forces de police, se diraient que sa confession serait la solution la plus rapide pour régler les problèmes de tout le monde, et la seule pensée de ce qu'ils pourraient lui faire subir pour la lui arracher lui fit froid dans le dos.

Il recula devant les Américains et plongea le pied en plein dans la rigole de fange puante qui courait au milieu de la rue, comme par accident. Il se maudit lui-même, furieux de ne pas oser lever la main sur son assaillant, alors qu'il eût été parfaitement capable de lui sauter à la gorge et de le plaquer contre le mur le plus proche. Il simula un petit bond de surprise, contempla ses bottes et s'écria :

— Oh, mon Dieu ! Mon maître, il va m'étriper quand il va voir que j'ai tout sali mes bottes ! Oh, mon Dieu…

Il tira un mouchoir de sa poche et entreprit d'essuyer ses pieds crottés.

Méprisant, le barbu s'avança vers lui et le poussa, le faisant tomber de tout son long dans la rigole. Janvier se rattrapa sans mal sur les mains, mais roula de côté et s'étala les quatre fers en l'air, pour leur faire croire à une chute brutale. Il resta où il était, le souffle court, sans oser lever les yeux vers le cercle hilare qui s'était formé autour de lui, sachant que son regard le trahirait. *Ça vaut mieux que le fouet*, se répétait-il, *ça vaut mieux que la corde*.

Ils finirent par s'éloigner, en poussant des cris moqueurs et se donnant mutuellement des bourrades :

— Oh, mon Dieu, mon Dieu, y'a mon maître qui va m'étriper…

Janvier entendit alors la voix de la prostituée :

— Dommage, il est beau gosse, ce grand Noir…

Suivit le bruit d'une gifle retentissante et le son mat d'un corps heurtant brutalement le montant de la porte.

— Pose pas tes mirettes de pute là où faut pas, sale négresse.

Janvier se remit debout et poursuivit sa route aussi tranquillement que possible, en essayant de ne pas se faire remarquer. *Je vais partir d'ici*, pensa-t-il, la rage au cœur, furieux de devoir accepter les coups sans les rendre, écœuré d'être obligé de s'humilier pour se sortir d'affaire. *Le monde est vaste...*

... mais tout est dépeuplé.

Il secoua la tête pour chasser ce vieux désespoir. *Allons, le monde est heureusement loin de n'être peuplé que de brutes épaisses du Kentucky au ventre débordant de graisse et plus illettrés encore que les chats de Livia... Tout ce qu'il me faut, c'est 150 dollars.*

À condition, bien évidemment, qu'il parvînt à survivre jusque-là.

Il longea une autre rangée de bordels — peu étaient ouverts — et bifurqua sur la droite au coin de la rue, non sans jeter un regard derrière lui pour vérifier que ses persécuteurs ne l'observaient pas. Un Indien choctaw plongé dans un sommeil d'ivrogne ronflait au pied d'un grand cyprès, nu comme Adam, sans même une couverture sur lui. Quelqu'un lui avait dérobé l'un de ses mocassins, mais s'était sans doute vite aperçu du piètre état de l'objet — la semelle était percée de grands trous — et l'avait jeté dans l'herbe à quelques pas de là. L'Indien avait encore l'autre au pied.

Venu en ville vendre ses peaux ou son filé, pensa Janvier, *et resté toute la nuit à boire l'argent gagné avec*. Il se pencha pour vérifier que l'homme n'avait pas souffert du froid, mais celui-ci dormait bien paisiblement. Haussant les épaules, Janvier passa son chemin. Dans la cour à l'arrière des masures, un petit groupe de Noirs étaient rassemblés autour d'un combat de coqs. Des affranchis, supposa Janvier, ou des esclaves qui avaient acheté une sorte de quasi-liberté d'un jour ou d'une semaine à leurs maîtres en allant louer leurs bras là où on avait besoin de main-d'œuvre, et qui préféraient dormir à l'abri d'une

grange ou sous un porche plutôt que dans les baraquements étriqués des esclaves, où les Blancs les surveillaient
en permanence. Une petite fille en haillons surveillait le
passage — au premier signe d'une descente de police, les
hommes se disperseraient sur-le-champ, sans laisser
d'autres traces derrière eux qu'un peu de sang de coq sur
le sol.

Celui qui avait confié à Shaw la mission de débusquer
ces hommes voulait de toute évidence occuper le lieutenant à plein temps.

Janvier traversa la cour. La cuisine sur sa droite était
déserte, à l'exception d'une énorme mulâtresse qui allaitait
un bébé tout en surveillant une casserole de gruau de maïs
sur le fourneau. Il jeta un bref coup d'œil par la porte : la
pièce grouillait de cafards et sentait les rats, mais la femme
fredonnait tranquillement une petite chanson sur Compère
Lapin, et l'enfant ne s'agitait guère.

Un escalier branlant accroché à l'arrière de la maison de
tolérance permettait d'accéder à une mansarde délabrée
sous les toits. Janvier dut plier en deux sa grande carcasse
pour passer la petite porte du réduit. Même sous la poutre
de faîte où il y avait le plus de hauteur, il ne pouvait se
tenir debout. Au fond de la mansarde, sous l'une des
lucarnes poussiéreuses, ses yeux distinguèrent une pile de
livres entassés contre le mur et un matelas posé à même le
sol. Des souris déguerpirent en couinant à son approche.
On entendait à l'étage en dessous le grincement saccadé
d'un sommier qui heurtait une cloison, et les grognements
d'un homme.

— Je me demande bien comment ils font pour avoir
autant d'énergie à cette heure-ci, fit la voix plaintive d'Hannibal, montant du matelas. La Gloutonne — c'est la
deuxième en partant du fond — est là depuis 8 heures.
Même à 5 *cents* la passe, elle va finir par faire fortune. C'est
au moins le neuvième. J'ai été marié à une femme qui n'en
faisait pas autant en une année.

Janvier s'agenouilla près du matelas. Sous cette lumière
terne, le violoniste avait une mine affreuse ; son visage
encadré par ses longs cheveux noirs était pâle comme la
mort et plus émacié que jamais. Il y avait des taches de

sang sur son drap, et des chiffons pareillement souillés près
d'un pichet d'eau à côté de sa couche. Sa chemise de nuit
élimée était trempée de sueur. Néanmoins, son pouls était
régulier et ses ongles retrouvaient rapidement leur couleur
quand on les pinçait ; Janvier posa son oreille contre la
poitrine de son ami et ne perçut pas de râles symptoma-
tiques de la pneumonie.

— Je regrette d'avoir manqué le bal chez Hermann, dit
Hannibal lorsque Janvier se redressa. Vous avez trouvé quelqu'un pour me remplacer ?

— Johnnie, le neveu de tonton Bichet.

— Dans ce cas, je suis vraiment impardonnable. Vous
n'auriez pas pu trouver mieux ? Le pauvre garçon est incapable de suivre la mesure, même avec un métronome sous
le nez. Je serai là ce soir, c'est promis.

Janvier contempla gravement le violoniste, ses traits
livides et ses mains tremblantes.

— Tu es sûr ?

— Je serai là, ne t'en fais pas. J'ai besoin d'argent.

En dessous, les heurts et les râles redoublèrent d'intensité. L'homme poussa un ultime grognement, comme un
cri de douleur ou de surprise. Hannibal ferma les yeux.

— En outre, j'ai passé une nuit sinistre dans cette piaule.
Ce soir, c'est mardi gras, et je serais bien mieux au Théâtre
d'Orléans à me gaver d'huîtres qu'ici à écouter la musique
des sommiers et les bagarres du bar. La Bouchère est venue
me tenir un peu compagnie hier soir — c'est elle qui m'a
apporté ce pichet d'eau —, mais cette nuit, elles vont
toutes être bien occupées, alors j'aime autant brosser mon
bel habit du dimanche et faire mon retour dans la société.
Dis donc, je ne sais pas comment sont les latrines en
France, mais je te signale que dans ce pays, on évite de
s'asseoir dedans.

Janvier baissa les yeux sur ses vêtements et rit jaune.

— Oui, bien sûr, mais pas au Kentucky, expliqua-t-il à
Hannibal, qui se hâta de détourner les yeux. Ah, je sais !
J'aurais dû... Enfin, bref.

— Voilà à quoi on s'expose quand on fraye avec les
Américains de Canal Street, comme dirait ma maman. Elle...

La porte s'ouvrit, livrant passage à la grosse femme, qui avait troqué le bébé contre un bol de gruau et de bouillon et tenait sans peine en équilibre sur la paume énorme de son autre main deux tasses de café dans leurs soucoupes. Malgré sa taille et sa corpulence — faire l'amour avec elle, ce devait être comme monter un cheval de labour, songeait Janvier, admiratif —, elle était belle, pour peu qu'on ne considérât pas une peau blanche et des traits fins comme les seuls canons de beauté dignes de ce nom.

— J'ai vu que tu étais monté, Ben, dit-elle, s'agenouillant à côté de lui en lui tendant une tasse.

Ladite tasse n'était pas très propre, mais il avait déjà bu dans des récipients autrement plus crasseux, et puis le café était suffisamment fort pour tuer le choléra, la fièvre jaune, ou toute autre maladie à laquelle les clients de cette femme avaient manifestement survécu aussi bien qu'elle-même.

— Comment tu te sens, Hannibal ?

— Fort comme un lion.

Il se redressa un peu, plongea sa cuillère dans le bol, et mangea quelques bouchées sans grand enthousiasme. La femme fouilla dans la poche de sa robe et en sortit un petit flacon.

— J'ai retrouvé ça dans la chambre de Nancy. Il n'en reste pas beaucoup, mais si tu le rallonges avec de l'eau, ça devrait te durer un peu.

Hannibal inclina la fiole à la lumière et Janvier sentit l'odeur alcoolisée, amère et soporifique du laudanum. Le violoniste grimaça — évidemment, Nancy avait presque tout bu.

— Merci, Mary, dit-il quand même. En tout cas, j'ai rudement bien fait d'aller voir tous les prêteurs sur gage de la ville pour leur dire de ne pas accepter mon violon, ajouta-t-il philosophiquement. Les filles n'essayent plus de le mettre au clou maintenant. Et heureusement, les livres ne craignent rien.

— Je suis passée chez Tia Hojie et je t'ai ramené ça, poursuivit Mary.

Elle sortit un petit sac de flanelle rouge de la même poche, et l'accrocha autour du cou d'Hannibal avec un long ruban crasseux.

— Surtout ne l'ouvre pas, lança-t-elle comme il s'apprêtait à le faire. C'est une amulette de guérison. Faut juste que tu la portes pour que ça agisse. J'ai aussi une bougie verte que je dois faire brûler ici.

— Merci, dit Hannibal en prenant les mains de la femme dans les siennes. C'est vraiment gentil de ta part. Mais que va dire la Grosse Maggie si elle trouve une chandelle ici ? Elle m'a déjà pris la lampe qui me servait pour lire, expliqua-t-il à Janvier. Quand la nuit tombe, je ne peux rien faire à part rester couché là à écouter les bagarres en bas.

— Je la mettrai dans un bocal en verre, lui promit Mary. De toute manière, la Grosse Maggie va être occupée toute la soirée ; elle en saura rien. Je vais brûler cette chandelle ici quand tu seras parti, et tu te sentiras mieux demain matin.

Hannibal toussa, en proie à un nouveau spasme, puis parvint à esquisser un sourire.

— Je me sentirai mieux dès que je pourrai payer mon loyer à Maggie, dit-il. Merci.

La femme ramassa les chiffons souillés de sang, vérifia qu'il y avait encore de l'eau dans le pichet et quitta la pièce. Hannibal retomba sur sa couche, la main posée à côté du bol de gruau qu'il avait à peine touché et sombra immédiatement dans le sommeil. Janvier secoua la tête, couvrit le bol d'une soucoupe, puis descendit à son tour l'escalier. Mû par une idée subite, il se dirigea vers la cuisine, où Mary s'affairait de nouveau. Comme il s'en doutait, il y avait un peu de poudre rouge sur les marches du perron de la cuisine et une traînée d'ocre sur le seuil.

— Tu peux peut-être m'aider, dit-il.

Elle se retourna, le bébé sur la hanche et une bouteille de gin aux flancs noirs et carrés à la main.

— Peut-être bien, fit-elle en souriant.

— Il paraît qu'il y a une nouvelle fille qui traîne dans le quartier ; une Noire, très mince, qui s'appelle Sally. Elle s'est sauvée d'une plantation. Est-ce que par hasard tu ne saurais pas où je peux la trouver ?

— Sally ?

La femme fronça les sourcils, fouillant sa mémoire. Son anglais était teinté d'un fort accent de l'est, de Virginie ou de Caroline, dont le débit lent et traînant contrastait avec le flot monotone et les voyelles avalées du parler de la Nouvelle-Orléans.

— Ce nom ne me dit rien, et pourtant je connais presque toutes les filles qui font le trottoir dans le coin.

— Elle n'en est peut-être pas encore là, dit Janvier. Elle a emporté un peu d'argent avec elle. Elle doit porter une robe de calicot neuve et des boucles d'oreilles peut-être bien. Elle s'est enfuie avec un homme.

— Si elle est partie avec un homme, alors elle va pas tarder à se retrouver sur le trottoir.

Elle avala une rasade de gin, et berça doucement l'enfant, en se balançant sur la plante rose de ses larges pieds nus.

— Je n'ai pas vu non plus de gars traîner avec une fille dans le coin, poursuivit-elle. Du moins, pas de gars qui ait de l'argent à dépenser en calicot ou boucles d'oreilles pour une femme. Mais je demanderai autour de moi.

— Merci, Mary.

Il déposa furtivement une pièce de 50 *cents* sur la table, se disant qu'elle l'empocherait après son départ. À son regard, il comprit que Mary l'avait vu faire, mais elle s'abstint de tout commentaire. Bien que ne sachant trop ce que Sally pourrait lui apprendre, il se sentait de plus en plus curieux de savoir ce à quoi Madeleine Trépagier avait occupé sa soirée mardi dernier, et dans quels vêtements elle était rentrée.

Sally le saurait probablement. Et si Sally éprouvait un tel ressentiment contre sa maîtresse au point de se sauver, il serait sans doute facile de la faire parler. Au moins, il tenait là une nouvelle piste, qui méritait d'être signalée à Shaw.

— Une question, encore. Je suis à la recherche d'une magicienne vaudou qui se prénomme Olympe. Je ne sais pas quel est son nom actuel, mais elle est à peu près grande comme ça, plutôt maigre et très foncée, comme moi. Elle est sans doute aux ordres de Marie Laveau.

— Tout le monde est aux ordres de mazmelle Marie maintenant, fit la grosse Mary, sans la moindre animosité. Elle fait ce qu'il faut pour être sûre qu'il n'y ait pas d'autre reine vaudou qu'elle dans la ville. Olympe ? répéta-t-elle en fronçant les sourcils. Ça doit être Olympe Corbier, rue

Douane. Olympia Squelette-de-Serpent, qu'on l'appelle. Elle a un grand pouvoir, paraît-il, mais c'est une folle. (Elle haussa les épaules.) Elles sont toutes un peu folles, de toute façon. Même celles qui sont très gentilles, comme Tia Hojie.

— Où exactement rue Douane ?

— Entre les rues Bourbon et Burgundy. Elle a une petite maison là-bas. Corbier, son mari, est rempailleur, mais il est pas du genre causant.

— Si j'étais marié à une prêtresse vaudou, dit Janvier, je crois bien que je ne serais pas très bavard moi non plus.

Après quoi, il ressortit. Dans la taverne située tout au bout de la rangée de taudis, éclata soudain un bruyant concert de cris et de hurlements, de braillements enthousiastes et de jurons orduriers. Quelqu'un cria :

— Gaffe ! Il a un couteau !

Tout à coup, la fenêtre qui donnait sur la cour vola en éclats. Un homme venait de passer au travers, entraînant dans sa chute lambeaux de rideaux, débris de verre et morceaux de châssis. Haletant, il demeura affalé dans l'eau innommable d'une mare de quelques pouces de profondeur qui inondait presque toute la cour, tandis qu'un autre homme sautait derrière lui en fracassant ce qu'il restait de la fenêtre. Une demi-douzaine d'individus — tous blancs et barbus, tous vêtus des mêmes crasseuses chemises de lin et des pantalons de grosse laine à bretelles des mariniers — se ruèrent à leur tour à l'arrière du bar par la porte de service. Le petit groupe qui assistait au combat de coqs à l'autre bout de la cour se hâta de venir voir ce spectacle autrement plus alléchant. L'homme qui gisait dans la boue braillait :

— Bon Dieu, il m'a tué ! Je pisse le sang !

Une odeur fétide et douceâtre de sang chaud se répandait dans l'air frais. Janvier traversa la cour à toutes jambes et fendit la foule en jouant des coudes. L'homme à terre se redressait sur son séant ; visage de craie, barbe hirsute et grisonnante maculée de tabac. Il avait une entaille longue comme la main à la cuisse, d'où un sang artériel rouge vif giclait à flots. L'homme retomba en arrière en grognant, le dos cambré.

— Un foulard ! réclama Janvier sans même penser à ce qu'il faisait.

Mary, qui était arrivée en courant de la cuisine juste après lui, ôta son tignon et le lui tendit. Janvier s'agenouilla auprès du marinier, lui fit un garrot avec la bande de tissu jaune et bleu très haut sur la cuisse, presque au niveau de l'aine, et tendit sa main libre derrière lui :

— Un bâton, vite... ou autre chose, demanda-t-il.

Quelqu'un lui tendit une baguette de pistolet. Il la passa dans le garrot et fit un tourniquet qu'il serra aussi fort que possible, ses mains travaillant machinalement tandis que son esprit se rappelait les dizaines, sinon la centaine d'urgences du même type qui s'étaient présentées au service de nuit de l'Hôtel-Dieu.

— Foulard, répéta-t-il en tendant de nouveau la main.

On lui en glissa aussitôt un dans la paume. C'était un foulard de cou puant et graisseux, noir de crasse et grouillant de poux, mais ce n'était pas le moment de se montrer difficile. Il le roula en boule et le pressa fortement sur la plaie, ce qui eut pour effet de stopper l'hémorragie.

Le patient grogna, leva la main et murmura :

— Du whisky. Pour l'amour de Dieu, du whisky.

Janvier prit la bouteille qu'une main lui tendit et la versa sur sa compresse de fortune. L'homme hurla de douleur, lui arracha la bouteille des mains et beugla :

— Bon Dieu, mais débarrassez-moi de ce nègre ! Nahum ! Débarrasse-moi de lui, je te dis ! Qui c'est qui lui a permis de poser ses sales pattes sur un vieil alligator comme Jim ? Je crachais pas encore droit que j'avais déjà tué un paquet de nègres plus costauds que lui !

— Il ne faut pas lui donner de whisky, déclara Janvier comme quelqu'un lui tendait une autre bouteille. Il faut nettoyer et recoudre sa plaie, la cautériser si possible.

— Foutaises ! brailla le patient en essayant de se rasseoir.

— Un peu de jus de tabac, ça suffit bien pour nettoyer, ajouta un autre marinier, et sa remarque eut pour effet de délier toutes les langues : chacun y allait de son remède.

Jim l'Alligator tétait avidement de grandes lampées de whisky et, lorsque Janvier voulut l'arrêter, deux hommes le tirèrent en arrière et le jetèrent brutalement dans la boue de la cour.

— Ne faites pas ça... commença Janvier, voyant les mariniers ramener leur compère à l'intérieur du bistrot.

Il se releva, mais l'un des rustres se détacha du groupe et vint lui barrer le chemin. Janvier reconnut alors Nahum Shagrue, l'homme qu'il avait vu à la prison.

— Le saloon est réservé aux Blancs, mon gars.

Shagrue parlait d'une voix très calme, mais ses yeux évoquaient ceux d'un cochon sauvage. Un animal malin, laid et terriblement dangereux, qui calculait son coup, pour frapper au bon endroit et au bon moment. L'homme avait un pistolet et deux couteaux à la ceinture, et le manche d'un troisième poignard dépassait de sa botte. Le bout de son nez n'était plus qu'une masse de chairs écrasées, comme si quelqu'un le lui avait mordu par le passé. Au-dessus de son sourcil broussailleux, la blessure qu'il avait récoltée à la prison était devenue une vilaine croûte. Sa barbe blonde était parsemée de restes poisseux de tabac à chiquer qui faisaient penser à des cafards écrasés. Il expectora un copieux crachat en plein sur le pied de Janvier.

— Il faut nettoyer la plaie, insista Janvier, sinon ça va lui empoisonner le sang. Et il faut absolument la recoudre, et resserrer le tourniquet toutes les cinq minutes, sinon...

— Dis donc, mon gars, tu te prendrais pas pour un docteur, des fois ?

Janvier eut le bon sens de ne pas répondre.

— On n'a pas besoin d'un nègre prétentieux pour nous dire comment soigner un coup de couteau, continua Shagrue. File maintenant, sinon je te promets que c'est toi qu'il faudra nettoyer et recoudre.

D'où il était, Janvier entendait les voix rauques des Américains à l'intérieur du saloon.

— Bon Dieu, mais donne-lui du whisky.

— Il paraît qu'y a pas mieux que la bouse de vache pour faire sortir le poison du sang.

— Y'a une dame sur Jackson Street qu'a une vache...

— On va pas s'emmerder avec ces docteurs français à la noix, va me chercher Sam, le vieil Indien... Mais dessoûle-le d'abord...

Janvier savait que l'homme allait mourir.

Il tourna la tête et ses yeux croisèrent ceux de Nahum Shagrue toujours planté devant lui : transparents comme du verre, froids, hostiles. Les yeux d'une brute ignare.

Et fier de l'être.

Janvier se détourna et s'éloigna.

15

Olympe Corbier ouvrit la porte de sa petite maison de stuc ocre de la rue Douane et demeura quelques instants interdite sur le perron à contempler son frère, une expression stupéfaite sur son visage maigre surmonté d'un tignon orange et noir. Dans la pièce illuminée qu'il apercevait derrière elle, régnait un lourd parfum d'encens et d'herbes sèches. Une chromolithographie française bon marché de la Vierge était accrochée au mur sous une guirlande de sassafras ; devant l'image pieuse, trônait une petite table de bois et de rotin sur laquelle étaient posées deux chandelles, une verte et une rouge, encadrant un amas de perles colorées. C'était tout ce que Janvier pouvait voir derrière l'épaule de sa sœur. Quelque part à l'intérieur, un enfant chantait.

— Ben, dit-elle enfin.

— Olympe.

— Marie me l'avait bien dit que t'étais revenu.

Elle fit un pas de côté pour lui permettre d'entrer. Une fois les hautes marches du perron de brique gravies, c'était lui qui la dominait. Elle était grande pour une femme, mais elle était loin d'atteindre la taille de Janvier. Elle était habillée de la même façon que le dimanche précédent : jupe de couleurs vives effrangée, blouse et corsage blancs d'une femme de pauvre artisan. Les fines rides qui marquaient le coin de ses yeux et celles qui commençaient à apparaître autour de sa bouche ne gâtaient en rien le charme de ses traits pleins de vie.

— Marie ?

— La reine. Marie Laveau. Mais tout monde en ville le savait déjà, que l'aîné de la veuve Levesque qui joue du piano comme l'ange Gabriel est revenu de France. Même Nana Bichie m'en a parlé au marché où j'achète mes herbes. M'a dit que t'avais une femme en France, mais qu'elle était morte, et donc t'étais revenu.

Son français s'était dégradé. Déjà, avant son départ, sa prononciation commençait à se relâcher : elle prononçait les « j » presque comme des « z », omettait les « r », et avait tendance à mal articuler la fin des mots ou à supprimer les articles. Comme lui, elle avait une voix grave et chantante.

Dans une autre pièce de la maison, ou peut-être dans la cour à l'arrière, une voix de petite fille se fit entendre et le chant de l'autre enfant cessa un bref instant. Le regard d'Olympe se figea momentanément comme elle tendait l'oreille pour écouter ce qui se passait — réflexe de mère, ou du moins typique de bien des mères. Puis elle ramena son attention sur son frère.

— T'es pas venu me voir, dit-elle.

— Je n'étais pas sûr que ça te fasse plaisir, répondit-il. Nous étions fâchés et...

Il se sentait stupide, maladroit, et hésitait à poursuivre, sachant que le moment de clore leur vieille querelle restée en suspens seize années durant était enfin venu.

— J'avais mauvaise conscience de ne pas t'avoir revue, continua-t-il, de ne pas avoir pris le temps de te chercher avant mon départ pour la France. J'ai vraiment été stupide de réagir comme ça à l'époque... Et depuis mon retour, je crois bien que c'est le courage qui m'a manqué. Je ne sais pas combien de temps il m'aurait fallu pour le trouver, d'ailleurs, si je n'avais eu besoin de ton conseil.

— À cause d'Angélique Crozat ?

Il prit un air ahuri. Le visage de sa sœur se fendit d'un sourire éclatant, et il vit toute la tension de son corps maigre se relâcher d'un seul coup.

— Dis donc, mon frère, dit-elle, t'as beau avoir la peau noire, t'es un vrai Blanc dedans. Qu'est-ce que tu croyais ? La ville tout entière sait que cette grosse vache de Phrasie Dreuze s'est accrochée à tes basques pendant tout l'enterrement et puis t'a chargé de venger le meurtre de sa fille. C'est vrai, comme elle dit, que quelqu'un a jeté un maléfice à son oreiller ?

— En fait, on a mis ceci sous son matelas, dit-il en sortant le mouchoir de la poche de sa veste — sa veste en velours côtelé, un peu moins miteuse que le veston de grosse serge qu'il avait mis pour aller dans le quartier du Marais.

Bella, devant le ballot de linge trempé et puant qu'il lui avait apporté en rentrant à la maison ce matin, avait secoué la tête en disant : « Eh ben, y'a pas que les cochons qu'aiment se rouler dans la crotte ! »

Olympe le conduisit à un antique sofa rapiécé sous la fenêtre donnant sur le fleuve, poussa d'une tape un énorme chat gris et, prenant place à côté de Janvier, tourna et retourna avec précaution le gri-gri à la lumière du jour. Elle avait gardé le mouchoir entre la paume de sa main et la chauve-souris desséchée, et ne daigna toucher la chose que du bout de l'ongle, mais son visage reflétait la même fascination professionnelle que celle d'un médecin examinant des selles ou des glaires. Le chat vint renifler le genou de Janvier, puis se roula de nouveau en boule et resta là à sommeiller en les observant derrière la fente de ses yeux mi-clos.

— C'est John Bayou qu'a fabriqué ça, finit par dire Olympe. C'est le genre de bestioles qui pullulent dans le marigot où il va, et puis ça sent encore la térébenthine. (Elle la lui mit sous le nez pour qu'il sente l'odeur.) Il aime bien se servir de térébenthine. Docteur Yah-Yah, lui, il aurait fait une boule de cire avec des plumes de poulet, au lieu de capturer une chauve-souris. C'est un talisman maléfique, qui porte la mort. (Elle braqua ses yeux noirs vers lui.) Tu l'as gardé dedans ta poche ?

Il hocha la tête.

— Eh ben ! t'as eu de la chance de t'en être tiré avec juste quelques bleus.

Janvier porta la main à sa joue et tâta les bords enflés de la blessure que lui avaient infligée ses deux assaillants du dimanche après-midi. Il avait en effet le gri-gri dans sa poche ce jour-là. De même qu'aujourd'hui au Marais.

— Quoi ? s'exclama-t-elle en voyant son air bizarre. Tu crois peut-être que ça agit seulement contre la personne dont on prononce le nom pendant la fabrication ?

Le visage de sa sœur se radoucit un peu, tempérant ce regard méprisant, similaire à celui dont elle l'avait fustigé lors de leur dernière rencontre — il était vrai que depuis, elle avait élevé des enfants et appris à écouter les souffrances d'autrui de par son commerce magique.

— À moins qu'on t'ait appris en France que tout ça c'est rien que des superstitions de nègres ?

Autrefois, elle lui aurait jeté ces mots à la figure comme un gant. Maintenant elle souriait, d'un air un peu exaspéré, certes, mais empreint de bienveillance.

— Où puis-je trouver ce John Bayou ?

— Je te le déconseille, répondit Olympe. C'est un méchant sorcier, Docteur John. (Ses yeux d'un noir de café se rétrécirent, comme ceux du chat.) L'était quoi, Angélique Crozat, pour toi ?

— Une femme qu'on m'accuse d'avoir tuée.

— Qui ça, on ?

— La police. Disons qu'ils ne m'accusent pas vraiment, mais ils me soupçonnent de plus en plus.

Et il lui raconta tout ce qui s'était passé à la Salle d'Orléans, mais sans lui préciser l'identité de la personne qui lui avait confié le message pour Angélique — « quelqu'un qui n'aurait pas dû assister à ce bal » — ni lui répéter ce que lui avait dit Shaw ensuite.

— Phrasie Dreuze, grommela Olympe avec la même grimace que si elle venait de croquer un citron et un regard féroce de chat en colère. Son homme a payé le prix fort pour qu'elle garde la bouche cousue sur lui et sa fille. Mam' zelle Marie a eu vent de l'histoire, parce que c'est elle qu'a expliqué à Phrasie comment faire croire à Trépagier, le moment venu, qu'Angélique était encore vierge. Mais d'autres personnes sont au courant. Tous ceux qu'ont connu Angélique petiote le savent bien. Pas étonnant après ça qu'elle se soit mise à traiter les hommes avec tant de mépris ! ajouta-t-elle en secouant la tête. Phrasie sait que tu es la dernière personne à avoir vu sa fille vivante ?

— Je crois. Elle était là quand Clémence Drouet y a fait allusion devant Shaw, mais je ne la crois pas assez maligne pour faire le rapprochement. Et même si c'était le cas, je ne pense pas qu'elle y ait attaché grande importance.

— Non, du moment qu'elle a sa revanche. (Elle tourna la tête pour regarder la chauve-souris ratatinée posée sur le rebord de la fenêtre.) Va me falloir un, même deux dollars, pour faire parler Docteur John.

Il prit les dollars dans son portefeuille, deux lourdes pièces d'argent, et elle les posa de chaque côté du gri-gri. Le chat sauta sur le rebord de la fenêtre et renifla l'argent, mais ne s'approcha pas de la chauve-souris. Janvier se dit que c'était à cause de l'odeur de térébenthine.

— Est-ce qu'on t'a déjà demandé de jeter un sort à Angélique ? s'enquit-il.

Olympe ne répondit pas, mais son regard la trahit.

— Qui ? insista-t-il.

Elle fit glisser d'avant en arrière les dollars d'argent du bout du doigt.

— Tu disais que tu voulais partir en France pour devenir médecin, mon frère, n'est-ce pas ? Un vrai médecin, un docteur en médecine. C'est ça que t'as fait ?

Janvier hocha la tête.

— T'as donc prêté serment, le serment qu'ils font les médecins, et par lequel ils jurent de garder la bouche cousue sur les secrets des patients ? Les secrets qui sont souvent le germe de leur maladie, pas vrai ?

Il détourna les yeux, incapable de soutenir le regard de sa sœur. Puis il soupira.

— Bien sûr, je comprends, dit-il, mais 'jourd'hui, c'est pas mon jour… Et voilà que tu me fais parler gombo maintenant ! ajouta-t-il en s'apercevant que sa langue avait fourché ; non seulement il avait reproduit les douces intonations du parler africain, mais aussi ses mots tronqués.

— T'as toujours voulu avoir l'air d'un Français, dit Olympe en souriant. T'es tout pareil que maman et ta sœur avec son gros patapouf plein aux as, qui font comme si j'étais pas de la famille, parce que je suis la fille de mon père.

Sa bouche se crispa et la vieille rancœur étincela un bref instant au fond de ses yeux.

— Je suis désolé, dit-il en tendant la main vers l'argent.

Sa sœur le regarda d'un air surpris.

— Tu veux plus que j'aille voir Docteur John ?

— Mais tu viens de m'expliquer que tu ne pouvais rien me dire.

— J'ai dit que je te dirais rien sur la personne qui m'a payée, moi, corrigea-t-elle d'un ton sentencieux comme si elle expliquait quelque chose à un jeune enfant. Ça peut être n'importe qui d'autre qui est allé voir John Bayou, et là, ça me concerne en rien. Je devrais pouvoir savoir ça dans deux ou trois jours.

— Je serai revenu d'ici là.

Il pensait avoir dit cela d'un ton anodin, mais elle tourna la tête vers lui d'un air plus qu'intéressé.

— Je vais quitter la ville quelques jours, expliqua-t-il. Je pars ce soir au bayou du Chien Mort, dès que le bal sera fini.

À prononcer ces mots à voix haute, il sentit les battements de son cœur s'accélérer. C'était une chose à laquelle il ne voulait pas penser. Depuis qu'il était revenu en Louisiane, il n'avait jamais quitté la Nouvelle-Orléans ; il était rarement sorti du quartier français et seulement pour des destinations bien spécifiques : la maison des Culver et celles de ses autres élèves qui prenaient des leçons à domicile.

Dans le vieux quartier français, les traditions liées à l'existence d'une caste de gens de couleur libres le protégeaient. On l'identifiait comme tel, du moins ceux qui savaient à quoi s'en tenir, parce qu'il parlait français ; et grâce à sa famille et à ses amis, il n'avait pas grand-chose à craindre : si quelqu'un s'en prenait au fils de Livia, cela se retournerait contre cette personne.

S'il avait d'autres parents dans le reste de l'État, quels qu'ils soient et où qu'ils soient, tous devaient encore cueillir le coton ou couper la canne, dépourvus de tout nom officiel et de droits légaux. Le Marais, en fait, c'était tout ce qui se trouvait au-delà de Canal Street.

— Ce policier, il pourrait pas y aller à ta place ? demanda-t-elle. Il voudrait pas, peut-être ?

— Je ne sais pas, répondit Janvier d'une voix douce. Je crois que pour l'instant, ils font en sorte de bien l'occuper, pour qu'il se tienne tranquille. J'ai l'impression que...

Il s'interrompit, ne sachant pas exactement ce qu'il espérait trouver au bayou du Chien Mort.

— J'ai l'impression qu'il tient vraiment à découvrir la vérité, poursuivit-il lentement. Mais il est américain, et c'est un Blanc. En son for intérieur, cela ne lui plairait peut-être guère que Galen Peralta soit le meurtrier, et il est possible qu'il consente volontiers à... à trouver un coupable de remplacement si jamais Peralta père lui demande de chercher d'un autre côté. Et tu penses bien que ce n'est pas du côté des esclaves qu'il ira chercher.

Olympe hocha la tête. Janvier déglutit péniblement, songeant au monde inconnu qui s'étendait au-delà des limites de la ville.

— Bref, j'ai bien peur que ce soit moi qu'il vienne arrêter, conclut-il.

Par les portes ouvertes sur le petit salon du fond, il aperçut une fillette d'une douzaine d'années, tout aussi maigrichonne qu'Olympe, mais qui, elle, avait la peau acajou des gens de couleur libres, assise à une table avec un petit garçon d'environ 2 ans sur les genoux, à qui elle racontait une longue histoire sur Compère Lapin et Missié Dindon tout en écossant des petits pois.

Mon neveu, ma nièce, se dit-il. *Ils ne risquent rien tant qu'ils restent dans les limites du vieux quartier — soit une douzaine de rues en aval ou six pâtés de maisons en direction du fleuve.* Mais Janvier savait bien que ce n'était plus vrai.

— Je reviendrai, dit-il d'une voix rauque.

— Attends ! fit Olympe.

Elle se leva et se dirigea vers la grande étagère en bois de cyprès rouge satiné située dans l'angle opposé. Comme le sofa — et d'ailleurs tout le mobilier de la pièce —, elle était très simple et patinée par le temps. Sur les rayonnages protégés par du papier fantaisie, étaient alignés des pots de terre et des boîtes de fer-blanc, qui avaient autrefois dû contenir du café, du sucre ou du cacao, à en juger par leurs étiquettes criardes en plusieurs langues. Elle puisa une perle bleue dans l'une des boîtes et deux petits os dans une autre, noua les os dans un morceau de flanelle rouge et attacha le tout avec un lacet de cuir. Tout en s'affairant, elle marmonnait entre ses dents et, de temps à autre, frappait dans ses mains ou claquait des doigts. Puis elle mit le lacet tout entier dans sa bouche, se signa par trois fois en s'agenouillant devant la chromographie de la Vierge, et pria, la tête inclinée.

Janvier reconnut ce rituel auquel il avait déjà assisté durant son enfance à Bellefleur. Le prêtre qui l'avait catéchisé par la suite lui avait appris à se tourner vers la Vierge et à puiser du réconfort dans les mystères du rosaire. Cela faisait des années qu'il n'avait plus repensé à ces cérémonies magiques.

— Voilà, dit-elle en lui tendant le lacet. Attache ça autour de ta cheville quand tu partiras. Papa Legba et la Vierge Marie veilleront sur toi et te ramèneront sain et sauf ici. (Il glissa l'objet dans sa poche en souriant.) On n'est pas en sûreté au-dehors, ajouta-t-elle. T'as porté ce gri-gri sur toi pendant trop longtemps. Il renferme le mal, un esprit mauvais qui se met en colère pour un rien, et qui grossit comme un rat s'empiffrant de vers dans le noir. Porte mon talisman. C'est risqué d'aller au-delà du fleuve. Du moins pour les gens comme nous. Et on ne sera peut-être bientôt plus en sécurité nulle part.

Le soleil était déjà bas sur le large méandre du fleuve lorsque Janvier emprunta la rue Burgundy pour retourner chez sa mère. Partout, dans les grands immeubles comme dans les petites villas basses, dans les cours intérieures et au détour des rues, il sentait l'air vibrer de la fébrile et joyeuse agitation liée aux préparatifs de cette ultime nuit de festivités, une sorte de frisson contenu avant l'explosion de liberté de la parade fantastique des masques et des costumes.

Il avait déjà pris ses dispositions à l'écurie Desdunes pour qu'on lui réservât une bonne monture. Une sacoche de selle contenant de la nourriture, un peu de linge et une ration pour le cheval l'attendaient sous son lit, dans sa chambre. *C'est risqué d'aller au-delà du fleuve.*

Ce pays où il était né, ce pays qui était sa patrie était devenu un territoire ennemi. Un territoire américain. Le pays des semblables de Nahum Shagrue.

Son cœur battait à tout rompre tandis qu'il marchait le long des trottoirs de brique. Il se dit que s'il trouvait une preuve, obtenait une explication ou apprenait quelque chose au bayou du Chien Mort qu'il pût rapporter à Shaw, le lieutenant irait à son tour mener l'enquête là-bas. Et malgré toutes les horreurs dont les Américains étaient capables, le témoignage d'un homme de couleur libre était encore jugé recevable par les tribunaux de la Nouvelle-Orléans.

À condition qu'il puisse revenir se présenter en homme libre, et non en esclave assigné à comparaître.

Deux jeunes créoles avançaient de front à sa rencontre sur le même trottoir, se racontant sans doute un duel ou une partie de cartes à en juger par les grands gestes qui ponctuaient leur conversation animée. Janvier enjamba le caniveau puant et descendit sur la chaussée boueuse pour les laisser passer. Tout à leur discussion, ils ne lui accordèrent même pas un regard.

Il remonta sur le trottoir en empruntant une planche posée en travers par l'un des habitants de la rue et maudit intérieurement Euphrasie Dreuze. Arrivé à la maison de sa mère, il se faufila par l'étroite ruelle qui menait à la cour et monta à sa chambre au-dessus de la cuisine. Il s'assit à son petit secrétaire en bois de cyprès et écrivit une courte lettre à Abishag Shaw — en des termes aussi clairs que possible, pour plus de sûreté —, puis, sortant ses papiers de sa poche, entreprit de les recopier de sa meilleure écriture notariale. Il commença à plier la feuille en deux, mais la déplia aussitôt, afin d'en faire une seconde copie sur l'une des feuilles de papier qu'il avait achetées la semaine précédente pour noter les versements de ses élèves. Sa signature n'était pas très lisible, mais connaissant le niveau d'éducation en Louisiane rurale, cela ne l'inquiétait guère. Il glissa l'original dans une enveloppe avec la lettre destinée à Shaw, et la scella d'un cachet de cire rose. Il replia les deux copies, en rangea une dans son secrétaire et mit l'autre dans sa poche.

C'était un garde-fou bien fragile, mais c'était tout ce qu'il avait.

Minou habitait à un demi-pâté de maisons de chez sa mère. Les deux villas étaient quasiment identiques, comme toutes les maisonnettes de cette partie de la rue Burgundy. Il se glissa dans la ruelle qui séparait la villa de Minou de la bâtisse voisine, et pénétra dans la cour où la cuisinière de sa sœur épluchait des pommes pour une tarte, assise à une table dressée à l'entrée de la cuisine. Il faisait frais en ce début de soirée, et la chaleur qui émanait des grands communs en brique était la bienvenue. À l'intérieur, il aperçut Thérèse qui repassait des jupons sur une grande table à côté des fourneaux.

— Elle est à l'intérieur, dit la cuisinière, levant les yeux avec un grand sourire encourageant qui lui fit comprendre que Henri Viellard n'était pas dans les parages.

Naturellement, mieux valait éviter de rappeler au protecteur de Dominique qu'elle avait un frère, très noir de peau de surcroît. Elle s'était montrée aussi gentille qu'à son habitude le jour où elle lui avait demandé de toujours vérifier si Henri était là ou non avant d'approcher sa porte, mais après les événements de ce matin et cette nuit de détention, Janvier se sentait pris d'une fulgurante sympathie pour la rébellion d'Olympe.

— Mais je vous préviens, missié Janvier, elle est dans tous ses états à cause du bal de ce soir.

Dans tous ses états à cause du bal, voyez-vous cela ! se dit Janvier, debout dans l'embrasure des portes-fenêtres, contemplant sa sœur qui arrangeait les boucles d'une énorme perruque blanche, comme il était à la mode d'en porter quelque cinquante ans plus tôt.

Et dans quel état se mettrait-elle si on lui disait qu'un Blanc pourrait fort bien l'assassiner en toute impunité ? À moins que ce ne soit quelque chose qu'elle ait déjà compris et accepté, tout comme elle accepte de ne pas avoir le droit de paraître en public sans tignon ni de posséder une voiture ?

— Ben, dit-elle en se retournant dans sa chaise avec un sourire. Est-ce que tu veux une tasse de thé ? Je vais demander à Thérèse…

Il secoua la tête et s'avança pour lui déposer un baiser sur la joue.

— Je ne peux pas rester, répondit-il. Je joue ce soir. Je n'ai pas eu une minute à moi depuis ce matin, et je dois encore aller à l'église avant le bal.

— À l'église ?

— Je compte quitter la ville dès que le bal sera fini, lui expliqua tranquillement Janvier. Je vais me rendre à cheval au bayou du Chien Mort pour discuter avec les domestiques de Peralta — et essayer de rencontrer Galen. Dis-moi, cette fille dont tu m'as parlé, qui est sa fiancée — est-ce qu'il est amoureux d'elle ?

— Rosalie Delaporte ? fit Dominique en fronçant le nez. Si tu espères voir Galen en prétextant que tu as une lettre à lui remettre, tu auras plus de chances d'être reçu en disant que c'est son maître d'armes qui la lui envoie. C'est lui qui doit lui manquer le plus.

Janvier secoua la tête.

— Il se méfierait. Son père s'entend bien avec le maître d'armes.

— Son père s'entend bien avec Rosalie Delaporte aussi. Une vraie pimbêche, si tu veux connaître mon opinion, dit-elle en éloignant un petit bouquet du chat qui s'y intéressait d'un peu trop près. Tu pourrais lui dire que tu as un message de la part de la mère d'Angélique. Mais son père ne désapprouvait pas la chose non plus.

— Ah bon ?

Janvier s'installa à califourchon sur l'autre chaise. La table était couverte d'un fatras de plumes, de dentelles et de fleurs en soie, vision qui lui évoqua le douloureux souvenir d'Ayasha. La robe de soie abricot était étalée sur le divan du petit salon côté rue, reflétant la douce lumière qui se répandait par les portes-fenêtres.

— Cela m'étonne, dit-il. Peut-être ne trouvait-il rien à redire du vivant d'Angélique, mais aujourd'hui, il en va sans doute tout autrement. Est-ce que par hasard tu n'aurais pas un objet ayant appartenu à Angélique ? Quelque chose qui pourrait passer pour un souvenir qu'elle aurait voulu que Galen gardât en mémoire d'elle ?

— Avec sa mère qui brade tout ce qui peut lui rapporter quelques sous ?

Dominique se leva et se dirigea dans un frou-frou soyeux vers le buffet dont elle revint avec une paire de fragiles gants de chevreau blancs.

— Tiens ! Elle et moi on faisait la même taille, des chaussures aux gants — je le sais parce qu'un jour, surprise par une averse, elle m'avait emprunté une paire de souliers qu'elle ne m'a jamais rendue, cette garce. Ces gants passeront aisément pour les siens.

— Merci, dit-il en les glissant dans sa poche. Combien je te dois ?

— Bah ! dit-elle en refusant son offre d'un geste désinvolte. Comme ça, Henri saura quoi m'offrir pour mon anniversaire. Pourquoi les hommes ne savent-ils jamais quoi offrir à une femme ? Figure-toi qu'il m'emmène faire les boutiques quand il doit faire des cadeaux à sa mère ou à ses sœurs, pour que je choisisse à sa place. Ça, naturellement, il évite de le leur dire.

— Es-tu sûre que ce n'est pas une autre dame qui choisit pour lui les cadeaux qu'il te fait ? demanda malicieusement Janvier.

Dominique redressa fièrement la tête.

— Benjamin, lui répondit-elle d'un air empreint de dignité, sache qu'aucune autre dame, pas même une femme qui me voudrait du mal, n'aurait pu lui donner l'idée de m'acheter les œuvres complètes de Jean-Jacques Rousseau.

— Mes plus plates excuses, dit humblement Janvier. Ah, encore une chose !... dit-il en prenant l'enveloppe qui se trouvait dans la poche intérieure de son habit. Je compte rentrer dimanche et je reviendrai chercher ceci vers 10 heures. Si jamais je ne suis pas là, il faut que tu remettes aussitôt cette enveloppe au lieutenant Shaw au Cabildo.

Et si le pire devait arriver, ajouta-t-il mentalement, *faites que quelqu'un — ton Henri, Livia ou n'importe qui d'autre — puisse réunir 1 500 dollars pour me racheter.*

Et surtout, faites qu'on parvienne à me retrouver.

Comme il l'avait prévu, la foule du bal costumé public qui se tenait au Théâtre d'Orléans était bien plus nombreuse que celle du bal des quarterons à côté, mais aussi beaucoup moins distinguée.

Une piste de danse temporaire avait comme d'habitude été dressée au-dessus des fauteuils d'orchestre du Théâtre et s'étendait du bord de la scène jusqu'aux portes. Chaque pilier était orné de banderoles et de festons, et l'on avait dressé de grandes tables pour le buffet sous l'œil attentif des serveurs — buffet exclusivement réservé aux invités, ainsi que John Davis, propriétaire des deux bâtiments et maître de cérémonie, l'avait signifié aux musiciens en termes fort clairs. Dans cette vaste cohue qui se mouvait bruyamment sur tout le pourtour de la salle ou enchaînait énergiquement les quadrilles au milieu de la piste de danse, Janvier revit les costumes qui lui étaient devenus familiers : Richelieu, l'horrible Ivanhoé en jaune et bleu, Henry VIII — sans ses femmes —, ainsi que le Romain couronné de laurier. Ce dernier était accompagné d'une blonde Cléopâtre fardée à outrance et plate de poitrine ; d'autres planteurs et négociants américains étaient également venus avec leurs épouses, mais celles-ci étaient peu nombreuses au regard de celles que la haute société créole désignait sans distinction sous le terme de « chacas » : les boutiquières, ouvrières et grisettes.

Côté messieurs, les jeunes créoles étaient venus en force, et flirtaient avec ces filles de modeste condition comme jamais ils n'auraient osé le faire avec les jeunes dames bien nées de leur milieu. Augustus Mayerling, malgré toute sa belliqueuse habileté au sabre, se révélait être une âme étonnamment pacifique ; à deux ou trois reprises déjà, il était intervenu pour calmer des esprits échauffés. Les autres maîtres d'armes avaient plutôt tendance à jeter de l'huile sur le feu. Il y avait bien plus de femmes que d'hommes, déséquilibre dû en partie au fait que bien des messieurs créoles avaient tendance à disparaître subrepticement derrière les rideaux du passage conduisant à la Salle d'Orléans, où, Janvier le savait, le bal des quarterons battait son plein. De temps à autre, quand une accalmie survenait dans la cacophonie ambiante, il percevait des bribes de musique provenant d'à côté. Il reconnut le cornet de Philippe Decoudreau et grimaça.

Cependant, il n'entendit que rarement l'orchestre de la Salle d'Orléans, et de moins en moins au fur et à mesure que la soirée avançait. Outre le vacarme de la foule, le martèlement des pieds sur le plancher surélevé de la piste de danse et le tintamarre de l'orchestre, enrichi pour la soirée d'une guitare, de deux flûtes et d'une clarinette — le clarinettiste jouait fort mal —, on entendait de façon bien audible les clameurs de la rue. Les lourdes tentures vert olive étaient repoussées, et les fenêtres grandes ouvertes. Américains, prostituées, mariniers et citoyens de la ville sortis faire la fête se bousculaient et paradaient dans les rues, de tripot en cabaret, de cabaret en taverne, s'interpellant les uns les autres, chantant, se jetant de la farine au visage, sonnant des cloches à vache, frappant des cymbales. La fièvre montait dans l'air humide. Dans la salle, des rixes éclataient entre deux danses, certaines même entraînant leurs protagonistes jusqu'au vestiaire où pistolets, sabres et cannes-épées avaient été déposés.

— Est-ce que tu as vu Peralta ? demanda-t-il à Hannibal.

Janvier scruta la foule avec inquiétude et essuya la sueur qui lui ruisselait sur le visage. Avec tous ces gens qui se pressaient dans la salle, il régnait une chaleur d'étuve, mais cela ne semblait pas incommoder le moins du monde les danseurs. Nul souffle d'air ne pénétrait par les grandes fenêtres, et il flottait de lourds relents de parfum, de pommade et de transpiration.

Hannibal, dont le visage blanc de fatigue ruisselait aussi de sueur, balaya l'assemblée du regard, puis secoua la tête.

— Ça ne veut pas dire qu'il n'est pas là, remarqua-t-il de sa voix rauque et enfantine réduite à un maigre souffle. Il est peut-être dans le vestibule — j'y suis allé tout à l'heure : on se croirait dans une auberge de relais à la Noël. À moins qu'il ne soit à côté.

Ou dans les salles de jeu de Davis en haut de la rue, pensa Janvier. *Ou dans quelque bal privé mondain. Ou peut-être même déjà en route pour le bayou du Chien Mort, pour être sûr que personne ne viendra poser des questions embarrassantes à son fils.*

Dans la cathédrale, où il avait fait sa confession du carême et désespérément prié pour le succès de son entreprise, Janvier n'avait cessé de redouter que Peralta entrât à son tour et le reconnût, ayant tout deviné de ses projets. Cela l'irritait de se sentir dans la peau d'un suspect contraint de se faire lui-même justice, quand la loi aurait dû la lui accorder spontanément. La confession, la pénitence et le rituel de la messe avaient sur le moment apaisé ses craintes, mais la soirée avançant et Peralta ne se montrant toujours pas, toutes ses peurs revenaient le hanter comme une armée de rats grouillants.

L'orchestre occupait une estrade dressée sur la scène, et le plancher de la piste se trouvait légèrement en contrebas, si bien que Janvier avait une bonne vue sur l'ensemble des danseurs. Le Dr Soublet était là, se disputant âprement avec un autre médecin qui, apparemment, estimait qu'il était excessif de prélever six pintes de sang à un patient en une semaine.

Les tables du buffet étaient situées à l'opposé des fenêtres, mais chez Henri Viellard, la gourmandise l'emportait sur le besoin de respirer un peu d'air frais ; déguisé en mouton, comme convenu, il ne cessait de se tamponner le front avec de fins mouchoirs de lin, préférant ne pas s'éloigner des huîtres, tartelettes, meringues et roulades. Un nœud de soie abricot enserrait son cou, et son costume bouffant le faisait singulièrement ressembler à une grosse meringue à lunettes. Ses sœurs, remarqua Janvier, portaient pareillement de grotesques costumes d'animaux : le bestiaire se composait d'un cygne, d'un lapin, d'un chat, d'une souris — la petite en question avait l'être de s'être enfuie du couvent pour assister à la fête —, et d'une autre créature à propos de laquelle, après mûre réflexion, Hannibal et lui tombèrent d'accord pour dire que c'était probablement un poisson.

— Je suppose que Mme Viellard joue le rôle de la fermière, conclut Janvier d'un ton dubitatif.

— Ou de madame Noé, suggéra Hannibal. Il ne lui manque plus qu'une petite arche sous le bras.

Il aperçut en même temps William Granger et Jean Bouille, qui calculaient avec précision leurs déplacements respectifs dans la vaste salle, afin de toujours demeurer aussi loin que possible l'un de l'autre. Comme tonton Bichet l'avait déjà remarqué, la femme de Bouille disparaissait dans l'intimité d'une baignoire du Théâtre chaque fois que son mari s'esquivait derrière les rideaux du passage menant à la Salle d'Orléans. Lorsque la danse s'acheva et que Granger et Bouille menèrent leurs cavalières respectives vers le buffet en suivant des trajectoires qui menaçaient de se croiser, le maître de cérémonie se hâta d'intercepter Bouille pour éviter que ne se produisît un nouveau désastre.

Profitant de ce que M. Davis regardait ailleurs, Janvier quitta son piano et longea discrètement le mur en direction du buffet. Il n'aimait pas le teint livide qu'avait Hannibal, ni la façon discrète dont il s'appuyait sur le piano tout en jouant. On eût dit qu'il venait d'être saigné à blanc, et la souffrance avait creusé de profonds cernes sous ses yeux. Janvier se doutait bien que le laudanum à l'eau n'avait pas dû le soulager beaucoup. En approchant du buffet, il croisa le regard de Mayerling, qui lui fit signe de rester là où il était. Le maître d'armes passa devant lui, s'empara d'une coupe de champagne ainsi que d'un verre de fort tafia de mélasse, puis se dirigea vers la scène tandis que Janvier retournait à sa place au piano.

— Je voulais encore vous remercier d'avoir accepté d'être le médecin du duel l'autre jour, lui dit Mayerling en lui offrant la coupe. Regardez donc votre concurrence…

Soublet et son adversaire en étaient rendus aux cris et brandissaient leurs cannes : manifestement, le moment où ils citeraient les noms de leurs témoins n'était plus qu'une question de temps.

— Je ne peux pas exercer comme eux dans cette ville, déclara Janvier, mais peut-être qu'à quelque chose malheur est bon, comme disent les pasteurs.

— Oui, c'était une sacrée chance de vous avoir sous la main. Vous savez que Granger prétend maintenant qu'il a fait exprès de tirer en l'air, tandis que Bouille raconte à qui veut l'entendre que son adversaire a esquivé la balle au dernier moment — autrement dit qu'il aurait lâchement fait un pas de côté, ce qui, dans ces circonstances, est bien évidemment la chose la plus stupide à faire, étant donné que la balle dévie forcément d'un côté ou de l'autre, surtout à cinquante pieds de distance.

Il hocha la tête en direction de Bouille, en grande conversation avec M. Davis qui l'entraînait vers un groupe de négociants créoles accompagnés de leurs épouses.

— Il ne reste plus qu'à espérer que nous réussirons à les maintenir à l'écart l'un de l'autre pendant toute la soirée, ajouta-t-il. Dans quelques jours, ils seront calmés et tout rentrera dans l'ordre.

— Chien de Thompsonien ! hurla soudain le Dr Soublet à son adversaire qui était manifestement un partisan du célèbre herboriste américain.

— Assassin ! aboya l'autre.

Et les deux hommes s'empoignèrent dans une confuse mêlée de moulinets de cannes et d'insultes. Hannibal poussa un soupir et vida son verre de tafia.

M. Davis et une demi-douzaine d'autres hommes entraînèrent les combattants hors de la salle.

Mayerling demeura où il était, abasourdi, secouant la tête. Hannibal reprit son violon et se mit à jouer pour couvrir les rumeurs de la foule ; les notes s'élevèrent, fragiles comme du sucre candi mais tranchantes comme du verre.

— Vraiment, je ne vois pas l'intérêt de se battre en duel, déclara Janvier qui, se remettant au piano, laissa ses mains plaquer machinalement des accords pour accompagner le violon. Et même si j'avais le droit de lancer des défis ou d'en relever, je ne crois pas que je penserais autrement.

— Bien évidemment, renchérit le Prussien. Vous avez une passion, la musique. Vous êtes un homme intelligent, cultivé. Vous vous ennuyez rarement. C'est l'ennui qui est la cause de tout cela, vous savez, poursuivit-il en balayant la salle du regard. C'est la même chose pour les Américains du Marais ou les Irlandais de Tchoupitoulas Street. Ils n'ont rien à faire, alors ils passent leur temps à se bagarrer ou à chercher des raisons pour déclencher la bagarre. Ils ne sont pas si différents des créoles.

Et, l'air songeur, il secoua de nouveau la tête.

— ... franchement, elle ne peut vraiment pas se permettre de faire la difficile, disait une voix masculine à côté de l'une des baignoires donnant sur la scène. Si Arnaud a péché, c'est qu'il avait ses raisons. Un homme ne va pas courir le jupon s'il est heureux en ménage.

Un murmure d'approbation suivit ces paroles. Janvier tourna la tête et reconnut le valet de carreau, Charles-Louis Trépagier. Il discutait avec un individu plus petit que lui mais tout aussi solidement charpenté, vêtu d'un costume criard de pacha turc qui semblait tout droit sorti de l'imagination de lord Byron : pantalons bouffants vert pistache, gilet court orange et vert, et turban assorti orné d'une verroterie pourpre de la taille d'un dollar américain. Un loup orange masquait son visage, des babouches de même couleur chaussaient ses pieds et une longue ceinture de soie pourpre, qui avait dû être une écharpe de femme à l'origine, lui faisait deux ou trois fois le tour de la taille.

— D'autant que ce ne sont pas les propositions qui lui ont manqué, ajouta un autre membre du clan Trépagier d'un ton irrité. De belles propositions, qui plus est, comparées à celle de cette ordure de McGinty. Elle s'imagine qu'elle est trop bien pour...

— Trop bien ! Que vous êtes drôle !

Le Turc renversa la tête en arrière et partit d'un petit rire moqueur. Il se rapprocha de celui qui avait parlé de McGinty et baissa la voix, mais pas assez pour que ses paroles échappent à Janvier.

— Si cette femme vous a repoussé, c'est parce qu'elle doit avoir un amant caché quelque part. Et depuis long-temps, sans doute, puisqu'elle a commencé par chasser Arnaud de son lit. Il paraît même qu'elle sort le soir, cachée derrière un masque, pour aller danser.

— Aux bals publics ?

— Aux bals publics, certainement, confirma le Turc. Et en d'autres endroits, peut-être moins publics, ajouta-t-il en désignant du menton le passage dérobé menant à l'autre salle.

— Monsieur...

Janvier ne s'était même pas aperçu que Mayerling avait quitté sa place. Le jeune maître d'armes fendit la foule comme une anguille, ses grandes mains blanches accrochées à la boucle de son ceinturon ornée de pierreries.

Telles des écailles de dragon, les bijoux bleus et noirs de son costume jetaient des éclairs inquiétants à chacun de ses pas. Derrière son masque de cuir, ses yeux noisette presque jaunes se firent subitement de glace.

— Je suppose, déclara Mayerling, que ce ne sont là que des ragots de bas étage à propos d'une personne qu'aucun d'entre vous ne connaît. Les vrais gentlemen ne salissent point de la sorte le nom d'une femme en public, n'est-ce pas ?

Les Trépagier le contemplèrent dans un silence lourd d'inquiétude. Depuis qu'il résidait à la Nouvelle-Orléans, le Prussien ne s'était battu en duel que trois fois en cinq ans, mais à chaque rencontre, il avait sans pitié occis son adversaire avec une promptitude et une adresse redoutables, qui avaient découragé bien des défis ultérieurs. Ses yeux jaunes de loup détaillèrent un à un les costumes et les visages du petit groupe, montrant qu'il reconnaissait, identifiait chacun d'entre eux.

— C'est heureux pour vous, poursuivit-il tranquillement, car je ne me bats en duel qu'avec des gentlemen. (Il braqua son regard sur le Turc en vert et orange.) Mais si jamais je viens à apprendre que le nom d'une femme a été prononcé par quelqu'un dont le sang ne déshonorerait point mon épée, ajouta-t-il comme s'il voyait parfaitement le visage que cachait l'éclatant masque de satin orange, alors, en tant que gentleman, je me considérerais bien sûr dans l'obligation de venger l'honneur de cette dame et de mettre fin à cette rumeur de la manière qui me paraîtra la plus indiquée.

Il les balaya de son regard comme d'un moulinet d'épée. Point de cruauté dans ses yeux, cependant — seule une froide et redoutable détermination. Janvier pouvait presque voir la traînée de sang laissée par ce regard meurtrier.

— Me suis-je bien fait comprendre ?

Le Turc ouvrit la bouche pour parler. Mais le valet de carreau l'en empêcha, posant la main sur sa manche de satin orange, puis, s'adressant à Mayerling, déclara :

— Nous ne parlions que d'une femme de petite condition, une boutiquière qui a trompé son mari, rien de plus.

— Quand bien même, rétorqua Mayerling d'une voix douce. Ce genre de propos me déplaît. Si vous tenez à

singer les gentlemen, vous devriez le faire avec un peu plus
d'application — qui que vous soyez.

Nul ne répondit. Mayerling attendit un moment, histoire
de leur laisser le temps de rétorquer qu'ils étaient des gentlemen, et à ce titre s'estimaient offensés, puis, comme rien
ne venait, il tourna les talons et disparut dans la foule.

Janvier se pencha en avant et effleura l'épaule de tonton
Bichet.

— Tu sais qui c'est ? lui demanda-t-il.

— Deux gars de la famille Trépagier, répondit le vieil
homme en le regardant d'un air surpris.

— Non, je veux dire l'autre qui est avec eux.

Le violoncelliste tourna la tête, mais le Turc se faufila au
même instant derrière les rideaux du passage dérobé de la
Salle d'Orléans, accompagné du pirate avec qui il discutait.

Les deux frères Trépagier — ils étaient quatre frères en
tout, tous adultes, dont deux déjà mariés — malmenaient
et insultaient à présent un petit jeune homme qui avait osé
courtiser une demoiselle un peu grise et déguisée en gitane,
car ils savaient bien qu'ils n'avaient rien à craindre de celui-
ci, qui ne risquait pas de les provoquer en duel — ce en
quoi ils n'avaient pas tort.

Tonton Bichet secoua la tête et consulta la carte du
programme.

— Ces fainéants se sont assez reposés comme ça, dit-il.

Janvier se remit à contrecœur au piano. *Sally*, pensa-t-il.
Cet inconnu déguisé en Turc avait dû rencontrer la servante
fugitive, qui lui avait parlé de l'escapade de Madeleine. Ou
alors il avait reconnu Mme Trépagier l'autre soir au bal, à
son allure, ses gestes ou sa voix — tout comme lui-même
l'avait fait —, ou bien parce qu'elle avait déjà porté ce ridicule costume indien en d'autres circonstances auparavant.

Si tel est le cas, songea Janvier avec une rancœur subite,
*ce type ne manque pas de culot pour calomnier ainsi,
devant tous, une créole reconnue à un bal de quarterons.*

Le bal se prolongea presque jusqu'à l'aube. En principe,
le carême commençait à minuit, mais la consommation
de champagne, de tafia, de gumbo ou de pâté ne diminua
pas pour autant. Bien qu'il se fût déjà confessé en fin
d'après-midi, Janvier s'abstint de toucher à toute nourriture

pendant la soirée, même quand l'occasion d'en profiter se présentait d'elle-même. Xavier Peralta finit par arriver, vêtu d'une robe rouge et armé d'un sceptre de roi, en compagnie de son cousin le chef de police. Les valses et quadrilles devenaient de plus en plus endiablés au fur et à mesure que partaient les dames les plus respectables, les bagarres et bousculades de plus en plus fréquentes. Chacun semblait résolu à profiter jusqu'au bout des derniers plaisirs du carnaval, à user jusqu'à la corde ses semelles sur la piste de danse, à traîner jusqu'à l'aube sur les balcons surplombant la rivière de torches qui déferlaient dans la rue d'Orléans.

La nuit avançant, les absences des messieurs les plus riches se multipliaient et se faisaient de plus en plus longues. Ces dames et demoiselles créoles, bien que n'appartenant pas toutes à la haute société, se retrouvèrent peu à peu abandonnées à elles-mêmes le long des murs, chuchotant entre elles et feignant l'indifférence. Janvier se doutait que la plupart feraient juste un petit saut chez elles pour ôter leur rouge avant de se rendre à la cathédrale pour l'office du matin. Les Américaines dont les maris étaient restés dans la salle parlaient à voix basse des autres, une demi-douzaine environ, dont les hommes étaient « sortis prendre un petit bol d'air ». La plupart des maris en question disparurent et réapparurent plusieurs fois, à l'exception du soldat romain, dont l'absence se prolongeait. La Cléopâtre délaissée prit part à une conversation animée avec plusieurs autres dames tout en gardant un œil sur la porte, et quand le Romain infidèle se montra enfin à l'entrée, elle l'accueillit d'un air qui laissait présager d'amères récriminations.

Ils font vraiment tout pour s'attirer des ennuis, pensa Janvier, mais il savait bien que ce n'était pas aussi simple. En ceci comme en toute chose à la Nouvelle-Orléans, la règle était au compromis aigre-doux, dont on ne pouvait guère se dépêtrer sans laisser des lambeaux de son cœur derrière soi.

Pas étonnant que tout le monde veuille danser et s'amuser, songeait-il tout en dirigeant ses pas vers l'écurie de louage dans la brume tiède de l'aube. Des noctambules costumés, la démarche chancelante, s'attardaient le long des trottoirs de la rue d'Orléans. Dans toutes les tavernes, on jouait encore de la musique — notes sonores des cuivres et martèlements de grosse caisse. Sous la lueur tremblotante des lampadaires, des yankees pourchassaient en criant des prostituées masquées et hilares. Dans l'air qui charriait le remugle du fleuve, flottaient aussi de lourds relents de vin, de whisky, de tabac et de parfums bon marché.

Janvier enfourcha la monture que lui remit un palefrenier ensommeillé, et rejoignit la Levée où le capitaine de barge avec lequel il s'était arrangé la veille l'attendait au milieu de l'étendue de brume blanchâtre qui montait du fleuve. Les eaux du fleuve elles-mêmes étaient très calmes, et les remblais des berges émergeaient de part et d'autre, telles des chaînes de montagnes dans les écharpes de brouillard. Derrière eux, sous les derniers scintillements des étoiles, la ville s'assoupissait, enfin épuisée.

Les brillantes envolées de la musique, les saveurs du café et du gumbo ou le miroitement du clair de lune masquaient bien des tragédies — des trahisons financières ou amoureuses aux atrocités de l'esclavage, en passant par les horreurs de la fièvre jaune.

Mardi gras était fini. Dernières bouchées gloutonnes, dernières gouttes de vin, ultimes et sauvages accouplements dans le noir, avant la mortelle pénitence du carême.

Janvier, le cœur empli de terreur, regarda l'ombre de la rive ouest approcher.

16

Le matin le trouva à huit miles de la ville, chevauchant vers l'est le long de la levée du fleuve, les broussailles et arbres luxuriants de la batture en contrebas sur sa gauche, la terre sombre des champs sur sa droite. Par endroits, ces derniers étaient envahis de mauvaises herbes. Lorsque parurent les premiers rayons du soleil qui dispersèrent les lambeaux de nuages autour de lui, il aperçut alors des groupes d'esclaves qui avançaient le long des sentiers, la houe sur l'épaule, leurs pieds nus fendant les écharpes de brume montant du sol.

Un Blanc l'interpella dans un mauvais français de la Nouvelle-Orléans, demandant à voir ses papiers. Mais lorsque Janvier les lui présenta — ainsi qu'un reçu de l'écurie Desdunes, prouvant qu'il n'avait pas volé le cheval —, l'homme sembla soudain s'en désintéresser complètement. Il glissa son fouet sous son bras, et se contenta d'y jeter un bref coup d'œil.

En contrebas de la route, des esclaves sarclaient un champ pour la prochaine plantation de canne tout en chantant une sorte de mélopée rythmée dans un gombo quasi incompréhensible.

Janvier reconnut ce chant ; il l'avait entendu à la plantation où il était né.

Depuis son retour, il redoutait de quitter la Nouvelle-Orléans, de perdre sa liberté — de voir, aussi, les changements survenus depuis que les Américains avaient pris possession du pays. Il craignait d'être considéré comme un esclave par les Blancs, ou qu'ils veuillent refaire de lui un esclave. L'odeur de la terre et de la sueur des travailleurs, la chaleur des rayons du soleil matinal sur le dos de ses mains, les gazouillis des oiseaux dans les arbres alentour et ces chants qui montaient dans le ciel le ramenèrent au temps de son propre esclavage et de son enfance, au temps de son innocence, époque terrible de douceur et de souffrance mêlées.

Trente années durant, comme Livia, il avait fait comme si celui qui avait connu l'esclavage était un autre que lui. Et voilà qu'aujourd'hui, alors qu'il ne s'en était jamais soucié durant tout ce temps, il s'apercevait qu'il ne savait même pas ce qu'était devenu son père.

Il avait fait en sorte de l'oublier, comme il avait oublié cet enfant — ce petit garçon qui courait à travers les champs de canne à sucre avant le lever du soleil, ou qui allait s'allonger sur le sable de la batture à la tombée de la nuit pour écouter le concert de coassements des grenouilles.

Il fit de nombreux arrêts pour permettre au cheval de se reposer, sachant qu'il lui serait impossible de se procurer une monture fraîche entre la Nouvelle-Orléans et le bayou du Chien Mort. Il coupa par les champs pour éviter le grand méandre du fleuve après McDonoughville, traversa des bois de cyprès et de noyers marécageux qui bruissaient et crissaient d'insectes sous le soleil de plomb de cette fin de matinée. La terre en ces lieux était détrempée, coupée de marigots et bayous dont la surface vert bouteille miroitait sous le silence vigilant des arbres. Peu après midi, il acheta un bol de gumbo et un demi-pain de maïs pour quelques sous à un trappeur qui vivait dans une clairière au milieu des marais. Il habitait une méchante cabane, qui ne se distinguait guère de l'étable abritant une unique vache et la soue des cochons, mais Janvier comprit, au regard de l'homme, que s'il avait demandé à entrer, ce dernier aurait refusé. Il était espagnol, comme les *isleños* de la Terre des Bœufs au sud, et comprenait à peine le français de Janvier. Derrière un coin de la bicoque, celui-ci aperçut une douzaine d'enfants maigres et sales qui l'observaient, mais pas un ne parla.

Le bayou du Chien Mort se trouvait à quelque vingt-cinq miles au sud-est de la Nouvelle-Orléans, près de Plaquemines, paroisse restée très française dans cette région où l'on rencontrait de tout. Cette pensée le réconforta un peu, car il y avait moins de risques ici que les petits fermiers et trappeurs de l'arrière-pays voulussent capturer un Noir pour le vendre comme esclave. Pareille entreprise eût été bien trop ardue. Il avait vu ces gens au marché de la Nouvelle-Orléans, misérablement vêtus de cotonnades maison à rayures blanches et bleues, et entourés de nuées d'enfants qui semblaient tous s'appeler Nono, Vévé ou Bibi. Ils vendaient gaiement poudre de filé et peaux d'alligator, et terminaient leur journée en allant comme les Américains goûter les plaisirs de la grande ville. Plus encore que les créoles, qui les méprisaient, ces frustes trappeurs vivaient dans un univers bien à eux, coupés du reste du monde, jusque dans leur façon de parler, quasi incompréhensible.

Néanmoins, Janvier se sentait plus en sécurité parmi eux que chez les Américains du nord ou de l'ouest, même si un Noir voyageant seul n'était jamais vraiment en sécurité nulle part. Lorsqu'il reprit sa course le long du fleuve, il préféra rester à bonne distance des berges et emprunter un chemin boueux mais tranquille dans les bois qui s'étendaient derrière les plantations. La rivière et ses abords étaient par trop fréquentés, et les mariniers — Nahum Shagrue et ses congénères — ne valaient guère mieux que les pirates du fleuve, et pouvaient même à l'occasion être pires qu'eux.

Il avait prévu un petit somme quand il ferait trop chaud, sur le coup de midi, mais l'exécrable nature du chemin forestier ralentissait sa progression, si bien qu'il ne voulut pas s'arrêter plus d'une heure lorsque le soleil atteignit son zénith, et ne s'autorisa par la suite que quelques pauses pour ménager son cheval. À une ou deux reprises, il s'assoupit après lui avoir donné son picotin d'avoine — il avait dormi quatre heures après le bal chez Hermann, et cela faisait deux jours qu'il n'avait pas eu de vraie nuit de sommeil —, mais chaque fois, le sifflet d'un vapeur, emporté jusqu'à lui par le vent, le réveilla en sursaut, et son corps s'inondait de sueur à la pensée que Xavier Peralta avait peut-être bien annulé ses petits déjeuners familiaux et dîners du mercredi des Cendres, afin de rejoindre en toute hâte son fils exilé.

Une heure ou deux avant le coucher du soleil, il atteignit le bayou du Chien Mort. Il arriva par l'arrière de la plantation, dont il distingua les lueurs quand le sous-bois s'éclaircit avant de céder la place aux sillons d'un champ nu et désert, creusés en leur milieu d'une rangée de trous prêts à recevoir les tiges à demi fermentées de la récolte de canne de l'année précédente.

Ils sont bien avancés dans leur travail, pensa-t-il. D'après sa mère, Peralta venait rarement au Chien Mort et restait dans sa résidence principale, Alhambra, près du lac Pontchartrain. Il devait donc y avoir un contremaître fort efficace ici.

Sans quitter le couvert du bois, il longea la propriété jusqu'à bien voir l'habitation. Il identifia les divers corps de bâtiment, les autres champs, et s'efforça de mémoriser des repères, ainsi qu'il le faisait étant enfant. Si les choses tournaient mal, il pourrait avoir besoin de s'orienter rapidement et dans le noir. Il y avait des champs où poussait la seconde récolte de canne de l'année, et qui commençaient à se hérisser de tiges noires et nervurées — de la canne Batavia, laquelle n'était pas encore introduite dans le pays quand il était enfant —, et d'autres dont la terre retournée et la forme des sillons lui apprirent qu'on y planterait bientôt du maïs.

Derrière ces derniers, l'on apercevait la rangée de sycomores touffus qui bordaient la levée du fleuve. Entre la maison et lui, un petit bois bouchait la vue, mais il distinguait quand même le dôme de brique et la cheminée de la sucrerie, et un peu plus loin, à peine visibles derrière un verger, les cases de bois blanchies à la chaux des esclaves. L'habitation en elle-même et le pavillon du contremaître, les pigeonniers, les fumoirs et les écuries, tout cela était caché dans l'ombre de grands chênes enguirlandés de barbes grises.

Avec un petit claquement de langue à l'intention du cheval, il reprit son chemin.

Entre les champs de canne et de maïs, s'étirait une bande de terre pleine d'orties et d'herbes folles. Deux ou trois sycomores s'y dressaient, que l'on avait laissés, devinait Janvier, pour que les esclaves puissent se mettre à l'ombre pendant la pause du déjeuner.

Il continua sa route au pas à la lisière du bois, longeant les limites de la propriété dont il fit le tour jusqu'à retomber sur le chemin par lequel il était arrivé. Quelques miles plus tôt, à un endroit où le sol devenait particulièrement spongieux, il avait aperçu un autre sentier qui s'enfonçait dans les bois et senti une odeur de fumée parmi les arbres. Il refit patiemment le chemin en sens inverse et retrouva l'endroit, certes un peu éloigné des champs de Peralta, mais comme il ne connaissait pas les lieux, mieux valait être prudent. Le sentier, apparemment peu fréquenté, longeait le bayou du Chien Mort à travers les broussailles. Quand le jour commença à décliner, il trouva enfin ce qu'il cherchait : une petite maison sur pilotis, bâtie avec de la terre, de la mousse et des planches de cyprès, dotée d'une galerie surplombant les eaux tranquilles du bayou et d'une arrière-cour où gambadaient une nuée d'enfants aux yeux noirs, débraillés et pieds nus, descendants des Acadiens exilés ici près d'un siècle plus tôt.

— Papa, il est au haut-bayou, répondit l'aînée à la question de Janvier.

La fumée qu'il avait sentie une heure plus tôt était celle de la cheminée, la pièce principale de la petite maison servant de cuisine, où flottait une bonne odeur d'oignon, de poivre et d'écrevisses en train de cuire.

— Mais Val, il peut porter votre message à Peralta, si vous voulez, ajouta-t-elle.

Val, qu'on alla chercher dans la remise où il grattait des peaux de rats musqués, était un garçon brun de 14 ans avec d'étranges yeux gris-vert très clairs comme en ont parfois les Acadiens. Tous les enfants s'attroupèrent autour de la table de la cuisine pour regarder Janvier rédiger son message, émerveillés de voir un Noir qui savait écrire, ou tout simplement subjugués par ce miracle qu'était en soi l'écriture ; puis ils vinrent s'asseoir autour de lui sur la galerie pendant qu'il mangeait un bol de jambalaya que la fille lui avait servi — « Mais il faut que ça cuise bien plus longtemps pour que ça soit vraiment bon », lui avait-elle dit. Après quoi il repartit, les laissant s'émerveiller de plus belle devant les pièces de monnaie qu'il leur avait données.

Ils lui rappelaient les paysans marocains vivant en bordure du désert, dont Ayasha lui avait parlé : « Ils savent leurs prières et distinguer une vraie pièce d'une fausse, même la meilleure des contrefaçons. Mais c'est tout. »

Il sourit. Il se demandait ce qu'auraient inspiré à Ayasha tous ces gens d'origines si diverses : les bûcherons espagnols, les marchands de crème glacée italiens du marché, l'étrange petite colonie des Tockos du Delta qui pêchaient des huîtres, chantaient des chansons grecques et se noyaient de temps à autre à la pleine lune, les Allemands, ou les survivants des nations Choctaw et Natchez. À Alger, il y avait même une colonie de Chinois quelque part sur l'une des berges du fleuve.

Et des Africains, bien évidemment.

Dans la pénombre croissante du crépuscule, il se mit à chercher une cachette pour son cheval. Il n'avait pas osé demander franchement conseil aux enfants à ce sujet, feignant d'être un voyageur très pressé qui ne pouvait se permettre de s'arrêter à la plantation qui était dans la direction opposée à sa route. Mais il avait bien retenu qu'un certain « Ti Margaux », récemment décédé, avait laissé une cabane et une grange inoccupées vers l'amont du bayou. Dans la jungle humide des marais, localiser « l'amont du bayou » était loin d'être évident — de fait, il y avait des bras de bayou partout, dont les eaux coulaient paresseusement tantôt dans un sens, tantôt dans l'autre, quand elles ne stagnaient pas de façon sinistre sous l'épaisse voûte de verdure des cyprès couverts de mousse. Mais après bien des détours, Janvier trouva enfin la cabane, construite sur pilotis et bâtie, comme la plupart de ces petites maisons, avec de la boue et des planches de cyprès.

Les voisins et la famille avaient déjà emporté tout ce qui pouvait avoir un peu de valeur, y compris les planches de la toiture. La grange avait été pareillement dépouillée, mais elle possédait encore ses portes. Dans l'obscurité croissante, Janvier dénicha un vieux seau fendu, dont les brèches, une fois colmatées avec de la mousse, ne laissèrent pas trop fuir d'eau lorsqu'il apporta à boire au cheval. Il le bouchonna, lui donna sa pitance et referma le loquet de la porte derrière lui, en priant pour qu'aucun voisin ne vînt voir s'il restait encore quelque chose à glaner après le passage des premiers pilleurs. Cela dit, il n'y avait pas grand risque. On voyait bien que l'endroit avait déjà été mis à sac.

Sa couverture roulée sur l'épaule et les gants de chevreau de Minou dans la poche, il repartit au Chien Mort.

— Hé ! Qui qu'est là assis dans le noir ?

Sa mère et ses maîtres d'école l'auraient écorché vif s'ils l'avaient entendu. Il avait dit à Olympe qu'à cause d'elle, il s'était remis à parler comme lorsqu'il était enfant, et il était vrai que sa langue retrouvait avec une facilité déconcertante les inflexions, déformations et omissions du gombo.

Un vieux Noir, assis sur le perron de sa case, jouait d'une sorte de flûte de Pan en roseau. Il leva les yeux et son sourire édenté brilla à la lueur des quelques torches de pommes de pin qui brûlaient encore.

— Qui qu'est là, à rôder près des champs comme une couleuvre après les rats ? lança-t-il en guise de réponse.

Janvier avait traversé les champs de canne dans l'obscurité, guidé par la musique vers la rangée de cases badigeonnées de chaux derrière l'habitation : notes aigrelettes de flûtes de roseau, crissements de banjo, cliquetis d'os. Une musique enjouée et dansante, surnaturelle et païenne dans la nuit. Une musique qui réveillait encore en lui cette douleur où se mêlaient la nostalgie et le chagrin, le souvenir de ces nuits d'antan où, comme le vieil homme, comme ces trois ou quatre gamins assis sur les marches en bois d'autres cases, un peu plus loin, il restait à regarder les visages luisants des hommes et des femmes qui se déhanchaient dans le noir, qui dansaient pour oublier leurs muscles fatigués, pour retrouver cette liberté intérieure qui serait la seule qu'ils connaîtraient jamais.

La danse venait juste de s'achever. Un homme, assis sur le perron de la case voisine, continuait à gratter son banjo, enchaînant des chansons douces, quelques mesures d'une gigue qu'Hannibal jouait parfois sur son violon, les notes connues d'un air d'opéra. Filles et garçons échangeaient des regards complices. Seuls quelques rares criquets se faisaient entendre en ce début de saison. Les grenouilles coassaient en contrebas de la levée qui s'étirait derrière l'habitation. Janvier se rappela les noms qu'il leur donnait en fonction de leurs voix quand il était petit : il y avait monsieur Gik, monsieur Nuit Noire et la petite mam' zelle Didi. Il faisait un peu frais, et le feu allumé au milieu de l'allée répandait une chaleur bien agréable.

— Je suis une petite feuille emportée par le vent, répondit Janvier en souriant à sa question comme le vieil homme se poussait pour lui permettre de s'asseoir à côté de lui. Et je suis drôlement content d'entendre un peu de musique.

— T'allais dans les bois ? s'enquit l'homme au banjo — euphémisme pour lui demander s'il n'était pas un fugitif.

— Eh ben, j'ai comme qui dirait fui la ville, répondit Janvier en lui faisant un clin d'œil. Je suis en route pour Grande-Isle, où je vais voir ma femme et mes gosses. Avec tous ces bals et ces fêtes à la ville, ces gens déguisés qui sont tous tellement soûls qu'ils se reconnaissent même plus entre eux, personne s'apercevra de mon absence d'ici mon retour.

— Je vois bien c'que tu veux dire, déclara une robuste jeune femme au visage rond, dont la robe de calicot et le tignon de couleurs vives lui firent aussitôt comprendre qu'il s'agissait de l'une des servantes qui avaient fait partie du convoi de domestiques expédié ici en toute hâte par Peralta.

— Ah bon, t'es allée à la Nouvelle-Orléans ? s'étonna Janvier, feignant l'innocence.

Il apprit alors toute l'histoire.

Livrée par morceaux, entrelardée de digressions et ragots sur les serviteurs des maisons voisines ainsi que sur les maris, épouses, fiancés et petites amies de la domesticité de la maison Peralta, elle consistait en ceci : Galen Peralta avait rencontré la maîtresse d'Arnaud Trépagier, l'un de ses camarades de cours à l'académie d'escrime d'Augustus Mayerling, et était tombé éperdument amoureux d'elle. Peralta père avait alors emmené le jeune homme aux bals du Ruban Bleu pour essayer de lui changer les idées en lui faisant rencontrer d'autres demoiselles métisses, mais en vain.

— D'autant qu'elle faisait pas grand-chose pour le décourager, intervint une femme, qui s'avéra être Honey, l'ancienne cuisinière de Peralta.

— Pardi, elle le repoussait tout en lui faisant les yeux doux, ajouta une autre, dont le visage au fort menton commençait à prendre des rides. Mais voilà, le choléra a emporté Arnaud Trépagier juste à temps, si on peut dire, car c'est sûr que ça aurait fait du vilain.

Elle avait une note de satisfaction fielleuse dans la voix et une étincelle malveillante dans le regard, que Janvier se sentait bien incapable de lui reprocher. Après toute une vie ou presque à la Nouvelle-Orléans, elle devait se sentir tout à la fois furieuse, perdue et terrifiée de se retrouver ainsi exilée du jour au lendemain dans une plantation isolée au milieu des marais.

Angélique avait alors pris le deuil.

— En fait de deuil, déclara la vieille servante avec un reniflement de mépris, fallait la voir parader sur Gallatin Street, dans des toilettes qui étaient tout sauf modestes.

— Mais elle portait quand même du noir, observa Honey, plus gentille. Moi je l'ai vue au marché.

Puis missié Galen se mit à lui envoyer des billets doux. Missié Xavier disait que c'était indécent. Mais missié Galen s'en moquait bien. Il avait 17 ans et il était amoureux.

— Doux Jésus, y'a pas qu'à 17 ans que les hommes sont capables de toutes les bêtises à cause d'une femme, lança avec un sourire une esclave du haut d'un autre perron.

Elle serrait un bébé emmailloté sur sa poitrine nue, et un petit garçon d'environ quatre ans était blotti contre son autre bras. Tous deux dormaient. Son mari, assis à côté d'elle, lui envoya un coup de coude dans les côtes en lui jetant un regard espiègle. Tout le monde, à l'exception de Janvier, avait à l'évidence déjà entendu cette histoire, mais elle était encore assez récente pour susciter l'intérêt.

Missié Galen supplia son père d'aller parler à Mme Dreuze. Ils se rendirent donc au bal des quarterons du mardi.

— La première chose qu'on a tous sue, c'est que missié Xavier est rentré au point du jour, ce qui était vraiment très tard pour lui. C'est pas dans ses habitudes de veiller jusqu'à l'aube. Il nous a demandé si missié Galen était rentré. Nous lui avons dit que non, et juste à ce moment-là, on a frappé au portail. C'est Charles qui est allé ouvrir, et missié Xavier s'est précipité sur ses talons, avec nous autres qui suivions derrière. Sous la lumière des lampadaires, on a alors vu missié Galen, soûl comme un cochon, qui s'appuyait contre le portail, avec son masque qui lui pendait autour du cou et le visage tout couvert d'égratignures, de grosses griffures qui saignaient.

Janvier garda le silence, mais il éprouvait exactement la même chose que lorsqu'il partait à la chasse avec son lance-pierre étant enfant, et que, d'un seul tir, net et précis, il faisait dégringoler un écureuil de sa branche.

Il revit en pensée le visage d'Angélique — cet énigma-tique faciès de chat, dans son écrin de dentelles et de bijoux — tandis que sa voix, méprisante et affilée comme une lame de rasoir, lui résonnait de nouveau aux oreilles : *Comment* osez-vous *lever la main sur moi ?* Phrase qu'elle avait répétée avec exactement la même intonation, quelques instants après, telle une partition apprise par cœur.

Le feu s'effondra sur lui-même dans un bruissement soyeux. Les esclaves se rapprochèrent pour entendre la fin du récit. L'un d'eux jeta un regard nerveux vers le bout de l'allée, où se trouvait le pavillon du contremaître, mais les fenêtres demeurèrent obscures et silencieuses.

— Missié Xavier et missié Galen sont restés face à face sans rien dire pendant un moment, poursuivit la cuisinière. Puis missié Xavier s'est tourné vers nous et, avec un calme parfait, il a dit : « Ferme le portail, Charles. Et ne le rouvre pas avant demain matin. Honey, est-ce qu'on a assez de provisions à la cuisine pour tenir une journée sans aller au marché ? » Ils n'ont rien voulu nous dire, mais j'imagine bien ce qui s'est passé : missié Galen s'est soûlé, puis il a dû se colleter avec une traînée ramassée quelque part, et son papa voulait éviter que cette histoire arrive aux oreilles de Rosalie Delaporte avec qui il est fiancé.

— Aux oreilles de Thierry Delaporte, tu veux dire, intervint un petit homme d'âge moyen, très digne d'allure malgré ses vêtements et ses mocassins grossiers, lesquels étaient neufs et seyaient fort mal à son corps menu.

Charles, le majordome de Peralta, devina Janvier. L'homme avait des pansements à deux de ses doigts. Il devait à présent être assigné à des tâches plus ingrates, puisque Galen Peralta était seul dans cette grande maison et ne devait avoir besoin tout au plus que d'une cuisinière et d'une bonne pour le ménage.

— C'est le papa de Rosalie Delaporte, précisa le majordome à l'intention de Janvier. Il a une grande plantation à la paroisse de Saint-Charles, et ça fait des années qu'ils parlent, lui et Peralta, de marier sa fille avec missié Galen.

— Et ils risquaient d'en parler encore longtemps, renchérit la servante, vu que missié Galen ne s'intéressait plus qu'à cette Angélique. Un vrai poison, c'te fille, à ce qu'il paraît.

— Au matin, poursuivit Honey après une brève digression sur les liens de parenté unissant les Peralta, les Delaporte, les Trémouille et les Bringier, missié Xavier a envoyé Momo qui est là (ce disant, elle pointa le doigt sur un jeune homme qui, manifestement, se sentait déjà comme chez lui parmi les jeunes filles de la plantation) à Alhambra, près du lac, avec un message demandant à Tia Zozo, la cuisinière de là-bas, ainsi qu'au majordome, aux servantes, au cocher, et à tous les autres de venir à la Nouvelle-Orléans nous remplacer, pendant que nous, on viendrait passer quinze jours ici au Chien Mort, tout ça pour être sûr qu'il n'y aurait pas de fuites.

— Quinze jours, tu crois ? lança la servante d'un ton amer. Les fuites, y'en aura, tôt ou tard, et ça va pas arranger les choses entre lui et la demoiselle que le papa tenait tellement à marier avec missié Galen. Tu rêves, ma fille ! On est encore là pour un bon bout de temps, conclut-elle.

Le feu de la colère couvait au fond de ses prunelles.

Janvier songea aux miles de marais, de bayous et de routes qu'il avait parcourus pour arriver ici, au grand isolement de la plantation. Cette femme et tous les autres serviteurs avaient été arrachés à leurs amis, à leurs maris et épouses, amants et fiancées, ainsi qu'à des lieux familiers, littéralement du jour au lendemain, et pour une raison qui, à leurs yeux, n'était que pur caprice. Il vit le regard de Honey s'emplir de chagrin, et la grosse esclave détourner les yeux.

— Missié Xavier ne nous fera pas ça, Anne, dit Charles d'une voix douce. Je le connais. Ça fait quarante ans que je suis à son service. Il m'a dit, quand nous montions dans le chariot, que nous allions tous revenir bientôt.

— Ah ? Mais quand c'est qu'il vient nous chercher, alors ?

— Il est déjà en route, probablement. Il devait rester là-bas pour le mercredi des Cendres ; il fallait qu'il aille à l'église et à la cathédrale, et aussi manger du poisson avec les Bringier. Mais il doit avoir pris la route, maintenant, ne serait-ce que pour venir voir missié Galen.

— Et puis, qui c'est qui va lui faire la cuisine et brosser ses vêtements ? ajouta Janvier, en se rappelant la terreur qu'il avait lui-même éprouvée dans son enfance en quittant la plantation de Bellefleur pour la ville. Vous êtes tous là à sarcler les champs de canne, mais les gens d'Alhambra, ils vont avoir du mal à faire votre travail à votre place. Il en aura vite assez des chemises pleines de faux plis et des moutons sous son bureau.

Anne, la servante, ne semblait pas très convaincue, mais Honey le gratifia d'un sourire reconnaissant. La conversation reprit ; on parla de la première femme de Xavier Peralta, morte en couches en mettant Galen au monde, et de la seconde, emportée par la fièvre jaune quatre ans plus tôt. Épidémie qui avait également fauché leurs trois petites filles. Ils passaient en revue les moindres faits et gestes de chacun des membres de la famille — Janvier avait presque oublié que les domestiques connaissaient tout des affaires de leurs maîtres. Il était trop jeune à l'époque de Bellefleur pour s'y intéresser, si bien que c'était l'une des servantes qui l'avait tenu au courant des étapes de la transaction concernant la vente de sa mère. Par la suite, Livia avait tenté de l'empêcher de fréquenter les enfants esclaves du quartier français, mais sans vraiment de succès. Il se rappela également les paroles d'Olympe, qui lui avait expliqué que les prêtres et prêtresses vaudou étaient renseignés sur tout, grâce à un réseau très étendu d'informateurs qui se débrouillaient toujours pour savoir qui était telle ou telle personne ou connaître les raisons de sa venue, sans même que l'observé se rendît compte qu'il était surveillé de si près.

Tout à coup, le vieil homme à la flûte lança :

— La Petite Ourse se lève. Si Uhrquahr jette un œil par sa fenêtre et qu'il voit encore du feu ici, pouvez être sûr qu'il va débarquer. Uhrquahr, c'est le contremaître, expliqua-t-il à Janvier. Je t'inviterais bien à dérouler ta couverture ici dans une des cases, mais Uhrquahr, c'est un dur. Vaut mieux pas prendre le risque.

— Merci beaucoup, dit Janvier. Mais un feu et un brin de conversation, c'est tout ce qu'il me fallait. J'ai passé un bon moment. Je serai reparti avant qu'il fasse jour.

Sous la voûte étoilée du ciel, il s'éloigna tranquillement à travers champs en direction des plants de maïs et des sycomores, songeant que cela faisait bien longtemps qu'il n'avait goûté le plaisir d'une conversation de ce genre, assis parmi les esclaves, ouvriers agricoles et servantes de ferme qui traînaient sur le pas de leurs portes avant d'aller se coucher. Non pas qu'il regrettât cette vie, contrairement à ce que les Blancs auraient affirmé, disant qu'au fond de son cœur tout cela lui manquait. L'angoisse, la terreur et l'impuissance inhérentes à cette existence servile lui laissaient un souvenir par trop pénible, encore très vif dans sa mémoire. Les Blancs qui disaient que les esclaves étaient heureux de leur condition et avaient surtout besoin d'une « main forte » n'étaient que des imbéciles. Comme tout le monde, les esclaves essayaient seulement de vivre au mieux la vie qui était la leur, puisant un peu de bonheur là où il s'en présentait, conscients que les caprices des Blancs pouvaient leur retirer jusqu'à ces petites joies.

Ce qui lui avait manqué, sans qu'il en eût conscience, c'était la beauté de certains moments, entraperçue derrière les barreaux de cette cage d'enfance : la douce fraîcheur de l'air des soirées printanières, l'odeur de la terre retournée, le fracas de la bamboula dans l'obscurité et l'amitié de ces compagnons d'infortune.

Dès cette époque, il avait compris que sa mère ne l'aimait pas. Mais il avait reçu l'amour de son père et de toutes les femmes de Bellefleur, qui étaient comme autant de tantes pour lui. Il ne s'était pas rendu compte jusqu'à aujourd'hui que c'était tout cet amour qui lui avait cruellement manqué à Paris. Il avait grandi au sein d'une communauté très unie, très fraternelle, d'abord à Bellefleur, puis dans le quartier français ; pas étonnant qu'il en eût conçu tant de nostalgie durant ces années en France.

Oui, et cela expliquait qu'il eût choisi de revenir dans cette communauté après la mortelle blessure au cœur que lui avait infligée le destin. *C'est ici qu'est ma patrie*, songea-t-il, sans même un semblant de surprise. *Pas en Europe. Pas à Paris. Pas en Afrique. Mais ici, parmi ces gens qui ne sont ni vraiment africains ni vraiment français.*

Et parmi les congénères de Nahum Shagrue ?

Il se sentait bien en peine de répondre à cette question.

Derrière lui, il entendit les bribes lointaines d'une ultime chanson, telles des voix de fantômes dans la nuit.

> *« La détresse a conduit ce Noir dans les bois,*
> *Dites à mon maître que je suis mort dans les bois. »*

Très haut dans le ciel, le croissant de lune surplombait la cime des arbres. Enroulé dans sa couverture sous les sycomores, Janvier récitait son rosaire et contemplait la course des nuages sous la lueur blafarde et tremblante des étoiles, étreint du sentiment que Paris se trouvait à des distances infinies. Il pensa à Ayasha, se demandant si à Paris elle avait parfois éprouvé une sensation identique en songeant à sa lointaine ville d'Alger.

17

Depuis les sycomores, Janvier aperçut Galen Peralta traverser les champs de canne dans les pâles lueurs roses et grises du jour naissant.

Le surplomb de ce tertre en friche, bien que très léger, lui permettait d'embrasser du regard tous les champs alentour, heureusement nus en cette saison, car à l'automne, les plants de canne étaient assez hauts pour dissimuler toute une armée. Un filet de fumée s'élevait au-dessus des cuisines, entre l'habitation et le pavillon du contremaître. C'était d'ailleurs l'unique bâtiment où l'on faisait du feu, car il faisait chaud déjà en cette saison, même en début de matinée. Le sifflet d'un vapeur retentit dans le lointain, troublant la tranquillité de l'air. Peralta père devait vraisemblablement avoir quitté la ville à minuit au plus tard, ce qui signifiait qu'il pouvait arriver d'un instant à l'autre.

Janvier chercha à se rappeler s'il avait entendu un bateau pendant la nuit. Il n'en avait pas l'impression, mais peut-être ne s'en était-il pas aperçu, absorbé comme il l'était par le récit des esclaves. En aval de la ville, les courants étaient rapides, et les vapeurs qui descendaient le fleuve n'avaient pas intérêt à faire de la vitesse en s'engageant dans les tortueux bras du delta côtier. La lune était dans sa phase montante. Il avait entendu dire qu'il y avait des pilotes capables de naviguer par des nuits sans lune. Il supposa que dans des circonstances désespérées, il aurait été prêt à payer pour embarquer avec l'un d'eux.

Il plissa les yeux dans la lumière blafarde, espérant qu'il ne se trompait pas et que c'était bien Galen.

Le garçon approcha. Il était venu à pied, naturellement, pour éviter les questions qu'on n'aurait pas manqué de lui poser en le voyant partir à cheval de si bon matin. Cette ossature longiligne et délicate, si différente de la robuste et massive constitution de Peralta père, ressemblait bien à celle du jeune homme vu à la Salle d'Orléans. Un chapeau à large bord plongeait son visage dans l'ombre, mais il ne marchait pas avec l'assurance d'un contremaître.

Janvier s'efforça de calmer les battements précipités de son cœur. Il fallait encore que le vapeur accostât. Il aurait tout le temps de s'enfuir, de disparaître.

Il n'avait pas grand-chose à dire au jeune homme, mais il devait à tout prix voir son visage, vérifier si ce qu'on lui avait dit était vrai — afin de pouvoir lui-même en témoigner.

Au bout d'une semaine, les égratignures étaient encore bien visibles, bien qu'en voie de cicatrisation. C'étaient à n'en pas douter des ongles de femme qui lui avaient ainsi labouré les deux joues, des pommettes au menton — des escarres et de longs sillons roses parfaitement nets sur cette peau délicate qui conservait encore le teint de porcelaine de l'enfance. Galen lui jeta un regard par-dessous le large bord de son chapeau. C'était la première fois que Janvier voyait son visage de si près.

De grands yeux bleu clair et une petite moustache blonde, presque invisible, qui s'accrochait de façon ridicule à la lèvre supérieure. Sur le front, des mèches de cheveux blonds, aux pointes décolorées par le soleil. Il avait des cernes bleutés sous les yeux et deux rides, fruits de l'anxiété, de la fatigue et des nuits blanches, autour de la bouche.

Janvier avait fait assez de gardes de nuit à l'Hôtel-Dieu pour savoir qu'il était impossible, ou du moins fort improbable, qu'un homme ayant étranglé la femme qu'il aimait dans un accès de colère passât ensuite des nuits entières à la pleurer. Il avait vu des hommes tenter de s'ouvrir les veines en sanglotant sur le corps sans vie de leur femme ou de leur maîtresse qu'ils avaient eux-mêmes étripées avec une bouteille brisée. Et puis, même si elle avait la peau d'une Blanche, Angélique était une femme de couleur, donc sans importance aux yeux de la loi — et peut-être bien aux yeux de son amant aussi.

— Vou-vou-vous avez quelque chose pou-pour moi ?

— Oui, missié, fit Janvier, ôtant son chapeau mou et prenant délibérément un accent aussi populaire que possible. Ma'ame Dreuze vous fait envoyer ceci.

Il sortit de sa poche le foulard propre dans lequel il avait enveloppé les gants de Dominique. Galen déroula l'étoffe et les fixa du regard. Janvier vit les muscles de sa mâchoire se contracter — le jeune homme faisait un effort sur lui-même pour se maîtriser.

Contrairement à Charles-Louis Trépagier, ce n'était pas un garçon qui acceptait la violence avec désinvolture, pas même la violence de son propre caractère. Janvier se demandait ce que Xavier Peralta avait dit à son fils après son retour à l'aube, une fois les domestiques congédiés.

— A-a-a-t-elle… (Il déglutit et recommença sa phrase.) A-a-a-t-elle en-en-envoyé autre chose ?

— Non, missié.

Le jeune homme releva les yeux, luttant de toutes ses forces pour ne pas pleurer en présence d'un étranger, noir qui plus était.

— Je-je… je vois.

Puis il regarda Janvier avec une expression indéfinissable, fronçant ses sourcils duveteux. Janvier savait bien qu'il passait difficilement inaperçu avec sa grande taille ; en outre, il était l'un des rares qui ne portaient pas de masque lors de cette fameuse soirée à la Salle d'Orléans.

Lui et Galen étaient passés à moins de quelques pouces l'un de l'autre en se croisant à l'entrée du petit salon de la Salle d'Orléans.

Certes, le jeune homme n'avait eu d'yeux que pour la blanche et scintillante Fata Morgana qui se riait de lui dans le halo des chandelles… Mais il était néanmoins possible qu'il se rappelât Janvier.

La panique inonda ce dernier comme une douche glacée ; il arrondit les épaules et se gratta le menton. D'un autre côté, il s'était déjà souvent rendu compte que la plupart des Blancs ne prêtaient pas grande attention à un

Noir ou une personne de couleur qu'ils ne connaissaient pas.

— Elle m'a bien dit de vous les remettre en main propre, déclara Janvier, à personne d'autre qu'à vous ; c'est donc ce que je fais.

Rien dans ses paroles ne devait laisser soupçonner que lui aussi était présent au bal de l'autre soir.

— Vous voulez que je lui rapporte un message de votre part ? ajouta-t-il.

Il s'en mordit les lèvres sur-le-champ. Si Galen lui répondait : « Oui, je vais retourner à la maison lui rédiger une lettre et je vous retrouverai ici dans deux heures », le risque de voir arriver Xavier Peralta dans l'intervalle augmenterait dans d'atroces proportions. D'autant que cela ne dérangeait certainement pas un Blanc de faire attendre un Noir jusqu'à la fin de la matinée. Et puis cela lui ferait perdre un temps précieux dont il avait besoin pour retourner à l'endroit où il avait caché le cheval. La pensée qu'on le lui avait peut-être volé lui traversa l'esprit comme un éclair et lui retourna les sangs. À pied, il n'avait aucune chance de s'en sortir dans ces contrées.

Un vapeur pouvait parcourir les trente miles qui séparaient la plantation de la ville en cinq ou six heures, selon le nombre d'escales prévu ou le type de cargaison à décharger à l'une ou l'autre. Si Peralta était parti à minuit…

— N-n-non, bégaya Galen. N-n-non, ça ira co-co-comme ça.

On eût dit un enfant. Il enveloppa les gants dans le foulard et les glissa dans la poche de sa grosse veste de tweed. Dans la poche de son pantalon, il puisa un dollar mexicain en or, qu'il déposa dans la paume de Janvier.

— M-m-merci. Si vous v-voulez venir jusqu'à la m-mai-maison, on vous d-do-donnera quelque chose à m-man-manger à la cuisine.

— Si ça ne vous dérange pas, missié, je préfère partir maintenant, répondit Janvier en touchant poliment son chapeau. Ma'ame Dreuze, elle m'a demandé de passer ici parce qu'elle savait que j'allais à Grande-Isle voir ma femme, alors j'aime autant reprendre la route sans m'arrêter. Mais merci quand même.

C'était là une bien piètre excuse — quel voyageur eût laissé passer l'aubaine d'un repas gratuit et l'occasion de bavarder avec les domestiques à la cuisine ? Mais Galen était manifestement trop secoué pour s'apercevoir de l'incongruité d'un tel refus. Il tourna les talons et s'éloigna en direction de l'habitation sans un mot, dispersant du pied les dernières écharpes de brume qui flottaient au-dessus du sol et caressant de la main les gants au fond de sa poche.

Les gants de Minou.

Janvier avait un peu honte de l'abuser ainsi.

Il a étranglé cette femme dont tu as trouvé le corps, lui dit une petite voix intérieure. *Et il essaie de te faire porter le chapeau. Ce souvenir d'amour, même s'il s'agit en réalité des gants de ta sœur, c'est bien la dernière chose qu'il mérite.*

Bien qu'il fût difficile de dire ce que méritait vraiment Galen.

La justice, pensa-t-il. *La justice, un point c'est tout. Mais nous la méritons tous.*

Alors que les esclaves émergeaient de l'allée entre les cases et chantaient doucement dans l'aube, Janvier, empruntant le sentier en friche qui traversait les champs, fila vers les bois comme un renard vers sa tanière.

Cela faisait bien des années qu'il n'avait voyagé dans une contrée sauvage. Même lorsqu'il était enfant, il n'avait jamais vraiment appris à se débrouiller dans les bois. Tout au plus savait-il les choses que savait tout esclave ayant grandi à la campagne : disposer trois bâtons en triangle, la pointe tournée vers le chemin que l'on avait emprunté, ou creuser des encoches sur les troncs d'arbre pour s'orienter ; faire attention où l'on posait les pieds et s'approcher avec prudence de tout objet susceptible de servir de cachette ou d'abri à un serpent. Il faisait déjà chaud, de ces premières touffeurs typiques du printemps louisianais, moites, accablantes, très différentes des canicules qu'il avait connues à Paris. Sous le couvert des chênes et des caoutchoucs, l'air était lourd, suffocant, et lui semblait de plus en plus pesant au fur et à mesure qu'il avançait. Il s'efforça de garder sur sa gauche la lumière du jour naissant qui filtrait derrière les fourrés et de contourner les champs de canne sans les perdre de vue, car il savait qu'il était facile de se perdre dans ces bois sans fin.

Dans le lointain, telle la plainte nocturne du vent sous les avant-toits, les chants des esclaves s'élevaient, portant encore jusqu'à lui.

> « *Pauvres petits sans père,*
> *Pauvres petits sans mère,*
> *Comment faites-vous pour gagner des sous ?*
> *La rivière nous traversons pour cueillir des baies,*
> *Les bayous nous suivons pour pêcher la perche,*
> *Voilà comment nous gagnons des sous.* »

Machinalement, son oreille exercée analysa l'inquiétante gamme de tons descendants, les rythmes libres et syncopés rappelant les roulements saccadés des tam-tam. Mais le chant faisait vibrer quelque chose en lui de plus profond. Tout comme la calinda, il ne ressemblait en rien aux œuvres de Schubert ou de Rossini, mais possédait néanmoins une force qui l'envoûtait.

Dans un buisson, une fauvette lança son gazouillis. Plus loin, une buse cria.

Puis tout redevint tranquille.

Silence.

Janvier s'arrêta, l'oreille tendue, se demandant si le vent avait tourné. Dans le lointain, il entendit la note grave d'un vapeur.

Les champs de canne s'étendaient entre lui et le fleuve. Le chant des esclaves avait cessé.

Il sentit une boule se nouer dans sa gorge et il pressa le pas, s'efforçant de ne pas courir, car s'il courait, il risquait non seulement de laisser beaucoup plus de traces derrière lui, mais aussi de trébucher et tomber, avec toutes ces feuilles et ces branches mortes qui jonchaient le sol.

En pensée, il vit un cavalier — deux cavaliers peut-être — surgir de la plantation en faisant de grands signes au contremaître — *Uhrquahr, c'est un dur* — sous le regard des esclaves silencieux…

À moins que le contremaître ne fût justement en train de passer un savon à l'un d'entre eux. Ce qui expliquerait ce silence soudain. Mais il eut beau tendre l'oreille, il n'entendit pas le chant reprendre.

Il continua à avancer, un peu plus vite, s'efforçant de retrouver ses points de repère. Hier soir déjà, dans l'obscurité croissante de la nuit, tout lui avait paru très différent de ce qu'il avait vu dans l'après-midi, et lui paraissait plus différent encore à présent qu'il rebroussait chemin par l'autre côté. Il retrouva l'une de ses propres marques, près d'un chêne rouge voilé de mousse espagnole comme une veuve endeuillée, mais ne reconnut aucunement l'endroit. Il dispersa les bâtons d'un coup de pied en s'éloignant, se demandant s'il leur faudrait beaucoup de temps avant de se lancer à sa poursuite.

À Bellefleur, quand il avait 6 ans, l'un des esclaves qui travaillaient aux champs s'était échappé. Le contremaître avait alors rassemblé des hommes et organisé une battue. Bellefleur, proche de la Nouvelle-Orléans, était moins isolée que le Chien Mort et des Blancs des propriétés voisines s'étaient joints au groupe. Mais comme c'était la saison des plantations, peu avaient pu se libérer, si bien que la majorité des hommes qui avaient participé à la chasse — et volontiers accepté de le faire — étaient les propres frères d'esclavage du fugitif.

Et dire qu'il avait été leur raconter qu'il s'était sauvé ! Il n'était ni de leurs parents ni de leurs amis. Tout ce qui pouvait rompre la monotonie de la corvée de sarclage était bon à prendre ; nul doute qu'ils accepteraient sans hésiter de se lancer à sa poursuite.

Il se mit à pleuvoir, une pluie fine et régulière. Cela couvrirait son odeur si jamais ils utilisaient des chiens, mais rendrait aussi ses traces de pas bien visibles dans le sol meuble, et ses repères plus difficiles à trouver. En respectable maître de musique parisien, il avait depuis seize ans l'habitude de porter des bottes et, bien avant cela, Livia veillait déjà à ce qu'il allât chaussé comme un homme de couleur décent et non pieds nus comme un Noir. Ses bottes allaient certes laisser des empreintes plus profondes, mais il n'osa pas les enlever.

Autour de lui, les bois s'épaississaient et le sol se faisait de plus en plus spongieux sous les cyprès aux allures fantomatiques qui se mêlaient aux chênes. La distance qui le séparait du petit bayou affluent qu'il avait suivi pour rejoindre la cabane de Ti Margaux était plus grande qu'il ne le pensait. Ses vêtements commençaient à lui coller au dos, à devenir pesants. Il s'efforça de conjurer les suggestions de son imagination débridée, qui lui donnait à voir le petit jeune homme las et tourmenté s'en retournant vers la bâtisse blanche de la plantation où son père l'attendait sur le perron, débarqué à l'instant du vapeur qui venait d'accoster.

— *Qui t'a apporté ces gants ?*

— *Un g-g-grand Noir de la ville.*

— *Et tu l'as laissé te voir ? Tu as laissé quelqu'un de la ville voir ton visage ?*

Il songea à la petite Sally, qui s'était tranquillement enfuie des Saules à pied. Mais comme Claire, la cuisinière, l'avait observé, la plantation n'était qu'à une heure de marche de la ligne du tramway américain. Ici, il lui faudrait courir longtemps avant d'être en sécurité.

Il traversa un fourré et se retrouva face à un plan d'eau qu'il n'avait jamais vu auparavant. Vert émeraude, couvert de lentilles d'eau et d'anneaux frissonnant sous les gouttes de pluie. Des cyprès, semblables à de vieux dieux gris en haillons se dressaient le long de la berge, pâles sur le vert profond du rideau de pins derrière eux. Leurs racines noueuses plongeaient dans l'eau comme les jambes d'enfants envoyés en éclaireurs pour sonder le fond d'un gué. Sur une souche, une tortue le regarda en clignant les paupières.

Dieu merci, les alligators dorment encore à cette période-ci de l'année, songea-t-il en revenant sur ses pas, cherchant des yeux l'encoche qu'il avait laissée — qu'il croyait avoir laissée — quelque part dans les parages. Le bras de rivière qui se trouvait devant pouvait soit appartenir au bayou sur la rive duquel Ti Margaux avait sa bicoque en ruine, soit en être un affluent, ou bien encore courir dans une tout autre direction. La pluie s'intensifia, faisant bruire le feuillage des chênes, les aiguilles des pins. Près du plan d'eau, il faisait frais, mais en revenant sous le couvert des arbres, il s'aperçut que la touffeur de l'air demeurait

inchangée malgré la pluie, laquelle l'empêchait seulement
d'entendre ses poursuivants. Il trébucha dans les entrelacs
d'une azalée sauvage et se retrouva brusquement face à un
jeune Noir en gros pantalons d'esclave agricole, armé d'un
gourdin.

— Le voilà ! s'écria l'homme. Le…

Mais Janvier couvrit la distance qui le séparait de l'autre
en deux grandes foulées, lui arracha son gourdin — dont
son poursuivant ne songea même pas à se servir tant il
était surpris de voir sa proie l'attaquer au lieu de fuir —
et lui assena brutalement un coup sur la tempe. Le jeune
homme s'effondra, assommé, et Janvier s'élança en courant
dans la direction qu'il pensait être celle qu'il suivait juste
avant cette mauvaise rencontre. La pluie redoubla encore
d'intensité, noyant d'une teinte monochrome toutes les
nuances de verts de l'eau et de la végétation environnante.

Il se dirigea vers les épais fourrés qui bordaient le bayou,
mais des voix lançaient des appels dans son dos, si bien
qu'il comprit qu'il ne pourrait pas s'y terrer bien longtemps. Il obliqua donc vers la forêt, où les frênes d'eau,
cyprès et palmiers cédaient la place aux pins, dont le tapis
d'aiguilles couvrant le sol empêchait les broussailles de
pousser. Ses longues jambes galopaient, son corps s'adap-
tait tant bien que mal à ce violent effort physique. Il était
grand, mais cela faisait bien longtemps qu'il n'avait pas
couru ainsi et ses bottes lui pesaient aux pieds. *Bien trop
longtemps*, pensa-t-il quand soudain l'air lui brûla les
poumons. Les garçons lancés à sa poursuite devaient être
jeunes, eux, et endurants.

Il glissa, se rétablit tant bien que mal et, changeant
encore de direction, courut cette fois droit au bayou. Une
tache grise accrocha son regard, et il reconnut la vieille
bicoque du défunt Ti Margaux, mais inaccessible, car sur
l'autre berge. Il n'avait aucune idée de la façon dont il avait
pu s'égarer sur la mauvaise rive, mais il n'y avait pas à se
tromper, c'était bien là. Pendant un instant, il songea à se
tapir dans un coin et à laisser passer ses poursuivants, mais
eux aussi verraient la cabane et comprendraient aussitôt
que c'était là qu'il cherchait à aller. Les serpents dormaient
en cette fin d'hiver, tout comme les alligators — *mon Dieu,*

faites que les serpents dorment encore ! Puis il ôta son
manteau et plongea dans le bayou.

Il n'était pas très large — douze ou quinze pieds tout au
plus — ni particulièrement profond. Tenant son manteau
et ses papiers à bout de bras, il reprit bien vite pied en
quelques battements de jambes et mouvements de nage.
Ses bottes s'enfoncèrent dans une vase épaisse et innommable, se prenant dans des algues sous-marines qui
semblaient un filet de fer, et de longues herbes lui scièrent
les cuisses et les flancs lorsqu'il se hissa enfin sur la berge.
Il gravit la pente en trébuchant, se rua sur la porte de la
vieille grange, se saisit de la bride, puis, s'obligeant à des
gestes calmes et précis, glissa le mors dans la bouche du
cheval et boucla les lanières de la sous-gorge et de la têtière.
Trempé, il bondit sur son dos sans le seller et, éperonnant
l'animal, sortit au galop de la grange.

Dehors, il n'y avait que la jungle des cyprès et des chênes
rouges ; fougères, laiterons et plantes grimpantes gênaient
le cheval dans sa course. Cherchant désespérément à
retrouver l'étroit sentier qui l'avait conduit jusqu'ici,
Janvier, aplati sur le cou de l'animal pour éviter les
branches basses, arrachait néanmoins au passage des
lambeaux de mousses humides qui lui restaient accrochées
sur le dos.

Soudain, jaillissant de la verdure de la jungle avec des
hurlements, ils fondirent sur lui. Des Noirs, à moitié nus,
armés de gourdins. Janvier enfonça ses talons dans les
flancs de sa monture, mais déjà des mains s'étaient empa-
rées de la bride et le tiraient par les jambes, forçant le
cheval paniqué à se coucher et son cavalier à démonter. Il
balança son gourdin dans la mêlée et atteignit bien l'un de
ses assaillants, mais les coups pleuvaient sur lui et finirent
par l'étourdir. Il sentit qu'on lui arrachait des mains son
arme de fortune et se retrouva cloué au sol, où il continua
à se débattre comme un beau diable.

— Laissez-le se relever ! fit la voix d'un Blanc.

Ils s'exécutèrent, sans pour autant lui lâcher les bras, et
restèrent massés autour de lui sous la pluie battante qui ne
dissipait pas plus leur odeur de sueur que la sienne, mêlée
au remugle humide de ses vêtements.

Trois Blancs se tenaient devant lui, campés sur une légère éminence du terrain. Évidemment, aucun n'avait tenté de traverser le marais à cheval ; ils étaient venus à pied, comme les esclaves. Le premier était un blond aux épaules carrées, 30 ans environ, moustaches en crocs et favoris, un long fouet enroulé à la ceinture — Uhrquahr, le contre-maître. Le deuxième, vêtu de la veste de tweed et de la culotte de chasse qu'il avait enfilées ce matin pour traverser le champ de maïs, toujours coiffé de son chapeau à large bord sur lequel la pluie dégouttait, n'était autre que Galen Peralta.

Le troisième, tête nue, les cheveux blancs, les yeux bleus et froids comme de la glace, était Xavier Peralta.

Il se tourna vers l'un des esclaves qui tenaient Janvier par le bras.

— Est-ce bien l'homme qui est venu hier soir près des cases poser des questions sur missié Galen ?

— Oui, missié, c'est lui.

Xavier Peralta se retourna vers Janvier. Le vieux planteur aussi semblait exténué ; tous ces dîners familiaux auxquels il n'avait pu se soustraire avaient sans doute été suivis d'une longue nuit blanche. Il n'était pas encore midi, ce qui signi-fiait qu'il avait pris le tout premier bateau du matin.

— Vous avez dit à mon fils que vous étiez venu lui apporter un souvenir, de la part de Mme Dreuze — geste qui ne me paraît pas du tout conforme au tempérament de la dame, qui est loin d'être une sentimentale, malgré toutes ses protestations —, et vous avez également prétendu à mes domestiques que vous étiez un fugitif et que vous vous rendiez à Grande-Isle. Je crois que vous avez menti dans les deux cas. Dites-moi la vérité maintenant. Qui êtes-vous ?

— Je m'appelle Benjamin Janvier et je suis un homme de couleur libre, dit-il en plongeant la main dans sa poche pour en sortir ses papiers — les esclaves ne relâchant pas leur étreinte.

Uhrquahr les prit et les déchira en mille morceaux sans même les regarder.

— Te voilà esclave, maintenant, déclara le contremaître en souriant.

— Emmenez-le, lança Peralta en tournant les talons.

18

La sucrerie était l'un des rares bâtiments en brique de la plantation des Peralta. Une annexe sur le côté servait à entreposer le bois destiné au feu vorace de la distillation des récoltes hivernales, mais l'hiver touchant à sa fin, celle-ci était pratiquement vide et son sol de brique nu et balayé. L'on passerait le reste de l'année à y entasser de nouvelles bûches, harassante corvée qui rompait le dos, tout comme le sarclage des champs pour empêcher les mauvaises herbes d'étouffer les plants de cannes, ou bien le débroussaillage des fossés.

Du côté opposé, passé les ombres silencieuses des rouleaux compresseurs et la longue rangée de cuves vides, il y avait une autre remise où des cônes de sucre séchaient sur des tréteaux de bois, dégorgeant leurs dernières gouttes de mélasse sous des tentes de gaze destinées à les protéger des cafards, et répandaient une forte odeur aigre-douce dans la pénombre.

— Enchaînez-le au pilier.

La voix de Peralta résonna sinistrement sous les hauts chevrons de la toiture contre laquelle la pluie tambourinait. Ils avaient récupéré leurs chevaux à la lisière des arbres où ils les avaient laissés, avec les sacoches contenant des chaînes et des fers.

— Juste la cheville, ça ira, ajouta-t-il comme le contremaître poussait Janvier contre l'un des gros piliers carrés en bois de cyprès qui supportaient le dôme de la sucrerie. Je vous appellerai s'il y a un problème.

Il dut ôter ses bottes à Janvier pour lui passer la chaîne au pied. L'anneau lui mordait la chair, pressant durement contre l'os de sa cheville la perle bleue du porte-bonheur d'Olympe.

Peralta tira deux pistolets dissimulés sous les basques de son habit, et en tendit un à Uhrquahr. Dans ses vêtements trempés dont l'eau dégoulinait, formant une flaque à ses pieds, le vieux planteur irradiait une sorte de rage sourde et glaciale, autrement plus inquiétante que les manières brutales du contremaître qui se contentait d'exercer son pouvoir en aveugle.

— Monsieur Uhrquahr, veuillez monter la garde dehors devant la porte de la remise à bois. Si jamais vous m'entendez pousser un cri, alors vous entrerez, mais pas avant. Je ne devrais pas en avoir pour longtemps. Dites à Héphastion de renvoyer les hommes aux champs dès que la pluie aura cessé.

Le contremaître toucha le bord de son grand chapeau détrempé et sortit ; on entendit la pluie crépiter plus fort pendant un instant lorsqu'il ouvrit la porte de la remise à bois à côté. En franchissant le seuil, Uhrquahr jeta un regard maussade par-dessus son épaule, déçu et fâché d'être mis à l'écart.

Janvier s'adossa au pilier, les bras le long du corps, et contempla Peralta en silence. Le vieil homme garda ses distances ; ses cheveux blancs retombaient en petites mèches humides sur son col, ses yeux bleus dardaient toujours sur Janvier le même regard glacial. Quelque chose dans sa façon de se tenir là, immobile, fit comprendre à Janvier que Xavier Peralta attendait de lui qu'il parlât le premier : il voulait savoir quels seraient les premiers mots que son prisonnier prononcerait ; il voulait l'entendre s'expliquer, s'excuser, peut-être même supplier. Aussi Janvier garda-t-il le silence. Si bien qu'ils restèrent là à se regarder en chiens de faïence, l'air d'attendre un imprévu et improbable changement de situation. Le bruit de la pluie emplissait toute la pièce.

Ce fut finalement Peralta qui rompit le silence :

— J'ignorais que la police recrutait des Noirs libres dans ses rangs.

Janvier faillit rétorquer qu'il n'était pas noir mais métis, puis se rendit compte de ce que pareille protestation aurait eu de ridicule. Olympe avait peut-être raison, après tout, quand elle disait qu'il était encore plus blanc que leur propre mère au fond de lui-même.

— Ce n'est pas la police qui m'envoie, dit-il d'une voix douce et feutrée dans la pénombre, tout en secouant la tête pour chasser des gouttes d'eau qui, tombant de ses cheveux courts, lui coulaient dans les yeux. N'avez-vous pas demandé à M. Trémouille de n'envoyer personne ? De ne faire aucune enquête ? Non, je suis celui qui risque d'être pendu à la place de votre fils.

Peralta détourna les yeux. Dans l'ombre, il était impossible de discerner son expression ou même de voir la peau claire et rosée de son visage s'empourprer, mais l'on ne pouvait se méprendre sur ses épaules crispées et son dos raide, son silence tendu comme du coton engagé dans une cardeuse au rouage trop serré.

Tue-moi et va-t'en, pensa Janvier. Sa colère contre Peralta était telle que tout ce que cet homme pouvait faire désormais lui était bien égal. Il avait vu nombre de gens mourir et, à ce stade, il préférait la moindre souffrance d'une balle dans la peau à la corde ou à la noyade. *Allez, tire et va-t'en, ou alors dis quelque chose.* Ce n'était pas lui, Janvier, qui parlerait le premier.

— Vous étiez… l'un des musiciens. Le pianiste.

— C'est exact, répondit Janvier. Et votre fils a dû vous dire que je me trouvais avec Mlle Crozat dans le petit salon quand il est entré dans cette pièce, et que lorsque j'en suis sorti elle était encore vivante.

On n'entendait plus d'autre bruit que celui de leurs respirations.

— Il en est le seul témoin, ajouta Janvier. Mais vous savez déjà probablement tout cela.

— Non, répondit le vieil homme qui remua les épaules et fit passer le poids de son corps d'un pied sur l'autre, abandonnant enfin sa pose rigide et vigilante. Je ne le savais pas. Je n'ai pas discuté de la chose en détail avec la police. Et mon fils… (Il se tut un long moment.) Mon fils ne m'a rien dit à votre sujet.

— Et est-ce que votre ami le capitaine Trémouille vous a dit que j'étais le seul témoin à avoir vu votre fils entrer dans cette pièce ? Après que tout le monde l'eut vu dévaler les escaliers comme une furie suite à sa querelle avec Angélique ?

Janvier riva son regard sur l'épaule gauche du Blanc, sachant fort bien que, ce faisant, il ne dissimulait guère la fureur qui étincelait dans ses yeux, mais cela lui était complètement égal.

— Rien ne m'oblige à vous écouter, lança Peralta en tournant les talons.

— Évidemment non, répliqua Janvier, parce que vous tenez un pistolet et que je suis enchaîné.

À ces mots, Peralta se figea. Janvier devinait que le vieux planteur ne se serait pas arrêté s'il lui avait simplement dit : « parce que vous êtes blanc et que je suis noir ». De fait, sa réplique avait fait mouche. En un sens, l'une ou l'autre phrase revenait au même. Mais pas dans l'esprit d'un Blanc. Janvier savait, depuis ce fameux soir où Bouille avait défié William Granger dans la salle de bal, que Peralta se considérait comme un gentleman, un homme d'honneur, au sens désuet du mot. Un homme qui se flattait de connaître les usages, de ne pas ressembler aux Américains.

— Mes amis savent que je suis ici, dit Janvier.

Il faillit se croiser les bras, machinalement, puis songea qu'il valait mieux éviter de prendre une telle pose qui eût paru pleine de menace, de défi, « d'insolence ». Il n'ignorait pas que sa grande taille était déjà assez menaçante en soi et qu'il ne pouvait se permettre le moindre faux pas.

— S'ils ne me voient pas revenir, ils iront remettre à la police une lettre que je leur ai laissée. Je me doute bien que ce n'est pas ça qui empêchera un riche planteur comme vous de tuer un pauvre homme comme moi venu se mettre en travers de votre chemin, mais je tiens à ce qu'on respecte et dise la vérité.

Peralta se retourna lentement. L'accusation implicite de mensonge le touchait au vif. Il ouvrit la bouche, au-dessus de laquelle brillaient des gouttes de pluie accrochées à sa moustache blanche, incapable de trouver un argument pour réfuter ces paroles. Mais l'homme d'honneur, le fier héritier des vieilles traditions créoles ne pouvait pas non plus laisser passer de tels propos sans y répondre. Un gentleman n'avait pas peur de dire la vérité.

— C'est mon fils, déclara-t-il enfin. Et je n'ai pas l'intention de vous tuer.

L'étau de la panique comprima de nouveau le cœur de Janvier, car il devinait quelle était l'intention de Peralta.

— Mais mes amis chercheront à me retrouver, parvint-il néanmoins à répéter d'une voix ferme. (*Qui ?* pensait-il amèrement. *Livia ? Dominique ?*) À moins que vous n'envisagiez de me vendre hors des frontières de l'État, ajouta-t-il.

— Certes, répondit simplement Peralta. (Il prit une grande inspiration et osa de nouveau croiser le regard de Janvier.) Je sais que c'est… dur. Mais je ne vois pas ce que je peux faire d'autre. Uhrquahr !

La porte s'ouvrit aussitôt. Uhrquahr entra, le pistolet au poing. Janvier estima que Peralta avait eu de la chance que son contremaître n'ait pas tiré en entrant car il aurait pu les tuer tous les deux avant que ses yeux se soient habitués à la pénombre.

— Enfermez-le dans la prison, ordonna calmement Peralta. Nous allons le garder ici quelques jours.

Mambo Susu, la doyenne des esclaves de Bellefleur quand Janvier était enfant, disait toujours que ça portait malheur de construire une maison avec des matériaux sans esprit comme la pierre ou la brique. Remarque qui lui semblait pertinente à l'époque, puisque toutes les cases des esclaves étaient en bois ; la folie et la bizarrerie des Blancs s'expliquaient du fait qu'ils habitaient une maison sans esprit.

Plus tard, en regardant les violentes pluies et bourrasques des ouragans derrière les fenêtres de la maison de sa mère rue Burgundy, Janvier s'était remémoré les nuits passées dans ces cases dont le toit fuyait, ainsi que les quintes de toux chroniques qui secouaient les esclaves, et avait révisé son jugement.

Toujours était-il que la prison des esclaves du Chien Mort était en brique.

Les barreaux de l'unique fenêtre percée à bonne hauteur étaient en bois, constat qui lui était d'une bien piètre utilité, puisque de toute façon il était attaché au mur du fond par une chaîne très courte passée à son poignet droit. Après tout, cela aurait pu être pire. Les fugitifs récidivistes étaient souvent enchaînés sur le dos, mains au mur et pieds entravés dans des anneaux de fer fixés au sol. Le sol était en brique lui aussi. La pièce sentait le renfermé et la très vieille urine.

Tout en examinant les pitons qui retenait sa chaîne au mur, Janvier fut soudain frappé du bruit qui régnait au Chien Mort, contrairement aux Saules. La plantation de Peralta, pour aussi petite, somnolente et perdue qu'elle fût, résonnait de vie : les cris stridents des petits enfants autour des cases et, dans le lointain, à peine audibles, les coups réguliers des houes et des pioches, les voix des esclaves qui chantaient.

> *« Ils l'ont chassé, ils l'ont traqué avec les chiens,*
> *Ils lui ont tiré dessus au fusil,*
> *Ils l'ont capturé dans le marais aux cyprès,*
> *Ils lui ont lié les bras dans le dos,*
> *Ils lui ont lié les mains par-devant... »*

C'était une chanson interdite, un chant secret sur Saint-Malo, le chef des esclaves rebelles. Mieux valait qu'Urhquahr ne les entendît pas. Janvier frissonna et gratta avec son ongle le mortier autour des pitons.

Ainsi qu'il le pressentait, ce n'était pas un vrai mortier, mais de la glaise séchée, peu adaptée à la fonction qu'on lui avait assignée. Il empoigna sa chaîne, la passa par-dessus son épaule, et lui imprima une violente torsion de tout son corps, surveillant les pitons pour voir s'ils bougeaient.

Un peu, se dit-il. *Un peu.*

Il explora ses poches.

Ils lui avaient pris son couteau et sa cuillère, les seuls objets métalliques qu'il avait sur lui, tout son argent, ainsi que sa montre. Ils ne lui avaient laissé que son chapelet.

Sainte Marie, mère de Dieu, pria-t-il, *donnez-moi une idée. Montrez-moi le chemin.* Puis il roula le rosaire de

perles bleues et le remit dans sa poche. Il bougea ses pieds,
toujours nus puisqu'ils ne lui avaient pas rendu ses bottes,
et l'os de sa cheville frotta contre la perle accrochée à son
lacet de cuir, rosaire des dieux anciens.

Papa Legba, gardien de toutes les portes, pensa-t-il, *tu
as le droit de m'aider toi aussi.*

Il ressortit son chapelet de sa poche et le tourna entre
ses doigts. Les perles, bleu vif, scintillèrent. De vulgaires
perles de verre.

Et un vulgaire crucifix de fer-blanc.

Sainte Marie, mère de Dieu, pria-t-il, *pardonnez-moi ce
que je vais faire, mais je n'ai pas d'autre moyen de sortir
d'ici.*

Et il se mit à gratter, précautionneusement, le mortier
autour des pitons avec la petite tige de fer d'à peine un
pouce qui formait la base de la croix.

Il entendit tout à coup le fracas du verrou de la porte et
fut pris de panique en découvrant avec horreur le petit tas
de poudre et de fragments d'argile qui gisait au pied du
mur sous les pitons. Il tomba à genoux, balaya précipitamment le tout avec ses mains dans l'encoignure du mur et
du sol, et se releva juste à temps pour dissimuler de son
corps le trou irrégulier autour des pitons. Il plongea sa main
droite qui tenait le rosaire dans sa poche ; après six heures
de travail ininterrompu, sa paume et ses doigts n'étaient
plus qu'une masse informe de chairs boursouflées et sanguinolentes.

Le soleil était passé de l'autre côté, si bien que l'intérieur
de la prison était maintenant plongé dans l'ombre ; la porte
s'ouvrit, répandant une flaque de lumière aveuglante.

Il lui fallut un moment avant de reconnaître la personne
qui se tenait là.

C'était Galen Peralta.

— P-p-papa… commença ce dernier, s'interrompant
dans sa lancée, avant de reprendre : P-p-papa, il dit que-
que-que c'est v-vous qu'on va a-a-accuser p-pour… ce qui
est arrivé.

Janvier demeura coi.

— Et que vou-vous êtes venu ici p-p-p… (Les mots ne voulaient pas sortir et il grimaçait de frustration, enrageant de ne pas parvenir à s'exprimer.) Pour voir mon visage. Pour le d-dire à la police. Voilà pou-pourquoi vous êtes venu.

— Vous vous imaginiez peut-être que j'allais rester les bras croisés et me laisser pendre à votre place ?

— Mais je-je…

Galen fit un pas en avant, secouant la tête de désespoir, les poings serrés, l'air de vouloir se bourrer de coups lui-même ou frapper le premier objet venu.

— J-j-je ne lui ai rien fait ! lâcha-t-il enfin, avant de prendre une grande inspiration, s'efforçant tant bien que mal au calme. Je ne lui ai fait au-au-aucun mal, je le jure ! J'étais ivre… J'ai encore b-bu après… Mais j-je sais ce que j'ai fait cette nuit-là et je me sou-souviens bien que-que… que je ne lui ai rien fait ! J'aurais voulu… J'aurais voulu… Elle se mo-mo-moquait de moi et j'aurais voulu la tu-tuer, lui tordre le cou…

Votre jeune Galen, disait Mme Lalaurie, *a peut-être poussé la chose un peu à l'extrême il n'y a pas si long-temps quand il a donné du bâton à cette Irlandaise qui s'était montrée insolente à son égard dans la rue…* Mais à la différence des frères Trépagier, Galen portait sa violence comme une croix et non comme une couronne.

— Je suis reparti après, murmura-t-il. Il le fa-fallait. Mais même pa-papa ne me croit pas.

Il semblait au désespoir. En d'autres circonstances, devant les malheureux efforts de ce garçon pour articuler des phrases aussi simples que possible afin de se faire comprendre, Janvier eût certainement éprouvé de la pitié. Mais pour le moment, il n'était pas d'humeur à s'attendrir.

— Que je vous croie ou pas, ça me fera une belle jambe quand je serai en train de cueillir du coton en Géorgie.

— N-n-non, se hâta de répondre Galen. Pa-papa ne fera pas ça ! C'est un homme sé-sé-sévère… autoritaire… dit-il d'une voix hésitante, comme il réfléchissait. M-m-mais, il ne s'est ja-ja… jamais montré injuste. Vous êtes un homme libre.

Janvier balaya du regard les murs de brique de la prison autour de lui et ne répondit rien.

— Il va juste vou-vous garder ici jusqu'à ce que… jusqu'à ce que les ma-marques de mon visage aient fini de ci-cicatriser. Il a dit que… que ce n'était p-pas facile pour lui de p-prendre une décision. M-m-mais il va vous do-do-donner de l'argent et v-vous faire embarquer sur un ba-ba-bateau en p-partance pour l'Europe, l'Angleterre ou Mexico, ou tou-tout autre endroit où il vous plaira d'aller, du mo-mo-moment que ce n'est p-pas la Nouvelle-Orléans.

Exactement comme avec ses domestiques, qu'il a exilés dans la plus éloignée de ses plantations, sans considération aucune pour leurs familles, leurs amis, leurs vies.

— Et je ne reverrai plus jamais ni ma maison, ni mes amis, ni ma famille, répondit Janvier d'une voix douce. Pour un crime que je n'ai pas commis, ainsi que vous — et votre père — le savez fort bien.

— M-m-mais ça vaut toujours mieux que d'être pen-pendu ! rétorqua Galen d'un ton où perçait le défi. Il fait tout son po-possible pour vous sauver, alors qu'Uhrquahr…

Il n'osa pas poursuivre.

— Alors qu'Uhrquahr veut me vendre, acheva Janvier, prenant délibérément un profil bas, épaules arrondies et tête baissée, de façon à cacher aussi ses yeux à Galen, avant d'ajouter : Je comprends. Merci… Remerciez-le de ma part.

Sale petit blanc-bec, espèce de lâche ! Janvier s'en sortait moins crotté qu'après l'épisode du quartier du Marais, mais l'humiliation était exactement la même. Ses remerciements eurent néanmoins le mérite de rassurer le jeune homme qui s'avança encore d'un pas.

— Ce n'est… ce n'est… Ce n'est tout de même pas comme si je l'avais tu-tuée, se défendit Galen en grattant les croûtes de son visage. Mais p-personne ne m-me croira. Si mon p-propre père ne me croit pas…

— C'est dans le petit salon qu'elle vous a égratigné le visage ?

Galen hocha la tête d'un air misérable. Une boucle blonde lui tomba sur le front.

— Elle m'a d-dit… elle m'a d-dit…

Elle t'a dit les choses que disent les femmes cruelles aux hommes qui les aiment.

— Je... je n'ose même pas en pa-pa-parler.

Le jeune homme était rongé de remords. Prenant une voix douce, comme s'il s'adressait à un de ses patients au service de nuit de l'Hôtel-Dieu, Janvier lui demanda :

— Étiez-vous amants ?

Galen hocha de nouveau la tête.

— On aurait d-dit... qu'elle vou-voulait que je la frappe, que... que je... de-devienne violent. Que je lui fa-fa... fasse mal.

Les mots se coinçaient dans sa gorge, dont ils ne sortaient qu'avec peine malgré tous ses efforts, sous forme de phrases hachées, haletantes.

— Elle... elle aimait bien m-me provoquer, et moi je... j'essayais de ga-arder mon calme. J'en ai pa-parlé au père Eugenius, b-bien des fois. J'ai p-prié. J'en ai aussi pa-parlé à Augustus — m-maître Mayerling... Ce soir-là, elle s'est encore mo-moquée de moi... Elle... elle me pou-poussait à bout avec ses railleries, me poussait à la frapper, me na-narguait.

Il secoua la tête, au comble du désespoir.

— On... on aurait dit que... qu'elle vou-voulait que je lui fa-fasse l'amour, là, dans le petit salon, murmura-t-il. Et Dieu sait que-que j'avais envie d'elle. À la voir dan-danser comme ça... Ce qu'on a fait, j-je ne sais pas si-si... si ça tenait plus de l'amour ou de la lutte, m-mais je l'ai re-repoussée, écartée de moi et je suis pa-parti. J'avais la nausée. Je suis re-redescendu pa-par l'escalier de service, le ch-chemin que j'avais pris à l'aller. J'avais p-peur de tomber sur mon père en bas. Après, je suis allé... j-je ne sais pas où je suis allé. Au-au-au Verandah Hotel, je crois, et au Saint-Louis Exchange, aussi. Je pou-poussais toutes les portes que je v-voyais et je de-demandais à boire. C'est s-seulement quand... quand je suis reparti à la salle de bal que... que j'ai ren-rencontré des gens qui m'ont d-dit qu'elle avait été a-a-assassinée. Une mam'zelle de cou-couleur avec un ma-masque de chat, qu'ils m'ont dit. Alors je suis re-revenu en courant et la po-police était là...

Il détourna les yeux et se cacha le visage dans les mains.

— La p-première chose que j'ai pen-pensée, c'est que je n'aurais ja-jamais dû la laisser. Si j'étais resté avec elle, elle... n'aurait p-pas été seule. On ne l'aurait p-pas assassinée. Je suis ren-rentré à la maison t-très tard après, et pa-papa... quand il m'a v-vu... il a c-cru que c'était moi...

Il noua ses bras autour de son corps, s'étreignant lui-même, si pitoyable que Janvier sentit malgré lui fondre un peu de sa colère — colère contre ce garçon qui préférait laisser condamner un innocent à sa place, colère contre le vieil homme qui préférait laisser condamner un innocent à la place de son fils qu'il croyait coupable.

Janvier plia et déplia les doigts de sa main meurtrie et sanguinolente derrière son dos.

Ne dis rien. Ne dis rien et écoute.

Il songea que sa colère recelait peut-être bien une certaine part de jalousie aussi. Malgré tout ce que cette pensée avait de désagréable, Janvier était convaincu que sa mère se serait précipitée au Cabildo si c'était Minou que l'on y avait emprisonnée, et qu'elle aurait fait un raffut de tous les diables jusqu'à obtenir la libération de sa fille. Même si elle croyait Minou coupable de meurtre.

— Je ne pen-pensais pas que c'était po-possible d'aimer quelqu'un co-comme ça, poursuivit le jeune homme dans un murmure rauque, comme s'il se parlait à lui-même.

Il avait soit interprété le silence de Janvier comme une marque de sympathie, soit oublié son statut de prisonnier, tourmenté comme il l'était par le besoin de se confier à quelqu'un qui n'était pas son père, à quelqu'un dont il n'avait pas peur.

— Je ne me croyais pas ca-capable de tomber fou a-amoureux d'une femme. Elle ne co-correspondait pas du tout aux idées, aux rêves que... que j'avais, m-mais je ne pa-parvenais pas à la chasser de mes pensées. J'avais l'impression d-de vivre ce genre de-de-de rêves insensés, indécents, qu'on fait pa-parfois. Je ne pen-pensais pas qu'un jour, je p-prendrais la femme d'un autre, ou que je me-me livrerais à t-toutes ces stupides pe-pe-petites ruses, comme la re-retrouver la nuit, juste a-après qu'il était parti, lui en-envoyer des lettres en secret, tou-toutes ces choses qu'on trouve dans les ro-romans. Je ne sa-savais pas quoi faire. Et m-maintenant, la nuit, je ne pa-parviens à songer à rien d'autre qu'au son d-de sa voix, à tou-toutes les fois où elle était co-comme une enfant qui-qui... qui avait besoin de moi. C'est ma faute si... si elle était s-seule quand-quand... quand il est entré dans la pièce.

— Et vous n'avez aucun soupçon quant à l'identité du meurtrier ? s'enquit Janvier, prenant le même ton que son propre confesseur.

Le garçon releva la tête, le fixa avec des yeux ronds, comme si pareille pensée ne l'avait jamais effleuré. Comme si le trépas d'Angélique n'était, comme dans les poèmes de Byron, qu'une tragédie ourdie par des dieux malveillants à seule fin de causer le désespoir des proches de la défunte — qu'un funeste événement sans rapport aucun avec le passé de la victime. Comme si, comprenait Janvier, l'existence d'Angélique n'avait, dans l'esprit de Galen, jamais eu de sens que par rapport à lui.

— Est-ce que vous savez s'il n'y avait pas quelqu'un qui la haïssait ? insista Janvier. Qui aurait pu désirer sa mort ?

Évidemment, tu n'en sais rien, pensa-t-il, voyant les yeux bleus du jeune homme s'embuer de larmes. *Tu n'as jamais parlé avec elle d'autre chose que de vous deux, pas vrai ?*

— Je... N-n-non, bégaya-t-il. Qui donc aurait pu lui vou-vouloir du mal ?

L'aveugle naïveté de la question, la totale ignorance de ce garçon donnèrent à Janvier envie de rire, mais cela, il le savait, eût été signer son arrêt de mort.

— Un ex-amant ? suggéra gentiment Janvier. Un rival ? Quelqu'un à qui elle aurait causé du tort ? Avec le caractère fantasque qu'elle avait, il se peut qu'un autre que vous en ait fait les frais.

Le jeune homme secoua la tête et détourna les yeux, le visage sombre, conscient, pour la toute première fois peut-être, qu'il ne connaissait pas vraiment la femme qu'il prétendait aimer à la folie.

— Vous n'avez vu personne dans l'escalier ? s'enquit Janvier. Vous n'avez croisé personne en sortant dans la cour ?

— Je ne... Je ne me ra-rappelle rien. Écoutez, mon pa-papa dit qu'il vaut m-mieux laisser les choses se ta-tasser...

— Mais celui qui a commis le meurtre restera impuni, souligna Janvier en baissant la voix, avec un timbre à la fois grave et chaleureux, comme s'il eût été en train de parler à l'un de ses élèves ou à quelque âme en peine échouée à l'Hôtel-Dieu. Écoutez-moi, missié Peralta... (il adopta prudemment l'expression des esclaves, tel un chien se couchant devant un autre chien pour ne pas être mis en pièces)... je suis très reconnaissant envers votre père, qui me propose l'exil au lieu de me condamner à un sort pire que celui-là, car je sais qu'il a le pouvoir de le faire... (*ce salaud*, ajouta-t-il mentalement)... mais un jour, j'aimerais pouvoir me blanchir de cette accusation, et pour ce faire, il me faudra découvrir le véritable coupable. Si vous vouliez bien me raconter tout ce dont vous vous souvenez de cette soirée, je pourrais, une fois en France ou à Mexico ou ailleurs, écrire à ma famille et leur demander d'aller trouver la police, afin d'éclaircir toute l'histoire. Et cela permettrait de vous blanchir vous aussi, non seulement vis-à-vis des autorités, mais également vis-à-vis de votre père.

Le jeune homme se lécha les lèvres, d'une langue pâle, hésitante, mais ses yeux humides s'éclairèrent un peu.

— Je... je com-comprends. Mais je... je ne me sou-souviens vraiment de rien.

À l'image de son amour égocentrique pour Angélique, l'esprit narcissique de Galen, exclusivement préoccupé de son importante petite personne après avoir laissé sa maîtresse dans le petit salon, s'était fermé à tout ce qui l'entourait.

— Par où êtes-vous sorti du bâtiment ? s'enquit Janvier d'une voix encourageante, s'efforçant d'ignorer la douleur qui lui vrillait la main. Par l'escalier de service ?

Galen hocha la tête.

— Je n'ai... je n'ai... Tout le monde était à l'étage, dan-dans le hall. Mais j'ai en-entendu des... des voix dans le bu-bureau au fond du cou-couloir, en arrivant en b-bas de l'escalier de service. Je suis pa-passé sans m'arrêter et je suis so-sorti par la cour.

La voix de son père, songea Janvier. *Qui discutait avec Granger et Bouille dans le bureau de Froissart.*

— Vous n'avez vu personne dans le couloir ? Personne que vous connaissiez ? Ou que vous pourriez reconnaître ?

— Je n-ne… je n-ne sais pas, bégaya Galen avec un haussement d'épaules impuissant tout en jetant des regards furtifs autour de lui, avec l'air de chercher un prétexte pour partir. Ils po-portaient tous des masques.

— Quel genre de masques ? Plutôt jolis ? Vulgaires ? Laids ?

Si le meurtrier était monté par l'escalier de service pendant la valse lente, il — ou elle — avait certainement dû croiser le jeune homme éperdu dans le couloir.

— Il y en avait un t-très vulgaire, un pi-pirate tout en pourpre, répondit promptement Galen en cessant de froncer les sourcils, soulagé d'être finalement capable de se rappeler quelque chose ou quelqu'un. Il y avait Ma-Mayerling aussi, m-mais… je suis pa-passé sans m'arrêter, pa-parce que je ne voulais p-pas qu'il me voie. Je n-ne voulais… je n-ne pouvais… pa-parler à personne. J'ai aussi v-vu une femme, dé-déguisée en Indienne, avec une ro-robe en peau de daim…

Il fronça de nouveau les sourcils, dans un effort de réflexion tout aussi laborieux que son bégaiement. Le type même du jeune gentleman créole accompli, maugréa Janvier intérieurement : sachant manier l'épée et monter à cheval, ayant lentement assimilé les notions utiles à la gestion délicate d'une plantation de canne à sucre, mais totalement dépourvu d'imagination. Ou possédant peut-être le minimum d'imagination requis pour s'apercevoir qu'on lui imposait des choix contre sa volonté, qu'il ne lui était pas même permis d'avoir une volonté propre, qu'on essayait de faire de lui ce qu'il n'était pas. Oui, il devait malgré tout y avoir une flamme rebelle en lui pour qu'il osât aller à l'encontre des *desiderata* de son père en jetant son dévolu sur une créature de feu comme Angélique Crozat.

— Et il y avait au-aussi une sorte de Turc, avec un tu-turban, ajouta Galen au bout d'un moment. Il était d-dans la cour. Je me rappelle que son tu-turban m'a fait penser à une ci-citrouille sous les lampions des arbres. Et en arrivant en b-bas des marches du p-perron, j'ai aussi v-vu l'amie d'Angélique, Clé-Clémence. Elle regardait au-autour d'elle dans la cour, elle ch-cherchait quelqu'un. Mais je-je… je n'avais envie de pa-parler à personne.

Il eut une nouvelle grimace de souffrance et détourna la tête.

— Ne-ne-ne… N'allez pas dire à mon p-père que je vou-vous ai dit tout ça, murmura-t-il. Je dois y aller, maintenant. On m'attend au-au petit bois. Je vou-voulais juste que vous sa-sachiez que je… que je ne l'ai pas tuée. Vous me croyez ?

Espèce de lâche, sale petit morveux.

— Je vous crois, répondit Janvier qui, entendant la note de colère qui perçait malgré lui dans sa voix, la pointe de sarcasme qui affleurait à la surface, se hâta d'ajouter humblement : Remerciez votre père de ma part. Et merci à vous.

— C'est tou-tout ce que je p-peux faire, dit le jeune homme d'une voix douce. J'espère… j'espère que v-vos amis trouveront le cou-coupable. J'espère que ce que je vou-vous ai dit vous aidera. C'est une chose que je ne pou-pourrais jamais avouer, vous comprenez ? Je ne… je ne… je ne pourrais ja-jamais avouer que… que… que je l'ai laissée tou-toute seule.

Tu me condamnes à l'exil, loin de tous les gens que je connais, pensa Janvier, lorsque la porte se referma derrière Galen et que retentit de nouveau le laborieux vacarme du verrou. *Loin de la seule maison que j'aie. Et tu t'imagines que je vais avoir pitié de toi parce que tu as peur de te confesser ?*

Garde tes cauchemars, morveux. Je verserai une petite larme pour toi quand je serai sur la route de la Nouvelle-Orléans.

Il se retourna vers le mur, serra les dents en sentant les bras de la petite croix toucher, puis pénétrer la chair de sa paume à vif, et se remit à gratter le mortier.

> « *Le contremaître a dit, moi j'vais le vendre ce grand Noir,*
> *Le contremaître a dit, moi j'vais le vendre ce grand Noir.*
> *J'raconterai au patron que dans la nuit il a filé,*
> *Et puis j'irai à Natchez, le vendre au marché… »*

Janvier fit volte-face, le cœur battant à tout rompre, en entendant cette petite chanson douce et plaintive s'élever derrière la fenêtre de la prison. *Une femme*, pensa-t-il. Qui chantait dans la nuit déjà obscure du crépuscule, d'une voix que le chant des esclaves qui passaient sur le chemin menant aux cases couvrait presque.

Qui chantait pour lui. Il n'y avait pas d'autre raison à sa présence sous la fenêtre de la prison, si près qu'il aurait pu la toucher s'il n'avait pas été enchaîné.

> « *Maman a caché des provisions dans le chêne noir,*
> *Maman a caché des provisions dans le chêne noir,*
> *Là-bas, à l'endroit où le bayou fait un coude,*
> *Y'a mes provisions et mes bottes qui m'attendent…* »

Une ombre noire passa derrière les barreaux de la fenêtre ; l'instant d'après, il entendit le tintement étouffé d'un objet métallique atterrissant sur la poussière du sol.

Ce fumier d'Uhrquahr ! pensa Janvier avec un brusque et violent sursaut de colère. Ainsi donc Uhrquahr avait l'intention de profiter de l'aubaine dédaignée par son patron, moins sourcilleux que Peralta sur le chapitre de l'honneur.

La colère l'aida. Exténué, vidé de toute son énergie par l'atroce douleur qui lui tenaillait la main, Janvier doutait que sans cet accès de fureur, sa seule volonté lui permît d'arracher la chaîne qui le retenait au mur.

Mais la pensée d'Uhrquahr le stimula. Il enroula la chaîne deux fois autour de son bras, lui imprima une violente torsion, à demi aveuglé par la rage, et le piton céda brusquement, le projetant contre le mur opposé. Il chancela et tomba, le souffle coupé par la douleur, une douleur atroce, comme jamais il n'en avait connu de sa vie, irradiant dans chaque muscle.

Il était conscient de ne pas être au bout de sa peine, car il lui restait encore à scier les barreaux de bois.

Il n'était même pas capable de se relever pour aller jusqu'à la fenêtre. Dans le noir complet, il se traîna sur les mains et les genoux, les muscles de son dos souffrant le martyre, tandis qu'il balayait une invisible poussière avec sa main gauche. La droite n'était plus qu'un inutile moignon

de douleur. Il se demandait vraiment comment il allait faire
pour scier les barreaux.

Mais il savait qu'il devait à tout prix y arriver. Des provisions et ses bottes l'attendaient dans le chêne noir à l'endroit où le bayou faisait un coude — c'était à proximité du
sentier qui menait à la bicoque de Ti Margaux, et il avait
remarqué cet arbre au passage. Dieu sait comment il allait
se débarrasser de la chaîne à son poignet et où il pourrait
dénicher une quantité d'alcool suffisante pour empêcher sa
main de s'infecter — à la rigueur, un cataplasme d'écorce
de saule ferait l'affaire en attendant, si toutefois il trouvait
le temps d'en préparer un. Quand il se serait échappé,
mieux valait pour lui qu'il ne se fît pas reprendre.

Ses doigts rencontrèrent l'objet en métal, lourd et
bosselé. C'était une tête de pioche, au tranchant affilé
comme une lame de rasoir et capable de tailler en pièces
les racines les plus robustes.

Sainte Marie, mère de Dieu, pensa-t-il, plongeant la main
dans la poche de son pantalon pour toucher son chapelet,
avec sa petite croix toute tordue et écrasée, *je vous dois
plus de prières que je n'en pourrais jamais dire.*

*Et je te dois beaucoup à toi aussi, Papa Legba — toi
qui as le pouvoir d'ouvrir toutes les portes.*

19

Un quartier de lune brillait, haut dans le ciel nocturne, et de pâles paillettes argentées scintillaient sur les flots dans un voile de brouillard lorsque Janvier atteignit enfin le chêne noir au méandre du bayou. Redoutant la présence d'éventuels serpents, chats sauvages et autres nids de frelons tapis dans l'ombre, il tâtonna prudemment, le cœur battant à tout rompre, à l'intérieur du creux obscur formé par la fourche de l'arbre drapé de brume et de mousse espagnole, et ses doigts rencontrèrent presque aussitôt du tissu. C'était une couverture d'esclave — pas la sienne — dans laquelle on avait empaqueté une bonne quantité de provisions de pain de maïs et de pommes séchées, une chemise de grosse toile usée et trouée, une gourde fermée par un bouchon de liège, qui répandait une forte odeur de rhum bon marché sans qu'il fût besoin de l'ouvrir, et ses bottes.

Rendant mille grâces à Dieu, Janvier se saisit d'abord de ses bottes. Il eut peine à les enfiler tant ses pieds, couverts d'égratignures, étaient gonflés, mais il savait que même en cette saison, il fallait se méfier des serpents. Il ôta sa chemise, qu'il avait déchirée pour bander la chair à vif de sa main meurtrie et nouer le bout de la chaîne à son bras, et la troqua contre l'autre qui, bien que vieille et usée, avait au moins le mérite d'être intacte.

Il déchira une nouvelle bande de sa chemise en lambeaux et, s'accroupissant au bord du champ où la lune répandait une grande flaque de lumière, il entreprit, en serrant les dents, de dérouler le vieux bandage encroûté de sang qui lui collait à la main. Il imprégna généreusement de rhum le nouveau pansement et le noua bien serré, mais, s'ajoutant aux autres douleurs, la brûlure fulgurante de l'alcool, remontant le long de son bras, lui bondit droit dans le ventre et l'aine comme un coup de poignard.

Le fleuve, pensa-t-il. *C'est sur la rive ouest du fleuve qu'ils commenceront par me chercher.*

Son cœur se serra en même temps que cette pensée lui traversait l'esprit. Certes, il était robuste et, après le départ de Galen Peralta, un enfant était venu lui apporter de quoi manger — du pain de maïs et des légumes dans une assiette en terre cuite, nourriture qui constituait probablement le quotidien des esclaves. Mais il n'était pas habitué à vivre à la dure. Les exercices de la journée d'hier lui avaient laissé des courbatures dans le dos, les cuisses et les mollets ; et toute sa grande carcasse lui rappelait douloureusement qu'elle avait déjà 40 ans d'âge. Même en s'agrippant à l'un de ces rondins, planches ou arbres déracinés flottant à la dérive et échoués sur les hauts-fonds du fleuve, il doutait d'être capable de le traverser à la nage. Le courant était comme un bief de moulin en aval de la ville, puissant et traître.

Mais il n'avait pas vraiment le choix. Il le savait bien.

Le niveau de l'eau était haut encore, mais à en juger par les herbes et la boue des berges, le plus fort de la marée était passé. Il n'y avait aucune garantie qu'il ne se produisît pas une nouvelle montée des eaux pendant qu'il serait à mi-parcours, et si cela arrivait, il risquait fort d'être entraîné en aval par le reflux, vers l'océan, et peut-être même de se noyer. Tout en se frayant un chemin dans l'enchevêtrement d'herbes folles et de broussailles qui couvraient la levée illuminée par la lune qu'à peine deux champs séparaient du Chien Mort, il comprit pourquoi les esclaves étaient si superstitieux, pourquoi ils adressaient des prières à tous les saints et esprits qui pouvaient être en train de les écouter, et récupéraient de la farine de maïs, du sel, des os de souris ou des plumes de poulet dans le vain espoir de prévenir des catastrophes face auxquelles ils étaient impuissants.

C'était une forme d'échappatoire à un profond sentiment de détresse, comme lui-même n'en avait plus jamais éprouvé depuis l'enfance.

Dans l'eau jusqu'à la taille, ses bottes autour du cou, s'efforçant de dégager un tronc d'arbre des obstacles à demi immergés qui le coinçaient, avec la chaîne qui pesait de plus en plus lourd à son bras droit, il se rappela qu'à l'époque, il était, comme tous ceux de Bellefleur, avide de tout apprendre de ces rituels censés porter chance ou détourner le malheur. S'il avait vraiment cru que cela eût pu l'aider à atteindre la rive est sain et sauf, il aurait peut-être bien pris le temps de claquer des doigts, de sautiller à cloche-pied et de cracher par terre avant de se mettre à l'eau.

Des poches de brouillard flottaient au-dessus des flots, mais il distinguait néanmoins la ligne noire et lointaine des arbres qui bordaient la berge d'en face. Au-dessus de sa tête, le ciel était clair, et la lune, bien orientée à l'ouest, ne ternissait pas l'éclat des étoiles qui surplombaient la rive est. Partant de la queue de la Grande Ourse, il traça du regard une ligne dans la voûte nocturne jusqu'à deux étoiles brillantes, dont il repéra la position, espérant être capable de faire de même quand il serait au beau milieu des flots en train de lutter contre le courant.

Il attacha ses provisions, son linge, la couverture et ses bottes sur le tronc d'arbre qu'il avait réussi à décoincer, avala deux bonnes gorgées de rhum, lequel était le plus mauvais qu'il eût jamais goûté, passa son bras enchaîné par-dessus le tronc afin que celui-ci supportât tout le poids de son corps, et s'éloigna de la rive à la nage.

Je ne l'ai pas tuée, avait dit Galen Peralta.

Et Janvier le croyait.

Bien qu'à contrecœur, parce que cela l'obligeait à envisager une autre hypothèse, qui serait autrement plus difficile à prouver... et qui le mettait en colère, car elle lui donnait le sentiment blessant d'avoir été trahi.

Une princesse indienne au pied de l'escalier... Et la peau de daim qu'il avait bien cru apercevoir parmi la foule dans la salle de bal. *Je dois la voir... Il le faut.*

Il s'était proposé comme messager. Avait-elle accepté dans le seul but de se débarrasser de lui au plus vite, de lui faire accroire qu'elle allait quitter les lieux sur-le-champ ? La lueur de désespoir au fond de ses yeux quand elle avait parlé des bijoux de sa grand-mère lui revint en mémoire — un désespoir féroce, mêlé de rage. Il se rappela la raideur de ses épaules quand elle était partie parlementer avec ce courtier, le créancier de son mari. *Cette ordure de McGinty*, comme disaient les Trépagier l'autre soir… L'homme devait sans nul doute user des dettes comme moyen de pression pour inciter la veuve à se remarier avec lui dans les plus brefs délais. Et pour un yankee âpre au gain, une plantation délabrée valait toujours mieux que rien.

Dos au mur, elle n'avait d'autre solution pour s'en sortir que de trouver l'argent qui lui permît de conserver la propriété. Argent qu'auraient pu lui procurer les bijoux de sa grand-mère. Bijoux qu'elle considérait comme sa légitime propriété, et celle qui les lui avait pris comme une voleuse et une prostituée.

Un banc de brume passa entre lui et la berge d'en face. Il battit vigoureusement des jambes dans le courant, nagea de toutes ses forces avec son bras gauche, et garda les yeux rivés sur les deux étoiles brillantes qui lui servaient de guide. L'immensité du fleuve, serpent monstrueux, était terrifiante ; sa formidable puissance lui donnait l'impression de ne pas être plus gros qu'une puce sur le dos d'un chien. Le tronc de saule qu'il agrippait, dont le diamètre dépassait pourtant largement son propre tour de taille, semblait un fétu de paille au milieu des flots. Il se demanda ce qu'il ferait si un vapeur ou une barge surgissait brusquement du brouillard, toutes lumières éteintes, fonçant droit sur lui.

Mieux valait n'y pas songer, puisque de toute façon il n'y aurait rien à faire. *Nage.*

Le problème était qu'il avait la certitude, malgré tous les renseignements qu'il avait obtenus sur elle, qu'elle n'avait pas commis ce meurtre.

Certes, il pouvait néanmoins l'accuser — accusation qui paraîtrait même des plus fondées, étant donné que sa propre famille l'avait pour ainsi dire répudiée et qu'elle avait refusé toutes les demandes en mariage faites par sa belle-famille qui désirait reprendre possession des terres d'Arnaud Trépagier.

Mais cela ne suffirait pas forcément à le tirer d'affaire, pour aussi pertinents que soient ces arguments.

Et puis il savait bien qu'elle n'était pas coupable.

Parmi tous les objets perdus dans le petit salon, il n'y avait pas la moindre plume de coq noire.

Et pourtant elle mentait, et elle lui avait menti depuis le début. Elle savait quelque chose. Elle était restée au bal ; avait-elle vu quelque chose ? Parlé à quelqu'un ?

Sally… Hannibal apprendrait certainement où elle se trouvait en questionnant le plus possible de filles au Marais. Shaw lui-même pourrait peut-être la retrouver si Janvier allait le lui demander.

Et qu'est-ce que je lui dirais ? songea-t-il amèrement. *Qu'une Blanche, une créole, sait peut-être quelque chose ? Alors que le père d'Angélique ne voit aucun inconvénient à faire accuser de meurtre un brave homme de couleur libre si cela suffit à satisfaire la soif de vengeance d'Euphrasie Dreuze ?*

Il songea que l'attitude la plus décente était pour l'instant de ne souffler mot à personne de ses propres soupçons, afin que Madeleine Trépagier n'eût pas à révéler à tous son coupable secret. Mais il fallait néanmoins qu'elle acceptât de le mettre dans la confidence ; et il serait bien obligé de la menacer de tout raconter pour la forcer à répondre à ses questions.

Il se faisait l'effet d'un vulgaire pourceau, qui fuyait en criant devant le marteau et la corde.

Il nageait toujours, luttant de toutes ses forces contre le furieux courant, de toutes ses pauvres forces déclinantes d'être humain contre le Roi des Fleuves. Déjà la fatigue lui plombait les muscles, alourdissait chacun de ses membres.

Après tout, il aurait pu fuir le pays. Comble de l'ironie, Xavier Peralta lui avait offert exactement ce pour quoi il avait prévu d'économiser de l'argent. « Fais attention à ce que tu demandes dans tes prières », disait toujours Père Eugenius.

Sauf qu'Uhrquahr n'avait certes pas l'intention de laisser passer l'occasion d'empocher si facilement 1 500 dollars.

Il était chirurgien, et on avait besoin de chirurgiens dans les hôpitaux de Londres, Vienne ou Rome...

Villes où il ne connaissait personne, où il n'avait personne. Il ne se rappelait pas exactement à quel moment ses intentions avaient changé, ni ce qui avait fait naître en lui ce revirement. Peut-être était-ce le sourire de bienvenue de Catherine Clisson, en vieille amie heureuse de le revoir, ou les chants des esclaves travaillant aux champs. Il se rendait compte qu'il s'était senti bien seul à Paris, avant de rencontrer Ayasha. Où qu'il aille de par le monde, il ne serait jamais qu'un étranger, sauf à la Nouvelle-Orléans, où étaient sa famille et son foyer.

À la Nouvelle-Orléans, il était un homme de couleur, mal à son aise dans cette ville de plus en plus américaine, blanche et hostile. Mais il ne pouvait pas changer ce qu'il était. À 24 ans, il avait eu la force et le courage de commencer une nouvelle vie. Il doutait d'en être encore capable à 40 ans.

Il était allé parler à Angélique afin d'aider Mme Trépagier, Madeleine, son élève d'autrefois, désireux de se comporter en gentleman. De renouer les liens avec son passé. Et voilà où cela l'avait mené.

Une vague roula vers lui, s'éleva, tel un mur d'eau. Il se débattit comme un beau diable, malgré ses pieds de plomb, pour fendre le courant, maintenir le cap vers la berge. Ses deux étoiles l'observaient, froides et indifférentes ; la lune plongeait dans l'enchevêtrement d'ombres de la rive ouest.

On ne trouvait rien de tout cela dans Bach, pensa-t-il, bandant sa volonté contre l'irrésistible sensation de fatigue qui le submergeait, l'insidieuse envie de dormir qui le tenaillait, là, au beau milieu du fleuve, lui faisant accroire que c'était la meilleure chose qu'il avait à faire. Des lambeaux de mélodies flottaient dans son esprit ; il revoyait les doigts légers de Herr Kovald courant sur les touches du piano — Mozart, Haydn, ...

Il continua à se battre contre les flots, résistant à l'assaut de la fatigue et aux écœurantes odeurs de la vase et de la nuit — refusant l'injustice et la servitude imposées par une ville où l'on désignait hypocritement ces choses sous d'autres noms. Les seules chansons qui lui venaient désormais à l'esprit étaient celles de son enfance, les plaintives mélopées des contrées africaines. Elles vibraient au tréfonds de ses muscles, dans toutes les fibres de son corps, alors qu'il tentait de s'arracher à la force du courant, l'œil fixé sur ses deux étoiles protectrices.

Il atteignit enfin la rive, souffrant mille morts, mais sachant qu'il ne pouvait se permettre de se reposer. Les plantations s'étiraient tout le long du fleuve, formant une bande quasi uniforme de deux ou trois miles de large, derrière laquelle s'étendait la jungle du bayou, les bois de cyprès marécageux et les pinèdes. Il grimpa la levée à quatre pattes, comme un animal, et s'arrêta à son sommet, le souffle court, tournant son regard vers l'eau noire où scintillaient les reflets argentés de la lune qui inclinait sa course sur l'horizon. On était au tout début du printemps et tout était parfaitement silencieux, à l'exception du clapotis des flots en dessous. De l'autre côté du remblai, la nature exhalait le souffle froid et humide de la terre retournée, prête à recevoir une nouvelle plantation de canne à sucre au creux de ses sillons féconds, alignés devant lui comme autant de lits de noces. Il savait que dans quelques heures à peine, les esclaves seraient de retour aux champs.

Il mangea un peu de pain, qui avait pris l'eau dans son paquetage, but autant de rhum que possible, sachant qu'il devait en garder pour sa main, puis se remit debout. Il avait les jambes flageolantes.

Papa, où que tu sois, pensa-t-il soudain, *sache que ton fils pense à toi.*

Et il chemina ainsi à travers bois pendant un peu plus de deux jours.

Il travailla à rompre sa chaîne dès qu'il estima se trouver assez loin de toute habitation, afin que nul n'entende les coups de la tête de bêche sur l'anneau de métal — ou du moins l'espérait-il —, et il la garda ensuite avec lui pendant une demi-journée, le vendredi, avant de se décider à l'abandonner, jugeant que ses maigres forces ne lui permettraient même pas de s'en servir comme arme pour se défendre au besoin. Il la cacha à l'intérieur d'une souche creuse.

Il ne s'éloigna pas trop de la lisière des champs, afin de toujours longer le lit du fleuve et s'orienter sans erreur en direction de la ville, mais cette proximité le terrifiait. Il se doutait que Peralta avait offert une forte récompense pour sa capture — *un grand nègre, fugitif*. Et puis il fallait se méfier des patrouilles. Autrefois, il y avait de nombreuses allées et venues entre les plantations et les petits camps des fugitifs — les nègres marrons — cachés dans les bois, mais l'arrivée massive des Blancs venus s'implanter dans la région et la mort du chef rebelle Saint-Malo avaient mis un terme à tout cela. De temps à autre, Janvier entendait des cavaliers passer non loin de lui dans les bois, et il se cachait alors dans les fourrés de mûriers et de sureaux, se demandant avec inquiétude s'il n'avait pas, malgré ses précautions, laissé une empreinte sur une portion de terrain plus meuble, une trace quelconque derrière lui. Il était surpris de constater qu'il retrouvait sans peine les gestes et réflexes de son enfance pour se déplacer à travers bois, mais il se savait incapable de s'orienter si jamais il perdait de vue les branchages moins denses qui marquaient la limite des champs sur sa gauche.

L'après-midi, il entendait s'élever les chants des groupes d'esclaves qui travaillaient aux champs, dont les accents, comme lorsqu'il se débattait au milieu du fleuve, éveillaient en lui une intense émotion. Couché sous les fourrés, la tête cernée par une nuée de moucherons attirés par le parfum du rhum émanant du bandage de sa main, il écoutait ces voix et pensait : *C'est la musique de mon pays*.

> « *Ana-qué, an'o'bia*
> *Bia'tail-la, qué-re-qué,*
> *Nal-le-oua, au-mondé*
> *Au-tapoté, au-tapoté,*
> *Au-qué-re-qué, bo.* »

Des mots africains, que ne comprenaient pas même ceux qui les chantaient, mais dont le rythme envoûtant agissait comme un baume sur son corps las. Il se demanda si Sally, la servante de Madeleine Trépagier, avait éprouvé le même désarroi lorsqu'elle s'était sauvée de chez sa maîtresse pour rejoindre la Nouvelle-Orléans.

Probablement non, se dit-il. Elle s'était enfuie avec un homme dont elle avait obtenu des promesses rassurantes, dont le sexe et les petits cadeaux l'empêchaient de se poser trop de questions, de se demander s'il tiendrait parole ou de s'interroger sur ce que cachait cette subite passion d'un Blanc pour une esclave.

Trois jours plus tôt, il n'avait pu trouver trace de sa présence dans le quartier du Marais, mais elle ne tarderait pas à échouer là-bas — étreinte par cette lassitude mêlée de révolte qui semblait à Janvier être devenue constitutive de sa propre chair.

Le samedi, il rencontra Lucius Lacrîme.

Il entendit d'abord les sabots des chevaux, le grincement feutré des selles en cuir. Les bois, de ce côté-ci, étaient peu épais. Tournant le dos au fleuve, il s'enfonça résolument sous le couvert des arbres, sans hâte excessive mais aussi vite qu'il pouvait se le permettre, en quête d'une cachette.

Cependant, cette pinède au sol pauvre était tout aussi clairsemée et n'offrait guère plus de cachettes que la piste de danse de la Salle d'Orléans.

Le bruit des sabots se rapprochait et il savait que les cavaliers le verraient immanquablement s'il continuait à bouger. Il se recroquevilla derrière les racines du plus gros arbre qu'il pût trouver, chercha à se faire aussi petit que possible en s'aplatissant contre le sol, serrant sa couverture et son maigre balluchon de provisions entre son ventre et ses genoux. Il craignait d'avoir l'air franchement ridicule s'ils le surprenaient dans cette posture, caché derrière son arbre comme un enfant.

Comme si le ridicule était la chose qu'il avait le plus à redouter en pareil moment !

— … une fille de la place Boyle. Bonne cuisinière mais laide comme une truie.

Des Américains, qui conversaient tranquillement.

— T'as qu'à lui mettre un sac sur la tête. Faudrait savoir ce que tu… Eh, toi là-bas ! Eh, négro !

Tous les muscles de Janvier tressaillirent comme s'il avait reçu une de ces décharges électriques qu'expérimentaient les savants, mais il se contraignit à l'immobilité. *C'est une ruse, un piège…*

— C'est à moi que vous parlez, missié ? fit alors une autre voix, dans un mauvais anglais mâtiné de français encore plus médiocre.

— Bien sûr que c'est à toi que je parle ! Tu vois d'autres nègres dans le coin ? Montre-moi ton laissez-passer.

— C'est pas lui, Theo. Çui-là, je le connais, c'est le vieux Lucius Lacrîme. Il habite dans les parages.

Le martèlement des sabots avait cessé. Un cheval s'ébroua, faisant cliqueter son mors.

— Est-ce que par hasard t'aurais pas croisé un grand Noir dans les environs, Lucius ? Qu'avait l'air de se diriger vers la ville, par exemple ?

— Pas vers la ville, missié, ça non.

Lucius Lacrîme avait la voix fluette et le débit lent d'un vieil homme, un phrasé qui tenait presque de la mélopée, aux intonations rocailleuses.

— Un grand ? poursuivit-il. Mon neveu, il m'a dit qu'il y a un gars qui se terre quelque part au bayou Désolé. Un grand, d'après ses empreintes, et noir, qu'il m'a dit, mais qui porte des bottes comme un Blanc. Ça serait lui ?

Le silence était tel dans les bois que Janvier entendait les lointains sifflets des vapeurs sur le fleuve, pourtant à quatre miles de distance au moins, et même les coups réguliers d'une hache. Le cliquetis métallique du mors résonna de nouveau, avec plus d'impatience cette fois, et le cheval souffla bruyamment par les naseaux.

— Y'a des chances, répondit celui qui jaugeait les cuisinières sur leur physique. Tu connais le bayou Désolé, Furman ?

— Je sais où ça se trouve. C'est un sale coin, infesté de marécages. La cachette idéale pour un fugitif, je suppose.

Janvier entendit les cavaliers s'éloigner. Leurs voix se perdirent dans les ombres grises et vertes du sous-bois printanier. Il ne releva pas la tête, son instinct lui disant que le vieux Lucius Lacrîme était toujours là.

Au bout d'un moment, la voix rauque de ce dernier lança en anglais :

— Tu peux sortir, fiston. Ils sont partis.

Suivit un silence. Janvier ne bougea pas. Lucius insista, en français cette fois :

— Allons, mon garçon, t'as rien à craindre. Je te ferai aucun mal.

Janvier n'entendit pas même un bruissement lorsque le vieil homme s'avança vers l'arbre derrière lequel il se blottissait. Mais quand celui-ci fut à deux pas de lui, il fut bien obligé de se relever.

— Merci, grand-père, dit-il en désignant du menton l'herbe aplatie derrière le cyprès. Ce n'est vraiment pas évident de se cacher par ici.

— Ils te cherchent partout dans les bois.

Ses yeux couleur café au lait le contemplaient, tels ceux d'une tortue centenaire, du fond d'un immémorial réseau de rides. De taille moyenne, sec et frêle, propre sur lui, il faisait penser à un vieux bâton noueux. Des cicatrices tribales, comme celles de tonton Bichet, formaient de petits renflements luisants sous les courts poils gris de sa barbe.

— Ils disent qu'ils sont à la poursuite d'un esclave échappé d'une plantation, mais moi, j'ai jamais vu d'esclave agricole porter des bottes ni même en avoir besoin.

Il prit la main gauche de Janvier dans la sienne, décharnée par l'arthrite, retourna et effleura ses longs doigts, examina la zébrure rouge laissée par la corde dont on l'avait ligoté au moment de sa capture.

— Qu'est-ce qu'ils veulent te faire cueillir, des fleurs ?

Janvier replia sa main.

— Un ouvrier agricole qui n'a pas les mains calleuses, ce n'est pas le genre de chose qui émeut les acheteurs de Natchez, du moment qu'on leur fait un bon prix. Merci de les avoir envoyés sur une fausse piste.

Il se pencha pour ramasser son balluchon, mais le vieil homme attrapa sa main droite bandée et la retourna entre ses doigts noueux.

— Et ça c'est quoi, fiston ? Est-ce qu'ils savent que t'es blessé ? On te reconnaîtra tout de suite avec ta main.

Janvier secoua la tête.

— Je ne crois pas qu'ils le savent.

Le vieil homme porta le bandage à son nez, le renifla, puis en souleva le bord, dégageant le poignet de Janvier éraflé par la chaîne. Il hocha plusieurs fois la tête et dit :

— T'as de la chance, petit. Le vieux Limba, il est à tes trousses. T'approche pas de la ville, c'est le premier endroit où ils vont te chercher. Reste dans les bayous, au sud-ouest du fleuve, ou retourne dans les marécages. Tu pourras poser des pièges, pêcher, chasser… Ils te trouveront jamais, dit-il avec un grand sourire étincelant comme le reflet du soleil à la surface d'une eau noire. Moi, ils m'ont jamais trouvé.

— Ils ne m'attraperont pas, dit Janvier, arrachant sa main à celle de Lacrîme. Pas tant que je ferai en sorte de les éviter. Mais tant que je ne serai pas de retour en ville, tant que je ne pourrai pas revenir en homme libre, réclamer ce qui m'appartient, ils se moqueront bien de savoir si je suis mort ou esclave, ou bien à bord d'un navire cinglant vers l'Europe. Du moment que je ne leur mets pas de bâtons dans les roues. Mais je n'ai pas l'intention de leur faire ce plaisir.

C'était la première fois qu'il disait cela tout haut ; la première fois qu'il exprimait de vive voix la pensée qui l'avait soutenu dans le courant du fleuve, qui l'avait fait avancer en dépit de la fatigue, pendant les nuits et les jours précédents.

Les chants des esclaves. La perle bleue à sa cheville. Le crucifix tordu dans sa poche. Autant de couplets pour une chanson — oui, une chanson dont il comprenait subitement le sens véritable. Une chanson qui ne parlait pas seulement de sa famille, de ses amis ou de son propre malheur.

Lacrîme le scruta de ses yeux de tortue.

— Qui ça « ils », petit ?

Ce vieux planteur, pour qui la vie d'un Noir innocent avait moins de valeur que celle d'un fils qu'il pensait coupable de meurtre. Ce gamin, qui n'avait même pas le cran de s'élever contre la volonté de son père.

Cette femme, à qui il avait appris à jouer Beethoven, il y avait de cela si longtemps.

Et celui dont elle lui avouerait le nom, quel qu'il soit.

— Les Blancs, répondit Janvier. Je vais continuer vers la ville. Est-ce que tu pourrais m'indiquer le chemin le plus sûr ?

Lacrîme le conduisit sur des pistes à gibier et des chemins sinueux qui traversaient la région marécageuse en bordure du fleuve et s'enfonçaient dans le fouillis végétal des rives du lac Pontchartrain. C'étaient d'anciens sentiers, datant de l'époque des nègres marrons qui avaient constitué un vaste réseau entre les différents campements éparpillés dans les marais. Le vieil homme paraissait fragile, tordu par l'âge et l'arthrite, mais il était aussi robuste qu'une racine de cyprès. Il franchissait avec une agilité de lynx les fourrés et les bras d'eau, où la vase aspirait et retenait les bottes de Janvier, le vidant de ses dernières forces.

— Eh ben dis donc ! ce pays t'a rendu bien mou, le taquina le vieillard, lorsque Janvier s'appuya contre un arbre pour se reposer. Mou et docile. Les contremaîtres, ils préfèrent tous avoir des gars d'ici, plutôt que des Noirs importés d'Afrique. Trop insolents, qu'ils disent, des princes, des rois, des guerriers. Nous, quand on se battait contre les Dahomies, en Afrique, on parcourait de sacrées distances dans les marécages, et malheur à celui qui se faisait repérer par l'ennemi ! S'il avait la chance d'être encore en vie, il finissait sur la plage où les Blancs venaient le prendre pour l'emmener sur leurs bateaux.

— C'est ce qui t'est arrivé ? demanda Janvier.

Ils avaient de l'eau jusqu'aux genoux, une eau couverte d'un tapis vert émeraude de lenticules. Un profond silence régnait dans les bois gris autour d'eux, où les guirlandes de mousse argentée se mêlaient aux feuillages sombres. L'air sentait la pluie, tombée un peu plus tôt, ainsi que la fumée d'un feu de bois provenant de quelque cabane perdue dans le marais. Occupée par des bandits, ou des hommes comme Lacrîme.

— Ah !...

Le vieillard cracha et bifurqua pour le conduire vers une nouvelle sente qui serpentait silencieusement à travers bois.

— Ces perfides Dahomies se sont emparés de notre village. Nous étions douze jeunes gens. Nous étions partis à la chasse et, quand nous sommes rentrés, il n'y avait plus rien. Un grand malheur, comme ceux qui font naître les épopées. Nous les avons suivis à travers la jungle, le long des fleuves, dans la chaleur et dans l'obscurité de la nuit. Et nos parents, nos sœurs, nos petits frères, les filles à qui nous faisions la cour, ils laissaient autant de traces que possible derrière eux. Ça aurait pu devenir un conte héroïque si on avait réussi à les ramener. Une grande chanson, qu'on aurait chantée jusqu'à la fin des temps.

Il secoua la tête et eut une moue désabusée au souvenir de cette innocence perdue.

— On a bien essayé de composer un ou deux couplets, juste pour voir ce que ça donnait, pour essayer d'y croire. Mais ça n'avait rien d'un conte. Je me suis retrouvé sur un bateau, même pas avec ceux de mon village, non, mais avec des gens d'autres tribus — des Haoussas du grand lac, des Fulbes, des Ibos — dont je ne connaissais même pas la langue. J'étais jeune, et stupide.

Par-dessus son épaule, il jeta un regard à Janvier qui peinait derrière lui.

— Personne te rendra justice, petit, ils se moquent bien de la vérité. Moi j'aurais mieux fait de repartir dans le nord avec mes amis et rejoindre avec eux une autre tribu Ewe, qui au moins connaissait le nom de mes dieux.

— Tu ne les as jamais retrouvés ? s'enquit Janvier. Les gens de ton village, ta famille — ceux qui parlaient ta langue, qui connaissaient le nom de tes dieux ?

Le vieil Ewe secoua la tête.

— Jamais.

Janvier continua à suivre son guide en silence dans les sous-bois gris et verts, assombris par le crépuscule. Puis la nuit tomba.

Ils marchèrent toute la nuit durant et ne s'accordèrent que très peu de sommeil. Les provisions et le rhum dont Janvier s'était servi pour empêcher sa main de s'infecter étaient épuisés. Il avait pris soin d'examiner sa blessure à chacune de leurs rares pauses, avant qu'il ne fasse complètement noir ; cet amas de chairs déchirées n'était pas beau à voir, mais la plaie avait l'air propre et il ne se sentait pas de fièvre. Il éprouvait cependant une fatigue extrême, comme jamais il n'en avait éprouvé. Ni les travaux des champs, ni même les combats contre les habits rouges — notamment la fois où il avait cru sa dernière heure venue quand l'avancée de leurs troupes l'avait contraint de battre en retraite avec son fusil et de se cacher dans les arbres — ne lui avaient laissé une telle sensation d'épuisement. Il comprit que cela était certainement dû à sa blessure, mais le fait de le savoir ne lui était pas d'un grand secours. Il n'avait qu'une envie : dormir.

— C'est risqué de dormir, compère Lapin, dit le vieil homme en secouant Janvier qui s'était assoupi au pied de l'arbre où ils s'étaient arrêtés pour se reposer. Bouki la hyène est sur tes traces. Ce n'est plus comme autrefois, quand on avait nos camps dans le marais, comme dans nos villages en Afrique. On avait repris notre ancien mode de vie, et ils ne pouvaient pas nous débusquer. Quand ils arrivaient, on s'éparpillait dans les bois. Mais Bouki et ses sœurs les hyènes, elles sont capables de suivre une piste, et les yankees sont leurs alliés. Compère Lapin n'a pas intérêt à dormir quand Bouki est en chasse.

Ils trouvèrent une pirogue dans le fouillis végétal des berges du long bayou qui reliait le lac à la ville, et naviguèrent dans l'ombre des rives, où la lumière de la lune ne pénétrait pas. Ils finirent par arriver dans les eaux du canal qui traversait cet ensemble épars et peu reluisant de baraques de bois, de maisons de terre et de stuc qui formaient le faubourg Tremé, nouveau quartier français en périphérie de la ville. Orion et ses chiens de chasse terminaient leur course à l'ouest de la voûte céleste, par-delà les déserts sans route de Mexico, signe que l'heure du couvre-feu était passée depuis longtemps, mais Janvier observa que bien des lampes brûlaient encore. Des stries de lumière ocre filtraient par les persiennes, et des bandes ambrées soulignaient les portes closes. Lucius Lacrîme amena la petite embarcation près d'un ponton de bois flottant et, passant devant Janvier, le guida dans le dédale des rues sans pavés ni caniveaux où flottait une odeur de latrines. Janvier

sentait une sorte de palpitation dans l'air de la nuit, comme
un frisson de vie au fond des ruelles ténébreuses. Il
entendit, évanescente comme un filet de fumée, la voix
d'une femme qui chantait. Une chanson bien loin de Mozart
ou de Rossini, des polkas et des ballades, des amours et des
peines des Blancs.

Lacrîme le conduisit à l'arrière d'une maison blanche
dont le stuc écaillé tombait par plaques et avait grand
besoin d'être refait. Une forte odeur de tabac dominait la
puanteur des cabinets d'aisance dans l'obscurité de la cour.
Un rond de lumière dorée, tel l'œil du cyclope Polyphème,
brillait à mi-hauteur de l'escalier extérieur menant au
grenier.

— Hé, compère Jon ! chuchota Lacrîme.

Janvier se demandait bien comme il pouvait avoir vu ou
reconnu quelqu'un dans l'ombre épaisse.

— Hé, compère Lacrîme ! répondit sur le même ton une
voix venant d'en haut.

L'odeur de tabac s'accentua encore quand l'homme,
ôtant le cigare de sa bouche, exhala un nuage de fumée.

— Est-ce qu'il y a une chambre là-haut où mon ami pourrait dormir ?

— Ça se pourrait, s'il n'a rien contre les matelas de
plume et les berceuses, et à condition que ça ne le dérange
pas de se faire servir à son réveil le chocolat au lit par des
filles superbes.

— Tu n'as rien contre, compère Lapin ?

Janvier leva les yeux vers la lueur.

— Dites bien à ces filles qu'il vaut mieux pour elles que
le chocolat n'ait pas la peau du lait dessus, et faites en sorte
que ces berceuses soient de Schubert et pas de Rossini —
ou du moins pas des œuvres récentes de Rossini.

Il entendit un petit gloussement de rire.

— Mozart, ça vous conviendra ?

Janvier esquissa un geste résigné, à la manière d'une
ménagère tentant de négocier une ristourne au marché.

— Si c'est tout ce que vous avez, je m'en contenterai.

Il eût été heureux de coucher même sur un simple plancher de bois — il se doutait bien que cela risquait d'ailleurs

d'être le cas — du moment qu'il pouvait enfin s'allonger et dormir.

— Ils vont te chercher en ville, tu sais, fit la voix tout à la fois douce et rauque de Lucius dans son dos.

Il avait un peu parlé au vieil homme de ses mésaventures au Chien Mort — il lui avait expliqué qu'il avait perdu les papiers prouvant son statut d'homme libre, et lui avait raconté ce qui s'était passé entre lui et Galen Peralta.

— Même ceux qui ne sont pas au courant de tout savent que la plupart des fugitifs se réfugient en ville de nos jours.

— Les gens me connaissent ici, dit Janvier.

— Et les gens connaissent aussi le vieux Peralta. Tu n'as aucune chance contre lui devant une cour de justice, et tu serais fou de croire le contraire.

Janvier savait que Lucius Lacrîme avait raison. L'idée d'aller au tribunal, d'essayer de convaincre un jury de son innocence par d'obscures assertions impliquant une Blanche dans un scandale — un jury de Blancs, d'Américains peut-être bien — lui faisait vraiment peur. Même lorsqu'il s'était retrouvé enchaîné au pilier dans la sucrerie, il n'avait pas eu aussi peur. C'était comme tenir une ligne de front sur un champ de bataille : il fallait camper sur ses positions et tirer, sachant qu'on était un homme mort si on prenait la fuite et qu'en face il y avait les armes chargées de l'ennemi.

Il songea que s'il ne s'enfuyait pas maintenant, il n'aurait peut-être plus l'occasion de le faire.

Mais la ligne de front n'avait pas été brisée. Ils avaient continué à faire feu et fini par repousser les Anglais.

Les Américains ne lui avaient même pas exprimé leur reconnaissance pour ce qu'il avait fait, mais cela était encore autre chose.

— Je dois rester, déclara-t-il.

Il ne voyait pas trop ce qu'il aurait pu dire d'autre, de toute façon.

Dans le noir, on ne voyait pas grand-chose, mais Janvier entendit un bruissement d'étoffe et aperçut l'éclat fugitif des yeux du vieil homme lorsque celui-ci secoua la tête.

— Et voilà comment je me suis retrouvé embarqué sur ce grand bateau, petit, dit Lucius Lacrîme d'une voix triste en lui tapotant le dos. Et personne ne chantera cette chanson qui parle de ton courage.

L'idée de recommencer sa vie ailleurs, d'abandonner le peu qu'il avait construit ici, sans se battre, le tenta — elle résistait, comme cet hameçon qu'il s'était planté dans la peau étant enfant. L'idée de laisser Peralta, Trémouille et Étienne Crozat l'emporter. Mais subitement, il se revit à Chalmette, chargeant son mousquet et observant ces silhouettes en rouge qui émergeaient de la fumée de la poudre et du brouillard.

— Je dois rester.

— Tiens-toi tranquille, alors, jusqu'à ce que tu saches ce que font les hyènes, compère Lapin. Et quand tu sortiras de ta tanière, surveille tes arrières.

Janvier ne l'entendit pas s'éloigner.

20

Le grenier était l'un de ces endroits qu'Abishag Shaw avait eu pour mission de faire fermer, un dortoir accueillant les esclaves qui louaient leurs bras contre de l'argent et préféraient se débrouiller par eux-mêmes pour se nourrir et se loger, au lieu de devoir vivre dans les baraquements situés derrière les demeures des Blancs. Dans une pièce qui faisait environ vingt pieds sur trente — séparée par une cloison de bois et de plâtre du reste de la mansarde qui servait de réserve à l'échoppe du dessous —, dix hommes dormaient, à même le sol nu, ainsi que Janvier l'avait deviné, enroulés dans des couvertures et la tête reposant sur leurs vestes ou leurs chemises. L'air empestait le linge sale, la crasse humaine, les souris et les cafards, la fumée, qui filtrait par les briques des deux conduits de cheminée qui se dressaient le long du mur de séparation. Janvier dut se mouvoir avec mille précautions afin de ne marcher sur personne, et alla au centre de la pièce, où il avait aperçu un espace libre à la pâle lueur de la lune en ouvrant la porte.

Il y avait une lucarne de l'autre côté du toit mansardé — lequel, comme celui de la chambre d'Hannibal dans le Marais, faisait bien un pied et demi de moins en hauteur que sa propre taille. Au bout de quelques minutes, ses yeux s'habituèrent à l'obscurité, ce qui lui permit de distinguer les formes étendues autour de lui, qui respiraient profondément, lourdement, dans ces ténèbres infestées de vermine.

Malgré tout, cette chambre était moins surpeuplée que la cellule de la prison, plus calme et nettement plus propre. À la lueur bleutée d'un maigre rayon de lune, il vit que son voisin le plus proche avait à côté de lui un petit tas de linge, sa timbale et sa gamelle, ainsi que la plaquette de métal qui lui permettait d'être identifié comme un esclave ouvrier et de ne pas être pris pour un fugitif dans la rue.

Il dormait sous un toit qu'il s'était lui-même choisi.

Janvier ferma les yeux.

Il glissa la main dans sa poche et se mit à égrener son chapelet tout abîmé en prononçant silencieusement des prières de grâces.

Fragile illusion de liberté que celle de ces hommes, pensait-il — peut-être tout aussi fragile que ses propres illusions de justice —, mais ils s'en contentaient. Pour eux, cela valait toujours mieux que les logements à peine plus confortables que leur eût octroyés un maître. Et pour lui, cela valait toujours mieux que de renoncer à tout ce qu'il possédait, tout ce qu'il s'était acharné à rebâtir, tout ce qu'il avait au monde — au profit de celui qui avait serré cette écharpe autour de la soyeuse gorge d'Angélique.

À l'exception de ces quelques heures de sommeil dérobées en cours de route, cela faisait trois nuits qu'il n'avait pas dormi. Il rêva des douces voix des esclaves, des chants qui s'élevaient sous le lumineux soleil du matin.

« Allons dans le nord, trouver une nouvelle tribu,
Allons dans le nord, trouver une nouvelle tribu,
Nous avons essayé de sauver les nôtres,
Nous ne reviendrons jamais plus. »

La lumière changea. Le soleil printanier qui dardait ses impitoyables rayons sur les champs de canne céda la place à un clair de lune plombé sur un océan semé de galaxies phosphorescentes, où l'ombre d'un navire fendait les flots noirs.

Des taches sombres sur la soie ivoire de la plage, telles des croûtes de sang coagulé ; des murs et des enclos, des huttes et des palissades ; une odeur de chair carbonisée, d'excréments humains, de feux de bois ; le murmure étouffé des pleurs. Dans l'ombre moite de la mangrove, douze paires d'yeux luisants.

> *« Sans les miens, je suis sans racines,*
> *Sans les miens, je n'ai plus de famille,*
> *Je mourrai donc sur cette plage,*
> *Car je ne survivrai pas à la solitude. »*

« Je marche sur des épingles, je marche sur des aiguilles », chantait une voix dans son dos, tournoyant dans le noir et le temps avec des crépitements d'incendie. « Je connais bien le Grand Zombi… »

Le roulement des tam-tam balaya le bruit du ressac sur la côte. Des cris s'élevèrent : « *Calinda !* Dansez la *calinda !* *Badoum, badoum !* »

Une odeur de pluie. Cette terrible douleur à la main, comme si on la lui avait écrasée à coups de marteau. Une douleur à peine moins intense lui labourait tout le reste du corps : jambes, bras, dos. En bas, deux personnes se disputaient en gombo à propos du prix d'une demi-livre de sucre.

Dans une lumière grise, il vit alors le plafond mansardé, les petits tas de couvertures, timbales et chemises de rechange, repoussés dans les coins et contre les murs. Lorsqu'il se redressa, des souris s'éparpillèrent de tous côtés, sans perturber outre mesure les cafards. Sans doute parce que certains étaient aussi gros qu'elles.

Il n'y avait personne en vue. Les danses de Congo Square ne commençaient que bien après midi, en général. La porte qui donnait sur l'escalier était ouverte ; on entendait distinctement les bruits du dehors. Il traversa la pièce en clopinant, baissant la tête sous les poutres et sortit. Sous la petite toiture au sommet de l'escalier, il balaya du regard les cours boueuses, les pans inclinés des toits d'ardoise, le cyprès et le palmier révélant que l'on avait tout récemment et incomplètement gagné ce terrain sur les bois et les marais.

Il repéra le parc grâce à la masse confuse des platanes et à la flèche blanche de l'église Saint-Antoine. Il estima que la maison de sa mère devait se trouver à moins d'un mile.

Et ce serait précisément le premier endroit où la police penserait à le chercher, si toutefois elle était à sa recherche.

Bouki la hyène est sur tes traces, murmura une voix rauque dans sa tête. *Quand tu sortiras de ta tanière, surveille tes arrières.*

Péniblement, les pieds et les jambes moulus par de douloureuses courbatures, il redescendit dans la cour par l'escalier.

— C'est 25 *cents* la nuit.

Un homme venait de sortir du magasin qui occupait la moitié du rez-de-chaussée. Son visage était terne comme le cuir d'une vieille selle et tout aussi expressif. Il se planta les bras croisés au milieu du passage boueux qui reliait la cour à la rue.

Ce n'était pas la voix de l'homme avec qui Lacrîme avait parlé la veille. Apparemment, le propriétaire du magasin récoltait l'argent des hommes qui couchaient dans la mansarde, mais s'abstenait de poser des questions sur les allées et venues de ses locataires. L'homme au cigare était sans doute un esclave comme les autres.

— Je n'ai pas d'argent, dit Janvier. Mais je peux en avoir. Je vais revenir vous payer un peu plus tard.

— Autant dire à la saint-glinglin…

— Je vais revenir vous payer.

Janvier avait mal à la tête, encore qu'elle le fît moins souffrir que le reste de son corps ou sa main. La fatigue et la faim lui donnaient l'impression d'avoir été vidé de toute sa substance, comme si on lui avait sucé la moelle des os. Il se disait qu'il fallait tenter de discuter avec l'homme, ou bien lui fournir une raison convaincante de lui faire confiance, mais il était bien incapable d'en trouver une pour le moment. Et il allait aussi devoir rembourser son cheval à Desdunes.

Même sa colère était retombée en cendres. Il aurait pu sauter à la gorge de l'homme — il s'en croyait capable —, mais c'était prendre le risque que quelqu'un appelât la police.

— Je vais garder tes bottes, dit le commerçant. Quand tu reviendras avec mes 25 *cents*, tu les récupéreras.

Ce fut donc pieds nus, en haillons, la main emmaillotée d'un bandage souillé et le corps trempé de sueur comme un cheval nerveux tant il avait eu peur de se faire arrêter et questionner, ou pire, d'être reconnu en chemin par quelqu'un, que Janvier se faufila dans l'étroite ruelle qui menait à la cour de sa sœur Dominique. Becky était sous la galerie de la cuisine, absorbée par le repassage compliqué des volants de dentelle qui ornaient la manche bouffante d'une robe.

— Qu'est-ce que c'est ? Qu'est-ce que tu veux ? lança-t-elle d'un ton dur et hostile.

Puis elle releva les yeux et posa précipitamment son fer.

— Missié Benjamin !

Elle courut à sa rencontre, mais s'arrêta net devant la main levée de Janvier, et ouvrit de grands yeux ronds.

— Seigneur Dieu, que vous est-il arrivé ?

— Est-ce que ma sœur est là ?

Et, la voyant s'élancer à toutes jambes vers la porte de service, il lança :

— Surtout, ne parle pas de moi si elle n'est pas toute seule !

Becky s'engouffra à l'intérieur et Janvier resta sous la galerie, hésitant à entrer même dans la cuisine avec ses pieds griffés et ses vêtements crottés. *Si maman apprend ça, je n'ai pas fini d'en entendre parler*, songea-t-il.

Il se demanda ce que sa mère ferait si jamais Xavier Peralta avait déjà usé de son influence pour lancer la police à ses trousses et le faire arrêter.

Mais il n'était pas certain d'avoir vraiment envie de le savoir.

Surgissant de l'obscurité de la maison, Minou franchit le seuil, telle une broderie fleurie de la reine Anne dans sa robe de mousseline à rayures lavande ornée de violettes. Une autre silhouette émergea de l'ombre derrière elle : Olympe. Sous la lumière terne et grise de l'après-midi, elle avait l'air d'une de ces femmes qui venaient vendre leurs produits au marché, avec sa jupe bleue, son corsage rouge orangé et son tignon.

— Mon Dieu ! s'écria Minou, tandis qu'Olympe le scrutait avec une attention inquiète, ayant déjà tout compris. Que s'est-il passé ? Ce policier est venu ici ce matin, pour te parler, nous a-t-il dit.

Un vapeur avait pu ramener Peralta en ville en huit, peut-être neuf heures, estima Janvier. Ils étaient nombreux à remonter le fleuve, si bien que le vieux planteur avait dû pouvoir en attraper un moins de quelques heures après qu'on ait découvert son évasion.

— Je lui ai donné ta lettre, Ben… Becky, va vite faire chauffer de l'eau ! Comme tu m'avais dit de le faire si tu n'étais pas rentré avant 10 heures ce dimanche, et il m'a dit qu'il était déjà passé chez maman. Ben, tu n'es pas… ?

Il secoua la tête.

— Peux-tu envoyer quelqu'un à l'épicerie qui fait l'angle en haut de la rue Conti, côté fleuve, à environ deux pâtés de maison au-dessus du canal latéral ? Il faudra donner deux réaux au propriétaire et récupérer mes bottes. Et envoie Thérèse me chercher des vêtements propres chez maman.

— Je vais envoyer un de mes garçons, dit Olympe de sa voix d'Hécate au timbre métallique veiné d'argent. Nous ne savons pas ce que la police sait ni ce qu'elle croit, mais ce policier qui est venu, c'est pas un imbécile.

Disant cela, elle passa devant Becky et se glissa dans la cuisine, dont elle ressortit avec un plat de jambalaya et un quignon de pain.

— Tu as tes papiers ?

De nouveau, il secoua la tête.

— J'en ai une copie dans le secrétaire de ma chambre. Premier tiroir en haut à gauche, précisa-t-il, résolu à en faire cinq ou six autres copies supplémentaires dès qu'il en aurait le temps. Qu'a dit Shaw ?

— Qu'il voulait te parler.

Dominique s'assit à son tour dans l'une des chaises en osier devant la cuisine, tandis que Janvier plongeait sa cuillère dans son assiette de jambalaya avec la frénésie d'un fossoyeur au plus fort d'une épidémie de fièvre, enfournant des bouchées de riz et de crevettes entre deux gorgées de café tiède.

— Je lui ai demandé si tu avais des ennuis, poursuivit Dominique. Il m'a dit que c'était possible, et que ce serait certainement le cas s'il ne parvenait pas à te retrouver. Ben, qu'est-ce qui s'est passé ?

— Le contremaître de Peralta a déchiré mes papiers, répondit Janvier. Galen Peralta n'a pas tué Angélique, mais son père est convaincu du contraire. Il voulait me garder prisonnier jusqu'à ce que le visage du garçon ait cicatrisé — Angélique l'a sauvagement griffé, et ça pourrait faire mauvaise impression devant un tribunal —, puis me faire embarquer sur un navire qui m'emmènerait en Europe ou à New York, ou tout autre endroit où il me plairait d'aller. Une esclave est venue me prévenir dans la soirée que le contremaître avait l'intention de me vendre au marché sans rien dire à Peralta, à qui il aurait fait croire que je m'étais évadé. Elle m'a fait passer une tête de bêche pour que je puisse rompre les barreaux de la fenêtre.

— Oh, Ben… murmura-t-elle d'une voix à peine audible, la main devant sa bouche.

Elle a peur de ce qui pourrait m'arriver ? se demanda Janvier. Oui, Dominique avait du cœur. C'était une fille compatissante, qui se faisait du souci pour lui, avec l'amour spontané et béat qu'elle avait déjà à 4 ans pour son merveilleux grand frère, de vingt ans son aîné. Mais l'effarement qu'il lisait dans ses yeux n'était-il pas aussi pour partie une prise de conscience de la fragilité de sa propre liberté ?

Ou bien était-ce quelque chose dont elle n'avait pas encore conscience ?

— Mais… mais qu'est-ce qu'ils te veulent ? Tu as des papiers. Tu es libre, je veux dire, et les gens te connaissent ici en ville.

— Peralta pourrait aller raconter à la police une histoire qui leur ferait accroire que je suis le meurtrier, afin de protéger son fils.

Il se remit à pleuvoir, comme il avait plu presque toute la journée. Les gouttes crépitaient sur le sol boueux de la cour devant la galerie à l'abri de laquelle ils étaient assis. Becky s'affairait en silence dans la cuisine derrière eux ; elle moulut du café et alimenta le feu qui chauffait la grosse bouilloire de fer.

— C'est le cousin du capitaine de police, et la police est sur les dents à cause d'Etienne Crozat qui exige qu'on arrête quelqu'un, n'importe qui, l'essentiel étant d'avoir un coupable à punir. Je crois pouvoir réussir à découvrir le vrai meurtrier, mais il me faudra des preuves. Et des preuves solides, de préférence, qui puissent prévaloir sur le fait que je suis noir, alors que l'assassin est certainement blanc.

Janvier eut le temps de prendre un bain, et de raser sa barbe grisonnante de cinq jours, avant le retour d'Olympe qui lui rapporta ses bottes et un ballot de linge propre. Il traversa la cour sous une pluie fine mais battante pour rejoindre ses deux sœurs qui l'attendaient dans le petit salon de Dominique ; il se demanda comment il avait fait pour ne pas avoir remarqué plus tôt combien elles se ressemblaient.

Sans doute parce qu'il ne les avait jamais vues ensemble depuis qu'elles étaient adultes. Il s'étonna soudain de la présence d'Olympe chez Dominique.

— Je dois retrouver une fugitive, une fille qui s'appelle Sally, déclara-t-il en pénétrant dans la pièce où les deux femmes étaient assises. À peu près de cette taille, mince, aussi noire que moi. Une pure Africaine, vraisemblablement. Elle s'est enfuie de la plantation des Saules le vendredi de la semaine dernière, avec un homme, probablement.

Essayer de retrouver Sally était pour le moment moins risqué que de reprendre la route des Saules, du moins tant qu'il faisait jour.

— Je crois qu'elle sait quelque chose, poursuivit-il. En tout cas, je suis presque sûr qu'elle a raconté quelque chose à quelqu'un.

Il avait examiné la blessure de sa main dans la cuisine et n'avait constaté aucune infection. Le bandage épinglé par Becky par-dessus le baume et la compresse qu'il avait lui-même posés étincelait de blancheur sur sa peau sombre.

— Je vais demander autour de moi, dit Olympe. Elle peut être n'importe où, si elle s'est enfuie avec un homme. Un Blanc ?

— Je ne sais pas. Je pense que oui, vu qu'il avait les moyens de lui faire des cadeaux coûteux.

— Ça coûte toujours moins cher de payer une robe à deux dollars à une fille que de s'acheter une esclave au marché, observa Olympe, cynique. Au fait, je sais qui qu'a payé Docteur John pour ton gri-gri.

Un attelage passa dans la rue, faisant gicler la boue sous ses roues. Dominique tourna vivement la tête vers les deux portes-fenêtres qui donnaient sur la rue Burgundy — grandes ouvertes, malgré la pluie, car il faisait chaud. Olympe pinça ses lèvres de bronze.

— T'en fais pas, va. On sera repartis avant qu'il arrive.

— Il ne se montrera pas avant au moins 10 heures, fit Dominique avec un petit reniflement. On est dimanche. Avec ces satanés dîners de famille, il suffirait de cinq coups de canon pour anéantir toute la population française, pour peu qu'on sache quelles maisons viser.

— C'est peut-être bien pour ça que les Américains, eux, s'abstiennent d'inviter leurs tantes, beaux-parents et arrière-petits-cousins à dîner à la même table, observa Olympe en caressant tranquillement le gros chat blanc. Ils préfèrent manger chacun dans leur coin que de paître en troupeau.

— Voyons, ma chère, tu sais bien que c'est uniquement pour des raisons d'économie domestique, rétorqua Minou avec le même sourire radieux que sa sœur. Les Lebreton doivent bien dépenser une centaine de dollars pour leur fameux repas dominical avec tous leurs parents : les Lafrenière, les Borès, les Macarty et les Chauvin, les Viellard, les Boisclaire, les Boisblanc et les Lebedoyère. Même s'ils n'organisent pas de bal ensuite — encore qu'ils ne s'en privent jamais, carême ou pas carême. Il n'est pas un Américain qui pourrait se permettre une telle dépense, pas vrai, Ben ? Quand je pense que cette horrible Culver a eu le culot de marchander le prix des leçons de piano que Ben donne à ses horribles gamines !

Janvier sourit malgré lui.

— Elles ne sont pas *horribles*, dit-il avec l'impression de parler d'une chose appartenant désormais à un lointain passé. Moi, je crois que l'une des raisons pour lesquelles les Américains n'invitent personne à dîner le dimanche est que la plupart d'entre eux ne sont arrivés que depuis peu de temps dans cette ville. Ils viennent de débarquer de New York, de Philadelphie ou de Virginie ; ils ont emmené leurs femmes et leurs enfants avec eux, mais ils n'ont pas encore eu le temps de recréer toute une famille, avec ce que cela peut comporter de grand-mères et de beaux-frères, ou de belles-filles amenant avec elles une tante veuve et ses quatre enfants. Donne-leur un peu de temps.

Dominique émit un petit raclement de gorge dubitatif et se leva pour aller à son secrétaire.

— Tout porte à croire qu'ils le prendront le temps, va, qu'on le leur donne ou pas... Peut-être que la personne qui a acheté ce gri-gri se trouvait au bal elle aussi ?

— *Peut-être !* s'exclama Olympe. Sache, ma chérie, qu'elle y était bel et bien, et pour ainsi dire toujours fourrée dans les jupes d'Angélique.

Animé d'un mauvais pressentiment, Janvier croisa son regard et comprit de qui elle parlait.

— *Clémence Drouet ?* fit-il, interloqué, avant d'ajouter : Mais c'est ridicule, voyons. Angélique était son idole.

Les deux sœurs, l'aînée et la cadette, tournèrent vers lui un même regard empreint d'exaspération et de commisération quant à son aveuglement. Ce fut Dominique qui parla :

— Oh, Ben, qu'est-ce que tu crois ? Que toutes ces filles quelconques, grosses ou vilaines, qui traînent servilement dans le sillage des plus jolies, obéissant à leurs caprices, allant leur chercher ceci ou cela, ne savent pas ce qu'on dit d'elles dans leur dos ? dit-elle d'une voix un peu triste où pointait la pitié. Tu crois que Clémence ne pouvait pas tout à la fois adorer et détester Angélique ?

— Docteur John m'a dit qu'il avait fabriqué deux puissants gris-gris pour Clémence, ajouta Olympe. Celui que tu m'as confié, et un autre qui doit encore se trouver sous l'escalier à l'arrière de la maison, et en ce qui me concerne, je vois pas d'inconvénient à ce qu'il y reste, si c'est Phrasie Dreuze qui doit habiter là. Mam'zelle Marie m'a raconté, poursuivit-elle tandis que Dominique sortait une liasse de feuillets du tiroir de son secrétaire, que les deux types qui t'ont attaqué, c'étaient le frère de Clémence et un ami à lui. Ils voulaient te reprendre le gri-gri pour t'empêcher de découvrir qui l'avait caché là et de dénoncer Clémence.

Janvier se rappelait que les deux hommes s'étaient en effet sauvagement agrippés aux poches de sa veste, ce qui lui avait d'abord fait croire qu'ils n'en voulaient qu'à son argent. Il se souvenait aussi des traces de larmes qu'il avait aperçues dans la pénombre sur le visage rond de la jeune femme, chez Angélique, et de son regard de terreur quand Euphrasie Dreuze s'était mise à hurler au meurtre après avoir découvert le gri-gri. *Elle a été en dessous de tout depuis le début de la matinée*, avait dit Livia à propos de Clémence.

— En général, toutes ces femmes qui ruminent leur haine, elles n'osent pas aller plus loin que le gri-gri, poursuivit tranquillement Olympe qui s'affala, tel un long serpent noir, contre le dossier du sofa, tout en continuant à caresser le chat. Elles se contentent souvent de mettre un petit cercueil en carton sous l'escalier de la personne, ou une croix de sel — c'est une façon d'assouvir leur désir de meurtre sans vraiment en commettre un. Mais y'en a aussi à qui ça donne de la suite dans les idées.

— À l'automne dernier, cet Américain qui s'appelle Jenkins n'avait d'yeux et d'attention que pour Clémence à chacun des bals du Ruban Bleu, dit Dominique en reposant ses papiers avec une lueur de tristesse au fond de ses yeux noirs. Et bien sûr, Angélique n'a jamais pu supporter qu'un homme s'intéresse davantage à une autre qu'à elle... Mais jamais je n'aurais cru Clémence capable de toucher à un seul cheveu de la tête d'Angélique.

— Elle non plus ne devait pas s'en sentir capable, dit Janvier d'une voix douce. Elle est allée voir Docteur John pour un gri-gri, mais elle aurait tout aussi bien pu lui demander autre chose, du poison par exemple. Il lui aurait suffi de le verser dans le verre d'Angélique. Elle pouvait s'en prendre à elle de mille manières. Il aurait été même plus simple de lui administrer un vomitif le soir du bal, si elle ne se sentait pas le courage d'aller jusqu'au meurtre. Mais de là à l'étrangler ainsi, en plein bal...

Il secoua la tête.

— Chéri, je me sentais *moi aussi* la furieuse envie de l'étrangler, ce soir-là, rétorqua Dominique en se replongeant dans ses papiers. Et pourtant, elle ne m'a pas fait le coup de partir au bras du tout premier homme qui s'intéressait à moi. Ah, voilà ! dit-elle en posant le doigt sur l'une des feuilles. Il me semblait bien que je l'avais vue descendre l'escalier en courant, juste après Galen. Elle aurait pu remonter par l'escalier de service.

— Qu'est-ce que c'est que ça ? fit Janvier, tordant le cou pour voir ce qui était écrit. Je croyais que Shaw était venu récupérer ces notes quand ils ont décidé de rouvrir l'enquête.

— Idiot.

Elle se rapprocha de lui et tendit les notes — rédigées en bon français, d'une écriture fine et régulière, sur du papier crème bordé de filets dorés.

— Je les ai recopiées, dit-elle. Comme ça, je suis certaine d'être au courant de tous les détails si jamais ça doit devenir le scandale du siècle.

Minou avait réorganisé les notes par ordre chronologique. À 21 h 15, Clémence Drouet était localisée « en bas », sans que l'on sache où exactement : « cour ? vestibule ? ». La présence d'un Turc en orange et vert avait été rapportée à la même heure dans la cour, ainsi que celle d'une Indienne — laquelle pouvait être n'importe qui —, mais avec un point d'interrogation.

Peu de temps après, on avait vu Xavier Peralta entrer dans le bureau de Froissart avec le groupe des duellistes — Granger, Mayerling, le pirate en pourpre, Bouille, Jenkins. Mais une certaine Doucette Labayadère (déguisée en « mûrier » — *en mûrier ?*) n'avait ensuite vu sortir que Froissart, Granger et Bouille. Les autres avaient donc vraisemblablement quitté la pièce un peu plus tôt.

Nul n'avait vu Galen Peralta dans le vestibule du rez-de-chaussée après la valse lente, mais au moins une personne y avait aperçu Augustus Mayerling.

Janvier resta assis à compulser les notes pendant quelques instants.

Mayerling était un étranger. Un Blanc, certes, mais qui n'était pas né au sein de la société esclavagiste. Un homme qui choisissait un médecin en fonction de sa compétence et non de la couleur de sa peau.

Faute d'éléments nouveaux, cela pouvait valoir la peine de demander au maître d'armes s'il avait remarqué quelque chose.

— Est-ce que je peux les garder ?

— Certainement pas ! rétorqua sa sœur d'un ton péremptoire, avant d'ajouter, mais bien à contrecœur : Bon, je vais te faire une copie ; tu l'auras demain.

— Tu es un ange.

Il lui baisa la main, puis tourna les yeux vers les portes-fenêtres ouvertes, de l'autre côté desquelles la pluie achevait de noyer de gris le jour à son déclin.

— Quelque chose me dit qu'il est plus prudent de tout garder en double.

— Oh, mais j'ai aussi les notes originales ! dit-elle. Je veux dire celles que l'adjoint de M. Shaw a prises cette nuit-là. Il me les a laissées quand il est venu chercher la liste établie et complétée par mes soins. Je les ai rangées dans un tiroir. Est-ce que tu vas aller voir M. Shaw ?

— Je ne sais pas, répondit Janvier en reposant les feuillets. Si je ne risque pas de me faire arrêter une fois là-bas, oui. Tu m'as dit que tu lui avais donné ma lettre. Il l'a ouverte ?

Elle hocha la tête.

— Est-ce qu'il a dit quelque chose ?

— Non, rien. Il s'est contenté de la mettre dans sa poche. Mais il sait lire, se hâta-t-elle d'ajouter. Je l'ai vu lire mes notes quand il est venu les chercher.

Olympe eut un petit reniflement de mépris, tout à fait dans la manière de leur mère.

— Y'a de ces miracles, de nos jours ! Dis donc, il va sans doute falloir t'héberger quelque part, frérot ? Ce Shaw, il connaît la maison de maman — et celle-ci aussi, d'ailleurs. (Janvier nota, avec un cynisme amusé, l'expression soulagée qui avait échappé, pendant une fraction de seconde, à Dominique.) Si ça doit se gâter, je connais plein d'endroits où tu pourras te cacher en attendant qu'on te fasse quitter la ville.

— Bien, fit Janvier d'un ton amer. Je dois donc me comporter en fugitif, sous prétexte que les témoins ne veulent rien dire qui puisse amener un juge à inculper un Blanc pour le meurtre de cette femme.

— Ça vaut toujours mieux que de finir dans la peau d'un cadavre, rétorqua Olympe. Je vais trouver quelqu'un qui pourra porter une lettre à Shaw, pour arranger un rendez-vous entre vous deux.

Elle poussa le chat blotti sur ses genoux et se leva pour aller chercher un parapluie en soie huilée derrière la porte. S'avançant dans l'embrasure des portes-fenêtres, elle regarda dans la rue, où les lampes à pétrole accrochées aux façades jetaient des paillettes de lumière dans l'eau noire des caniveaux.

— Y'a pas un chat dehors, tu devrais pas avoir grand-chose à craindre.

Janvier enfila la veste qu'elle lui avait apportée, embrassa Minou et franchit le seuil, aidant sa sœur — qui n'avait pas plus besoin d'aide qu'une gazelle — à descendre sur le trottoir, puis à passer sur la planche qui enjambait le caniveau. Il ne tombait plus que quelques petites gouttes, mais le ciel était noir de gros nuages qui menaçaient de crever.

— Je tiens vraiment à retrouver cette Sally, et aussi à parler à Clémence Drouet, si je peux.

— Tu crois vraiment cette petite gourde assez intelligente pour prévoir que si elle tuait Angélique en public comme ça, les soupçons s'orienteraient dans toutes les directions sauf vers elle ? fit Olympe en secouant la tête. À moins qu'elle soit une fille intelligente — vraiment très intelligente. Moi, je suis convaincue que si elle avait tué son amie dans un accès de jalousie après l'avoir vue s'en aller au bras de Jenkins, Clémence serait tout bonnement restée assise près du corps à sangloter.

— Peut-être bien, acquiesça Janvier, sachant qu'Olympe avait probablement raison.

— Je t'ai raconté ce que j'ai appris, Ben, poursuivit sa sœur, aussi je te demande une chose à présent : sois très prudent avec cette information. À mon avis, Clémence a pleuré pendant des nuits entières, tout comme ce Galen. Mais Clémence est une femme de couleur, tandis que Galen est blanc. Et elle a payé pour avoir ce gri-gri. Si, comme tu dis, la justice est en quête d'un coupable, quel qu'il soit, il te suffira de prononcer le nom de Clémence pour la condamner à mort. Or elle n'a commis d'autre crime que de haïr une femme, une amie, dont elle n'avait pas la force de se séparer.

Janvier garda le silence, sachant qu'Olympe disait la vérité. Il se demandait avec accablement comment il avait fait pour se retrouver avec un tel fardeau de responsabilités sur les épaules ; de lui dépendaient non seulement la liberté de Madeleine Trépagier, mais aussi la vie d'une fille qu'il connaissait à peine. Il lui revint en mémoire qu'Apollon, dieu de la musique et de la guérison, était de surcroît celui de la justice.

Il se remémora le précepte que lui avait enseigné M. Gomez : « Fais ton diagnostic d'abord, et ne décide du traitement qu'une fois en possession des faits. »

Augustus d'abord, pensa-t-il. *Après, je verrai bien si j'ai besoin d'autres informations.*

— Je ne savais pas que tu connaissais Minou, observat-il comme ils approchaient de l'angle de la rue Douane.

— Un peu, seulement. Je savais ce qu'elle était devenue, bien sûr, mais j'ai franchi sa porte pour la première fois jeudi dernier, dit-elle en fronçant les sourcils, comme troublée par une pensée qui venait de la frapper. Je ne croyais pas qu'elle me plairait, pour te dire la vérité, même si je la trouvais gentille comme tout quand elle était petite. J'en suis la première étonnée.

— Pourquoi, jeudi ?

— Je me suis mise à ta recherche quand j'ai su qui avait acheté ce gri-gri, et pourquoi ces gars t'avaient attaqué.

Elle fronça de nouveau les sourcils. Ses dents de devant, légèrement proéminentes, donnaient à son visage un air sérieux, un peu farouche, conforté par l'éclat alerte de ses yeux noirs. Il se demanda si elle connaissait Lucius Lacrîme.

— Et puis je me faisais du mauvais sang pour toi, ajoutat-elle. J'ai lu, dans cette pelote de poils et d'os que j'ai gardée, que tu avais des ennuis ou que tu étais blessé.

Elle jeta un regard éloquent à sa main bandée. Janvier, fouillant dans sa mémoire, se dit que c'était une simple

coïncidence si sa capture par Peralta, son interrogatoire
dans la sucrerie et le long martyre de son évasion avaient
eu lieu ce même jeudi.

— J'étais là aujourd'hui parce qu'elle m'avait demandé
de revenir, poursuivit Olympe. Elle avait besoin de mes
conseils. Elle attend un enfant.

Olympia Squelette-de-Serpent lui jeta un nouveau regard
en coin sous l'ombre de son parapluie.

— Il est gentil avec elle, dit-elle. Et il sera gentil pour
l'enfant. Comme ils le sont tous, en général, du moment
que les gosses font ce qu'on leur dit de faire, et surtout ne
posent pas trop de questions sur les raisons qui font que
les choses sont comme elles sont.

Janvier demeura silencieux et s'arrêta à l'angle de la rue
Bienville, à quelques pâtés de maisons de la grande bâtisse
où Augustus Mayerling habitait. Puis il poussa un soupir.

— Personne n'a le monopole de ces choses-là, sœurette.
Ni les Blancs, ni les Noirs, ni les sang-mêlé.

Sous l'ombre du parapluie, elle lui retourna un sourire
radieux et ironique. Puis elle se détourna, emprunta une
planche posée en travers du caniveau pour descendre sur
la chaussée et, soulevant ses jupes pour éviter de les écla-
bousser de boue, s'en retourna vers son foyer, son mari,
ses filles et ses fils.

Augustus Mayerling occupait deux pièces au dernier
étage d'un immeuble surplombant une cour plantée de
banians et de platanes, dont le rez-de-chaussée était occupé
par un comptoir de thé et de café. Il ne tombait plus que
de petites gouttes de pluie, que l'on voyait briller dans les
halos jaunes des lampadaires. Environné d'odeurs de
cuisine et de senteurs végétales émanant de la cour en
dessous, Janvier entreprit de gravir les escaliers de bois qui
montaient de galerie en galerie. Les hauts murs de la bâtisse
étouffaient les bruits de la rue, le lointain sifflet des vapeurs
et les cris des derniers marchands d'huîtres qui terminaient
leur journée.

En descendant la rue Burgundy avec Olympe, il avait
entendu tonner le canon près du Cabildo, annonçant le
couvre-feu pour la nuit. La pluie avait déjà mis un terme

aux danses de Congo Square quelques heures plus tôt. S'il se faisait arrêter par une patrouille, il lui faudrait présenter ses papiers, afin de prouver qu'il était libre. Cette idée le mettait mal à l'aise. La ville semblait vraiment très calme sans les cris de liesse de tous ces gens déguisés dans la rue, le joyeux tintamarre des fanfares de cuivres s'échappant des tavernes et la folle bousculade des défilés.

Et dans moins d'une semaine, songea Janvier, sarcastique, les créoles l'embaucheraient de nouveau pour animer les bals qu'ils organiseraient discrètement, faisant fi des préceptes de l'Eglise qui voulaient que l'on renonçât à tout plaisir au nom de Dieu en cette période de pénitence — à condition, bien sûr, qu'il ne fût pas déjà en prison ou à bord d'un navire. Il fallait bien que la vie reprît ; on ne pouvait se contenter indéfiniment de parties de trictrac ou de causeries de salon.

À n'en pas douter, aucune salle de jeu de la ville n'avait fermé ses portes. Mais telle était la coutume du pays, comme disaient les créoles avec un petit haussement d'épaules éloquent.

La galerie du dernier étage était plongée dans l'ombre, à l'exception des rais de lumière qui filtraient par les portes-fenêtres des appartements de Mayerling.

Quand Janvier arriva en haut de l'escalier, les portes s'ouvrirent brusquement. Mayerling, nimbé d'une lumière jaune qui faisait briller dans le noir ses cheveux blonds coupés court et sa chemise blanche au col ouvert, regarda à gauche, puis à droite. N'ayant vu personne, il se retourna vers l'intérieur en faisant signe à quelqu'un de sortir.

Une femme en toilette de deuil franchit alors le seuil.

Janvier sentit son cœur se glacer. Ce pas léger, ce mouvement d'épaules un peu raide qu'elle avait en se retournant lui étaient familiers, il les reconnaissait, sans erreur possible — tout comme il les avait reconnus quelques jours auparavant.

— L'escalier de service est plus sûr, fit la voix rauque et enfantine de Mayerling. Les esclaves ne seront pas de retour avant un petit moment.

Le Prussien retourna à l'intérieur et revint avec une cape, dont il se couvrit les épaules. Puis, posant sa main dans le dos de la femme, il la guida jusqu'à l'angle obscur d'où partait l'escalier de service qui rejoignait la galerie de la cuisine.

La femme s'arrêta, se retourna, souleva son voile et leva son visage vers celui de Mayerling. Bien qu'il fît sombre, la lueur ambrée des chandelles qui se répandait par la porte permit à Janvier de distinguer l'ovale ferme du menton et les immenses yeux noisette de Madeleine Trépagier.

21

Madeleine Trépagier et Augustus Mayerling.
Suis-je bête... J'aurais dû m'en douter.
Caché derrière l'angle d'une ruelle transversale, Janvier observa le maître d'armes aider sa maîtresse à monter dans un fiacre. La rue était parfaitement déserte ; conséquence du dimanche, du carême et des dîners des créoles, ajoutée à celle de la pluie.

L'école de Mayerling n'avait pas seulement été le cadre d'une rencontre entre Galen Peralta et la maîtresse de Trépagier. Le maître d'armes, lui, y avait fait la connaissance de la superbe femme de son élève.

Celle qu'il épousera ne pourra que remercier l'étrangleur.

Je me considérerais dans l'obligation de venger l'honneur de cette dame...

Comment n'avait-il pas tout deviné à ce moment-là, alors que moins de deux minutes plus tôt, Mayerling lui avait déclaré que les duels n'étaient que le fruit de l'ennui, de l'ignorance et du vice ?

Peut-être à cause de ce regard horrifié et écœuré qu'avait eu Madeleine Trépagier en lui disant : « Non, ce n'était pas un homme... »

Le fiacre s'éloigna du trottoir. Courbant sa tête blonde sous la pluie, Mayerling fit demi-tour et disparut sous le porche obscur d'où il était sorti avec Mme Trépagier.

Elle descendra du fiacre un peu plus loin pour reprendre sa propre voiture qui doit l'attendre quelque part, songea Janvier. *Place d'Armes, probablement.*

Il sortit de sa cachette et se mit à suivre le fiacre dans la nuit pluvieuse trouée par les halos des lampadaires. L'eau et la boue qui ruisselaient sur les pavés inégaux de la rue ralentissaient l'attelage, ce qui lui permit de ne pas le perdre de vue.

Augustus était un étranger. Blanc, mais Prussien. Peut-être après tout que le jury ne s'intéresserait qu'aux seules preuves, sans tenir compte de la couleur de peau de l'accusé.

Mais, tout en poursuivant à travers les rues l'ombre du fiacre qui se dirigeait vers la cathédrale, Janvier entendait au fond de lui-même une voix qui lui répétait : *Non, non*.

Ce n'était pas un homme, avait dit Madeleine, avec ce regard dégoûté qui confirmait tout ce que la vieille cuisinière et la blanchisseuse des Saules avaient pu lui raconter à propos d'Arnaud Trépagier. À l'Hôtel-Dieu, Janvier avait rencontré des femmes violées, battues, et il savait les répercussions que cela avait sur elles. C'était un miracle, un don du ciel qu'elle eût rencontré un homme doté de la prévenance et de la douceur nécessaires pour rompre le cercle infernal de terreur et de haine qui la retenait prisonnière.

Janvier se remémorait les événements de ce fameux mardi soir à la Salle d'Orléans, et tout lui paraissait maintenant d'une lumineuse clarté.

Tout, à l'exception de ce qu'il devait faire à présent.

Pour un personnage de roman, la réponse eût été évidente : « Sachez, mademoiselle, que pour moi, il n'est de joie nulle part en ce bas monde depuis la mort de ma femme. » Suivrait une confession balbutiante et émouvante, et l'histoire s'achèverait avec la pendaison du héros — ou son départ pour la France si le romancier était de bonne humeur.

Mais à la Nouvelle-Orléans, il était chez lui. Même si Uhrquahr et Peralta n'étaient pas les seuls ennemis à émerger de la brume.

Le fiacre s'arrêta à côté du jardin de la cathédrale, plongé dans le noir et bruissant de la rumeur de la pluie, littéralement à un jet de pierre de la Salle d'Orléans. Il pleuvait un peu moins à présent. Madame Trépagier, le visage caché derrière ses longs voiles de veuve, descendit de voiture et paya le cocher, puis tourna les talons et s'éloigna au pas de course dans la ruelle qui séparait l'église du Cabildo, petite silhouette noire vite engloutie par la nuit.

Dominique devait courir comme elle quand elle est partie chercher la police le soir du meurtre, songea Janvier en lui emboîtant le pas. Mais pendant la trépidante période du carnaval, il y avait des lampes à toutes les devantures des boutiques de la rue, à présent noires et fermées, et un flot continu de noctambules qui se bousculaient joyeusement entre la rue Royale et la place d'Armes. La cathédrale venait de sonner huit coups, et aux nuages amoncelés dans le ciel plombé se mêlait ce voile de brume permanent dû à la fumée crachée par les vapeurs ; la ruelle était plongée dans d'épaisses ténèbres, trouées de temps à autre par le carré jaune d'une fenêtre strié de gouttes de pluie lumineuses.

Dimanche créole à la Nouvelle-Orléans, pensa Janvier. *Naturellement Madeleine Trépagier a dû dîner chez la tante Picard, avec toute l'escorte des cousins Trépagier, prétendants pressés au mariage. Pourquoi pas ? Pourquoi pas ? Une femme ne peut pas faire tourner une plantation toute seule.* Quoi de plus facile que de feindre la migraine au beau milieu du repas pour pouvoir aller se réfugier dans les bras du seul homme qui la pouvait toucher sans lui donner la nausée ? Elle avait dû donner à l'avance des instructions à son propre cocher pour qu'il allât l'attendre place d'Armes. Il n'y avait personne aux Saules pour surveiller l'heure de son retour, en dehors de ses domestiques.

Et l'une des servantes a disparu, se rappela-t-il. Un frisson lui parcourut l'échine. Il se demanda ce que Sally avait bien pu voir ou apprendre, et si elle s'était vraiment sauvée des Saules comme on le disait.

Dans une plantation aussi isolée, ainsi que madame Trépagier l'avait elle-même souligné, une femme se trouvait à la merci de son époux ; de même, une esclave pouvait se trouver à la merci d'une maîtresse qui avait quelque chose à cacher.

Il aperçut la silhouette de Madeleine Trépagier devant lui, qui avançait sous la lueur diffuse des rares lampadaires de la place d'Armes, et pressa le pas. Il vit alors un mouvement confus dans l'ombre, et elle poussa un cri qui se répercuta sur le pavement de brique de la rue avec la brusquerie d'une étoffe qui se déchire.

Janvier distingua des ombres indécises qui se débattaient, luttaient et pataugeaient dans l'eau du caniveau. Un homme jura dans l'anglais vulgaire des mariniers et Madeleine cria de nouveau, mais Janvier était déjà sur eux, agrippant à deux mains une grossière étoffe graisseuse qui puait le tabac, le vomi et la bière. Dans le noir, il poussa l'individu contre le mur de brique qui bordait la rue, et frappa de toutes ses forces à l'endroit où devait se trouver la tête, écrasant les jointures de ses doigts sur un crâne hirsute. On haletait, grognait, jurait dans l'eau du caniveau, près de lui.

— Madame Madeleine ! Madame Madeleine ! cria une voix du côté du square.

L'homme qu'il avait frappé revint à la charge avec la furie d'un lynx, mais Janvier, plus lourd et plus grand, le souleva à bout de bras et le jeta sur le pavé comme un sac de maïs. Il lui flanqua un brutal coup de pied, puis se retourna pour affronter le second homme qui, à genoux dans le caniveau, l'éclat d'une lame luisant dans sa main, se penchait au-dessus de l'amas de jupons et de voiles noirs qui gisaient sous lui. S'abattant lourdement sur Mme Trépagier, il lui enfonçant la tête sous l'eau, et poussa soudain un juron de surprise. Janvier avait fondu sur lui et le tirait par la masse de ses cheveux trempés et pleins de vermine.

Le couteau brilla, frappa. Janvier esquiva le coup et lâcha prise. L'homme s'enfuit en courant par la rue de Chartres, tandis qu'un vieux Noir longiligne, armé d'un fouet de cocher, trottinait d'un pas mal assuré dans leur direction, cherchant son souffle, le visage de cendre.

Mme Trépagier tentait de se relever, noyée sous ses jupes et ses voiles détrempés, tremblant de tous ses membres au point qu'elle avait peine à se tenir debout. Elle tressaillit de peur et poussa un petit cri au contact de la main de Janvier qui voulait la soutenir, puis leva les yeux vers lui. Pendant un instant, il crut qu'elle allait s'effondrer, s'accrocher à son cou et fondre en larmes, mais elle se détourna, nouant désespérément ses bras autour d'elle dans le linceul noir de ses voiles dégoulinant d'eau.

— Je vais bien, dit-elle d'une voix tendue comme une corde de harpe, mais grave et assurée. Je vais bien.

— Madame Madeleine, madame Madeleine ! (Le vieux cocher semblait être lui aussi prêt à s'effondrer.) Vous n'avez rien ? Vous n'êtes pas blessée ?

Dans la gueule obscure de la ruelle, on ne voyait que ses yeux, ses dents, et les boutons d'argent de sa veste qui reflétaient les lumières de la colonnade du Cabildo. Dans ses vêtements de deuil ruisselants et ses voiles humides qui lui collaient aux joues comme de la suie, Mme Trépagier ressemblait à un corbeau surpris par la pluie.

— Venez, madame Madeleine. Je vais vous ramener chez votre tante Picard, que vous puissiez enlever ces vêtements mouillés…

— Non, répliqua-t-elle aussitôt. Pas chez ma tante.

Forcément, si elle a quitté la table trois heures plus tôt en feignant la migraine, songea Janvier.

Il posa une main secourable sur son coude. Elle se raidit, mais ne le repoussa pas.

— Venez, dit-il. Je vais vous conduire chez ma sœur.

— C'était vraiment… folie de ma part. Je veux dire de marcher seule dans cette ruelle.

Madeleine Trépagier leva une main hésitante vers la cascade de ses cheveux bruns dénoués, mais Dominique écarta ses doigts tremblants avec un « tss-tss » réprobateur. Ses propres mains passaient d'un geste expert une brosse douce en soies de porc dans les longues mèches humides, moins pour les démêler que pour leur permettre de sécher, et surtout pour calmer cette femme assise dans son petit salon, à qui elle avait prêté un corset et une robe, et offert une tasse de tisane. La moire aux reflets de miel de la robe, ornée de rubans roses et caramel, rehaussait admirablement le teint mat de Madeleine, à qui cette toilette seyait tout autant qu'à Dominique. Janvier se demandait dans combien de temps Mme Trépagier pourrait renoncer à ses vêtements de deuil et se remettre à porter des toilettes colorées comme celle-ci.

— Je n'aurais jamais imaginé que des voyous puissent rôder aussi près du poste de police, poursuivit Madeleine en croisant docilement les mains sur ses genoux. Je sortais de chez ma tante Picard, rue de Toulouse.

La robe de Dominique, plus décolletée que la sévère robe de deuil, découvrait la petite croix en or que Madeleine portait autour du cou, reposant dans le creux de ses clavicules. Janvier la revoyait renverser la tête en arrière, offrir ses lèvres à celles du maître d'armes, revoyait leur étreinte désespérée sous le crachin.

Augustus et Madeleine. Il revoyait l'or de la peau de daim, semblable à la moire de la robe qu'elle portait à présent, passer fugitivement près de la porte, alors qu'il attaquait la première valse. Était-ce Mayerling qu'elle cherchait ? Et le Prussien, dans son pourpoint élisabéthain noir et vert, traversant le vestibule du rez-de-chaussée, tandis que Galen Peralta redescendait l'escalier après sa querelle avec Angélique.

Une foule de questions se bousculaient dans sa tête, affluaient par vagues derrière ses lèvres closes, tel le ressac de la marée montante, et la première de toutes, la plus importante, qui revenait sans cesse, était celle-ci : *Et maintenant, que dois-je faire ?*

Il se réjouissait du bavardage de Dominique, de sa présence dans la pièce. Cela lui laissait le temps de réfléchir.

— La rue de la cathédrale n'est pas très loin de la Levée, souligna-t-il. Ni de Gallatin Street. On rencontrait des yankees à tous les coins de rue pendant les fêtes de mardi gras.

Dominique renifla.

— Et je suis sûre que la signification du mercredi des Cendres leur échappe complètement. On aurait pu croire qu'au bout d'une semaine, ils finiraient par comprendre, mais non !

Si la présence d'une Blanche dans son petit salon la mettait mal à l'aise, elle n'en laissait en tout cas rien paraître.

— Pauvre chérie, poursuivit-elle. Dieu merci, Ben était là. Mais que faisais-tu du côté de la rue Royale, Ben ? Je croyais que tu devais aller chez Olympe.

— J'avais cru apercevoir quelqu'un qui aurait pu me fournir certaine explication concernant le soir du meurtre, répondit Janvier en tournant son regard vers Madeleine.

Ses yeux, qu'elle gardait baissés, confuse de se retrouver dans la maison d'une placée, s'agrandirent d'horreur et de peur.

— Veux-tu bien ne pas prononcer ce mot, fit Dominique d'une voix sévère en tapotant les épaules de Madeleine.

La sœur de Janvier hésita un moment à poursuivre, puis, choisissant ses mots avec soin, finit par dire :

— Mon frère aide la police dans son enquête sur l'affaire Angélique Crozat — si tant est qu'on puisse parler d'enquête, ajouta-t-elle d'un ton acerbe. Personnellement, ça ne m'étonnerait pas que le coupable ne soit autre que cette affreuse harpie qui lui servait de mère. J'en suis demeurée sans voix quand j'ai appris qu'elle avait bradé tous les bijoux et les robes de sa fille... Figure-toi, Ben, qu'elle n'a cessé de courir aux quatre coins de la ville, vêtue d'un voile noir qui lui tombait jusqu'aux pieds et d'une robe de vulgaire crêpe des plus affreuses. Elle a maculé de noir tous les coussins crème du divan de maman. Excusez-moi, ma chère, je vais faire un saut à la cuisine pour vérifier qu'on s'occupe bien de votre cocher.

Même une agression qui aurait très bien pu se terminer par un meurtre ne fait pas oublier à Dominique le respect des hiérarchies, songea Janvier, sarcastique. Il regarda sa sœur passer la porte voûtée du salon du fond, franchir les portes-fenêtres donnant sur la cour et s'éloigner sous la pluie. Il savait que le cocher serait traité avec tous les égards à la cuisine, qu'on lui servirait une tasse de café et qu'on lui ferait goûter les merveilleuses crêpes de Becky. La pluie avait nettement diminué ; dans le halo lumineux qui se répandait par les croisées ouvertes sur la rue, l'on ne voyait plus scintiller que quelques petites gouttelettes. La tache de lumière se reflétait dans les eaux tumultueuses du caniveau et faisait luire les grosses gouttes qui tombaient paresseusement de l'avant-toit. Un fiacre passa, et l'on entendit le cocher pester contre la voiture de Mme Trépagier, stationnée juste devant la maison, avec son cheval protégé par une couverture. Quelques rues plus loin, un homme brailla :

— Va pas me bousculer, toi ! Je suis le fils du désastre et le petit cousin de la fièvre jaune. Je bouffe des Indiens au petit déjeuner...

Madeleine frissonna de tous ses membres et inclina son front sur sa main. D'une voix très basse, elle dit :

— Je vous en prie, ne me posez aucune question à propos de ce soir, monsieur Janvier. Merci, merci infiniment d'être venu à mon secours, de m'avoir conduite ici.

Ses épaules frémirent, comme si elle sentait encore l'étreinte des mains qui l'avaient brutalisée, puis elle poussa un gros soupir.

— Je sais pourquoi vous étiez là, ajouta-t-elle. Vous m'avez suivie... depuis la rue Bienville, n'est-ce pas ? Il m'avait bien semblé vous voir quand le fiacre est parti.

— Oui, avoua Janvier d'une voix douce.

Elle releva la tête et le regarda droit dans les yeux, sans ciller, désireuse qu'il crût ce qu'elle allait dire.

— Il est innocent. Je puis vous jurer qu'il n'est aucunement mêlé à ce meurtre. C'est... (elle prit une grande inspiration)... c'est moi qui ai étranglé Angélique. Je vous en prie, je vous en supplie, ne...

— Ce n'est certainement pas vous qui l'avez tuée, madame, déclara tranquillement Janvier. Je le sais. Ce costume que vous portiez semait des plumes de coq noires un peu partout, mais on n'en a pas trouvé une seule près du petit salon. Et puis vous n'aviez rien sur vous qui aurait pu vous servir à l'étrangler. Êtes-vous restée à cause de lui ?

— Non ! Cela n'a rien à voir avec lui, je vous le jure !

— Mais vous vous êtes quand même vus ?

Elle hésita un court instant, réfléchissant à la meilleure réponse possible, puis s'écria :

— Non ! Je l'ai seulement vu traverser le vestibule... Je l'ai revu après, de loin... Mais nous... nous n'étions pas... Je veux dire, nous n'avons pas...

Elle s'embrouillait, bredouillait, et Janvier détourna la tête. Madeleine Trépagier bondit sur ses pieds, lui saisit le bras, les joues dorées par la flamme vacillante de la lampe.

— Je vous en prie ! Je vous en prie ! N'allez pas à la police ! Je vous en supplie, ne mentionnez pas son nom ! Venez… (Elle bégaya, se tut, le fixa d'un regard hésitant, cherchant à lire sa pensée au fond de ses yeux.) Venez aux Saules demain. Je vous dirais alors tout ce que vous voudrez savoir. Mais pas ce soir.

— Parce que vous avez l'intention de lui envoyer un billet pour le prévenir ? demanda Janvier.

Elle baissa les yeux, puis soutint de nouveau son regard.

— Non, bien sûr que non. Seulement je…

Elle n'alla pas plus loin. Hannibal Sefton, vêtu d'un manteau râpé et ses cheveux longs dégoulinant de pluie, chantant une aria de von Weber et plus que légèrement ivre, franchit d'un bond leste les portes-fenêtres ouvertes sur le trottoir et atterrit juste derrière Madeleine, qu'il attrapa par la taille tout en lui déposant un gros baiser sonore dans le cou.

Madeleine poussa un hurlement de terreur. Elle se libéra d'un coup de reins brutal, renversant la chaise à côté d'elle, et sauta à la figure de son assaillant qu'elle griffa sauvagement avec les ongles des deux mains. Hannibal recula avec un hoquet de surprise et faillit culbuter en arrière par la fenêtre ouverte. Janvier voulut maîtriser la pauvre femme terrifiée, mais elle s'arracha à son étreinte et fit quelques pas chancelants au milieu de la pièce, secouée de gros sanglots. Dominique arriva au même instant par la porte de la salle à manger et la recueillit dans ses bras.

— Allons, allons ! Ce n'est rien. Allons, calmez-vous, ma chère, ce n'est qu'un de mes amis — un ami d'une incroyable impudence.

Hannibal, debout près des portes-fenêtres, son étui à violon gisant à ses pieds, s'appuyait d'une main au chambranle et de l'autre tâtait son visage sanguinolent. Il avait le regard d'un chien venu chercher une caresse et qui avait à la place récolté un méchant coup de pied en pleine gueule.

— Je suis désolé, dit-il. Madame, je suis vraiment désolé. Je n'avais pas l'intention de… (Atterré, impuissant, il jeta un regard implorant à Dominique, puis à Janvier.) Je croyais que c'était Minou. Je vous jure que je l'ai prise pour Minou.

— Ah oui ! et c'est de cette façon que tu me traites ! rétorqua Minou, plus furieuse des conséquences que du geste en lui-même, mais furieuse néanmoins.

Blottie dans ses bras, Madeleine était toujours secouée de longues vagues de frissons, tête inclinée, comme sur le point de vomir. Janvier songea que si elle leur jouait présentement la comédie, il n'avait jamais vu quelqu'un feindre aussi bien.

Mais au fond de lui-même, il ne pensait pas que l'horreur qui s'emparait d'elle dès qu'un homme la touchait était feinte.

— Tout va bien, dit-il en posant la main sur l'épaule d'Hannibal. Je t'expliquerai dehors. Minou, est-ce que tu veux bien raccompagner Mme Trépagier aux Saules ? Il vaudrait mieux ne pas la laisser seule.

— Oh, mais bien sûr ! J'ai déjà dit à Thérèse de raconter à Henry — si toutefois cette limace daigne se montrer ce soir — que j'ai été appelée à l'extérieur de toute urgence, et de lui servir de la tisane et du flan, et tout ce dont il aura envie, pour le faire patienter. Et maintenant, hors d'ici, goujat ! lança-t-elle à Hannibal, tout en lui effleurant l'avant-bras pour qu'il comprenne qu'elle ne lui en voulait pas.

Janvier invita son ami à repasser les portes-fenêtres, et tous deux regagnèrent le trottoir.

Jetant un regard derrière lui, Janvier vit que sa sœur aidait Mme Trépagier, toujours agitée de violents tremblements, à s'installer dans une chaise, et il entendit cette dernière murmurer :

— Merci… Merci.

— Augustus Mayerling ? fit Hannibal, quand Janvier eut achevé son récit.

Même le long d'une petite rue comme la rue Burgundy, les lampes à pétrole brûlaient encore sur les supports incurvés fixés aux façades de stuc des maisons, leur lumière se reflétant à la surface des caniveaux et sur le pavé détrempé. Sous les galeries en surplomb des maisons et des boutiques, ou bien la rangée d'avant-toits des villas, elles se trouvaient à l'abri de la pluie qui reprenait de plus belle.

Dans chaque maison, derrière les fentes arachnéennes des volets de bois à claire-voie défendus par des balcons de fer forgé, brillaient de chaudes lueurs qui ajoutaient à la magie de la nuit. Ici l'on entendait quelqu'un jouer du banjo — envers et contre toutes les règles du carême —, là des voix retentissaient, de part et d'autre d'un bistrot d'angle, tous volets ouverts, livrant aux regards de la rue l'intérieur de la salle où Noirs libres et mariniers américains jouaient aux cartes au milieu des rires et des jurons.

— Ça me déplaît souverainement de penser que c'est lui l'auteur de ce crime, conclut Janvier, parce que j'aime bien ce type. Mais de tous ceux qui se trouvaient ce soir-là à la Salle d'Orléans, il était à mon avis le seul qui avait de sérieuses raisons de vouloir la mort d'Angélique. Et Mme Trépagier le sait. Et même si je l'aime bien, même si je ne peux pas vraiment lui reprocher ce qu'il a fait, c'est lui ou moi… Et j'ai bien envie d'aller faire un petit tour dans ses appartements pour voir si par hasard on n'y retrouverait pas ce fameux collier.

— Et si tu ne le retrouves pas, qu'est-ce que tu feras ? s'enquit Hannibal, d'un filet de voix rauque et éraillée avant de se mettre à tousser comme ils traversaient les planches du caniveau à l'angle de la rue Conti. Ça pourrait être n'importe qui d'autre qui se trouvait dans cette salle, tu le sais bien.

— Alors, pourquoi le protéger comme elle l'a fait ? Pourquoi me supplier de ne pas dire son nom à la police ? Pourquoi veut-elle se sacrifier, alors que, s'il est innocent, tout ce qu'il risque, c'est de passer une nuit ou deux en prison jusqu'à ce qu'il soit blanchi ? D'autres femmes qu'elle ont des amants. Ces choses-là ne se disent pas, mais tout le monde en ville sait qui est la maîtresse de qui. Et puis ce n'est tout de même pas comme si elle trompait son mari, d'autant que la plantation est à elle et qu'elle est libre d'en disposer à sa guise, n'en déplaise à sa famille. Elle n'est pas obligée de dire qu'ils étaient ensemble au bal. Elle pourrait toujours raconter qu'ils se sont retrouvés ailleurs, s'il faut qu'elle mente sur ce point. Mais non. Pourquoi refuse-t-elle obstinément qu'on enquête sur lui, sinon parce qu'elle a peur qu'on découvre ce qu'il a fait ce soir-là ?

— Elle n'a pas peur qu'on découvre ce qu'il a fait, déclara tranquillement Hannibal, mais ce qu'il est.

Janvier le fixa avec des yeux ronds. *Un octavon ?* pensa-t-il. *Non, ce n'est pas possible, pas avec cette couleur de peau.*

Hannibal eut un moment d'hésitation, puis lui dit :

— Augustus Mayerling est une femme.

— *Quoi ?* s'exclama Janvier, qui en resta pétrifié sur le trottoir.

— Augustus Mayerling est une femme, répéta le violoniste. Je ne connais pas son vrai nom.

Hannibal continua d'avancer, avec cette démarche nonchalante d'épouvantail dégingandé, les yeux baissés, plongé dans ses souvenirs.

— C'est plus fréquent qu'on ne croit, tu sais. Récemment, il y a eu l'histoire de cette femme qui avait servi pendant plusieurs années dans la cavalerie russe en se faisant passer pour un homme. Des femmes ont combattu à Trafalgar et à Waterloo aussi, déguisées en hommes. Des gens qui les connaissaient m'en ont parlé. J'ai découvert — ou plutôt deviné — la véritable nature d'Augustus presque par hasard. Il y a à peu près deux ans, il m'a ramassé à la porte d'un saloon de Gallatin Street où j'avais joué du violon pour gagner quelques sous. Bien sûr, je n'avais pas plus tôt mis le pied dehors que je me suis fait attaquer et détrousser. J'étais à demi inconscient et il m'a ramené chez lui. J'ai eu la fièvre toute la nuit ; il est resté à mon chevet, m'a soigné, et je puis te dire — la fièvre y était sans doute pour quelque chose — que je me suis aperçu de la différence. Je lui ai baisé la main, et nous sommes restés un long moment à nous regarder dans les yeux. Je savais.

Il n'y a qu'Hannibal pour toujours tout savoir, songea Janvier.

Le violoniste haussa les épaules et poursuivit :

— Plus tard, nous en avons parlé. Je crois qu'il, je veux dire elle, était heureuse que quelqu'un d'autre le sache. J'ai donc gardé son secret, mais il semble qu'elle ait de toute

façon depuis longtemps mis au point toutes sortes de
petites astuces pour le préserver — comme laisser traîner
un nécessaire à raser dans sa chambre —, pour détourner
les questions ou éviter certaines situations embarrassantes.
Mais en prison, même pour une journée ou deux, ce serait
complètement impossible. Dieu sait qu'il, je veux dire elle,
ne pourrait pas dissimuler sa vraie nature. Tu es le seul à
qui je l'ai dit. Surtout, ne va pas le…

— Non. Bien sûr que non.

Janvier continuait à avancer, un peu étourdi par ces révé-
lations.

On se bat soit pour le plaisir, soit pour tuer…

Il revoyait les yeux jaunes et froids du Prussien quand il
avait prononcé ces mots, se rappelait comme ils s'étaient
mis à briller lorsque tous deux avaient évoqué la passion
du maître d'armes pour son art. Et il avait vu lui-même
Mayerling se battre, dans cette grande pièce tout en
longueur qui lui servait de salle d'armes, au premier étage
d'une bâtisse d'Exchange Alley : souple, calme et terriblement rapide. Il savait qu'il avait tué plusieurs hommes en
duel.

Soudain, il se remémora Madeleine Trépagier petite fille,
attaquant les sonates de Beethoven tel un sculpteur taillant
son bloc de marbre à grands coups de ciseau pour en
dégager la statue cachée à l'intérieur, ivre du désir de se
fondre au cœur même de son art.

L'art de Madeleine Trépagier était la musique, comme
Janvier. Celui de son amant était l'escrime.

Mais la passion qui les animait était la même. Pas étonnant qu'ils — qu'elles — aient trouvé chez l'autre une âme
sœur.

— Je comprends, murmura Janvier. D'une certaine
façon, c'était la seule personne avec qui elle pouvait aller.

— Oui, répondit Hannibal dont les yeux noirs s'assom-
brirent. La plupart des femmes qui ont… à qui on a fait du
mal comme ça ne retrouvent personne.

Mais ce n'était pas ce que Janvier avait voulu dire.

Ils continuèrent à marcher en silence. Janvier songeait à
ces couples peu conventionnels qu'il avait vus à Paris —
des prostituées, le plus souvent, qui s'en retournaient dans

les bras de leur petite amie après s'être vendues à cinq, dix, voire vingt hommes dans la journée. Il se rappelait aussi ces deux femmes d'âge moyen, filles d'aristocrates émigrés de retour en France, qui tenaient une boutique de chapeaux au Bois de Boulogne, un perpétuel sourire de satisfaction aux lèvres, et qui, elles, avaient fait fortune avec leurs bouts de rubans et leurs petites fleurs.

Mais tout cela ne signifiait pas pour autant qu'Augustus Mayerling n'était pas l'étrangleur.

— J'ai quand même envie d'aller faire un tour chez Mayerling, déclara Janvier au bout d'un moment. De toute façon, il voudra que je lui raconte ce qui est arrivé ce soir.

Il ne peut pas se faire passer pour un gentleman, disait Bouille à propos de Granger l'Américain, sans même se rendre compte que c'était précisément ce que son gracile maître d'armes avait réussi à faire.

Elle n'a d'autre masque que ses cheveux courts, songea Janvier, *et les cicatrices de son visage*. Mais cela n'était rien d'autre qu'un masque, au même titre que le somptueux assemblage de bijoux et de fourrure qui dissimulait le visage d'Angélique le soir de sa mort. Le manteau et les pantalons d'homme d'Augustus n'étaient rien d'autre qu'un costume, tout comme cette robe de soie blanche volée à Madeleine, mais un costume autrement plus subtil, en ce qu'il n'était pas identifié comme tel.

Je porte des pantalons, donc tu vois un homme. Tu as la peau noire, donc je vois un esclave.

Mais Mayerling avait été l'une des rares personnes à voir en lui un musicien et un homme.

— Me pardonnera-t-elle jamais ? fit Hannibal. Est-ce que Minou saura lui faire comprendre ? Je l'ai vraiment prise pour ta sœur. Elle portait la robe de Minou — et j'ai cru que c'était elle. Je m'en veux vraiment.

— Ce n'est pas grave, dit Janvier, tu lui as seulement fait une de ces frayeurs...

Il s'arrêta net sur le trottoir, sentant son sang se figer dans ses veines.

— Oh, Seigneur ! murmura-t-il.

Hannibal s'arrêta lui aussi et le dévisagea d'un air perplexe.

— Qu'est-ce que…

— Elle portait les bijoux de Madeleine, dit doucement Janvier.

— Qui ça ? Minou…

— Elle portait les bijoux de Madeleine, répéta-t-il, et la personne qui l'a tuée l'a prise pour Madeleine.

Planté au milieu du trottoir, il regardait devant lui d'un air absent, bouleversé jusqu'au tréfonds de son être, mais sachant, aussi sûr qu'il s'appelait Benjamin Janvier, qu'il était dans le vrai.

— Ils se sont trompés de femme.

— Qui ça, ils ? Et pourquoi aurait-on voulu…

— Pour la plantation, dit Janvier.

Il commença à rebrousser chemin vers la rue Burgundy, puis s'arrêta, devinant que la voiture était certainement repartie peu de temps après que lui et Hannibal eurent quitté la maison.

— Les Saules. La propriété jouxte le bayou Gentilly… Est-ce que l'un des projets de tramway pour lesquels Granger et Bouille sont en conflit ne doit pas justement passer le long du bayou Gentilly ? Si la ligne passe par là, le terrain va valoir une fortune. Et si elle vend tout à ce satané McGinty pour régler ses dettes…

— McGinty ? répéta Hannibal, alarmé. C'était l'un des témoins de Granger. Le pirate à barbe rousse, celui qui tenait les chevaux.

Les deux hommes échangèrent un long regard, tandis qu'un à un les éléments du puzzle se mettaient en place dans la tête de Janvier : les favoris cuivrés de McGinty jurant avec le satin pourpre de son masque de pirate, la croissance anarchique des faubourgs de la Nouvelle-Orléans avec leurs façades tarabiscotées reflétant le goût des Américains pour l'argent, la voix sèche de Livia lisant tout haut les accusations diffamantes de William Granger à l'encontre de Jean Bouille imprimées dans le journal, les tentatives de McGinty pour salir la réputation de Madeleine avant que la tante Picard ne réussisse à la marier.

— Viens ! s'écria Janvier, bifurquant dans la rue Bienville où il s'élança au pas de course.

Hannibal se hâta derrière lui, le souffle court.

— Mais comment pouvaient-ils savoir qu'elle assisterait à ce bal ?

— Sally. La fille qui s'est enfuie. Dont le petit ami était « monsieur chic », un Blanc. Est-ce que vous avez retrouvé sa trace, toi ou la Grosse Mary ?

Le violoniste secoua la tête.

— Non, on n'a rien trouvé du tout.

— Je suis prêt à parier à dix contre un que l'homme avec qui elle s'est enfuie n'est autre que ce McGinty, ou bien un gars qui a partie liée avec lui. Il est souvent venu à la plantation pour ses affaires.

— Et pour l'agression de ce soir...

— Ce doit être quelqu'un de la famille Trépagier. Quelqu'un qui pourrait prétendre à l'héritage — et à mon avis, c'est le frère d'Arnaud le mieux placé, déclara Janvier sans ralentir le pas, indifférent à la pluie. Claude, celui qui s'est enfui au Texas. Tous les membres de la famille savaient qu'elle serait chez la tante Picard ce soir. C'est donc forcément quelqu'un de la famille qui lui a tendu cette embuscade.

— Alors, si l'agression de ce soir n'était pas un simple accident...

— Ça veut dire qu'ils vont la suivre et recommencer quand elle sera sortie de la ville.

22

La respiration d'Hannibal s'était muée en un râle sifflant lorsqu'ils atteignirent enfin la galerie des appartements de Mayerling. Il pleuvait des cordes, à présent. Des cataractes tombaient du ciel noir d'encre, scintillant sous les lampes des galeries. Observant le Prussien à la lueur ambrée des chandelles dont il s'était muni pour leur ouvrir la porte, Janvier ne remarqua aucune différence, aucun indice susceptible de confirmer ce qu'il savait désormais. Le teint ivoire et les traits aquilins de ce visage efféminé étaient toujours les mêmes. *Même si elle n'avait pas ces cicatrices, elle est plutôt laide, comme femme*, se dit-il.

— Mme Trépagier a des ennuis, dit Janvier comme Mayerling avançait d'un pas sur la galerie, en gilet et manches de chemise, la brosse de ses cheveux blonds encore humide de sa récente sortie sous la pluie. Où gardez-vous votre voiture ?

— Rue Douane. Mais où est-elle ? demanda-t-il en retournant à la porte décrocher son manteau suspendu dans l'entrée. Et comment se fait-il que…

— Prenez vos pistolets.

Mayerling se figea ; il fixa Janvier du regard, puis ses yeux se posèrent sur Hannibal qui, appuyé sur la rambarde de la galerie derrière son ami, la main pressée sur sa poitrine, essayait de calmer sa toux.

— Qu'est-il arrivé ? Entrez.

Il pénétra d'un pas vif à l'intérieur, où un autre chandelier brûlait sur une table devant un livre ouvert. La pièce était petite et presque vide, mais dans un coin trônait un piano Broadwood de sept octaves. Des partitions s'empilaient dessus et sur la table à côté.

Le Prussien ouvrit une armoire et sortit d'un tiroir l'étui des pistolets Manton avec lesquels Granger et Bouille s'étaient manqués, ainsi qu'un sac de balles. Il décrocha du mur un long rifle du Kentucky suspendu à côté de l'armoire et une carabine de chasse anglaise.

Pendant qu'il s'affairait, Janvier lui expliqua ce qui s'était passé :

— Madeleine s'est fait agresser peu après être partie d'ici. (Mayerling tourna vivement la tête et Janvier poursuivit :) Deux hommes l'ont attaquée dans l'allée Orléans, près de la cathédrale. Je les ai mis en déroute et je l'ai renvoyée chez elle, mais à présent, je crains fort qu'ils ne recommencent. C'est son beau-frère qui est derrière tout ça, j'en suis sûr et certain.

— Claude ? fit Mayerling en lui tendant la carabine — et ce faisant, violant la loi de l'État de Louisiane, pensa Janvier avec une ironie désabusée.

Le maître d'armes suspendit la boîte de poudre sous son bras, puis passa son manteau par-dessus, afin de la protéger de la pluie. Janvier songea que la dernière fois qu'on lui avait mis une arme à feu entre les mains, c'était à la bataille de Chalmette.

— J'ai appris qu'il était revenu en ville, ajouta Mayerling, et qu'il résidait chez ses cousins Trépagier.

— Mais quand est-il arrivé ? s'enquit Janvier, alarmé.

— Je ne sais pas. Le jour de mardi gras, je crois, ou bien la veille. Il avait fait parvenir un billet à Madeleine, ce jour-là, demandant à la rencontrer.

Ils se dirigèrent vers l'escalier. Le plancher de bois de la galerie résonnait sous leurs pas. Ils passèrent un étage, puis deux.

— Et est-ce qu'elle a accepté ?

— Non, répondit Mayerling d'une voix sèche et glaciale. Je crois qu'elle savait qu'il voulait lui demander sa main.

— Ou, plus probablement, l'assassiner. Elle a bien fait de ne pas y aller. Savez-vous à quoi il ressemble ?

— Non. Et c'est aussi bien, ajouta-t-il d'une voix douce, vu tout ce qu'elle m'a raconté sur lui. Mais pourquoi aurait-il payé des types pour l'attaquer ? Pourquoi voudrait-il…

— Pour hériter des Saules, lui expliqua Janvier.

Ils arrivaient au niveau de la rue. Le maître d'armes s'arrêta au pied de l'escalier, dévisageant Janvier avec un air étonné.

— La plantation ? Mais sans les esclaves, elle ne vaut rien. La propriété n'est plus entretenue ni cultivée ; il n'y a pas assez de bras pour tout le travail à faire ; il faudrait replanter chaque champ…

— La propriété vaudra au moins cent dollars de l'acre s'ils font partir une nouvelle ligne de tramway de Gentilly, au lieu de La Fayette comme la compagnie de Granger l'a proposé.

— Granger, murmura Mayerling de sa voix rauque. Mais oui, bien sûr. Le vrai motif du duel, c'était la décision de Bouille à propos de ce projet. Décision défavorable à Granger, ce qui veut dire que la ligne de tramway partira forcément de Gentilly. Et McGinty, l'ami de Granger, l'avait compris depuis longtemps. Il harcèle Madeleine depuis des mois pour qu'elle lui cède la propriété.

— Et vous savez quoi ? lança Hannibal en s'appuyant légèrement de la main au pilier de fer soutenant la galerie. Le Turc en costume vert qui discutait avec McGinty à la Salle d'Orléans quelques minutes avant l'arrivée d'Angélique, c'était Claude Trépagier.

— *Äffenschwänz*, fit Mayerling d'un ton glacial. Le cheval est à l'écurie qui se trouve juste au bout de la rue. Je n'en ai que pour quelques minutes…

— Passez me prendre rue Douane, près des Ramparts. Hannibal, dans ton état, il vaudrait mieux que tu restes ici.

Le violoniste toussa, et secoua violemment la tête.

— Vous aurez besoin de quelqu'un pour recharger les armes.

Ils n'avaient pas le temps de discuter, aussi Janvier tendit la carabine à Hannibal et s'éloigna en courant dans la rue Bienville. Quelques instants après, il arriva à la villa d'Olympe, où un garçon d'une dizaine d'années lui ouvrit les portes-fenêtres de la chambre à coucher du fond au lieu de celle du petit salon où sa sœur l'avait reçu quelques jours plus tôt.

— Maman est avec une dame, monsieur, lui dit poliment l'enfant, dans un mauvais français créole. Mais entrez donc, il pleut des cordes, ajouta-t-il en faisant un pas de côté.

Par une porte ouverte sur la chambre attenante, Janvier aperçut trois autres enfants, qui se suivaient en taille et en âge, assis en tailleur sur un grand lit autour d'un homme, un mulâtre, robuste et large d'épaules, mais à la physionomie douce et bienveillante, qui leur lisait un livre.

Ce dernier se leva et s'avança vers Janvier, la main tendue.

— Vous devez être Ben. Je me présente, Paul Corbier.

Autrefois, Janvier n'imaginait pas Olympe mariée avec un individu moins effrayant que le diable en personne. Mais devant son beau-frère, il comprenait à présent pourquoi le tempérament de sa sœur s'était quelque peu radouci.

— Je dois parler à Olympe de toute urgence. Je crois que notre sœur a des ennuis… Dominique. Il faut que quelqu'un aille chercher le lieutenant Shaw, de la police — ou n'importe quelle autre personne de la police — pour lui dire de se rendre aux Saules, la plantation des Trépagier, sur la route de Gentilly, le plus vite possible. Une embuscade se prépare et un meurtre va être commis.

— Ils vont vouloir savoir comment vous pouvez être sûr de ça, observa Corbier.

— Je ne peux pas prouver ce que j'avance, dit Janvier en secouant la tête, mais le lieutenant Shaw comprendra : c'est lié au meurtre de l'affaire Crozat. Dites-lui que je crains qu'une embuscade attende Madeleine Trépagier là-bas et que nous avons besoin d'aide. Je pars moi-même immédiatement.

Entendant le cliquetis d'un harnais et la boue des pavés gicler sous des roues, Janvier tourna la tête et vit arriver la voiture qui les avait transportés à la plantation Allard pour le duel. La robe luisante, le cheval secouait la tête, gêné par la pluie battante. À la faible lueur de la lampe accrochée au-dessus de la porte et des lumières encore moins vives de l'attelage, il distingua la tache pâle du visage balafré de Mayerling dans l'ombre de la capote de cuir.

— Dominique est avec Mme Trépagier, ajouta Janvier. Dites à Olympe d'aller prévenir la police, ou envoyez l'un des enfants, mais dépêchez-vous !

Janvier sauta au bas du haut perron de brique, bondit par-dessus le caniveau et se hissa précipitamment à l'intérieur de la voiture, où il se serra tant bien que mal contre ses deux occupants. Il vit en partant que Paul Corbier se retournait vers l'aîné des garçons et lui donnait des instructions tout en refermant les volets à claire-voie.

Mayerling empoigna les rênes et cingla le cheval. Les roues cahotaient et brinquebalaient dans les ornières et la boue, sautaient au passage des caniveaux, soulevant des gerbes d'eau noire et luisante comme de la poix.

— Hannibal m'a dit que votre sœur Dominique est avec elle.

— Je ne pouvais pas la laisser rentrer seule. Mais on peut faire confiance à la discrétion de Minou : elle ne le dira à personne.

— Trépagier a dû recruter ses hommes dans le Marais, dit Hannibal, s'accrochant aux deux fusils et oscillant au gré des violentes embardées de la voiture lancée à toute allure. Les gars de Nahum Shagrue sont capables d'aller saccager l'orphelinat pour un dollar, s'ils pensent qu'il n'y a pas de risques qu'ils se fassent prendre. Y'a pas pire racaille, plus ignobles voyous... Ce sont des pirates de fleuve... des assassins.

— Je connais ce Nahum Shagrue, déclara Janvier, se remémorant les yeux porcins et rusés, la puanteur de la fange qui dégoulinait de son manteau.

— Le Turc en vert était avec Charles-Louis Trépagier au Théâtre le soir de mardi gras, dit Mayerling au bout d'un moment. Je me rappelle fort bien ce qu'il a dit sur Madeleine. (Ses fines narines frémirent de colère.) Je regrette vraiment de ne pas lui avoir réglé son compte sur-le-champ, là-bas, dans la cour. Le sinistre lâche. J'imagine qu'il s'est dit qu'il valait mieux la tuer que l'épouser.

— McGinty a dû lui expliquer que toute demande en mariage était inutile, dit Janvier. Il avait lui-même déjà essayé, juste après la mort d'Arnaud — ce qui signifie qu'il savait déjà que la ligne de tramway passerait par là. C'est

alors qu'il a dû prévenir Claude, et commencer à faire la
cour à Sally, histoire de pouvoir surveiller les faits et gestes
de Mme Trépagier. Il gérait les affaires d'Arnaud, ce qui
l'amenait donc souvent à la plantation où il pouvait voir la
servante. C'est Sally qui a dû lui dire que Mme Trépagier
avait l'intention d'aller au bal des quarterons pour parler à
Angélique.

— Elle lui a dit que sa maîtresse serait là-bas, mais pas
ce qu'elle porterait, souligna Hannibal.

— Et Claude n'avait pas revu Madeleine depuis le
mariage de son frère, il y a treize ans, continua Janvier. Il
ne risquait pas de revenir de si tôt, après s'être enfui en
ayant volé de l'argent et une esclave. Aussi, quand il a vu
une femme qui avait sensiblement la même taille et la
même allure qu'elle, portant ses bijoux…

— Ça me console de penser que certaines personnes
reçoivent parfois le châtiment qu'elles méritent, dit Mayerling, sans quitter la route des yeux. Au fait, ajouta-t-il, je
vous remercie de lui avoir dit de quitter le bal. J'ignorais
tout de ses intentions avant de l'apercevoir à l'entrée de la
salle.

— Elle est restée avec vous jusque vers 10 heures, n'est-
ce pas ?

Janvier avait peine à parler d'une voix ferme, car Mayerling menait l'attelage à un train d'enfer et au-delà du
faubourg Marigny éclairé par des lampadaires, la route,
enfouie sous le couvert des chênes, disparaissait dans
d'épaisses ténèbres. De temps à autre, comme un fantôme,
voletait entre les arbres la pâle lumière de lampes au gaz
derrière des rideaux colorés, signalant la présence d'une
habitation, mais ces petites lueurs se faisaient de plus en
plus rares au fur et à mesure qu'empirait l'état de la route.

— Oui, répondit le maître d'armes. L'ayant aperçue qui
rôdait près de la salle, je me suis arrangé pour quitter cette
stupide réunion dans le bureau de Froissart le plus rapidement possible. Je suppose que j'aurais dû la mettre dans un
fiacre et la renvoyer chez elle, mais nous nous sommes
esquivés tous les deux par le passage du Théâtre pour aller
nous réfugier dans l'une des baignoires. Vous devez
comprendre que nous avons trop rarement l'occasion

d'être ensemble. C'était stupide, je l'admets, et dangereux. J'implore votre indulgence pour un homme amoureux.

Janvier lui jeta un regard oblique, soudain conscient de la fine ossature de cette épaule pressée tout contre son bras. Mayerling soutint froidement son regard d'un air de défi, puis reporta son attention sur la route, coupée par une grande mare que la voiture traversa, créant des vagues boueuses autour d'eux.

— Cela fait longtemps que je ne me considère plus autrement que comme un homme, déclara tranquillement Mayerling. Je suppose qu'en France, vous avez fini par oublier votre méfiance systématique à l'encontre des Blancs ? Par cesser de baisser les yeux chaque fois que l'un d'eux vous adressait la parole ?

— En France, je n'avais pas besoin de mentir jour après jour sur ce que je suis.

— Jour après jour, je dis la vérité sur ce que je suis, rétorqua Mayerling avec le plus grand calme. Je me contente de laisser dans l'ombre la seule chose, la seule facette de mon être qui, aux yeux de tous, oblitère tout le reste. Soit, j'ai deux visages. Mais j'ai souvent passé des nuits d'insomnie à me demander avec inquiétude ce que je ferais si je tombais amoureuse.

Le fin visage se fendit soudain d'une grimace espiègle, tel celui d'un enfant, exception faite des balafres.

— Mais, voyez-vous, j'étais loin d'imaginer que je pourrais m'éprendre d'une femme. Du moins, avant de la rencontrer. J'ai eu subitement l'impression de sortir en plein soleil après un long séjour dans une pièce sombre. Mais, ajouta-t-il avec un haussement d'épaules, j'avais l'avantage d'être physiquement assez masculine pour « passer » — comme disent les octavons —, chose que je fais d'ailleurs depuis l'âge de 17 ans. *Passer pour un gentleman*, comme dirait notre ami Bouille… Là, regardez !

À travers la pluie qui luisait d'un éclat métallique dans le halo des lampes de l'attelage, l'ombre du coupé surgit devant eux, roulant lentement. Mayerling fouetta de nouveau le cheval avec les rênes et l'animal bondit lourdement en avant, faisant brinquebaler la chaise comme un bateau ivre dans les ornières pleines d'eau. Au-delà du court faisceau lumineux projeté par les lampes, on ne voyait rien : l'épais feuillage des chênes dissimulait la voûte noire du ciel, et la mousse espagnole, telle une gigantesque toile d'araignée, formait un impénétrable rideau humide de part et d'autre de la route. Le cocher de Madeleine, raide sur son siège, désapprouvant la compagnie que s'était choisie sa maîtresse, se tourna à demi et tenta une manœuvre laborieuse pour amener l'attelage sur le bas-côté de la route étroite, afin de permettre à l'autre voiture plus rapide qui arrivait derrière eux de passer. Mayerling mit son cheval au pas et se pencha au-dehors en criant :

— Albert ! C'est moi, Mayerling !

— Bonsoir, monsieur Mayerling ! le salua le cocher en agitant son fouet. Que faites-vous dehors par une nuit pareille ? La robe de votre cheval est couverte d'écume, dites donc.

La porte du coupé s'ouvrit brusquement, et le visage de Madeleine surgit du cadre obscur de l'embrasure. Manifestement, il lui fallut faire effort sur elle-même pour ne pas appeler son amant par son prénom en présence du cocher.

— Qu'est-ce que c'est ? lança-t-elle d'un ton parfaitement neutre, mais son visage décomposé trahissait son épuisement et son inquiétude.

Janvier se sentit un peu bête à la vue du coupé intact, que nul n'avait intercepté ni attaqué. Mais il se débarrassa vite de ce sentiment. Madeleine était bel et bien en danger — si ce n'était pas ce soir, ce serait demain, ou bien la prochaine fois qu'elle se risquerait au-dehors.

Augustus s'inclina, ôta son chapeau sous la pluie.

— Une fausse alerte, j'espère. Je vous expliquerai tout cela quand nous serons arrivés chez vous, mais M. Janvier nous a donné à entendre une hypothèse — que je crois juste — à propos du meurtre de Mlle Crozat, ce qui nous a inquiétés. Et si elle est juste, cela signifie que l'agression dont vous avez été victime ce soir n'était pas un hasard, et que vous avez donc besoin d'une escorte pour rentrer aux Saules.

— Ben ? fit la voix de Dominique au fond du coupé. Ben, c'est quoi cette hypothèse ? Et en quoi cela concerne Madeleine ? Elle n'était même pas là le soir du bal, malgré tout ce que cet horrible Charles-Louis Trépagier raconte un peu partout.

— Je vous expliquerai tout à la plantation, lança Janvier depuis la chaise.

Il envoya le fusil à Mayerling, qui l'attrapa d'un geste habile.

— Éteignez les lampes de la voiture. Vous y verrez assez pour marcher devant en tenant le cheval par la bride ?

— Ça devrait aller. Nous ne sommes plus très loin.

— Éteindre les lampes ? protesta Albert. Par tous les diables, mais pourquoi ?

— Reste sur ton siège, si tu préfères, lui intima Mayerling tout en allant débloquer les petites vitres de protection pour souffler les chandelles du coupé. Et surtout, silence ! Il y a peut-être des hommes embusqués le long de la route. S'ils nous entendent arriver malgré la pluie, au moins nous ne nous offrirons pas comme cible. Tenez !

Il fit le tour du coupé pour revenir devant la porte et passa l'un de ses pistolets à Madeleine.

— J'ignorais que vous saviez tirer, chuchota la voix douce de Minou.

Janvier observa le fantôme noir qui était tout ce qu'il apercevait de Mayerling se diriger vers la tête du cheval, prendre la bride et avancer, écrasant sous ses bottes la couche de coquillages broyés qui couvrait la chaussée.

— Mon oncle Gustave m'a appris. Il disait toujours que…

La voix de Madeleine s'éteignit, noyée par le crépitement de la pluie sur le toit de la voiture, et Janvier s'appliqua à la lente et délicate manœuvre qui consistait à suivre l'attelage dans une obscurité quasi complète entre les arbres. Si le fait de partager sa voiture avec une « courtisane » avait causé quelque gêne à Madeleine Trépagier, les deux femmes l'avaient manifestement déjà surmontée.

Sachant que la pluie risquait de couvrir les bruits d'une éventuelle embuscade, il tendit l'oreille, attentif aux murmures de la forêt de chênes et de sycomores qui les entourait, guettant le moindre son susceptible d'être étouffé par le crépitement des gouttes et le crissement mouillé des roues sur le sol boueux, jonché de feuilles de chênes et de débris de coquillages. Au bout d'un moment, l'obscurité devant eux lui parut s'éclaircir un peu, et la pluie qui lui fouettait le visage devint moins dense. Ils sortirent enfin du couvert des arbres, prirent un tournant et se retrouvèrent avec les eaux du bayou Gentilly sur leur gauche, tandis que sur leur droite, surgissait une forme blanche indistincte entre les troncs des chênes, telle une marque de craie sur du velours noir.

Des chandelles brûlaient dans le petit salon à l'étage de l'habitation, diffusant une réconfortante lueur jaune dans les ténèbres. Une lampe brillait du même éclat rassurant dans l'escalier qui permettait d'accéder à la galerie depuis le passage pavé à l'arrière de la maison. Augustus, visiblement soulagé, lâcha le cheval et alla à la porte du coupé, tandis qu'Albert, toujours sur son siège, s'écriait d'une voix de stentor :

— Eh, Louis ! Remue ta carcasse de fainéant et apporte un parapluie à madame Madeleine !

Mais... Mais il n'y avait pas de lumière à la cuisine.

Janvier était déjà debout, prêt à pousser un cri d'alerte, quand il aperçut un autre indice révélateur : des traces de pas boueuses sur les dalles en dessous de la galerie ainsi que sur les marches de l'escalier.

— *Non !* hurla-t-il. Ils sont dans la maison !

Mayerling se figea, la main sur la porte de l'attelage. Son visage décomposé, tache pâle dans l'obscurité, se tourna vers la chaise où Janvier avait déjà repris les rênes en main.

— Fais partir la voiture, Albert, vite ! Ils sont dans...

Un coup de fusil partit de la galerie. Mayerling se jeta à terre. La balle frappa le côté du coupé avec un bruit mat. Un deuxième coup de feu retentit. Le cheval de Madeleine se cabra en hennissant, puis s'effondra au milieu de l'allée. Janvier empoigna la carabine et sauta au bas de la chaise, du côté opposé à la maison, puis, contournant le véhicule par l'arrière, s'élança au pas de course vers l'escalier, où il se retrouva face à un marinier qui venait de bondir au bas des marches, tel un tigre, un couteau à la main.

Janvier lui déchargea sa carabine en pleine poitrine à une distance d'environ quatre pieds. L'homme fut violemment projeté en arrière et demeura affalé sur le dos en travers des marches, vomissant des flots de sang par le trou béant de son torse, par la bouche et le nez.

— Putain de merde ! fit une voix en haut de l'escalier.

Suivirent le bruit sourd de pas battant précipitamment en retraite et la détonation sèche d'un nouveau coup de fusil, tiré par Mayerling en direction de la lumière au-dessus de l'escalier.

Et soudain, tout alla très vite. Des coups de feu éclatèrent de toutes parts, et Janvier ne fut pas surpris de voir le cheval de Mayerling se cabrer, puis s'écrouler à son tour dans ses brancards. Mayerling, Albert et les deux femmes couraient en zigzaguant, tentant de franchir au plus vite les deux ou trois yards de terrain découvert qui les séparaient de l'abri de la galerie.

— Donne-moi ton arme, haleta soudain la voix rauque d'Hannibal à l'oreille de Janvier.

Le violoniste lui prit la carabine des mains et entreprit de la recharger. Janvier se demanda incidemment où Hannibal avait appris que dans toute bataille de proximité, le chargeur avait intérêt à s'identifier avant de toucher un combattant, qui risquait sinon de le prendre pour un ennemi et de lui assener un violent coup de crosse.

Secouée de sanglots, Madeleine farfouilla dans son réticule noir, en sortit ses clés et ouvrit les volets protégeant les portes-fenêtres de la salle à manger. Au-dessus de leurs têtes, sur la galerie, ils entendirent un piétinement sourd, puis des pas pesants marteler le plancher. Un homme tenta de descendre l'escalier pour ramener le blessé qui gisait au bas des marches, mais Mayerling fit feu avec son pistolet et les bottes boueuses remontèrent aussitôt.

— Sortez-moi de là ! Me laissez pas là ! brailla l'homme abattu par Janvier.

Le sang, tel du métal en fusion, répandait une odeur âcre et lourde dans l'air. Il imprégnait sa chemise, ruisselait à flots sur sa poitrine.

Janvier entendit alors un grognement derrière lui et, à la lueur rougeoyante du feu qui brûlait dans la cheminée de la salle à manger et se répandait par l'embrasure de la porte, vit arriver Dominique qui soutenait Albert, dont le sang ruisselant mêlé à l'eau de pluie avait maculé tout le côté de sa robe claire. Le vieux cocher haletait, grimaçant de douleur, la main pressée sur son flanc, les paupières serrées et le visage gris de cendre.

— Ben ! sanglota Minou. Au nom du ciel, qu'est-ce que…

— Pas maintenant, fit Janvier, se faufilant avec eux à l'intérieur, où il se hâta d'ôter son manteau au vieux serviteur. Tu sais charger ?

Madeleine claqua les portes derrière eux et les verrouilla, tandis que Janvier déchirait la chemise du cocher et la roulait en boule pour en faire une compresse. Il regarda autour de lui, cherchant de quoi l'attacher. Sans mot dire, Augustus ôta à Dominique son tignon, libérant une cascade de boucles noires qui retomba sur ses épaules. La balle avait traversé le flanc, fracassant la dernière côte. Albert hurla de douleur quand Janvier lui posa la compresse mais il ne semblait pas avoir de difficulté pour respirer.

— Non ! fit Dominique. Je…

— Qu'est-ce qu'on vous apprend alors, à vous les filles, à part l'italien et le point de croix ? fit Hannibal en la poussant dans le fond de la pièce aux côtés de Madeleine, près de la porte du bureau, dégageant la fenêtre, ce qui permit à lumière de la lanterne accrochée dans l'escalier au-dehors de se répandre à l'intérieur. Regarde, dit-il à Dominique. Une balle. De la poudre. Juste assez pour recouvrir la balle. D'abord la poudre. Puis la balle. La bourre. C'est là qu'elle va. Tu tasses bien, vraiment à fond. Puis tu pinces l'amorce.

Il tendit le pistolet à Madeleine, prit le fusil d'Augustus, répéta la manœuvre, serrant les dents pour contenir une nouvelle quinte de toux.

— Voilà. Maintenant tu sais quelque chose qu'Henry ne sait pas.

— Je t'interdis de parler d'Henry, répliqua-t-elle, mais sa voix était celle de la taquinerie ; elle s'était remise de sa première émotion.

— Suivez-moi, fit Madeleine.

Elle traversa la salle à manger plongée dans la pénombre, poussa la table qui gênait le passage, ouvrit les portes-fenêtres qui donnaient du côté du bayou et entrebâilla les lourds volets de bois.

— Sacrebleu ! jura-t-elle, et elle fit feu.

On entendit le bruit d'une chute.

— Fumier de nègre ! hurla une voix masculine, tandis que sur la galerie au-dessus, résonnait le roulement sourd d'une cavalcade confuse.

Dominique rechargea prestement le pistolet avant même que la fumée ait fini de se dissiper et le rendit à Madeleine.

— Dieu merci, vous avez apporté les bons pistolets, très cher, lança Madeleine à Augustus.

— Je crois bien que c'est celui qui dévie sur la droite.

— J'ai la jambe en miettes ! Putain de merde, ma jambe est foutue ! braillait une voix au-dehors.

Janvier termina son pansement et traversa la salle à manger pour se rendre dans le petit bureau du fond. La pièce avait une unique fenêtre, située assez haut dans le mur et solidement fermée. Il tendit l'oreille, guettant des bruits au-dessus de sa tête, puis repassa la porte.

— Madame ! Est-ce qu'il y a une galerie de ce côté-ci de la maison ?

Il n'arrivait pas à se le rappeler, car il était toujours arrivé par l'arrière de la bâtisse.

— Non.

— Partons par là, alors. Vite. Avec un peu de chance, ils ne nous verront pas.

— Il y a un chêne, à une centaine de yards, droit devant, dit Madeleine qui tira un dernier coup de feu, puis referma les volets et repoussa les loquets. Je connais les champs dans cette direction, ajouta-t-elle. Eux non.

— La nuit joue en faveur de ceux qui connaissent le terrain, acquiesça Mayerling, qui se pencha pour redresser le cocher avec autant de douceur que possible et lui passer le bras autour de son cou. Ça va aller, Albert ? Hannibal ?

Le violoniste s'appuya sur la table et hocha la tête, mais ses traits n'étaient pas moins crispés que ceux du cocher.

— Vite, alors, avant qu'ils ne repèrent notre fuite.

Il faisait très noir dans la petite pièce, pratiquement vide à l'exception de la table sur laquelle Mme Trépagier faisait ses comptes. Dominique et Janvier la déplacèrent devant la fenêtre en la soulevant bien haut, de peur que le raclement des pieds sur le sol n'attirât l'attention de l'un des hommes embusqués à l'étage ; Janvier grimpa dessus, souleva le loquet et sauta au-dehors. En atterrissant dans l'herbe cinq pieds en dessous, il entendit un homme crier :

— Là, j'en vois un !

Une balle tirée depuis le bout de la galerie qui s'arrêtait à l'angle de la maison fit voler en éclats le stuc du mur tout près de sa tête.

Il analysa rapidement la situation. Deux hommes se penchaient sur la balustrade, fouillant des yeux l'obscurité autour de l'angle de la maison, l'un rechargeant déjà son fusil, tandis que l'autre épaulait le sien. Ce n'était vraiment pas de chance qu'ils se soient trouvés au seul endroit d'où l'on pouvait apercevoir la fenêtre du petit bureau. Avec son seul pistolet, il n'avait aucun moyen de riposter. Janvier vit et pensa tout cela en un éclair.

— Courez ! cria tout à coup la voix de Mayerling.

Suivirent aussitôt la détonation sèche d'un Baker, et ce qui lui sembla être un cri de douleur.

Janvier entendit alors un bruit mat de bottes atterrissant dans l'herbe et aperçut l'éclat d'un couteau dans la main de l'homme qui avait sauté de la galerie ; il entendit aussi Madeleine Trépagier prononcer en sanglotant le nom d'Augustus — mais il avait déjà pris ses jambes à son cou et fonçait droit devant lui dans la nuit obscure.

23

Un autre coup de fusil claqua. Courant toujours, Janvier entendit la balle passer en sifflant sur sa gauche. Des pieds martelaient le sol derrière lui. Il n'était pas besoin de s'appeler Napoléon pour deviner que si Madeleine était arrivée avec une petite escorte, d'autres renforts ne devaient pas être très loin. Leurs assaillants ne pouvaient se permettre de laisser quiconque s'enfuir. Janvier se débarrassa de son manteau et arracha sa chemise sans cesser de courir à fond de train ; il fonçait, galopait, bondissait, de toute la vitesse de ses longues jambes. Les lumières de la maison permettaient à peine de distinguer les troncs des saules disséminés autour des principaux corps de bâtiments ; seul leur feuillage tombant luisait un peu dans l'obscurité, de même que les barbes de mousse accrochées aux chênes.

Mais au-delà, s'étendait un monde de ténèbres, un véritable Érèbe sous le ciel noir d'encre.

Janvier fit alors un bond de côté de six ou sept pieds de long, et se jeta au sol, face contre terre.

Le martèlement sourd des pieds de son poursuivant cessa.

Est-ce qu'il est en train de recharger ? De viser ? De chercher un endroit où s'embusquer ?

Peut-être l'homme était-il tout simplement dérouté par ce silence soudain, ces ténèbres épaisses avec lesquelles la peau noire de Janvier se confondait comme du verre dans de l'eau, ne faisant plus qu'une avec l'humidité opaque de la nuit.

À plat ventre sur le sol, juste derrière le talus herbeux, à la frange des champs retournés, Janvier aperçut son poursuivant, dont la silhouette massive se découpait dans la lueur diffuse qui filtrait entre les troncs d'arbres. L'ombre bougea un peu. Est-ce qu'il tournait la tête ? Attendait-il que ses yeux se fassent à l'obscurité ?

Janvier demeura parfaitement immobile.

L'homme avait dû traquer des Indiens dans les bois du Missouri et se faire traquer par eux. Il devait posséder la patience du chasseur.

En effet, il resta exactement au même endroit pendant un très long moment, l'oreille tendue, se contentant de tourner légèrement la tête de temps à autre — mouvements infimes que Janvier devinait plus qu'il ne les voyait. Des coups de fusil retentissaient du côté de la maison. Parfois, on entendait un homme jurer.

Puis, avec mille précautions, son poursuivant se décida à bouger. À sa façon d'avancer — lentement, prudemment, mais la tête levée — Janvier comprit qu'il était parfaitement invisible, couché comme il l'était sur la terre noire. Tout aussi doucement, calquant ses mouvements sur ceux de son poursuivant, il se mit à ramper.

Le sol s'inclinait, humide et odorant. Tapi derrière le mamelon de terre nue du premier sillon, il guetta l'homme qui avançait sur sa droite, longeant le champ. Il entendit le bruit de succion humide de ses bottes dans la boue, vit son ombre indistincte se préciser, tout doucement, se rapprocher, pas à pas. L'homme scrutait l'obscurité, mais il regardait trop haut et du mauvais côté.

Janvier bondit.

Il n'était qu'à quelques pieds du yankee, mais le fort parfum de la terre humide couvrait l'odeur fétide de sueur et de tabac de ce dernier. Ce fut un jeu d'enfant de l'empoigner par les jambes et de le faire basculer. L'homme chuta lourdement sur le sol meuble en poussant un cri. Janvier était prêt. Le yankee ne l'était pas. Il battit furieusement l'air avec son couteau, mais Janvier lui enfonça son genou dans l'abdomen, empoigna la masse hirsute de ses cheveux et de sa barbe pleins de vermine et lui tordit le cou d'un geste brutal. Il entendit un craquement sec comme lorsqu'on marche sur une branche, et une odeur d'excréments se répandit dans l'air.

— Oh, mon Dieu, mon Dieu ! gémit Janvier à voix basse, y'a mon maître qui va m'étriper !

Il songea qu'il lui faudrait aller se confesser vendredi — pas dans une église de la vieille ville, bien évidemment, et surtout sans préciser la couleur de peau de l'homme qu'il avait tué —, mais il dut admettre qu'il n'éprouvait pas la plus petite ombre de remords.

Il demeura prudemment accroupi tout en fouillant le corps, s'appropria le couteau, la corne à poudre et le fusil. Il prit le temps de vérifier qu'il était chargé en enfonçant la baguette dans le canon, laquelle rencontra effectivement le tampon de bourre et la balle.

Il s'en doutait, mais il préférait être sûr.

De nouveaux coups de feu retentirent dans la nuit. Janvier se retourna et vit des silhouettes s'agiter entre les arbres, tout autour de la maison. *Ils ont dû enfermer les esclaves quelque part*, se dit-il, avant de songer, l'instant d'après, qu'on les avait aussi certainement enchaînés. Probablement dans la sucrerie, le seul bâtiment de brique assez vaste pour accueillir le contingent, même réduit, des Saules. Il se demanda si Claude Trépagier et McGinty avaient l'intention de les revendre, ou bien de maquiller leur action criminelle en révolte d'esclaves.

Impossible si l'on retrouve des corps abattus par balle, songea-t-il. *À moins que... Oui, pour couvrir leur méfait, il leur suffirait de...* L'odeur du feu lui arriva soudain aux narines, flottant paresseusement dans la moiteur printanière de la nuit. Oui, il leur suffisait d'incendier l'habitation.

Les flammes léchaient déjà la galerie, s'enroulaient autour de la rambarde de bois, grimpaient le long des lourds volets à claire-voie. Le bois de la cuisine et du fumoir avait été empilé contre les volets de la façade tournée vers le bayou, alimentant de nouvelles langues de feu, orange vif, énormes, bondissantes, qui dégageaient d'épaisses volutes de fumée blanche dans le ciel noir. Sur la toile de fond du brasier, Janvier voyait se découper les silhouettes des hommes auréolées de rouge, reconnaissait les grosses chemises écossaises ou indiennes, les rugueux tissus de lin et de laine, la toile artisanale des pantalons luisants de graisse, la lueur bestiale qui brillait au fond des yeux. Ils faisaient face à la maison, autour de laquelle ils avaient formé un demi-cercle grossier, canons braqués sur la porte.

Janvier réfléchit calmement. S'il sortait du couvert des saules, ils le verraient à la lueur de l'incendie, mais avec un long rifle du Kentucky il pouvait très facilement en abattre un de loin.

Ils étaient six de ce côté-ci. Les autres devaient se trouver à l'avant de la maison. Ils lui tournaient tous le dos, mais Janvier reconnut néanmoins les cheveux roux de l'Irlandais McGinty. Sa barbe lui avait paru plus sombre le jour où il l'avait aperçu dans la pénombre de la bâtisse. Il le reconnut aussi à sa posture, jambes écartées, mains plongées dans les poches de son habit vert cendré à longues basques. L'homme à côté de lui, brun, de taille moyenne, d'allure féline malgré son corps épais, était également vêtu d'un habit à longues basques, chic mais usé, et le feu faisait briller ses cheveux enduits de pommade.

Il avait la même carrure que le pacha turc et, comme lui, il avait une chevalière en or au doigt, qui accrochait la lumière de l'incendie.

L'un des mariniers lui parlait :

— On peut pas avoir la femme avant de la tuer ?

— Non, répondit le brun pommadé, épaulant son fusil et visant la porte. Je veux être sûr, cette fois-ci.

Sa voix était bien celle du Turc. Dans le rougeoiement de l'incendie, Janvier reconnut l'autre individu : c'était Nahum Shagrue.

— Y'a sacrément intérêt à ce qu'on soit sûrs, cette fois, grommela McGinty. Cette garce prétentieuse, je te jure que j'ai manqué m'étrangler quand je l'ai vue débarquer le lendemain matin.

— Je t'ai déjà expliqué que je ne l'avais pas revue depuis des années.

— Qu'est-ce que vous pariez que c'est la femme qui va sortir en premier ? lança un autre à mi-voix.

— Laquelle ? Celle en blanc ou l'autre, avec la robe dorée ?

— Celle en blanc.

— Nan. Ça sera le balafré aux cheveux blonds, 25 *cents*
que ce sera lui.

— Pari tenu.

— Regardez… La porte s'ouvre.

Toujours inaperçu, Janvier balaya du regard la scène, prit
le temps de viser avec soin pour être sûr de ne pas manquer
sa cible — car il savait qu'il n'avait droit qu'à un seul
coup — et, d'un geste calme et décidé, pressa la détente,
faisant feu sur la nuque de Claude Trépagier.

Le corps du créole ne s'était pas plus tôt effondré que
Janvier avait déjà rabaissé son fusil et bondi derrière le
chêne le plus proche où il hurla à pleins poumons :

— Feu à volonté, les gars !

Au même instant, un coup de fusil partit de la maison et
Nahum Shagrue renversa la tête en arrière en poussant un
râle, tâtant frénétiquement des deux mains un trou gros
comme une soucoupe à la base de son cou. Quelqu'un tira
en direction de Janvier, mais McGinty fuyait déjà en courant
vers les arbres.

Les mariniers savaient bien que ç'eût été folie de rester
entre le feu de l'incendie et celui de l'ennemi. Privés de
chef, ils s'égaillèrent à leur tour dans l'obscurité sur les
talons de McGinty, sans même attendre de voir qui étaient
leurs assaillants ou quel était leur nombre. Cela ne valait
plus le coup de rester, de toute manière, puisque celui qui
devait les payer était mort.

Surgissant du rez-de-chaussée enfumé, Madeleine et
Augustus bondirent en faisant feu des deux pistolets,
mais — hormis le premier coup de fusil d'Augustus qui
avait touché Nahum Shagrue — leurs balles ne rencontrèrent que le vide.

Quatre mariniers furent capturés un peu plus tard sur la
route par les hommes du lieutenant Shaw. McGinty fut
arrêté le lendemain soir sur la Levée, alors qu'il essayait
d'embarquer sur un vapeur pour Saint-Louis. On le pendit
quelque temps après.

Janvier était en train d'examiner la blessure du vieil
Albert, que l'on avait allongé dans l'herbe humide à la
bordure du jardin sur une couverture dénichée à la cuisine,
quand le lieutenant Shaw surgit de l'obscurité. Madeleine,

en quête de chiffons pouvant faire office de bandage à la cuisine, avait trouvé Claire, la cuisinière, et Ursula, la blanchisseuse, attachées à leurs lits, couvertes de sang et de contusions. Claire revint avec elle, munie d'onguents et d'une cruche de tafia. Elle pansa rapidement l'estafilade du bras d'Augustus, pour ensuite réserver toute sa sollicitude à Dominique — persuadée que cette dernière était au bord de la syncope, bien que Minou lui ait maintes fois assuré le contraire — et à Hannibal qui, couché sur une autre couverture, toussait et crachait ses poumons, expectorant au moins autant de sang que de fumée.

La bâtisse brûlait comme une torche géante, et des flammes de trente pieds s'élevaient du toit. Illuminée par l'ardent rougeoiement de l'incendie, Madeleine, dans sa robe couleur miel, semblait une idole d'or embrasée par les rayons du soleil couchant. Entendant le bruit étouffé des bottes du policier dans l'herbe, elle leva brusquement son fusil.

— *Qui vive ?* lança Augustus, le visage maculé de suie et les cheveux en bataille, tout en allant se couler dans l'ombre des saules pour parer à toute éventualité.

— C'est le lieutenant Abishag Shaw, répondit la voix nasillarde et haut perchée de l'Américain. Est-ce que vos gens vont bien ?

— Nous avons deux blessés et un malade.

Janvier se leva et alla à sa rencontre. Madeleine lui avait également rapporté une chemise de la cuisine, aux manches bien trop courtes pour ses bras robustes.

— Est-ce que vos hommes peuvent nous aider à les transporter au pavillon du contremaître ? demanda-t-il. On ne peut plus rien faire pour sauver l'habitation à présent.

Shaw contempla le brasier d'un air pensif et fit craquer les jointures de ses doigts.

— Mouais, je crois bien que vous avez raison, admit-il. Et ces gars-là ? ajouta-t-il en désignant du menton les deux cadavres qui gisaient toujours entre les arbres et la maison.

On ne sentait presque plus l'odeur du sang dans la pestilence âcre de la fumée dégagée par l'incendie.

— L'un d'entre eux est mon beau-frère, Claude Trépagier, déclara Madeleine d'une voix douce et digne. C'est lui qui était derrière cette... embuscade. C'est lui qui a assassiné Angélique, croyant avoir affaire à moi.

Ses yeux noirs, levés vers le grand policier d'un air de défi, étaient parfaitement sereins.

— L'autre homme est l'un de ceux qu'il a recrutés pour me tendre un premier guet-apens en ville, poursuivit-elle, et qui m'ont ensuite précédée ici dans l'espoir de me capturer pendant que je serais seule. Ils ont enfermé mes serviteurs dans la sucrerie. Nous...

Elle s'interrompit subitement, se passa la main sur le front, moins vaillante tout à coup.

— Ils sont probablement enchaînés, ajouta-t-elle. Les clés...

— Elles doivent être sur le corps de Claude, dit Janvier.

Lui et Shaw se dirigèrent ensemble vers la masse de chairs sanguinolentes qui avait été Claude Trépagier.

— Tiens, tiens, mais c'est Nahum Shagrue ! fit Shaw, qui cracha dans l'herbe scintillante. Je me demandais bien aussi comment il s'était procuré l'argent qu'il a joué hier. Joli coup, ajouta-t-il. Qu'est-ce que c'était, un long rifle ?

— On dirait, répondit prudemment Janvier après un temps d'hésitation.

Il se pencha pour vider les poches de Claude Trépagier. Il trouva une clé en fer forgé accrochée à un anneau — une clé toute simple, familière, qui lui évoquait de vieux souvenirs. La vision de cette clé, au creux de sa main bandée, ranima en lui la fureur qui l'avait envahi dans la sucrerie de Peralta, la rage qui l'avait soutenu dans les flots du fleuve, et consumé d'un feu brûlant quand il s'était présenté dans la cour de sa sœur, pieds nus et en haillons.

Il ferma les yeux et détourna la tête, incapable, pendant un moment, de regarder cette clé, de regarder ce Blanc qui s'agenouillait auprès du corps de Nahum Shagrue.

Il avait envie de s'en débarrasser, de la jeter au fond du bayou, après avoir libéré les prisonniers enfermés dans la sucrerie, mais il avait conscience du ridicule d'un tel geste.

Ils en forgeraient une autre, voilà tout.

Shaw prit la clé dans sa main.

— Je vais dire à Bœchter d'aller les délivrer.

Janvier hocha la tête. Il se sentait incapable de parler pour le moment ; d'ailleurs, il ne savait que dire. Il savait seulement qu'il ne voulait pas s'approcher de la sucrerie, ni voir tous ces visages noirs massés dans l'obscurité, et surtout ne pas entendre les cliquetis et raclements des chaînes.

Il s'en retourna silencieusement vers le groupe sous les arbres, Shaw marchant à pas mesurés à ses côtés.

Madeleine parlait doucement à son cocher, que deux agents étaient en train de soulever. Shaw tendit un doigt osseux et effleura la manche de Janvier, qui s'arrêta. Le policier se retourna vers les corps gisant dans l'herbe.

— C'est ce qui s'appelle savoir viser — de nuit et depuis les arbres.

Shaw dévisagea Janvier avec insistance, détaillant sa grosse chemise de toile élimée ouverte sur sa poitrine, puis son pantalon, ses bottes et sa peau, maculés par la terre grasse des champs, couverts de brins d'herbe humides et de feuilles mortes dont le sol sous les arbres, tout autour de la maison, était jonché.

— Mes hommes m'ont dit qu'ils avaient trouvé un autre de ces gaillards, la nuque brisée, à une cinquantaine de mètres de la maison. Est-ce que par hasard vous sauriez pas comment c'est arrivé ? En tant qu'homme de couleur libre, vous serez bien entendu appelé à témoigner devant la cour du coroner.

— Non, mais dites donc ! s'exclama Dominique avec virulence. Quand bien même mon frère les aurait tués, qu'est-ce que ça peut faire ? Ces salauds d'Américains ont essayé de nous assassiner, et parce que Benjamin a la peau noire, il n'aurait pas le droit de…

— Il a le droit de *témoigner*, l'interrompit Shaw, en la fixant de ses yeux gris clair.

Emportant Albert, les gardes s'éloignèrent en direction du pavillon du contremaître.

— Sachez, miss Janvier, ajouta-t-il, que les tribunaux ne plaisantent pas quand ils ont affaire à un homme de couleur ayant tué un Blanc.

— Allons bon ! Si je comprends bien, il est permis de se défendre et de protéger ceux qu'on aime, à condition d'avoir la peau claire, c'est bien ça ?

Le regard de Shaw revint se poser sur Janvier.

— Eh bien, répondit le policier d'une voix douce, en quelque sorte, oui.

— C'est moi qui ai tiré ! s'exclamèrent aussitôt Augustus, Hannibal et Madeleine, presque en chœur.

Puis ils se regardèrent les uns les autres d'un air embarrassé, tandis que les yeux de Shaw détaillaient leurs souliers propres qui, de toute évidence, n'avaient pas pataugé dans la boue, et observaient pensivement Hannibal qui n'était même pas en état de s'asseoir.

— C'est moi qui ai tiré sur Trépagier, répéta Augustus. À moins que ce soit l'un de ses propres hommes qui l'ait abattu. Je ne me rappelle pas.

Sa chemise blanche ouverte sur sa gorge, les taches de sang et de suie qui maculaient son gilet éclatant, la flamme jaune qui brillait au fond de ses yeux lui conféraient une allure sauvage et farouche digne d'une pièce d'Euripide.

— L'un de ses propres hommes, ça se pourrait bien, dit Shaw, en se grattant la joue. Vu que le coup est venu de derrière. Quant au type qu'on a trouvé dans le champ, ça se pourrait bien qu'il soit tombé et qu'il se soit cassé le cou tout seul. Vous feriez mieux de nettoyer vos bottes, maestro, ajouta-t-il à l'intention de Janvier. On pourrait croire que vous...

Un petit homme portant l'uniforme bleu de la police émergea de l'ombre des arbres.

— Y'a une voiture qui arrive, sir. On en a attrapé deux, et les gars continuent à ratisser les environs.

Dans un fracas de coquillages broyés, un landau très élégant surgit en effet de l'obscurité au bout de l'allée, les flammes de la maison en feu embrasant d'un reflet cuivré les flancs luisants des chevaux. Le cocher tira sur les rênes en voyant l'incendie. La porte du landau s'ouvrit alors brusquement et un homme énorme, gras, blond, aux yeux cerclés de lunettes, se rua pesamment au-dehors. Son visage rond et lunaire se tordit d'horreur à la vue du brasier.

— Henri !

Dominique, agenouillée à côté d'Hannibal, bondit sur ses pieds et s'élança vers son amant, les bras tendus. Sa chevelure ruisselait sur ses épaules, noire et scintillante comme une nuit égyptienne, la fragile mousseline de sa robe était tachée de sang et maculée par la fumée de la poudre, son visage couvert d'égratignures et de contusions.

— Minou ! cria le gros homme d'une voix désespérée.

Ils tombèrent dans les bras l'un de l'autre. Les fines mains de Dominique avaient peine à se rejoindre dans le large dos d'Henri, dont les gros doigts blancs et boudinés fourrageaient dans le jais de ses cheveux.

— Oh, Henri ! murmura-t-elle, avant de tomber en pâmoison dans ses bras.

Madeleine, son pistolet toujours à la main, se redressa, les poings sur les hanches, et jeta un regard en coin à Janvier.

— Eh bien, j'ai déjà vu meilleure comédienne !

Augustus la poussa du coude.

— Chut, laisse-le y croire !

Le lieutenant Shaw revint vers eux, jetant un regard derrière lui en direction d'Henri qui se dirigeait vers son landau en portant tendrement sa bien-aimée dans ses bras, noyé sous un amas de jupons boueux et tachés d'herbe.

— Je confirme vos dires, Mme Trépagier, dit le lieutenant. C'est bien votre beau-frère. Je crois bien que M. Trémouille, pour ne pas parler de M. Crozat, sera heureux de pouvoir enfin classer cette affaire. Mais je suis vraiment navré pour votre maison.

— Ce n'est pas grave, répondit Madeleine sereinement. Je n'ai jamais été heureuse, ici, et de toute façon, j'avais l'intention de la revendre dans moins de quelques semaines.

24

À la fin du mois de mars, Madeleine Trépagier vendit la plantation des Saules à un promoteur américain pour 103 000 dollars, conservant quatre parcelles du terrain nouvellement subdivisé, dont elle pourrait user plus tard à sa guise. La construction de la toute première maison — une très vaste demeure dans le style grec, destinée à un banquier de Philadelphie et sa famille — commença avant l'Ascension. La rue principale, parallèle à la ligne de tramway Gentilly-Pontchartrain, fut baptisée Madeleine Street. Jean Bouille prévit également, dans les plans de développement, des rues transversales nommées Alexandrine et Philippe, en souvenir des deux enfants décédés. Il n'y avait pas de rue Arnaud.

La famille Trépagier — la branche du lac Pontchartrain comme celle de la Nouvelle-Orléans — était furieuse. Livia, qui avait glané ses renseignements rue des Ramparts ou par l'intermédiaire de la branche octavonne du clan, disait que c'était parce qu'ils n'avaient pas touché un sou des bénéfices de la vente, opinion partagée par Janvier, malgré les propos de Charles-Louis Trépagier qui fulminait contre tante Alicia, disant que c'était une honte d'avoir abandonné la terre familiale au mercantilisme américain.

Madeleine vendit un certain nombre de ses esclaves agricoles à des voisins et membres de la famille, mais en garda une douzaine dont elle loua les bras à bon profit aux scieries en amont du fleuve. Louis, Claire, Albert et Ursula restèrent à son service comme domestiques. Elle acheta une petite maison en stuc rose crevette rue Conti, et investit l'argent restant dans un magasin situé au bas de la rue LaFayette. L'une des premières choses qu'elle fit, alors qu'elle habitait encore chez sa tante Picard, fut de contacter le Maspero's Exchange, afin de connaître le nom du planteur de coton de Cane River qui avait acquis Judith, et de la lui racheter. Bien entendu, nul n'ébruita jamais le fait qu'elle avait mis les pieds dans la maison de Dominique Janvier, ni que Dominique était venue chez elle. Quand les deux femmes se croisaient dans la rue, elles ne se parlaient pas.

— C'est drôle, dit Shaw, en s'appuyant contre l'un des piliers de brique soutenant l'arcade du marché à côté de la table où il avait repéré Janvier avec son café et son beignet. Elle s'est libérée du joug de sa propre famille, et l'idée la plus humaine, la plus gentille qui lui vienne à l'esprit, c'est de remuer ciel et terre pour retrouver cette Judith et la racheter comme esclave.

Il secoua la tête.

— C'est une dame créole, dit Janvier d'un ton tout à la fois amer et ironique. C'est la coutume du pays. Jamais elle ne s'apercevra d'elle-même de la similitude des deux situations. Autant espérer que ma mère cesse de se comporter comme ma mère. Ou de vous voir vous asseoir avec moi à cette table.

Un grand sourire se dessina lentement sur le visage mal rasé de l'Américain, et une lueur amusée s'alluma dans ses yeux gris.

— Je suppose que vous avez raison.

Il s'écarta un instant du pilier de brique et cracha en direction du caniveau. Janvier espéra pour la tranquillité de la ville que le lieutenant savait mieux viser avec une arme à feu.

— Nous avons trouvé la pension où Claude Trépagier est resté pendant une semaine avant de se présenter chez les Trépagier en prétendant qu'il venait de débarquer d'un vapeur. Tout était là : le fameux collier et des lettres de McGinty datant de trois semaines après le décès d'Arnaud.

— Je suppose qu'il a fallu à peu près trois semaines à McGinty pour comprendre que son insistance ou ses menaces étaient vaines et qu'il n'arriverait pas à obliger Mme Trépagier à l'épouser.

— C'est ce que je crois aussi, bien que McGinty ne voudrait pas l'admettre. Il a dit qu'il fallait bien qu'il précipite les choses avec tous ces cousins qui se bousculaient pour faire leur demande eux aussi. La femme qui tient la pension se rappelle avoir vu Claude sortir le mardi soir vêtu de ce costume vert de Turc, et nous a dit que McGinty était passé lui rendre visite deux fois. La fille qui travaille aux cuisines a trouvé ça, au fond de la poubelle, la même semaine. Mais elle ne se rappelle pas quel jour exactement.

Il sortit de sa poche une longue écharpe de ceinture en soie, orange et verte, ornée de glands aux extrémités, souillée de traces de sang.

— La ceinture qu'il portait au bal du mardi gras était pourpre, dit lentement Janvier. Je m'en souviens, je m'étais fait la réflexion que ça jurait avec le reste de son costume. Il a dû remplacer la sienne, orange et verte, par celle-là — probablement empruntée au costume de pirate de McGinty.

— Ça ne prouve rien, bien sûr. Ça pourrait être le sang de n'importe qui, ou même d'un chien ou d'un poulet. Mais au moins, Mr Crozat aura quelque chose à montrer à la mère de la fille qui s'est fait assassiner — et mon Dieu, j'espère bien que ça va enfin la calmer ! Je ne lui fais aucun reproche, remarquez. C'était sa fille unique, sa chair et son sang.

Janvier fit tourner sa tasse de café entre ses doigts, se remémorant les deux frères d'Angélique détournant la tête devant Euphrasie Dreuze à l'enterrement ; se rappelant ce que lui avaient dit Hannibal ainsi que sa mère.

— Mais elle a piqué une crise bien pire encore quand le capitaine Trémouille lui a appris que le collier allait être restitué à Mme Trépagier, ajouta le lieutenant après un long silence pensif. Parce qu'il n'avait jamais été la propriété légitime d'Arnaud Trépagier. Je vous garantis que la nouvelle l'a terriblement affligée.

Une femme avec un panier sur la tête passa rue de la Levée, chantant sa litanie pour vendre son pain d'épice. Janvier vit qu'elle avait un lacet à la cheville, auquel étaient accrochés une perle bleue et deux grelots de cuivre. À l'intérieur de sa botte, sous sa chaussette, il portait encore le porte-bonheur que lui avait fabriqué Olympe. Ce n'était peut-être pas cela qui lui avait permis de s'échapper et de revenir sain et sauf du bayou du Chien Mort, mais ce qui était sûr, c'est que nul ne l'avait plus jamais frappé depuis.

— Je ne sais pas pourquoi je ne m'en suis pas aperçu plus tôt, dit-il lentement, tandis que le lieutenant repliait l'écharpe et la remettait dans les profondeurs abyssales de la poche de son vieux manteau vert. Je savais que la robe que portait Angélique était celle de Mme Trépagier — c'est elle qui me l'a dit. J'aurais dû y penser quand ma sœur m'a confié qu'elle-même et Angélique s'habillaient dans la même taille. Les deux femmes étaient brunes. Elles avaient la même couleur de peau.

— Vous savez, dit Shaw, au-delà de l'aspect sordide de la chose, ça n'a rien de très extraordinaire. Y'a pas mal d'hommes qui épousent une femme qui ressemble beaucoup à leur défunte épouse, ou d'autres qui demandent toujours une blonde, ou une grande, ou un type de fille bien précis dans les maisons de tolérance. Trépagier ne s'est probablement même pas rendu compte, qu'en dehors du visage, sa maîtresse ressemblait presque en tout point à sa femme.

— Sauf que c'était une femme de couleur, souligna Janvier. Et si sa mère n'avait pas eu recours au chantage, personne ne se serait jamais soucié d'enquêter sur sa mort, ajouta-t-il, levant lentement les yeux vers le grand Américain toujours debout à côté de sa table. Est-ce que vous avez appris quelque chose sur cette Sally ?

— En rapport avec toutes ces femmes de couleur sur la mort desquelles on n'enquête jamais, vous voulez dire ?

— Oui, fit Janvier. C'est bien ce que je veux dire.

Le policier se gratta les poils de la joue et fit bruyamment craquer les jointures de ses doigts, au point qu'on devait l'entendre plusieurs mètres à la ronde.

— J'ai recruté deux gars que la ville emploie pour nettoyer les caniveaux — je ne pouvais pas me permettre de mobiliser des agents de police — et je leur ai fait fouiller les bayous des environs. On a trouvé le corps d'une femme de sa taille dans le bayou Gentilly, y'a deux jours. Vu son état, elle devait se trouver là depuis mardi gras à peu près. Mais avec l'eau et les écrevisses, il restait pas grand-chose de son visage. Je suis alors allé vérifier chez Maspero, et puis chez Carmen et Ricardo et chez tous les autres gros marchands d'esclaves. Aucun n'a vu d'homme correspondant à la description de McGinty vendre une Noire de cet âge, dit-il, s'écartant un peu des tables pour cracher à nouveau dans le caniveau. J'ai fait passer le message chez les marchands en amont, mais pour moi, c'est certainement elle. Claire, la cuisinière de Mrs Trépagier, nous a bien dit que le gars que fréquentait Sally était très roux, mais évidemment, on ne peut pas présenter son témoignage devant une cour de justice.

— Évidemment non, renchérit ironiquement Janvier.

La cloche de la cathédrale résonna par-dessus la place d'Armes ; la rue de la Levée s'animait. Les dernières brumes du petit matin s'effilochaient, et il commençait déjà à faire chaud. La plupart des planteurs avaient quitté la ville immédiatement après Pâques, qui était tombé tôt cette année. Les plants de canne rayés de noir étaient déjà hauts dans les champs, et Bella avait réinstallé les moustiquaires dans la maison de Livia et dans la garçonnière.

Une silhouette en habit gris avançait le long du trottoir et s'immobilisa soudain, une fraction de seconde, avant de reprendre sa marche. Levant les yeux, Janvier croisa le regard bleu de Xavier Peralta. Le planteur s'arrêta de nouveau, puis détourna la tête et poursuivit sa route.

— Oh ! Très bien, merci, et vous-même ? murmura Shaw. Comment ? Oh ! mais non, ce n'était rien, pensez-vous, de blanchir votre fils de cette accusation de meurtre, puisque j'étais de toute façon occupé à le faire pour moi-même. Non vraiment, tout le plaisir était pour moi, monsieur.

Janvier se cacha la bouche derrière sa main, mais ne put refréner son rire. Au bout d'un moment, il finit par réussir à dire :

— Dans la sucrerie ? Quelle sucrerie ?

Il ne savait trop pourquoi il riait. Sans doute parce qu'il valait mieux en rire, plutôt que de haïr cet homme — haïr tous les planteurs, tous les Blancs — à jamais.

Mais son rire était amer. Pouvait-il réellement ne pas nourrir de haine ? Il en doutait.

— Eh bien, si un jour vous décidez de repartir en Europe pour vous y installer comme médecin, déclara Shaw au bout d'un moment, vous pourriez toujours aller le trouver et lui réclamer votre billet. Mais je ne crois pas qu'il daignera jamais vous remercier.

A l'autre bout de la place d'Armes, le long de la levée, l'éclat blême et voilé de suie du soleil donnait une allure étrange aux bateaux qui embarquaient leur chargement — coton, vin, ananas, soie, esclaves enchaînés et cigarettes. Des bateaux appareillant pour d'autres ports en amont, ou bien pour des destinations plus lointaines comme New York ou Philadelphie, Le Havre ou Liverpool. Le *Boreas*, l'*Aspasia*, l'*Essex* et le *Walter Scott*. Appareillant pour un ailleurs qui n'était pas la Nouvelle-Orléans.

Janvier médita cette pensée en s'en retournant à pied chez sa mère.

Deux jours plus tard, on frappa à la porte de la villa de Livia Levesque, rue Burgundy, à l'heure où les lampes à pétrole des façades illuminaient déjà la rue.

La chaleur du printemps s'était installée sur la ville, et dans l'air flottaient de lourds relents de tabac et de citronnelle, que l'on faisait brûler pour tenir les moustiques à distance. Livia avait évoqué pendant le dîner l'idée de louer un logement près du lac, ainsi que l'avaient déjà fait les Culver et les parents de plusieurs autres élèves de Janvier. Les portes-fenêtres de la rue et de l'arrière-cour étaient grandes ouvertes, si bien que le parfum humide de la petite averse de cette fin de journée et les relents de gumbo d'écrevisses et de haricots rouges emplissaient toutes les pièces.

Le petit groupe d'enfants qui formaient la classe de Janvier venaient de partir. Entre mardi gras et Pâques, il avait eu plusieurs nouveaux élèves qu'il ne doutait pas de voir revenir à l'automne, parmi lesquels au moins un — un tout petit garçon du nom de Narcisse Brêzé — semblait receler les promesses d'un authentique génie. Après le départ des élèves, Janvier demeura dans le petit salon, à jouer des morceaux qu'il aimait, Bach et Haydn, von Weber, laissant les notes se répandre dans la petite maison tandis que la pénombre du crépuscule s'installait, et que lentement, à contrecœur, la chaleur de la journée refluait. Hannibal arriva peu après, aussi livide et mal habillé que d'habitude — Livia avait tacitement pris l'initiative de l'inviter à la table du dîner maintenant que les festivités en ville se faisaient rares. Il déballa son instrument et se mit à accompagner Janvier ; le chant de son violon semblait un poisson rouge dans les flots noirs et puissants de la voix sonore du piano. Ils enchaînèrent gigues, quadrilles, ballades sentimentales et fragments de chansons des cafés montmartrois, très populaires à Paris deux ans plus tôt. Dominique entra, bientôt suivie de Livia, et toutes deux restèrent tranquillement assises à écouter, tandis qu'au-dehors le chant des criquets s'élevait dans la nuit qui étendait son manteau noir.

Livia venait de se lever pour allumer la lampe quand on frappa à la porte. Une femme coiffée d'un capuchon se tenait sur le seuil.

— Je savais que vous étiez là, car j'ai entendu le piano, dit-elle.

La flamme de la lampe grossit et crut en luminosité. C'était Madeleine Trépagier, voilée et vêtue d'une robe vieux rose, accompagnée d'Augustus, toujours aussi mince et élégant, mais habillé avec plus de discrétion que de coutume.

C'était la première fois depuis son départ à Paris, seize ans plus tôt, que Janvier voyait à Madeleine un visage serein, sans peur ni lassitude au fond de ses yeux noisette.

— Je suis venue vous remercier, dit-elle, de m'avoir tant aidée, de tout ce que vous avez fait pour moi.

Janvier secoua la tête.

— J'aimerais vous répondre que ce fut un plaisir de vous aider, répondit-il, mais je mentirais en vous disant cela. Et si je l'ai fait, c'était aussi pour sauver ma peau.

Madeleine sourit.

— Peut-être, dit-elle. Mais c'est à cause de moi que vous vous êtes retrouvé dans une telle situation. Et je tenais à rendre hommage à votre loyauté, qui vous honore, grâce à laquelle mon nom ne remonta jamais aux oreilles de la police. Votre loyauté, et votre foi en moi. Merci encore.

Elle hésita à poursuivre, baissant les yeux sur ses mains, toujours debout sur le trottoir devant la porte, puis elle releva la tête.

— Et je voulais aussi vous annoncer qu'Augustus et moi allons nous marier. Un mariage protestant, ajouta-t-elle, soutenant fermement le regard de Janvier qui ouvrait déjà la bouche pour protester. La cérémonie sera célébrée dans le Nord, à Natchez. Mais les bans seront publiés dans les journaux cette semaine.

Malgré sa quasi-certitude que jamais pareille cérémonie ne serait célébrée — l'amour saphique restant une profanation délibérée de tout sacrement, quel qu'il fût —, Janvier en resta muet de stupéfaction. Son regard passa de Madeleine à Augustus, mais avant même qu'il ait pu reprendre ses esprits, Hannibal lança du petit salon derrière lui :

— Félicitations. J'en suis très heureux. Et puisque la joie qui submerge mon confrère l'empêche momentanément de parler, je vous fais présentement l'offre, en notre nom à tous deux, d'animer la réception de vos noces.

— Mais…

Après un temps de réflexion, Janvier s'efforça de cerner la vraie raison de sa gêne — cela tenait peut-être tout simplement à son éducation. Mais Dominique bondit sur ses pieds et se précipita à ses côtés dans un froufrou de jupons de soie ; elle serra les mains de Madeleine dans les siennes et — après avoir jeté un bref coup d'œil à droite et à gauche dans la rue pour s'assurer que nul ne les observait — se pencha en avant et l'embrassa sur les deux joues.

— Oh, ma chérie ! s'exclama-t-elle, avant de se redresser et d'ajouter d'une voix sévère à l'intention de son frère : Allons, Ben, tu ne vas pas prendre tes grands airs et jouer au créole. Madeleine s'est mariée une première fois pour faire plaisir à sa famille, et tu vois ce que ça a donné. Même s'il n'est que maître d'armes et qu'il n'a pas un sou, j'estime qu'elle est bien en droit d'être aujourd'hui avec celui qu'elle aime.

Janvier les contempla dans le carré de lumière de la lampe, le maître d'armes balafré au nez aquilin et la fille aux yeux noisette dont il avait été le professeur. Augustus haussa un sourcil blond et fin.

— Si nous ne nous marions pas, les gens vont jaser, dit-il.

— Ben est vraiment trop collet monté, lança Livia d'un ton sec derrière lui. Bien sûr qu'une veuve a le droit d'épouser qui lui plaît ! Vraiment, Ben, ta réaction m'étonne.

Janvier soupira et inclina la tête, esquissant un sourire penaud.

— Oui, dit-il. Oui, madame, vous avez parfaitement le droit de vivre avec la personne que vous aimez. Et je serais très honoré de jouer à votre réception.

Il s'interrompit, scrutant le visage de Madeleine, et ajouta en baissant la voix :

— Vous savez, vous seriez peut-être plus heureuse à Paris qu'ici.

— Peut-être, répondit Mme Trépagier, parlant encore plus bas. Et un jour, peut-être, il nous faudra y songer. Mais malgré tous les désagréments de la Nouvelle-Orléans — malgré l'hostilité de ma famille, les Américains qui s'installent et… et tout le reste, c'est chez moi, ici.

Elle rabattit son voile pour recouvrir son visage. Leurs ombres s'éloignèrent sur le trottoir. Place d'Armes, le canon tonna, signalant le couvre-feu à tous les esclaves encore dehors — à tous les hommes de couleur qui n'avaient pas sur eux de papiers les autorisant à circuler librement. Le sifflet d'un vapeur lui répondit, remontant vers le nord et ces villes américaines grouillant de yankees et de racaille, ou descendant vers le sud pour commercer le long des côtes avec les états esclavagistes à l'est du fleuve. Dans l'une ou l'autre direction, à peu de distance, s'étendaient des contrées où l'on se souciait encore moins qu'ici de savoir si un homme était libre, dès lors qu'on devinait en lui la plus petite trace de sang africain ; des contrées où un homme pouvait perdre tous ses droits et sa liberté — et celle de ses enfants — en moins de temps qu'il n'en fallait à un Blanc pour déchirer un morceau de papier.

Janvier retourna dans le petit salon illuminé. Livia avait
disparu dans l'une des pièces du fond. Dominique avait
repris son siège et son aiguille, absorbée par la confection
d'une chemise de baptême pleine de fronces et de brode-
ries pour l'enfant qui lui faisait à présent un ventre bien
rond sous les plis lâches de sa robe. Son visage illuminé par
la lampe était superbe ; elle était de ces femmes qui embel-
lissent avec l'avancée de leur grossesse.

Ayant au cours des semaines précédentes fait plus ample
connaissance avec ses nièces et neveux Corbier, Janvier se
découvrait le désir d'en avoir d'autres.

Et cela signifiait qu'il se sentait vraiment chez lui.

Chez lui, ce n'était ni en Afrique ni à Paris, mais ici, dans
ce pays où il avait grandi. Se rasseyant au piano, il laissa
ses mains errer sur les touches, retrouver l'un de ces airs
qu'il avait entendus dans les champs du bayou du Chien
Mort, échos d'un très ancien héritage, et le violon d'Hannibal dévida et enroula ses notes autour de la mélodie, tel
un écheveau d'or.

Dominique releva la tête, sourit, et dit :

— C'est joli, Ben. Qu'est-ce que c'est ?

Il se contenta de secouer la tête. Dans la demeure de sa
mère, ces choses-là n'étaient pas jugées très respectables.

Et puis soudain, dans l'autre pièce, la voix grave et
rauque de Livia s'éleva, tantôt murmurant, tantôt chanton-
nant, retrouvant des bribes et lambeaux de paroles à demi
oubliées, qu'elle avait préféré enfouir au plus profond de
sa mémoire et bannir des vies de ses filles et de son fils :

> « *An-a-qué, an'o'bia,*
> *Bia'tail-la, Qué-re-qué,*
> *Nal-le oua, Au-Mondé,*
> *Au-tap-o-té, Aupe-to-té,*
> *Au-qué-ré-qué, Bo.* »

> « *La détresse a poussé ce Noir dans les bois,*
> *Dites à mon maître que je suis mort dans les bois.* »

Mais s'il tentait de lui en parler, elle nierait, bien évidemment.

Kathryn Swinbrooke apothicaire

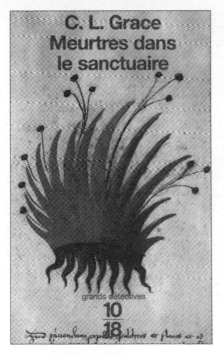

A Cantorbéry, au lendemain de la guerre des Deux Roses, de mystérieux meurtres sont commis. C'est dans ce décor chaotique et périlleux que Kathryn Swinbrooke, en sa qualité de médecin apothicaire, mène l'enquête. Dans un climat troublé de guerres civiles, de traîtrises et de règlements de compte, Kathryn, aidée par le séduisant Irlandais Colum Murtagh, missionné par le roi Edward, affrontera les criminels et fera éclater la vérité.

Grands Détectives, des polars hors la loi du genre

Sauve-du-Mal,
détective de la Régence

Le docteur Florent Bonnevy, surnommé Sauve-du-Mal par ses patients, est un familier du régent Philippe d'Orléans. Féru de sciences, ses méthodes novatrices et son franc-parler en font un homme en avance sur son temps. Dans un climat où se mêlent cynisme et libertinage, Florent Bonnevy soigne les corps et ausculte les âmes, traque le mal, des alcôves aux couvents, des palais aux faubourgs, des provinces aux colonies.

Grands Détectives, des polars hors la loi du genre

Dans l'Espagne médiévale avec Isaac

Au XIVe siècle, à Gérone, qui accueille alors la deuxième plus importante communauté juive de toute la Catalogne, le médecin juif Isaac officie avec un sérieux handicap: il est aveugle. Observateur subtil de la nature humaine, il répond immanquablement présent lorsqu'il s'agit d'enquêter sur les crimes les plus épineux ou d'élucider les mystères les plus difficiles.

Grands Détectives, des polars hors la loi du genre

Imprimé en France sur Presse Offset par

BRODARD & TAUPIN

GROUPE CPI

La Flèche (Sarthe), 13139
N° d'édition : 3390
Dépôt légal : juin 2002